U0876340

下

黄金链

常书欣 著

浙江文艺出版社

目 录

第八十一章
树倒猢狲散

经过经侦局对财务和往来账目的调查，吴兴发最终是在办公室被直接带走的。向来以上个年代的老企业家自居的吴兴发，其实一直保持着低调简朴的风格，但当天他穿了一身崭新的西服，皮鞋擦得比戴在手腕上的铐子还闪亮。

在这之前，吴兴发不是没有想过自救。他打遍了所有可以借款的小额贷款公司和银行的电话，但是这些机构已经把他排除在外了，他甚至连一张可以套现的银行卡都办不出来。他的百万额度的银行卡直接被降到了几千块，还不如刚毕业的小年轻的信用卡额度高。

供货商的预付款都用上了，但是那点钱就像是一滴水汇入了大海，流逝得无声无息。

隔离带边上是聚起来的工人。两个月没有发工资，有人扔石子、拖鞋这些东西过来。

“骗子，发工资！”

“还我们的血汗钱！”

“再不还贷，我的房子就要被收走了，还我工资呀！”

……

警察带着吴兴发从愤怒的人群中穿过，不像是抓了个嫌疑人，倒像是消防队把人从火海里救了出来。顾非被挡在外围，看着那一张张愤怒的脸，紧锁眉头，石子落在身上也浑然不知。

就算是没有金虞，这一切也会发生。

只是没有金虞，吴兴发这条大鱼就会跑了，站在这里的就只有警察了。

吴兴发已经准备了要跑路，但是没有来得及而已。他最后想要贷款四千万，不是真的想要救四面漏风的企业，而是想把钱放入地下钱庄洗干净，好让他全家人在加拿大那边继续用。

就是这四千万，吊着吴兴发一直没有离开。

紧急审问，可能意义也不会太大。因为这些心理素质强悍、社会阅历丰富的大佬，通常不会在语言和情绪上给人太多能抓到的把柄。

能办他们的，只有证据，实锤的证据链。

基本相当于，零口供办案。

但是顾非和司晴还是坐在了铁窗对面，开始审问吴兴发。办公桌上有一块小牌子，上面写着“禁止刑讯逼供”。摄录机全部到位，司晴作为主要的提问人，顾非做记录从旁补充。池清源和在专案组成立之后挂名负责案子的副厅长叶培林一起在办公室，通过显示屏上的监控画面来跟进审讯的进度，通过蓝牙耳机实时调整问讯的方向。

叶培林是学院派出身，始终眉头紧锁，一言不发地盯着屏幕。他的眼神深沉晦暗，负责给办公室送水的警务秘书放下水之后神情紧绷地出去了。

哪怕签过了保密协议，哪怕这份工作他已经轻车熟路地做了很多年，还是觉得紧张。从来没有见过雷厉风行的经侦局局长和位高权重的副厅长神经如此紧绷过。

吴兴发作为月牙湖饮业的总负责人陨落，关注的人不少，但是月牙湖饮业就是面子工程，实惠不多。倒了一个饮业，还能再大力扶持本地的小米醋，小米醋也是畅销全国的地方土特产，又或者还能发展一下枣夹核桃等农产品，现在的人越来越重视养生，这个市场也相当不错。

PlanA失败了，可以很快切换成PlanB。

关注，也只是关注结果，真的打算下手来捞一下人的，还真没有。

司晴的警服穿得一丝不苟，她办案多年，慧眼如刀，也有一股子凌厉的气势。在吴兴发之前，司晴也曾经把犯人给审得战战兢兢痛哭流涕过。

但是这位悍然无惧，吴兴发甚至是靠在椅背上侃侃而谈。如果不是他所处的环境，几乎要以为这是长辈在向晚辈传授财富圣经了。

“我清楚地记得，那是二十四年前的一个早晨。我刚刚被调任过来，骑着一辆借来的老旧自行车去厂子里。那时候，郊区真的是山清水秀，月牙湖下游还没有大修公园和高楼，水质清澈得用手一捧就能喝。我骑了半个小时的车，整整三公里的路上，一个人都没有见到。大夏天，我就蹲在湖边，喝了两次水。

“那水，可真甜哪。”

吴兴发说着，还咂了咂嘴，似乎在回味二十四年前那天的湖水的滋味。

他的眼底有光，语速放缓，停了下来，吸了吸鼻子。

“这么多年了，什么俄罗斯的伏特加、法国的波尔多葡萄酒、金赐的啤酒，连上万块钱的拉菲我也喝过。但是我再也没有喝过那年那么甜的水,再也没有喝过呀。”

司晴看着吴兴发,她一口气叹在心里,面上平静无波,公事公办地打碎了吴兴发二十四年前的梦境:“但是你不经过股东大会的同意,把厂房抵押进行贷款投资,厂房的土地不是被抵押了一次,而是被重复抵押了三次,金额多达三亿五千四百万,已经构成了诈骗。”

“那时候,工人就要走光了,做果汁的机器边上都是苍蝇,连个清洗机器的人都没有,水电费拖着也没有人交。想洗干净机器,还得自己端着盆,用厂子里员工宿舍旁边的井里的水。我挨家挨户地走访,向他们保证自己三年内不会被调走,自己不是来捞政绩的,是来帮助大家发家致富的。

“那天,我说得口干舌燥,一瓢一瓢地喝着井里打上来的冷水。

“真甜哪。

“你们这些小年轻,真的以为我就靠着一张嘴,换来了工人们背着债务留下吗？天真。工人根本一个都没有留下,是我晚上去和村里说话最算数的那家吃了饭喝了酒,还留下了工作两年攒下来的钱用来当他们头两个月开工的工资,这些本来就找不到出路的工人才愿意跟着我多干两个月。

“那年也是我的运气,台风到了,岚梧市里头一次大规模停水停电。那个年代,所有人都在忙着捞钱,违法犯罪诈骗的信息可比见义勇为助人为乐的新闻多。

“我带着工人,一车一车地把饮料拉进小区去,作为物资免费发放给市民,同时联系省电视台的记者过来报道。那时候还没有广告植入的概念,整整一个月的免费发放呀,我自己都舍不得喝一瓶。我记得,那一个月的时间,发出去了十万瓶。饮用水和果汁再加上人工成本,请新闻记者的成本,整整五万块钱哪。

“所有人都觉得我疯了,都做好了干完一个月就离开厂子的打算。但是在第三个月,我们的订单一下子来了,从来没有加班概念的厂子要扩招,几乎通宵加班生产,人休息机器不休息。

“你也知道,后来洋汽水的那几个牌子抢滩登陆,把本土的几个牌子给挤得根本没有活路。但是我们的不一样呀,口碑好,受众多,很多人接受了我们的产品,还有当地的媒体背书,就甩了后面的人一大截。

“每次想起来,我都后怕。如果没有那场台风,如果没有想到这个打广告的方式,是不是月牙湖饮业早就在二十四年前就死了？”

吴兴发喃喃自语,有几分不屑:“呵,那时候的五万块钱,就能买四环上的两个庭院了。搁现在拆完了,就是两千多万。这世界太疯狂了,我后来真是越来越看不明白,市场怎么就变成了这个样子?还有放高利贷的,一个企业每年的利润都很难稳定地年年超过百分之二十,这些放高利贷的,怎么敢收百分之四十八?"

司晴继续提问:"你第一次抵押厂房的时间是在什么时候?"

"现在的抵押贷款,已经乱到这种程度了吗?"叶培林像是在自问,也像是在问池清源,声音发涩,前倾的身体调整一下姿势,已经有些僵硬发麻了。

"不仅仅是这些中小企业一女多嫁,疯狂套现,就连我们国内最大的P2P平台,也是偷着扩张业务。按照文件法规规定,杠杆是注册资金的三倍,但是这个平台已经背靠消费贷大搞信用贷款,把杠杆提高到了一千八百倍。"

池清源皱了皱眉头。他虽然是雷厉风行的经侦局局长,但是对于这些乱象横生的金融违法案子,也感觉有些双拳难敌四手,心情沉重。

叶培林没有接池清源的话,眉头锁得更紧了。

偷得浮生半日闲。

王者和麻旦旦又把金虞给叫上,在苍蝇馆子里吃火锅。火锅里咕咚咕咚煮着肉,金虞下手稳准狠,碗里堆得像小山一样。麻旦旦急得站起来,直接用漏勺抢起来,从左边捞到了右边,连肉带菜包圆了。

红油汤里,金针菇粉丝肉片排骨毛肚,一点也没有了。

王者拿着长筷子翻来覆去,脸色难看。他看着金虞碗里堆起来冒尖的红彤彤的肉,冷哼一声:"吃货。"又看看麻旦旦碗里的小山般的大杂烩:"饭桶。"最后只好拿起放菜的盘子,重新下一波。

金虞吧嗒吧嗒着嘴,麻旦旦埋头苦吃。

王者更伤心了,看着锅里上下翻滚的肉,双手抱胸,生无可恋地看着金虞和麻旦旦大快朵颐,想生气都生不起来。

"你的美女主任嫁人了?"麻旦旦利落地吐出一块骨头来,差点落在了盆里,金虞扫了他一个白眼。

"嘁。"王者嫌弃,不回答。

"任何一个程序员,如果和他说:嗨,你看你这程序里面有bug。他只会回答:卧槽,我的程序怎么可能有漏洞?你应该对他说:在现行的环境下,运营和预期的效果不一样,麻烦你给看一下好不好?他才会第一反应:卧槽,有漏洞了。

"所以,麻老板呀,你不应该怀疑程序员在他的环境下运行的状态,而应该关心一下他的外部环境。

"比如,是不是某些高大上的任务,他没有参加的资格。"

金虞用筷子像用手术刀,三两下就剔除了虾壳,蘸着调料吃得鲜香麻辣爽歪歪,无视了王者酸爽的表情。

王者不置可否,把没有下锅的生菜嚼得咔嚓咔嚓响,像是只兔子。他看着金虞志在必得的样子,又反悔了,放下身段问金虞:“你说能审出来什么?”

“创业史,忆苦思甜呗。你当吴兴发这么多年白混的呀?要不是那屋子四处漏风,经常下雨,要不是查得一清二楚了,哪能把他给逮进去?你放心吧,就是把你们查的再和当事人对一下数,没什么新鲜的发现。”

金虞捞了一片肉,笑眯眯地放在了王者的碗里:“你先买单。如果我说错了,你再返回来和我要饭钱。怎么样?”

王者表示,漏洞解决了:“记得呀,我会回来要钱的。”

然而,王者并没有回来和金虞要钱。

小额贷款公司是由自然人、企业法人与其他社会组织投资设立,不吸收公众存款,经营小额贷款业务的有限责任公司或股份有限公司。

抓重点:不吸收公众存款,经营小额贷款业务。

深度剖析:小额贷款公司有钱哪,不用像银行那样广泛吸收所有人的存款,只要通过一伙互相认识的人凑一凑钱足够办贷款就可以,吃比银行更高的利息。

一本万利,稳赚不赔。在岚梧市地面上,挂牌的加不挂牌的,有限责任公司加股份有限公司,家族的加合伙的,各种形式的民间贷款机构加起来,大大小小起码有三百家。

这是在进入专案组一开始,所有人都了解到的信息。

然而,接下来的发展令人大跌眼镜。

尤其是第一次跟着赵倩妮出外勤现场的白子玲,觉得新世界的大门一下子被打开了,两只眼睛根本就不够用,连连咋舌。她是个货真价实的新人,又要时不时地揪一下已经平整的衣领,装作老成持重的样子。

“经济案件,硝烟往往在层出不穷的转账套现非法获利上。查封,就是收官。”赵倩妮在现场办公室戴着手套帮忙查封账本。她出来透口气,歪了歪脖子,似乎想掏出U形枕来,但是这么严肃的场合又不太合适。

只有新人才一惊一乍,老油子能面不改色地端着一箱钞票像端着一箱方便面,若无其事地走出来。如果说还有表情,那肯定是心里嫌沉,骂这人不知道少贪点,或者是嫌弃这人业务不精通,不知道世界上有一种东西叫作银行卡呀。

在内行人眼里,这才是经侦局专案组成立以来最大的行动。

经侦局局长池清源亲自坐镇指挥,荷枪实弹的公安干警随同经侦进入小额贷款公司的办公室。整栋大楼被查封,各个出入口都被把守起来,在楼底还牵出来一条长长的隔离带。

还挂着胸牌的小白领们脸色苍白,还不知道发生了什么事情。所有人被勒令不允许再接触任何无线通信设备,穿经侦制服的人端着一个不知道从哪儿找来的盆,让他们依次把手机都放在里面。

偷偷打电话的人?不存在的。经侦背后是连脸都遮起来的持MP5冲锋枪的特警,别看现在的女孩子玩枪战游戏的技术高超,一连五杀不是事,真正面对黑洞洞的枪口和国家暴力机器压倒性的严肃场合时,高知层面的人干不出泼妇骂街缠着警察要死要活的奇葩事。

整个氛围严肃清冷到让人脊背发凉,站在大办公室里的人倒是不少,但是没有谁敢窃窃私语。办基础业务的小职员们都蒙了,只有高层的经理和入股人被带下来的时候才一脸的愤慨,被带走调查的时候一脸的心不甘情不愿。

不同的人反应不同。钱经理还挣扎了一下,吃了些苦头,被反剪手背戴上了铐子强制带走。张经理始终面含微笑,非常配合地下楼上车,还和员工们保证:我还会回来的。李经理昂首挺胸,慷慨激昂,碎碎念着:无所谓,在外头每天应酬,每天晚上酒肉一桌美女成群的,我这身体早晚会被掏空,进去歇几天也无所谓,谁还没有个黑历史呢?就当是度假了。

这些人潇洒坦然的姿势,令没有参加过抓捕这种类型犯罪嫌疑人的干警嘴角直抽,真不把国家暴力机关当成暴力机关呀?

而经侦局的女经侦们在迅速地比对记录,协同把人带走,她们早就见怪不怪了。

这些经理话事人和这些朴素的警察最大的区别就在于,他们抬起来的手腕上都戴着名表,衣裤鞋袜都是价值不菲的奢侈品牌。

在人被带走,账本被查封之后,办公楼的大门上也被贴上了封条。

之前这几家小额贷款公司的负责人还联名起诉要告月牙湖饮业,涉案金额大,原告方的数量也多,尤其是这些小额贷款公司幕后的金主八仙过海各显神通,尽可能地发挥主观能动性,所以这案子并没有压太久就判下来了。

吴兴发因为恶意侵占财产和渎职,已然银铛入狱。但是月牙湖饮业的资产拍卖下来,并不够偿还这五家的贷款,只有两家财大气粗的小额贷款公司波澜不惊,岚梧贷和程隆贷依旧高歌猛进,至于另外三家,可就没有这样的运气了。

他们的钱,也是拆借来的。其中有和本地施工队队长拆借来的资金,这笔钱收不回来之后,施工队差点把这小公司的墙给拆了,背后的几个合伙人都不敢出面了。钱经理艺高人胆大,一直坚持到警察到来把自己带走。其中也有合伙人用自己的资产抵押向银行借来的低息贷款,已经逾期太久了,银行直接把小额贷款公司的负责人告上了法庭,要求强制执行。这家小额贷款公司前脚被调查,后脚办公的两套格子间就被挂在了网上,要拍卖抵债。

“这也倒得太快了吧?”

司晴把车里的空调开成冷风,还是止不住地汗流浃背,两颊通红。

忙得脚不沾地的时候太多,每个人的脸上都略显疲惫。案子此起彼伏,没有消停的时候。

涸泽而渔,焚林而猎。

第八十二章 浮生半日闲

“一星期倒了这么三家小额贷款公司，在搞金融的眼里面，连片水花都溅不起来。你都老经侦了，咋还这么矫情？”赵倩妮利利落落地把手套摘了下来。薄硅胶手套被办公室打印纸划开了几个口子，有一道伤到了手。她抽了一口气，自己从兜里掏出创可贴来贴上，顺带着把U形枕垫在了脖子后方，然后才躺了下去。

“当十来年经侦，世界上就没有不可思议的事情了。”

赵倩妮闭目养神，不再看那几个瞠目结舌新来的。少见多怪。

“都认为华尔街的金融机构是最坚挺的，但是金融危机来临之前，没有在48小时之内完成次贷金融债券抛售的最大的那一家倒了。百年的历史底蕴和深厚的政商两界积累，都没有挽救颓势。”

顾非说完，就陷入久久的沉默。

巴菲特曾经说过：华尔街的所有公司都是裸泳者。

在资本野蛮涌向贸易繁荣的社会时，岚梧市的这些小额贷款公司又何尝不是裸泳者呢？其实说岚梧市地面上有三百家小额贷款公司，并不是指有固定的三百家，而是你方唱罢我登场，总数量恒定在三百家上下。

海浪即将来临，又有多少人能上岸呢？

到时候，没有底裤的，又将如何自处？

“钱宝宝？”

“钱多多？”

“钱进来？”

“钱美美？”

金虞拿着一沓资料，坐在办公桌上，哗啦啦地一翻，皱着眉头：“这些人怎么都姓钱呢？还欠这么多钱？起个名字都这么土，不是傻子吗？”

“偷得浮生半日闲,歇歇。”

受了伤的张大发和结巴两个人,此时此刻也站在边上,慷慨激昂,指点江山,挤在一起就差没有把胳膊上的石膏弄下来自己上。那一百万,是打着美浩小额贷款公司名义的欠条,所以在执行财产清算之后,优先进行了结算。原本大家看着那张诈骗一样的支票快要绝望了,这算是意外之喜。

在座的每个人,都分到了一笔不少的钱。

受伤的张大发和结巴两个人,多分了一些。

此时他们不是要打人,而是要打麻将。

麻旦旦这个好吃懒做的家伙什么时候见到过这么多狐朋狗友,他像是找到了组织一样兴奋,租了一张旧麻将桌,放在了明日催门店的二楼,从此哗啦啦的搓麻声代替了敲击键盘的声音。

麻旦旦一个人坐了两张椅子,椅子上铺了软绵绵的垫子。他盘着腿坐在上面,撩起上衣来,怎么看怎么像是个笑眯眯的弥勒佛。

而屠悦拧着浓重的八字眉毛,越来越凶残,差点一个麻将砸在了麻旦旦的脸上,整个人活似女版的钟馗。

原因很简单:屠悦很爱打麻将,但是赢不了麻旦旦呀。

一把把红彤彤的钞票撒了出去,比卫生间的手纸使用速度还快。屠悦已经气得快冒烟了,抓耳挠腮的,恨不得长出一双透视眼来。麻旦旦眉开眼笑,肥腻的手抓过一张张牌,每一张牌被打出去的时候,都要大呼小叫。要是碰上他和了,那兴高采烈的声音能把房顶给掀了。

他总算是扳回来一局。

经济问题,决定心情呀。屠悦不满地瞪了他一眼。

“都是跑路了的P2P平台。尤其是那个钱美美,去年可是把最流行的两部网络电视剧里的插播广告的版权都买下了,看起来财大气粗得不得了,各种小动画、片尾彩蛋上都有呢。全国各地几百万的消费者都投了不少钱进去存着,结果谁知道这App今年就登录不上去了。多少人坐着火车硬座找上门去了,人家早就人去楼空了。

“这案子,我根本就不想搭理,数额是不少,两百四十五万呢,但是谁能找着人呢。估摸着事主也是想死马当活马医。

“呵,也太高看咱们了。”

孙简打牌打得兴起,但还是没有忘了回答一下金虞的问题。

“啊?”金虞不可置信。

“往底下看,两张A4纸,上面有一百多个这种类似情况呢。”孙简忙着找牌,两眼放光,说话断断续续,但是金虞已经凑过来了。他赶紧挑了一张打出去:“幺鸡。这种钱,怎么可能要得回来?所以我把这些资料,全部放在了登记人的最底下。”

镊子把一张牌狠狠地往桌上一拍:“这是啥新技术,能把别人的钱放在自己的口袋里,还让人找不着?我要拜师呀,这也太帅了。两百四十五万呢,我从来没有见过那么多钱哪。”

“这已经不是把别人的钱放进自己的口袋里了,而是把脑子里的钱放进口袋里。我要学,我很爱学习的。”麻旦旦也不打牌了,两只圆溜溜的小眼睛里泛着绿光。

屠悦、结巴和刘二峰也满怀希望地看着金虞,像是看着观音座下的散财童子。

金虞在心里哀号呀。

“喂喂喂,这属于诈骗。诈骗是违法的,超过一定的数额,不但没收所有个人财产,还会被判终身监禁的。我大学可是念的警校呀,咱们要守法呀。”

金虞吧嗒吧嗒说了一串。这一个个的,脑回路怎么那么清奇呢?

“孙简不是说了吗?都跑路了,抓不住。咱们也跑路吧?美国、加拿大的唐人街,还有新马泰地区,汉语也是通用的。几乎全世界的旅游城市,都会在过年过节的时候打出醒目的中文字样的打折广告。我保证,去了世界上任何一个地方,都能宾至如归,宛如家乡。”

麻旦旦的话虽然是和金虞说的,却看向了屠悦。

屠悦喃喃自语着:“这么赚钱哪?”

刘二峰已经激动得要抱孙简了,他激动得一口口水呛得直咳嗽。孙简坐直,他和金虞一样,看着屋子里的其他人,无奈得要死。

按照孙简自己的说法,念书念一半的人,比较胆小。

他干不出来这么拉风的事。

“学个屁!你们没看见人家的广告都在电视剧里插播吗?咱们谁有钱去买个电视剧的冠名权?一个个的穷酸样,连看个视频充会员的二十块钱都没有,能二三十万一集一集地插播广告?国产剧现在都是七十集起步,你们算算,那得多少钱呢?”金虞说大实话从来不怕被群殴,因为她就是这群人的头儿。

说着她一手就戳在了麻旦旦的脑门上,肥腻软萌的胖子像个不倒翁,摇摇晃晃,一脸的笑意。

“妈呀,只有有钱人才能赚到钱哪!”麻旦旦激动地一拍大腿,仇富情结从来没有像现在这样强烈过,这种看着钱哗啦啦溜走了自己捞不着的感觉,太不爽了。

“你不是黑客吗?”镊子伸出手来,不动声色地顺了两包桌子上的薯片,和结巴、刘二峰分着吃,“我听说,程序员钱多话少死得早,你存款不少吧?”

“存个毛！我十年前开始赚钱，一分一厘都存进银行去了。结果呢？同期的小伙伴们有的进入了股市，先是身家过千万，然后去天台上排队跳楼了，现在混得还不如我。还有的写程序在我后面吃灰的，一行测试语言写得跟狗屎一样，但是那傻子挣点儿贷款买个房，挣点儿贷款再买个房，别说吃肉了，就连豆腐串都不见他吃。

“结果现在呢？一个月两千块钱的那点房贷，早就被飞涨的物价稀释得没啥了，卖套房子一千多万，老婆都换了两个。

“就我还是个一个人吃饱，全家不饿的光棍。

“十年前，八万块钱够首付了。现在八万块钱，也就两年多的房租。”

麻旦旦殷切地看着金虞，像是看着财神爷。

“我有技术，你有路子，哥几个都有胆子，你看看给弄点钱花花呗。”

刘二峰很狗腿地把刚买的一包好烟拿了过来，给大家分了。顷刻之间，二楼的办公室里像是神仙开会一样，吞云吐雾，好不热闹。

金虞也拿了一根抽着。

时间过得真快。她抽烟没有瘾，岚梧市的冬天阴冷阴冷，大西北风把每一条街道都给灌得满满的，在这种极端恶劣天气下，点一根烟来暖暖手，反而成了最方便快捷又经济的取暖方式。

但现在抽烟，有点热。

“真不怕给办进去了？”金虞吐出烟圈圈，一嘴里雾蒙蒙的烟。

“撑死胆大的饿死胆小的。明星几千万的税都敢逃了，大公司都把总部搬到海外去了，我们就是想浑水摸鱼，弄点钱花花，咋了？”麻旦旦的经济学黑知识哗啦啦地往上长，眼看着金虞不表态，不搭理自己，他立刻揭短，“我知道，你现在大大小小的贷款还有十七八万吧？凡是打电话和你要钱骂人威胁的，我都给你办了来电呼叫转移，直接转到了110上。但是小金鱼呀，天网恢恢疏而不漏，出来混，早晚都是要还的，你就不怕哪天这要账的人彬彬有礼地带上警察来了？”

金虞捂脸。

可不是，手机清净了，她都快以为款子还完了。

多亏现在的移动支付，随时随地可以把钱借出来，也可以随时随地把钱花出去。手机支付App虽然绑定银行卡，但是看不出银行卡里还有多少钱。

花钱，成了一个阿拉丁神灯一样，只有喜悦没有痛苦的完美体验。

“这些专业搞诈骗的，网上吸金，线下雇人表演，总部在海外，我还得借多少钱才够成本呀？”金虞把水果沙拉的外卖盒子里的残渣一股脑地倒在了麻旦旦的杯子里，然后端着碗讨饭一样地挨着一个个走过去。

“行行好，给赏个千儿八百的，我去和P2P要钱去。”

“买不了吃亏，买不了上当，只要两千八，赞助我张机票。”

“货车高铁也行呀，我要跨洋了，好歹盒饭快餐管饱吧？”

……

麻旦旦、屠悦、刘二峰、镊子和结巴，都是王顾左右而言他，没有一个掏钱的。

笑话，钱这种东西，当然是落袋为安最好了。好不容易分到手那么好几万，都打算着要舒舒服服地过一段日子，凑吧凑吧给自己添置个大件儿。

那才是正经事。

哪怕变成了游戏里的装备，那也比眼看着虚无缥缈地洒在了路上强得多。

“打麻将打麻将再点个花甲粉吃，我就爱甜甜辣辣的那口汤。”屠悦山一样的身体越过了麻将桌，直接拿了麻旦旦的手机订外卖。

麻旦旦气得七窍生烟，心疼得肝儿都在颤抖，结果屠悦一句话说得他就没脾气了：“你要是敢阻止我吃花甲粉和龙虾，我就不打麻将了，看你赢谁的钱去。”

赢一千，被吃两百，这是划算的买卖。

麻旦旦算完账，默认了屠悦用他的手机点外卖。刘二峰和镊子往上凑，张大发已经开始报菜名了：“我要个红烧蹄髈，馄饨面，一对鸡翅膀——必须是一只鸡身上的，两只鸡的我吃着别扭，要新奥尔良口味的，卷饼夹菜——不要生菜和芝士那种甜不拉几不熟的玩意，还要丝袜奶茶和柠檬蜂蜜立顿红茶。”

金虞听着咋舌，看不出来张大发还有这么多讲究。张大发解释：有钱了，人就得讲究一点。

大家像是夏天的蝉鸣，一只叫，剩下的纷纷响应。

麻旦旦气得一拍桌子：“不许点了，老子是打麻将的，又不是养猪的！”

金虞笑，忙完了这一阵，还真是偷得浮生半日闲。但是她的任务没有完成呀，这点KPI，不够去池清源那里兑换一份升职大礼包呀。

她站在缭绕烟雾的后面，嘴里叼着一根烟，拒绝了屠悦打麻将的邀请。她走了两步，到了窗户底下，穿过层层叠叠的烟雾，像是穿过了一整个世界，透过窗户看着被电线杆子和高楼大厦切割出来的天空。

感觉有点迷茫的忧伤呢。

再看打麻将的和看着打麻将的那几位，金虞立刻又释然了。

金虞心里没底，不知道这段时间自由发挥的水平如何。然而，等到顾非给她送钱的时候，她捏了捏厚度就了然了。

涨工资了，而且涨得不少。

“我听说，你们最近刚刚进了不少钱。这才多少？”顾非不知道金虞在高兴什么，不过站在江边，清风徐来，水波不兴，是难得的清闲。

极目远眺，飘飘何所似，天地一沙鸥。

“你看你年纪小，不懂了吧。以前考上公务员，那就是要当官了，在方圆十里内，那就是土豪。现在国家单位抠死了，你知道现在体制内的钱有多难挣。我发小在安监局当了三年的临时工，有个部门只有一个股长，手底下都没人了，当年招考才拨了一个名额出来。

“涨一百块钱，都是对能力的认可呀。”

更何况，这信封里不止涨了一百块钱。

“还真不太懂。”顾非微微一笑，看着金虞的侧脸。这个妞英姿勃发，棱角分明，和现在流行的软萌甜萝莉区别很大。

“为什么是你，池清源呢？”金虞收好信封，略带失望。

她当然希望，池清源能当面表扬自己一下。认可和嘉奖，在她的眼里，比这笔钱更重要，但是池清源偏偏没有露面。

如果不是她揭开了月牙湖饮业的债务问题，现在那三家同样拆东墙补西墙的小额贷款公司根本就不会倒。而那三家背后没来得及站队的负责人和股东们，还没有跑呢，一个个的账目都没有处理掉，最适合出其不意地进行调查和审问。

按照金虞的估计，池清源能审出来很多他想要的有价值的信息。

办了这么大的事，还不露个脸，也太吝啬了吧。

金虞高兴的时候，对池清源一口一个“池局”，那叫一个声音甜美我见犹怜，但是如果不高兴的时候，就直呼其名，叫得王者和顾非都觉得脑袋跳得有点疼。

在整个警务系统里，还真没有几个人敢这么连名带姓地叫池清源。

“这也是我现在要说的，接下来池局和王者以及专案组的所有人，都不会再正面和你接触了。单线隐秘联系，通过虚拟电话暗号约时间。”

顾非说完，停顿了一下。

“接下来，我也会离开岚梧市。”

“什么事？”金虞脱口而出。

“你签了保密文件的。”顾非粲然一笑，温柔的眼里洒满了钻。

“我看别的卧底，都是直接卧底在犯罪团伙中间的。三年小弟，五年老二，如果老大被干掉了，他就是老大。我这倒好，差点就要自己组织起一个犯罪团伙来了。派出所天天都在扫黑除恶，尤其盯着收高利贷的这一块，我们明日催，现在已经排到岚梧市收水前十了。

“如果不是我压着，规模都已经翻好几倍了。有好几个社会小团体已经慕名而来了，有老大被抓了的楼霸团伙，有娱乐城那边过来想要兼职的。”

没有目标，才更可怕。

要是让她现在努力，那就是朝着收账放贷努力，再自己把明日催的牌子摘了，把郭蘅芜、陈大东几个人组织起来，再让燕卓尔给牵一根线。或者不需要燕卓尔介绍，她自己就能一手收账，另一边再给这些拆了东墙补西墙的人介绍一下自己的贷款业务，吃个三分以上的利息差。

新的小额贷款公司，就能成立了。

保准能赚得盆满钵满。

跟着她混的小伙伴们，都能出任CEO，迎娶白富美，走上人生巅峰。

如果那样，她就不是警方的尖刀了，而是警方的调查对象了。

“这也是我们经侦局办的第一个棘手的案子，那些小额贷款公司搭乘这网上的便利，资本横飞，不到崩盘的一刻，我们很难抓到嫌疑人。”

证据，深埋在看不见的网络世界底层。

“我们现在所接触到的网络，其实只是网络的冰山一角。我们所看不到的那一层，叫作暗网，充满了犯罪和暴力以及其他颠覆三观的东西。”

意思是：活儿先干着，挖出来什么，随缘。

天空飘起小雨，顾非把自己的大衣披在了金虞身上，又把手搁在了金虞的头上。金虞一抬头，就能看到顾非的眼睛像是洗过的一样干净。

顾非说：“这边的侦查已经有结果了，如果遇到了危险，你先撤出来。”

金虞踮起脚尖。

顾非接下来没有说出来的话，都给堵了回去。世界在这一刻成了果冻的柔软度，成了春风一度少年心，成了最近距离的辛辣暧昧。

“我呢，选了就不会后悔，后悔就不会选。”金虞一笑，眼角飞扬流光溢彩。她说自己倒要看看，查到最后，会查出一个什么样的怪胎来。

从街面上的扫黑除恶非法催收弄进去一窝人，再到现在空手套白狼的小额贷款公司和花架子的企业，这副多米诺骨牌开始倾塌。

下一个，又会轮到谁呢？

金虞现在有了打车的钱，但还是沿着长街跑了九公里回去。灼热的空气激得喉咙辛辣辛辣的，肺里像是炸了一样难受。

顾非并不是在王顾左右而言他，他要出差了。警方办案，证据最重要，现在没有完整的证据链，但是某些东西已经呼之欲出。

金融地震，就快要来了。

她，在震源中心。

第八十三章 犹疑步步慢

这阵子，全世界的人都知道燕卓尔在金虞后面追得屁颠屁颠的，还追不着。毕竟金虞现在已经把燕卓尔拉黑了。

这个没节操的斯文败类，还真不是她的菜。

但是耐不住燕卓尔的脸皮厚呀，混在金虞周围一圈的人，从孙简到张大发，从麻旦旦到刘二峰，都被打了骚扰电话。燕卓尔可下了重本，电话都是亲自打的，轮番轰炸。

金虞甚至接到了几百公里以外她妈的电话："这个不错，有房有车有省城的户口，你就嫁了吧。我看之前那个小白脸不行。"

金虞表示：你如果见过真人，就会发现燕卓尔比顾非的脸可白多了。

"我嫁个屁呀，那就是个嘴上无毛的骗子。"金虞和她妈说话，基本靠吼。

"现在正儿八经上班的能挣几个钱？忽悠才有前途。天天来家里说今天睡地板、明天当老板的你的堂哥，现在已经当了区域总监了……"

金虞赶紧挂了电话。

这三观得多歪呀。

但是办公室里其他人都围了过来。屠悦凑过来，双手合十，口中说的不是"阿弥陀佛"，而是："燕秘书给我打电话了，他想请你吃饭看电影。"

"上梁不正下梁歪呀，反正你一家都不是什么好东西，燕卓尔也不是什么好东西，良配呀。"张大发说完，笑得格外爽朗。

"除了人品，其他我觉得还行。"孙简脸色难看，像是拱手让人美妻。

"咋都把我往火坑里推？"金虞拍案而起：我一个自己过得不错的大龄女青年，碍着谁什么事了？

"火坑里暖和呀。"麻旦旦抱着个大屏手机，肥脸上的眼睛眯成了一条缝。

"就是，我们燕秘书可是认真的。这年头，舍得给你花钱又舍得花时间陪你的人，才是真的爱你的人。我们燕秘书以前约人可都是让其他人打电话的，还得按他的时间来。”屠悦一脸的得意，觉得是金虞占了多大便宜似的。

看她急迫的样子，恨不得立刻把金虞洗白白了扔到燕卓尔的床上去。

“只有有本事的女人，才能嫁给真正的有钱人哪。”镊子感慨道，他觉得对家里几个猴孩子的培养方式，有了新的想法。

别看他们都是靠着一张破嘴混，金虞那是举世皆敌，靠恶心词汇的丰富程度去让对手吃不下饭，是一锤子的买卖；而燕卓尔这人虽然冷冰冰的，但是糖衣炮弹的功夫相当到家，但凡是和燕卓尔打过交道的，都觉得如沐春风，像是被洗脑了一样成了他的忠实用户。

金虞盘算了一下，真想把燕卓尔卖到会所去，那肯定是天下富婆的福音。

但是又转念一想，这口蜜腹剑的家伙在整个岚梧市的大型私人会所里都有股份，秦楼楚馆像是他开的，卖都没处卖，只能作罢。

但是这事，还是得解决。

金虞看了一下乌压压围上来的八个人，觉得还是解决一个人比较划算。她立刻把燕卓尔从黑名单里放了出来。

“别以为我不知道，你这么火急火燎地把吴兴发摁趴下，就是想在卖地的过程中抽笔手续费。”金虞开门见山。

资本的世界里，没那么多的温情脉脉，只有螳螂捕蝉黄雀在后的算计。

金虞能相信燕卓尔浪子回头金不换，一心一意想要和她一生一世一双人，那才是真的见鬼了。

“你看你，谈钱多伤感情。”燕卓尔轻轻一笑，哪怕是隔着手机的无线电波，都能想象到他是何等的优雅迷人。

“和你谈感情，才会真的伤钱。”金虞懒得搭理燕卓尔。

“我做事光明正大，你凭什么这么说？”燕卓尔还委屈上了。

“呵呵，吴兴发才判了几年哪？那片地，正常炒炒卖了，值四个亿吧？三个亿就卖了，就算是临时找人贷，都没有那么快能到账吧？你要说这里面没有猫腻，骗谁呢？”

金虞还真的继续关注了事件的发展——蛮戏剧性的。

燕卓尔笑得格外开心：“人就是这样，做点好事，恨不得天地鬼神人都知道；做点坏事，恨不得只有你知我知天知地知，所有人都不知道。”

燕卓尔想给金虞一笔感谢费，要不是金虞在之前用尽了催收的办法并一马当先地磨其锐气，吴兴发还没那么容易被那么多闻到了肉味的小额贷款公司给盯上。

“一别两宽，各生欢喜，好不好？”金虞已经不想和燕卓尔打交道了。

这个人，永远有后手，永远能在浑水里摸出鱼来。

和燕卓尔打交道，你永远不知道他的底线在哪里。金虞本能地感觉到一阵恶寒。

“你这是要和我分手吗？”燕卓尔的好心情没有因为金虞一而再再而三的拒绝而被破坏，反而是给金虞讲了半天“一别两宽，各生欢喜”的出处和用法，耐心非常。

要不是接下来的聊天不怎么愉快，还真的有点像两个人谈恋爱了，赌书消得泼茶香，琴瑟和鸣和谐得不得了。

最后，他还表示可以把这份钱给金虞分一点。但凡是给燕卓尔创造一块钱的利润，肯定有了被剥削一千块的资本量。

金虞说：“你哪儿爬来的，滚哪儿去。”

燕卓尔表示，可以给金虞一个其他的补偿，比如两个极品大帅哥，保证腿长颜值高，让人欲仙欲死，比中了五百万的彩票还爽。

金虞说：“你哪儿滚过来的，爬哪儿去。”

相爱相杀，两个人总是能互相轻易地触及彼此的痛点，踩得格外开心。

不过，金虞还是被燕卓尔约出来了。

二十分钟以后，那辆骚气的两座奔驰小跑就停在了楼下。西装革履的燕卓尔本身就是一道风景线，再加上他还捧了一束花，更吸引人眼球了。

金虞下去面无表情地接过了花，然后直接把花塞到了五米之外的垃圾箱里。两个人坐上了车，扬长而去。燕卓尔从头到尾，脾气都好得一塌糊涂，眉头都没有皱一下。

据说，那天隔壁几个小铺子的生意都不太好，因为女服务员和老板娘们都震惊了，聚在一起讨论着：这个不显山不漏水的催收公司女老板是怎么找到高富帅包养她的？她们还组团来这里打麻将听八卦，屠悦终于扬眉吐气，开始赢钱了。

明日催的人都认为金虞貌比天仙，美艳动人，是真正的白富美。

然而外人一致认为，不光燕卓尔的眼睛瞎了，就连这些员工的眼睛也是瞎的。

但是当麻旦旦编故事，一板一眼地说金虞的家里有两座煤矿一座铝矿，出来开公司就是体验生活的时候，这些人又纷纷附和：“那男的命真好呀，这可是打着灯笼都找不着的好姑娘呀。”

燕卓尔看着屠悦发回来的消息，扔给金虞看，意味深长地教育她：“你看，世界上哪有什么对错黑白？钱在谁的手里，道理就在谁的手里。”

金虞没有要燕卓尔给的任何好处,而是在考虑一个接下来的机会。

机会。

稍纵即逝。

“这里是岚梧市呀,我国最早的票号兴起地之一,世界上最早使用纸币交子的地方之一。你不知道吧,世界上最早的纸币,叫作交子。我为什么要把住的地方选在丰汇园小区,就是因为那里在动土施工的时候,挖到了一个两宋时期的铸币厂,出土了不少的铜币和印制模具。

“你想想,这可是发家致富的好兆头呀。”

燕卓尔开着风骚的红色两座超跑,穿着一身普拉达的春季新款——在国内还没有上市的时候就已经从巴黎空运回来。

这么一个人,居然会讲迷信?

金虞不屑地撇撇嘴:“呵,祖宗好不容易发明了火药,咱们都用来放鞭炮,又好不容易发明了罗盘,都被用来看风水了。你咋这么迷信,发家致富如果靠运气的话,那成功也太玄乎了吧?”

“这你就不懂了,世界上的事情,运气的成分,占了大多数。在一个世纪以前,全球的气象学家都认为我们的地球是在不断变冷,所有人都认为应该在两极的冰川上燃烧煤,好让冰块融化,让气温上升。但是现在呢?所有人都认为气候在变暖,我们应该保护环境。”

燕卓尔的话题是跳跃的,又相互佐证,让人哑口无言。

“难道不是吗?科学让我们对这个世界的认识更深。”金虞反问。

“在1991年,皮纳图博火山大喷发,喷射到平流层中的二氧化硫多达2000万吨。一个你也就100斤,50千克,相当于把四亿个你砰的一声喷到了空中。当时所有人都认为,气候会变暖,结果呢?因为这些二氧化硫阻碍了阳光的直射,全球温度反而下降了0.5摄氏度,而世界上的森林因为漫反射,长得比往年更好了。

“你看看,困扰着全世界的气候问题,各大国又是因为碳排放量不断扯皮,又是因为资源的问题不断发动战争,但是最后呢?一场火山爆发,就把问题解决了。

“这不是运气是什么?”

燕卓尔轻轻拍着方向盘,在空无一人的郊区的十字路口,静静地等着红绿灯。放眼望去,这里都是没有完成的工程,可以有一万个理由去想象,这红绿灯上面的摄像头为什么被揪走了。

两根电线颓然地飘在半空中,看起来无比刺目。

偶尔有一辆车从燕卓尔的车旁边擦身而过，但是燕卓尔无动于衷，始终耐心非凡地等着红灯变成绿灯的那一刹那。

金虞不解。

“运气是机会、运势，而心存侥幸的铤而走险是违法犯罪。”燕卓尔的脸上笑容清浅冷淡，神秘复杂，一踩油门，车嗖地飞出去。

“有区别吗？”金虞觉得自己有点看不懂这个世界了。

“这么说吧，岚梧市机场原本在这附近不远的地方，后来搬得更远了。”燕卓尔说完，看一眼金虞：你懂我的意思吗？

“我知道，飞机场规模小，飞机停不下了，周围又都是高楼大厦，差点撞一块去了，而且对面的山上都是移动通信公司的信号塔，所以飞机场被搬走了。”

废话，老有人来这片儿偷施工剩下的钢筋、水泥和铁皮，她实习时经常来，能不知道吗？

“窃钩者诛，窃国者侯。”

燕卓尔引经据典。金虞已经懒得说话了，给了一个“请开始你的表演”的眼神。

“从机场的角度来说，按照《民用航空法》的规定，机场附近的超高建筑都是违法建筑，必须全部拆除，但是你拆得了吗？拆不了。人家的高楼大厦也是经过有关部门层层审批，从土地使用许可到建设许可再到招标企业入驻，都是按规矩办下来的，谁敢拆？

“修在对面山上的移动通信信号塔，那也是合法的。按照无线电通信的管理条例，通信站也必须修在当地的制高点上才能确保通信质量。信息产业现在已经是国家发展的最重要的产业之一，你的生活能没有无线网和手机电话吗？根本不能。

“所以权衡之下，最后机场被搬走了。”

燕卓尔说完，补充了一句：“但是你知道吗？机场其实才是最早建在这里的建筑，最后却要根据别人的法规被搬走。”

“在特定的情况下，合法的让位于非法的，使物的利用价值最大化，这也是一种选择。我记得这在《物权法》里面提到过。”

金虞再开口，明显有些底气不足了。

想必当初，被搬走的机场里，也有无数和她一样想法的人吧？机场被搬到岚梧市的一个周边县城，那么员工在包括户口等方面的福利待遇上，都会受到影响。

“让位”，这两个字背后又有多少故事？或者说，又有多少利益的权衡呢？

“你以为，普通人真的有选择的余地吗？没有选择的权利，只会在被搬迁之后得到通知，仅此而已。”车一往无前，速度快得惊人。

燕卓尔表示：“我有交罚单的钱。”

“立法，向来都是先有了案例，再有立法。你不是一直在收账吗？说个你们女人最关心的。多少男人欠下巨额欠款跑路，法院判让还在当地的女人还，房产被拍卖，工资卡被冻结，债主名正言顺地逼到门口。这样的案子积累到了一定的数量，才引起了国家关注并更正立法。”

燕卓尔如是说，眼神炙热。

这个世界上，文身、打群架、满嘴脏话、挨着大排档收保护费的，叫作傻子。真正的流氓，都是西装革履、温文尔雅，用法律和金权为自己的利益开道。

金虞看着燕卓尔，虽然不知道应该说什么，但是她明明白白地知道，燕卓尔说的话根本不对。

“可别再忽悠我了。你不就是想让我继续给你当打手，傻不拉几地当个最能打能冲的炮灰，你在后面数钱吗？”

金虞靠在椅背上，结束了这场谈话。

“咱们都这么熟了，我不和你绕弯子，就是想让你多看看，多想想，努力工作。”燕卓尔很有当邪教教主的潜质。

“你咋不去搞传销？”金虞觉得，燕卓尔如果去弄个传销，妥妥地桃李遍天下。

“因为搞传销犯法呀，我肯定不能做违法犯罪的事呀。”燕卓尔正色地教育金虞，“君子爱财取之有道，为了钱干出绝后路的事情来，可就不好了。”

呵呵，就你干的那违法犯罪的事情，不知道要被枪毙多少回了。

金虞已经懒得搭理燕卓尔了。

“不管世道怎么沉浮，我们都要保证自己的手是干干净净的，毕竟大家都还要在这片儿混呢。”燕卓尔把车停靠在了一个中介门口。

这个中介，是专职做相亲的鹊桥仙。

“靠，你说给我找个男人，不会就是在这里吧？”金虞一阵恶寒。燕卓尔早说了，要给金虞上一堂经济课，保准比那些金融系的上四年课都管用。

但是这里？

“进去你就知道了。”

金虞跟在后面，腹诽着在这种地方能学个毛。但是燕卓尔再三强调，现代社会，人性的贪婪和丑恶虚伪都会在相亲的时候暴露无遗。在相亲时能看到的人性，远比相处十来年看到的更多。

而经济，说到底，就是赤裸裸的人性。

这门可罗雀的中介机构里,有个三十来岁的女人正拿着苍蝇拍子,一只一只地打着冬天都没有冻死的苍蝇。

一看到燕卓尔,她就像是看到了救星,差点扑过来。

燕卓尔温文尔雅地介绍自己:海归,有房有车有户口,年纪二十六,现在回到国内继承了家业,苦无良配,希望能给找一个合适的白富美,一起生儿子再创辉煌。

燕卓尔给了三千块钱,那个招财猫一样的女人就把一沓资料双手奉上,完全没有调查的环节。燕卓尔只留了一个电话号码,就出门了。

金虞发牢骚:"你这么出来骗大龄单身女青年,真的好吗?"

燕卓尔微微一笑:"这本资料上,起码有三分之二的骗子。你以为你是猎人?其实你可能只是别人的猎物之一而已。"

金虞皱眉:"你连请教授的钱都舍不得,居然给我找几个骗子当老师,你的良心不会痛吗?"

燕卓尔上车之后没有急着开车走人,而是耐心地看着婚介所里的那个女人跑出来,看到了他的跑车,这才转动了方向盘,一踩油门开车离开了。

"实践出真知。凯恩斯的经济学理论和罗斯福新政,现在在西方国家还经常被骂狗屎不如呢。书上的东西,叫作历史。我们要学习的,是马上能变现的技术。

"现在,那女的看到了我的跑车,起码她会给你找几个技术含量不错的老师。"

能把手艺高超的骗子说得这么温柔无害,金虞也是醉了。

第八十四章 觉知此事难

金虞以为马上就会见到倾国倾城可以让人倾家荡产的女骗子们粉墨登场了,结果燕卓尔带着她去了银行。

按照燕卓尔的说法:给骗子一点准备时间,老师不光得在台上讲课,还得在台下提前备课呀。

这是一家气势恢宏的四大国有银行之一的分行,一进门就能感受到大银行的格调,西装革履的大堂经理过来问金虞:“您好,女士,请问您办什么业务?”

这家银行主要以大型的工程贷款为主,街面上的ATM机都设立得很少,很少做小笔的零碎生意。

这大堂经理穿的西装料子,都比其他银行的大堂经理的更好一些。

大厅里的冷气开得很足,一米五见方的大块地板砖,两人合抱都勉强的大厅柱子,还有在这种寸土寸金的地方五米挑高的顶,本身就是一种财富的象征。

金虞皱了皱眉头,回头看了一眼燕卓尔,神情有些艰难的不自然:“我存钱,帮我排号。”

“女士,您是存多少呢?”大堂经理依旧彬彬有礼,某宝早就把以貌取人的人给过滤了一遍,现在的土豪在路上不像从前那么好认了。

“一百来块。”金虞本来想小点声,但是心一横,喊了出来,“我就存一百来块。”

燕卓尔拿出大屏幕的手机,挡住了脸。

“女士,是这样的,我们柜台上不办两百块钱以下的业务,麻烦您到自动存取款机办理。”大堂经理把金虞拦下了,身体横在了金虞的面前,指了指边上另外一间玻璃房里的一排机器。

“不不不,我就想去柜台办。”金虞坚持,强硬地往前踏了一步。

此时此刻,整个银行里办业务的人的目光都集中到了金虞的身上。换个脸皮薄的，可能会面色通红，恨不得找条地缝钻进去。

但是人家银行的装修好呀，地板砖之间的地缝都填充了一条淡淡的金线，平整得没有一点缝隙。

想找个地缝钻进去，也没门。

“女士，请您到ATM机办理。”大堂经理一再坚持。

金虞脸一拉，把手抬起来了，开始掰骨头：“我就是要存一百来块。”

两个保安过来了。银行的保安配着防暴棍，体格都相当不错，像是两头熊一样，虎视眈眈地挪过来。

讲真，金虞觉得自己㞞了，但是她没动。

“来来来，女士，您先办。”大堂经理破功了，做了一个请的手势。

金虞甩出来一把十块的，柜台里那个扑克脸的女人看金虞像是在看精神病患者一样，手指头在小键盘上噼里啪啦敲了几下，签完字嫌弃地把金虞的银行卡往柜台前的方槽一丢。至于回执单，更是当成了垃圾，甩到了柜子里。

金虞还没有从椅子上站起来，她就已经叫下一个号了。

这操作！金虞已经没脾气了。

出门坐上超跑，燕卓尔拿出一个黑色塑料袋，目测是包裹得严严实实的姨妈巾，拆开一看居然是十万块钱。

金虞直接从里面抽了好几张：“这是我的精神损失费。”

燕卓尔不置可否，接着到了一个小银行的支行门口，又让金虞进去存钱。这间很小的支行只有两个服务窗口，大厅的一半都用来堆促销优惠商品了，只有一个空调。

一进去，金虞就被两个人围起来了。

“我存钱，十万。”金虞话音刚落，大堂经理的腰弯得更低了。

一条龙服务。她在贵宾室里填了单子，出来在柜台存了钱，有小姑娘用一次性纸杯给她倒了水，里面还放了一小撮茶叶。

金虞还从来没有在银行受到过这样的优待，这才是真正的服务精神呀。

办完业务出来之后，燕卓尔眼底的笑意正浓。他从车上的小冰箱里拿出两瓶冰镇可乐，递给了金虞一瓶。

金虞有些嫌弃：“这个季节，喝这么冰的？不是应该养生吗？”

“装呗，不然浪费了冰箱。”燕卓尔的回答具有非常浓郁的暴发户气息。

金虞拿过来一拧，可乐像是消防栓水龙头被炸了一样，喷出一长串的泡沫来。顷刻之间，她的脸就被糊了个结结实实。

我靠！

在金虞不在的这段时间里，燕卓尔一直在使劲地摇晃瓶子玩，硬是把所有的气泡二氧化碳都给摇了上来。

这是什么东西?!

金虞抹了一把脸，拿起剩下的可乐就要朝着燕卓尔的脸灌下去，但是这斯文败类从车里一跃而起，躲了过去。

半瓶可乐倒在了座椅上。

"我就是想告诉你，钱，才是一个人的尊严。"燕卓尔还笑着给金虞发了一根烟，然后淡定地打电话，叫4S店派人过来取车带回去修。

金虞已经被气得七窍生烟了。她接住这根烟，抽也不是，不抽也不是。

"按照你的反应能力和思维能力，肯定能发现两瓶可乐的区别。但是你在想其他事情，所以才会忽略了眼前的危险。你看，没有钱，还会让人的思维能力降低，变得愚蠢。"

燕卓尔喝了一口可乐，顺手把可乐瓶也扔到了座椅上。

金虞这才想起来，燕卓尔自律到严苛，长期练瑜伽，心跳和血压都能自如掌控。他这样的人，喝茶喝咖啡，都是名品。

可乐?

金虞笑了，她的智商还真是被两次境遇的反差给拉低了。

然而，当燕卓尔过来的时候，金虞还是一脚把他踹到了车里。他昂贵的西装和做得不错的发型都栽在了真皮座椅上。

座椅上的凹槽里都是可乐，还冒着没有冒完的气泡。

金虞仰天大笑："你以为就你聪明，磨刀霍霍割韭菜呀？你没有想过，韭菜地里可能有洞口蛇吗？我也给你上一课。"

燕卓尔狼狈不堪，头也不回地走掉了，随手拦个车，都没有回头把金虞叫上。

燕卓尔再次出现的时候，光鲜亮丽，举手投足之间，一看就是个事业有成的斯文败类。这样的人不管在哪里，都是所有人的焦点。

今天，他更是焦点中的焦点。

原因无他，他又换了一辆宝马X6，拉风得不行，大剌剌地停在了门口最显眼的地方。金虞死活撑着不下去，眼睁睁地看着燕卓尔的车上被贴了张罚单，才慢腾腾地挪了下去。

与人斗，其乐无穷。

"你说你不化妆不换衣服的，怎么那么长时间才下来？你知不知道这里不让停车？我在这里半个小时不走，就要被开罚单的！"

燕卓尔又被金虞激怒了。

“人有三急……”金虞理直气壮。

燕卓尔这次是真的喝了一整瓶可乐,才平息了体内沸腾的洪荒之力。

他带着金虞去相亲了,金虞在一道帘子相隔的隔壁桌点了一壶龙井。

燕卓尔和年轻貌美的待嫁女青年开始吟弄风月。

“燕先生看起来气色不太好呢。这种生茶喝多了伤胃,不好,应该用生铁壶煮水,冲炭焙的红茶喝,再放上两小片老丛,对修身养性最好了。如果有普洱饼或者是十年以上的白茶,就更好了。”

此女气质优雅,轻轻地喝了一口茶,眼神迷离。

“我平时会上一些陶艺课,会在不加班的时候去画展和音乐会,偶尔会参加烘焙的沙龙。健身和去美容院,是绝对少不了的。个人爱好嘛,我喜欢弹古筝,我觉得黄花梨木的古筝弹出来的音色最好。每次坐在琴前,我都会觉得自己的心慢慢地安静下来,远离了办公室的尔虞我诈和做不完的图表PPT。”

“燕先生平时都有些什么爱好呢?”优雅知性的美女斜歪着脑袋,充满了款款风情。

“我没什么爱好,爱好就是赚钱。”燕卓尔脸上的笑容一成不变,手机却在这时候响了。燕卓尔立刻喝完最后一口茶,叫服务员买单。

这是他和金虞的暗号,如果他聊到了爱好,还只说爱好就是赚钱,金虞就立刻给他打电话。燕卓尔挂了电话,致歉说公司有事,头也不回地离开了茶楼。

两个人碰头。金虞表示:“这姑娘不错,有颜有才,格调足够,配你绰绰有余了。”

“是吗?”燕卓尔拿出平板电脑来,连上了手机的热点,哗啦啦地一顿捣鼓,也不知道在查什么,“你信不信,这姑娘的身上起码背着不下十万的卡账?”

“不会吧?”金虞有点吃不准了,“没钱哪能培养那么多的爱好。黄花梨木的古筝,我查过了,起码两万块钱才能下来,一堂课也得三百多。音乐会就更烧钱了,哪次不得花五六百买票? 画展那种地方就是卖画的和画廊联合办的,这艺术品可就没有价格了,几千块钱到几十万的都有。她身上的化妆品和戴着的链子也都是钱呀,养这么一个人,一个月没有个两三万根本下不来吧?”

“打个赌吧,她要是真的白富美,我就给你个合法挣钱的机会;她要不是真的白富美,你就给我办件事。”

燕卓尔薄唇一抿,计上心来。

“行啊。”金虞觉得这事万无一失。

燕卓尔把平板电脑丢给她,然后一踩油门开车离开。金虞瞪大了眼睛,看着平板电脑上的信息，差点没有呕出一口血来。

方莹莹，我来贷八万，花呗五万的额度欠了四万六，招联金融一万八……林林总总算下来，有二十六万的欠款。

金虞张大的嘴巴，能塞下一个鸡蛋了。

居然能欠这么多钱?

那么方莹莹的还款能力怎么样呢？她只是公司职员，工资绩效全勤奖餐补饭补连带着五险一金，一共才不过六千出头。

艺高人胆大呀。

在银行里存一万块钱，一年也就三百多的利息。但是在银行里借一万块钱，利息可就不是这个数了，起码一千块起步。

“你怎么看出来的?”金虞把平板电脑扔到一边，仔仔细细地想了一遍。她可是把这女孩子说的话都仔细地听了个遍，还拿着手机百度了半天。

她居然看走眼了?!

“你之前打交道的，都是姚雪这种在学校里消费还不成熟的女性。她们和这些老于世故的社会人比起来，就像是个暴发户。两者最大的区别就在于，这些社会上的人会把自己伪装得更好，债务和债务之间会错开时间，会合理地安排还款的日期，不会饥不择食地投向不正规贷款App的怀抱。”燕卓尔如是说。

“你怎么看出来的?”金虞又问。这也太无懈可击了，她没有办法找到破绽。

“你呢，从早忙到晚，就是混个温饱的水平。我呢，从早忙到晚，才勉强能一直维持现在的生活水平。那她呢？怎么那么闲呢?”

燕卓尔冷哼了一声。金虞乐了，看不出来燕卓尔居然也会有仇富的情绪。但是燕卓尔会说话呀，他不说自己看不惯别人过得比自己还好，他只会说：“人无完人，这么完美的人，肯定有纰漏。在我这个层次的人，但凡是自己混上来的，不会去相亲，没那时间也没那精力，真不如花点钱去嫖。而但凡是家大业大的，父母早就对子女的婚事有了主意，怎么可能让她自己在外面瞎找?

“所以，她肯定是高消费搂不住了，着急找个接盘侠。”

燕卓尔微微一笑，唇角斜着勾起来，魅惑不已。

“这是施了假化肥的韭菜，长势不行?”金虞发现自己的问题还挺多的。

“事实的真相，会比你眼睛里看到的真相还要残酷得多。你记得莫泊桑有一篇小说《项链》吗？女主玛蒂尔德用借来的项链维持了一时的荣光，后来发生了什么?”

燕卓尔会心一笑，看了金虞一眼。

此时此刻，天光凋零，云影婆娑，整个灰蒙蒙的天空都蒙上了一层淡淡的胭脂色。

“众生百态,存在即是合理。但是我们必须要在这百态里面,找到我们自己的路子。你明白吗?”燕卓尔笑笑,“其实,就是要找一个理由,保证自己在收割韭菜的时候不会手软。”

“我现在就是你要收割的韭菜?”金虞歪过头去,懒得搭理燕卓尔。

“你以为发达国家就好?比如美国,美国的钞票,是政府以国民未来税收的百分之八作为抵押美联储才发行的。所有的美国公民,在出生之后,都欠下了巨额债务,这叫作财政赤字。苍穹之下,芸芸众生,谁又不是韭菜呢?”

燕卓尔把金虞送回到了明日催的楼下。

他最后一句说的是:“其实你不应该对我有那么大的敌意,你有你剑走偏锋所向披靡的思路,我有我的关系网络和资本,我们可以合作实现利益最大化。”

金虞保持了一贯水准,根本没有搭理燕卓尔。

燕卓尔头一次甩了偶像包袱,在金虞的身后吹了一声口哨,调子悠扬,旋律老掉牙:“对面的女孩看过来。”

金虞没有回头。

像是从尔虞我诈的世界重新回到了尘世,两层小楼的办公室里,弥漫着小龙虾和海鲜的味道,搓麻的声浪一浪高过一浪。

大家都和她打了个招呼,没有停下手上正在进行的游戏。

金虞穿过了麻将桌,从正在吃外卖的人和正在打游戏的人身边走过,直接绕到了办公桌的后面,把厚厚的一叠资料从抽屉里拿了出来。

她从来没有像现在这样清醒过。

举世皆醉我独醒。

你的对手在看书,你的仇人在磨刀,你的闺蜜在减肥,隔壁老王在练腰。而方星海,正在把胳膊上的石膏取下来,换成轻便的绷带。

方星海因为被打残这事,已经掉线很久了。

不然他也在疯狂的装备竞赛中,哪轮得到金虞徘徊犹豫,落子不决。

眼看着发财的机会又要来了,他又重整旗鼓,将要重新上线了。至于方星海到底恨不恨燕卓尔?肯定一点也不恨。在他的眼里,燕卓尔不过是一个话事人而已。老板的秘书,帮着金主解决一下工作问题,再解决一下生活问题,如此而已。

他和一个拿钥匙的丫鬟,当家不做主的看人脸色的小白脸记个什么仇?

方星海就是这么和他的两匹马说的,他一边说着一边疼得龇牙咧嘴:“妈的,我两条胳膊都不一般粗细了,以后还怎么泡妞?"

马实这个胖子和马奋这个人猿泰山,两个人扶着方星海,顺带着帮方星海把假发戴上。

这两个人主要跟着方星海混,方星海下线了,他们两个人也只能等着。

燕卓尔这人一定要手脚干净,坚决不会主动联系他们这些流氓的。

金虞除外,她是个女流氓。

"马上就到夏天了,戴这么厚的帽子,捂一头痱子。"方星海的飞机头上抹了不少定型用的发胶,他犹豫半天,还是把假发戴严实了。

光头,是检验帅哥的唯一标准。

但是他没有了帽子,那就是个光头强,方星海表示自己受不了这种打击。

"放心吧,脱发这种问题,就连英国王室也解决不了。不是你一个人的错。"燕卓尔用自己的博学来安慰方星海,态度好得一塌糊涂。

方星海更伤心了,就连财大气粗的王室都解决不了脱发问题,他何年何月才能长出头发来呢?

不过,更令人伤心的是,他看中的项目,燕卓尔至今没有给他正儿八经的答复。

这是打算交给姘头了吗?

那他可真的要怒了。

第八十五章
冰火两重天

“燕秘书还打电话来关心人，所以我觉得项目还是咱们的。”人猿泰山马奋话音刚落，就被方星海跳起来砸了一下脑袋。

“你见过生意在电话上谈的？不然我开那么多的酒吧会所做什么？大家还是要美女美酒雪茄，坐下来扯皮，先扯一轮，再来回扯。漫天要价就地还钱，谁知道两个亿最后还能剩下来多少。”

方星海心情不佳，原本他不用这么着急把石膏取下来的，但是为了能坐到桌面上，他连露脚脖子的七分裤西装都穿上了。

胖得挪动都比较困难的马实挤不到门口：“咋那么拼呢？”

“我爸爸当年刚做了良性肿瘤切除手术，就坐着救护车躺在担架上一路到了招标会现场。三个医生四个护士围在轮椅周围给送进去的，轮椅上支着两米高的架子，上面还挂着消炎药水和一袋血浆。他坐下开始叫价，其他几家立马尿了。抢下来的玉林春会所，现在还是我们家里最赚钱的会所，意义非同凡响。

“当时那家商铺就已经在CBD广告街和金融街的中心了，旁边还有条步行商业街，谁能拿下来那家，谁就是老大。

“我比起我爸爸当年来，差远了。”

方星海暗暗地握了握拳头，给自己加油鼓劲。他才不会带着两个流氓去干上档次的事情，马奋和马实两个人被留下了。

拼着一口气，拿命换钱，是芸芸众生的宿命。

一贯以年轻小开的身份在岚梧市地面上活跃的方星海，一般都是自己开车，这次他换了一辆保时捷911，还配了一个司机。

司机也穿得非常庄重，还戴了一副白手套。

目的地，就是方星海家遍地开花的酒吧会所中最大的一家——玉林春。据说，这里只接待政商两界的高级客户，有十八线小嫩模来这里活跃气氛，也有爆红的明星来暖场。

鱼龙混杂,低调奢华,一般人还真的进不来。

外面看起来平淡无奇,保持着上个世纪的土豪审美风格,在这寸土寸金的三环不显山不露水。然而穿过了前面的金拱门,走过了红地毯,在身材曼妙多姿的服务员微笑着引领进去之后,就会发现这个地方别有洞天。

金虞踩在松软的地毯上回头看了一下,接她过来的司机已经开着车走了,而她要进去的这个地方,连个招牌都没有。

以前她也打车来过这里,一般是告诉司机师傅,到金融街和广告街、步行商业街的交叉路口。

此时她才知道,这个地方叫作玉林春。

她现在对于这种低调奢华在地图上找不到位置的私人会所,已经习惯了。

霓虹打出五颜六色的光来,游泳池边上坐着穿三点比基尼的美女,一个猛子扎出来的小鲜肉有颜有身材,端着一杯鲜艳的果汁对着金虞吹了一声口哨,然后游泳池边上响起了此起彼伏的笑声。当然,这里不光有不靠滤镜和美颜就能上镜的帅哥美女,也有大腹便便的老男人躺在躺椅上,美女在旁边点着烟。

这个地方,是喧嚣且沸腾的。除了一个看起来八百年没有人进来一次的正门,四面还有七八个入口,靠着口口相传拉人头,大家交足了钱,就能进来玩。

领着金虞往里面走的服务员微微一笑,对金虞说:“女士如果想交个朋友的话,我们玉林春乐见其成,如果您需要牵线搭桥,我很乐意为您跑一趟。”

年轻化,刺激化,边缘灰色行为合法化。

比如,拉皮条被改成了交朋友。

高素质的服务员只会给客人提供无上满意的服务,而不会对客人的衣着和谈吐挑挑拣拣。

金虞笑着摇了摇头,在旋转楼梯的拐角处,隔着长长的走廊看见了正在窗户边抽烟的燕卓尔。他来来回回踱着步子,不知道在思考什么。

金虞在心里盘算了一下,这接下来是要玩什么?

金虞这才意识到,前门是老干部风格,后门是杀马特风格,一点不影响进来的人把娱乐和工作搞一块去。

谁弄的这个地方?太有才了。

舞池中央是一个晶莹剔透的灯光T台,两边围满了热舞的人群,男男女女举着荧光棒,贴面靠在一起,震耳欲聋的音响还是环绕立体声的。一个常在短视频App上出现的网红,正拿着话筒深情款款地唱着骚包歌曲。到了动情的地方,男男女女互相不认识却搂在一起的,大有人在。

服务员眼神暧昧，让金虞穿过人群到对面的包厢里去，里面已经有谈生意的人等着了。

结果她刚踏进去，就有人想一把揽住金虞的腰。金虞稍稍侧身，一脚踩下去，那猥琐的男人还没有来得及叫出来，金虞整个人像是一条鱼一样，一闪一躲。远远看去，像是一湖春水里泛起了一道波纹，她直接冲到了对面的包厢里。

包厢的位置比舞池的位置略高，燕卓尔隔着垂下来的珠帘，看到了这一幕。

他把手里的烟灰磕了磕，然后把凑到自己身上的戴着兔耳朵的女孩子推到了边上，眼睛看着金虞走过来。她像是一尾自以为藏匿得很好的锦鲤，瞪着大眼找着暗流涌动。燕卓尔端起酒来喝了一口，还舔了舔唇角，回味无穷。

这是什么味道呢？

这地方做得有意思，桌子是方的，但是边上围着的沙发做成了圆的，这外圆内方的结构像是在提醒人：孔方兄很重要，钱很重要，千万不要为了和谐，就连钱都不要了。

方星海坐在一靠边的位置，喝着酒，抽着雪茄，时不时地看一眼发光的T台，一看见金虞，就不耐烦地皱了皱眉头。他旁边坐着唐律师。

燕卓尔在这样的场合下，存在感比较低，对着金虞微微点头示意。他旁边还坐了一个人，金虞只觉得有些面熟，灯光太暗没有看清脸。

美浩小额贷款公司的老板白坤杰旁边坐着郭蘅芜，眼看着桌子上的杯子空了，郭蘅芜就会叫服务员再上一杯，上来的酒若是整瓶的皇家礼炮，她就熟练地给杯子倒上三分之一。

这个一贯冷脸示人的性冷淡的妖精对着金虞，笑容灿烂。

白坤杰起身相迎，还给金虞敬酒："后生可畏呀，女中豪杰。"

"哪里哪里。"金虞发现，一张桌子四个边，她一个人占了一个边。她接过郭蘅芜倒的酒，和白坤杰碰了一杯，一饮而尽。

金虞这才看清楚，燕卓尔身边的律师是那个冯嘴炮。之前在岚梧贷门口，双方闹得不太愉快，事后这个律师没有找后账，金虞都觉得是自己赚了。

没想到在这里等着呢。

白坤杰极具个人魅力，举手投足之间都是一个大佬应该有的霸气："接下来，我们公司会和美善金融合作。这家公司海外注册，沿海发展，之前并没有把我们岚梧市作为抢滩登陆的首选。现在它想要在岚梧市发展，就需要做很多本土化的融合，银行在这方面的效率比较低，所以找到了我们。"

而现在，他就是想把这个业务组合外包出来。

"我和小星的父亲是多年的老友，我当然愿意小星来办这项业务，但是小金是目前在岚梧市金融行业里风头最健的人物。我们干干净净地做生意,光明正大地赚钱,两位都符合我的预期。这棋逢对手,将遇良才,还真让我有些难以选择呀。"

白坤杰不像是在办公室里叱咤风云的人物,反而像是一个隔了代的长辈,放下一身的架子,好言好语地和家里的杰出晚辈在把酒话桑麻。

白坤杰的话信息量极大:他可以直接招兵买马,和美善金融做对接。这种全国排名靠前的大公司,在纳斯达克敲过钟,含金量极高,绑定风投的几家新兴产业的公司,早就已经赚得盆满钵满。

可以说,和这种巨头搭上线,只要人家手里松一松漏出来一点,都够普通的小市民一辈子吃穿不愁。

白坤杰和方星海家里有些渊源,而又想让金虞插一脚,还叫了两个最擅长扯皮的律师,这是想要温和地看着底下的人先狗咬狗一嘴毛吗?

只看表面态度和字面意思的人,连死都不知道自己是怎么死的。

关键,得看利益的流向。这一桌子上,暗流涌动。

"法律是死的,人是活的,钱也是活的。交给不靠谱的人,回头咱们连本都收不回来。依我看,应该按照之前小试牛刀的结果,交给老方总的儿子小方总来做。"

冯嘴炮首先开炮,把暗流涌动掀成了惊涛骇浪。

金虞冷哼一声,要是大家坐下来互相商量一下就有用的话,还要那么多的经济犯罪手法做什么?燕卓尔要她过来,就是想争一把。

不想上位当老板娘的秘书不是好秘书,燕卓尔对陪睡没兴趣,他是想要培养自己的班底,自己当老板。所以,燕卓尔给了金虞另外一张牌。

怎么打?打出来什么效果?分人。

"你说谁不靠谱呢?"金虞本来就是要账起家,一杯酒端起来不喝,直接泼在了冯嘴炮的脸上。她越过了大半张桌子,直接把杯子砸在了冯嘴炮的脑门上。

画风换得太快,其他人一时都没有反应过来。文斗的嘴炮一下子成了武斗。

但是距离确实太远,杀伤力降低了不少。冯嘴炮捂了一下头,碍于年纪和职业习惯,先破口大骂:

"我要让法官判你一辈子!

"我要让你蹲在里面出不来!

"我要让你付出法律的代价!"

一浪高过一浪,冯嘴炮的声音甚至比舞池里音响的声音还大,但是隔着一道珠帘,还真没有人过来看。燕卓尔已经绕过桌子来,拦住了金虞。

"我还要把法院门口挂着的国徽弄下来砸死你呢。你当法院是你们家开的呀？你以为法官是你亲爸爸呀？我告诉你，我是打架打大的，不是吓大的！"

金虞转过头来，看着幸灾乐祸的方星海，又看看白坤杰，眼神相当耐人玩味："如果这个团队不交给我负责，那大家都不要玩了。我倒想看看，经侦局过来查账封门，是各位有钱有势的大佬熬不起，还是我这个人微言轻动不动破罐子破摔的小人物熬不起。"

冯嘴炮张了张嘴，没说话。

这个妞，就是靠着脑袋开瓢赶走了原本做得蒸蒸日上的捷爱催的赵捷，鸠占鹊巢成了明日催的小老板。结果，人又在某个高层上流酒会上泼了当时还是月牙湖饮业一把手的吴兴发一脸酒，那位一把手从此就像被黏上了狗皮膏药，运势日下，公司倒闭了，现在还在里头蹲着。

现在又是一杯酒，想干掉自己吗？

冯仲谋年纪大了，心思百转千回，一口气堵在喉咙口，火辣辣的难受。

他不怕一个人的小心翼翼，就是怕破罐破摔玉石俱焚。

"狗嘴里吐不出象牙来。"金虞一句话呛了过来。

现代人吵架，必须有干货，光靠着问候人的祖宗十八代和人体器官的时代，已经过去了。

白坤杰始终面不改色，甚至把自己面前的雪茄盒推到了桌子中间，做了一个请的手势："说说？"

方星海的脸上风云变幻，像是小学生在拼命地回忆老师到底布置了什么作业，但是到了抽查的时候，他居然一个字都没有写。

这太可怕了。

"我好好地开我的会所酒吧，有钱再投点其他的产业，怎么就不行了？"方星海对着金虞怒目而视。

"美人贷就是空手套白狼拉皮条的，市面上还真没有几家敢这么做。但是方总的规模做得大，参与人数众多，我呢，好奇心比较重，还查了查这些钱的来源和去处。方总家大业大，管住自己的后院不要起火，就很费心思了，肯定顾不上和我争这点蝇头小利。"

金虞说得云淡风轻："钱的去向嘛，肯定不在咱们国家。我呢，外语不太好，也没有路费，没有去查过钱到底在哪里落地生根了。但是如果我以后没了发财的机会，恐怕就会闲得不得了，借钱买上机票，满世界地找钱去。"

方星海很想像金虞刚才一样，端起酒杯来直接砸。这么一个妞，就算是被他砸得成植物人了，他再砸个一百来万扔到医院去，那也是很划算的。

但是偏偏他没有这个能力呀。

之前,他想把美人贷的业务扩张一下,先给了这个妞五万块钱,但又想收回来,于是派了一伙和金虞不对付的流氓去收拾她。

结果呢?

高三烂那些人,过年就在拘留所里过的,现在看,未来三四年,他们都得在看守所里过了。

说实话,这真的打起来,谁成植物人还不一定呢。

"既然坐到了一起,就有商量的余地。钱,应该大家一起赚。"方星海脸上的肌肉很僵硬。白坤杰和在座的其他几个人,都沉默了。

他看了一眼唐律师,唐律师似乎喝酒喝出味道来了,早忘了自己来这里是帮忙扯皮的。

笑话,现在要是开口,这不要命的妞一酒杯砸下来,以后还能不能开口可就悬了。唐律师也很珍爱生命的。

况且,很多大老板需要律师,但是用律师时都喜欢白嫖不给钱。他也需要金虞给他要账呀,她可比法官的效率高太多了。

无视了吧,反正酒挺好喝的。

"我家里穷,我想要一个人赚钱一个人花。"金虞毫不退让。

"年轻人,就是要多表现自己,当仁不让。"白坤杰一锤定音,端起酒杯来敬金虞。郭蘅芜作为这里最美丽的花朵,又给金虞端了一杯酒。

三十年河东三十年河西,没想到她公司里的临时工,竟然成了当地最大小额贷款公司老板的座上宾。

燕卓尔嘴角勾起来,也举起了杯。只不过,他的眼睛却是一直盯着方星海。方小开不情不愿地站起来,摸了摸自己的飞机头,勉强和金虞碰了个杯。

"冯律师,我年少气盛不懂事,您年纪大,不要和我计较。我敬您一杯,我先干了。"金虞站起来,做了一个不像低姿态的低姿态。

冯仲谋憋着一口气,但是郭蘅芜的细手推出了酒杯,细声软语道:"冯律师,您不会和一个年纪还没有您儿子大的小姑娘计较吧?"

"不计较不计较! 年轻人,难免会冲动。但是,你要知道,冲动早晚会付出代价的。"冯仲谋端过酒杯来,一口就喝了下去,然后借口自己的律所还有事情就先走了。

"但是今天冲动的代价,是促销优惠哦。"金虞淡定回击,一副不怕惹遍所有人的嚣张样子。

燕卓尔转动着手中的杯子,低下头,眼睛里疯狂的笑意都被掩饰住了。

T台上出现了一个新的面孔，整个舞池的人集体高潮了。金虞也忍不住回头看了一眼，聚光灯下，公主一样的女孩子穿着水晶高跟鞋，一步步踩着灯光走在前面。

人美歌甜。

方星海的口水都快流下来了。

那女孩子的眼神空灵秀美，长相介于成熟和少女之间，御姐和萝莉气质同时集于一身不冲突，男女老少通杀。金虞没想到这里还会有这般品质的美女。

郭蘅芜撩了撩头发道："那才是真正的靠脸吃饭。"

所有人的注意力都被吸引了过去。

除了燕卓尔。

第八十六章
杯酒赛神仙

本人比海报上还漂亮。

从近处看比远处看更漂亮。

女孩子唱歌极富感染力，重金属挂在身上，快节奏的音乐，整个舞池里人挤人，像是一瓢水泼到了浓硫酸里，沸腾了好几遍。现场钢琴架子鼓小提琴再加上DJ的混音，从天灵盖直通大脑至心灵，再到脚指头，激得人麻酥酥的，全身的毛孔都被完全打开了。

她只唱了一首歌，然后九十度弯腰，对着舞池里的男男女女抛了一个飞吻，把全场的气氛推到了高潮。所有人都在喊着她的名字：图灵。

不光长得漂亮，还有两把刷子。原来是她，美善金融的代言人。

金虞的眼睛都看直了："不光能靠脸吃饭，还能靠嘴吃饭呀。"金虞顺手把给燕卓尔的酒蹭过来喝了。燕卓尔给了金虞一个白眼，又从郭蘅芜的手里拿了一杯酒，意思是：有你这么夸人的吗？

金虞很凶地反瞪回去。图灵撤到幕后之后，能看到其他桌上有人往酒里面兑东西喝，还有明显不认识的男女直接抱在了一起。

这场面，这谈事情的方式，在金虞的眼里，远不如第一次单独见池清源时经侦局对面的小面馆。

"白总，方总，好久不见。今天的酒水我来请。"图灵做了一手闪瞎人眼的指甲。本人的底子是真好，除了口红什么都没有抹，就把另一个大美人郭蘅芜秒成了渣。

金虞不由自主地摸了一把自己的脸，没有对比就没有伤害呀。

"哪里哪里，今天的酒水我请，哪有在我的地盘上还让图灵小姐付钱的道理。"方星海看到美女，不自然地整了整飞机头。

这是他到目前为止，做得最贵的一款造型了。

“图灵小姐今天在这里创造的利润,早就不止酒水的费用了。”白坤杰温文尔雅,笑着对图灵举杯。

这一桌的酒水,皇家礼炮、波尔多、白兰度,林林总总摆了十几瓶,按照郭蘅芫给金虞咬耳朵的信息,最便宜的一瓶酒都在三千五。这一桌的酒水,再加上服务的小费,分分钟破了十万。

和金虞风里来雨里去冒着生命危险收来的十几万债务,根本没有可比性。

对于金虞而言,几万块一瓶的干红还没有鲜榨的十几块钱一杯的鲜葡萄汁好喝。

这喝的哪里是酒?明明就是液体的黄金。

图灵始终笑容甜美,能照顾到每一个人。她的格调更高,郭蘅芫算是一个暖场的人,而她却是和在场的每一个人都碰过杯就离开了。

已经到了不惑之年的唐律师和图灵碰杯时,也有些发怔。

“你好,我是图灵。”图灵也和金虞碰了一杯。不是金虞的错觉,图灵看着金虞的眼神带着几分玩味,以及自上而下的鄙视。

“金虞。”金虞都懒得多加形容词,碰完杯就自己喝了。对面的郭蘅芫莞尔一笑。

灯火阑珊,一群各怀鬼胎的人坐在一起,酒局散得很快。显然没有人想要多喝,因为怕嘴里会说出什么不该说的。

方星海借口去照顾别的桌,直接走了,根本没有把之前桌面上差点打起来的闹剧当成一回事。白坤杰借口公司还有业务要处理,把他的秘书带走了。

燕卓尔从头到尾存在感都极低,像个跟班一样地给白坤杰拿衣服拿雪茄盒,还将一个文件夹夹在腋下。整个人像是棵圣诞树。

呵,燕秘书。

再嚣张跋扈,他也还是大佬手底下的跟班。

一小会儿的工夫,桌子上就只剩下了金虞和郭蘅芫。

“姐姐请你吃夜宵去。”郭蘅芫莞尔一笑,没了刚才端着的架子,已经把服务员叫过来排代驾了。方星海是玉林春的少东家,在座的人都有贵宾待遇,可以优先排到代驾。郭蘅芫看着一桌子的酒和杯子,吐槽了一句:“这几瓶酒,我都没有喝出味道来,账单上十七万就没了?我手底下最好的那个插画师,一年到头地加班,他和他老婆离婚,我都没有给他准假,一年奖金加绩效,也才二十万。这些人,就是动动嘴皮子,放贷收贷的,就能把这么贵的酒当成可乐喝。”

金虞大笑:“我的郭总呀,看不出来你也有仇富情结呀。”

郭蘅芫扔了一根烟给金虞,自己吐出来一串烟圈,性冷淡得恰到好处的高贵冷艳:“姐带你吃夜宵,不是法国的鹅肝意大利的面,是武汉的小龙虾,一百块钱一大盆的那种。”

“好呀,我饿死了。”金虞舔舔嘴唇。两个女人乘坐电梯,直接通往商超共用划分出来的地下停车场。

郭蘅芜的嘴不停:“你别看百度上把图灵描述得天真无害的,什么偶然陪闺蜜试镜得到了机会,一部戏就爆红,然后靠着平时的美妆小视频大量吸粉,又靠着综艺节目人气节节高,那些都是唬人的表面功夫。”

露天的大排档里,金虞吸溜着麻辣田螺,郭蘅芜直接下手。小龙虾的壳堆成小山高,冰镇啤酒叫了一箱,按照郭蘅芜的说法:“喝不完的,咱们就倒了。”

“那她靠潜规则吗?”金虞又问,对瓶吹了一口下去大半瓶。

“咱们国家的影视产业和其他国家的不一样。韩国最红的金童玉女,加起来的资产也不过三个亿而已。他们在出道以前,就和公司签了卖身契,没个七年八年根本聚拢不起自己的财富,公司能剥削走百分之八十以上的收入。你看我用香奈儿的山茶花,背LV的包包,那些经常在电视上露面的大明星可能都达不到这个消费水平。但是咱们国家的明星,红了之后迅速地组建自己的工作室,投资新电影新电视剧,自己培养新人,如果机会合适,会立刻不惜一切代价上市,就算不是新三板也是主板。

“劳动所得,怎么可能高得过资本复利。”

郭蘅芜也拿起一瓶来,灌下去冰爽冰爽的。她整个人瘫在椅子上,抱着酒瓶,是其他人从来没有见过的不严肃不冷漠的模样,甚至连直男斩的口红都擦掉了。

“郭总,那你咋不C位出道呢?”金虞两手举着羊肉串,左边一串右边一串,左边吃一口,右边吃一口。边上的大汉还给她们烤着一条羊腿。

“我那时候年轻,觉得人应该凭本事吃饭,我哪知道做技术的搞不过那些玩金融的。”郭蘅芜把一个田螺壳扔到了桌子上。

“金融所需要的人脉,根本就不是我们能撬动的。我当年要是进了金融行业,现在可能就是银行里的一个柜员,拿着每个月不到一万块钱的工资,干到老死。”

“既然已经选定了就让那个女人打头阵,为什么还要来这么一出呢?”白坤杰喝多了,头有些昏昏沉沉,“我还真有点受不了国内的空气了,真不知道以前那些年都是怎么熬过来的。”

加长宾利车上,白坤杰坐在宽敞的后座,燕卓尔坐在副驾驶座上。

其实岚梧市的火力发电厂和化工厂早就搬走了,想要走旅游振兴城市的路子。但是岚梧市还真没有什么拿得上台面的历史底蕴,隔壁的那个市为了潘金莲的故乡撕得不可开交,大家都觉得不像样,就算是开发了也收不回成本来。

这里的空气质量好得一塌糊涂,写字楼里都是搞互联网金融和互联网经济的。

白坤杰,就是瞎矫情。

“价值是人赋予的,轻而易举得到的东西,从来没有人会珍惜。争抢,才是人类的本性。我如果不让她争,那她肯定甩手就不要了。”燕卓尔推了推金丝边的眼镜,斯文的脸上笑容略冷,耐心地为自己的老板解释着原因。

“打一架比十几万的酒局还重要?”白坤杰一直生活优渥,很难想象另一个阶层的人的脑回路是什么样子。

“年收入不过一万块钱的贫困家庭,根本想象不到把十万块钱一斤的冬虫夏草当配菜是什么样的生活。”

燕卓尔如是说。

夜,黑得深沉,像是一个缠绵的妖精,让人恨不得立刻就把它睡了。

“倒也是,玩金融的人能有什么技术含量,无非就是胆子大一点,钱多一点,包装得神秘一点。美善就快要登陆了,咱们提前放松放松,免得到时候露怯了。”

白坤杰拿出手机,开始联系人了。那边传来故作清冷实际上讨好的声音:“白总,您现在联系我,总不太好吧?”

“我想不到比现在更好的时候了,我的秘书一块来。”白坤杰一本正经。

“我就不用了,今天累了,先回去睡觉。”燕卓尔扶额,头疼中。

“把情绪放松一下,接下来可都是考验心理素质的战场,一点不比中东的局势简单。千万不能成了炮灰,更不能成了别人收割的韭菜。”

白坤杰循循善诱,想要说服燕卓尔一起过去。但是燕卓尔婉拒,在下一个路口的方向就下车了。

“呵,这世上,谁又不是韭菜呢。”

白坤杰把抽了一半的雪茄扔到了窗外,吐出来一口浊气。

这时局呀,时无英雄,遂使竖子成名。

白坤杰到底无人可聊,叹了一口气,又点了一根雪茄。

“啧啧,这一身酒气,你从哪儿出来的?”

金虞叫了一辆网约车,先把醉得不省人事的郭蘅芜送回了家,交到了她的保姆手上。郭蘅芜一个劲地说着谢谢,硬是要把小钱包里抽剩下的半包女士香烟塞到金虞的手里。哪怕是醉了，对着人的时候，郭蘅芜还是兜着脸，说话一板一眼。金虞一转身，听到后面稀里哗啦吐得一阵响。

这网约车，是池清源开的。

“我可要谢谢您。就我这千杯不醉的，要不是国家法律规定不允许酒驾，我肯定已经自己开车回去了。”金虞拿出郭蘅芜的烟来，给池清源发了一根，自顾自地吞云吐雾。

“可把你牛坏了，现在酒驾也敢了？”池清源忍不住敲打金虞。

“酒驾算什么？你把交警拉过来，就到玉林春不远的地方，毒驾都能抓几个。”金虞吐出一口烟来，烟太细，抽了两口就完了。池清源瞪了一眼，她不情不愿地把烟屁股扔到了没喝完的矿泉水瓶里，不然早弹出去了。

“白坤杰的小额贷款公司想和美善金融对接一下，其实就是陪太子读书的角色，还有些打杂的活交给我去做。具体的标书和规划，还没有交到我手里。”

“我知道，美善金融将会以岚梧市为中心，做金融辐射的大项目。”池清源说。

“你知道那还让我做什么？”金虞不解。

“细节，我们要知道更多的细节。你能坐到这些人的会议桌上，而我们派出来的经侦，至多只能当个给他们的项目经理开车的角色。你能想象到吗？去年震惊所有人的大案，就那个共享单车押金池被挪用的案件，直到上千用户取不出押金的时候，我们经侦才开始立案调查，而在我们调查的时候，已经出现了三十七个亿的缺口。

“这些光鲜亮丽的大公司，在没有出现重大纰漏的时候，我们去调查取证，拿到的都只是光鲜亮丽的账目报表。你是和他们宝马香车美人美酒地谈生意，你看到的是那些律师帮着他们找法律漏洞去避税避监管，但是我们看到的，就是一片形势大好，企业发展蒸蒸日上。”

末了，池清源补充一句：“我知道，你的压力很大，很可能查到最后一无所获。”

“没事。”金虞把矿泉水瓶子扔了出去。

方星海可是刚拆了石膏，整个人瘦了两圈，脚还走不利索，前胸断了三根肋骨，现在还不能生气。这人藏了一部分钱，被燕卓尔拿住了把柄。

金虞听到的消息也只是捕风捉影，就算是告诉了池清源，经侦局也只能找到流入地下钱庄的蛛丝马迹，再远的地方，就是查无所踪。

资本没有名字，不能用同位素追踪法。

“全国的P2P平台有两千多家，去年到今年陆陆续续出问题的，有四五十家。这些平台最后都是资金链断了，投资的项目出了问题，投资人的钱提不出来。平台的负责人或者是自首，或者是跑路。乱象丛生呀。”

池清源如是说。

“你的意思是，美善有问题?”金虞反问。

“这些平台坍塌的主要原因是诈骗和传销，它们不过是包装了一个P2P的外壳而已。很多人卷走了资本，但是避开了法律的监管，这些资金在市面上到处流窜，虽然我们灭掉了一波高利贷非法催收，但是如果有人再利用美善金融的入驻做文章，我们就能把这些害虫挖出来。”

池清源拐了个弯，金虞觉得自己的思路也拐了个弯。

月牙湖饮业的破产和三家小额贷款公司的坍塌清算，在岚梧市也掀起了一些风浪，倒逼着监管部门临时出台了一些“暂行办法”。由当地的领导和银监会的领导出面，压制过桥成风、利差来回倒的乱象。

这三家小额贷款公司虽然倒闭了，但是后续的扯皮过程一点都不少。

固定资产，尤其是房产和高昂的艺术品，这些东西要被集中拍卖。但是在清算的时候，大家才发现这些东西又被相关人员在其他的小额贷款公司或者银行抵押了一遍。

这种利益牵扯重大的案子，法院判了之后强制执行，但是现场三方四方的代表都能拿出合理合法的手续合同，到底应该怎么执行？先给谁执行？这就难办了。

有些人，根本就不是想要借款投资，而是要套现跑路。

原本查办了三家小额贷款公司，经侦局在省厅开会时底气也是足的。但是偏偏这些小额贷款公司一女多嫁，各方都在撕，就连副厅长叶培林的电话都响个不停。

明明是经侦局解决了一个骗贷款的大案，连根拔起了一串，但是大家都不好意思说经侦局干得漂亮。

华丽的袍，上面的虱子一抖，没几个人能受得了。

池清源出来之前，叶副厅长还和他感叹：“我们是办案的，又不是判案的。这电话打得根本就不对，两千万的张大千真迹，三千万的徐悲鸿手稿，七八百万的宣德炉，听着不像是报案的，倒是像在和我们炫富。”

要想这种事情不再发生，就得把这些人堵在门外，不让这些人参与。

“可是他们拿钱的时候，钱也没有标明是黑钱还是白钱呀。”金虞不懂了，她没有金融学的常识，结果这么走到了这一步，她自己都觉得莫名其妙。

“担保公司之前跑路，就是因为很多人把钱投到了P2P平台去套高额的利息差，而担保公司自己也看中了这个利息差，于是往里面投。P2P倒了的时候，这些担保公司也就倒了。

“每个地方的情况不太一样。有的是烂尾楼工程款不到位，最后的危机转嫁到了担保公司身上，有的是包装过的庞氏骗局的传销，有的直接就是皮包公司的诈骗。”

“这些有什么区别吗？”金虞问。

“干净利落，合乎法规，钱却都不见了。我们按照时间顺序进行比对，发现作案的手法一次比一次漂亮，让人无迹可寻。如果不是涉案金额和这些人之间有联系，我们可能就要以为这些案子是彼此独立、偶然爆发的。

“以前办案，找的是主要的嫌疑人，而现在因为犯罪团伙分工明确，我们要找的是一个高度精密运作的犯罪组织，一网打尽。”

池清源再次转弯，从现代化的繁华商业街进入破旧的老城区，像是一下子从纽约曼哈顿市中心到了我国的十八线小县城。

金虞下车的时候，喃喃自语：“一网打尽？！”

第八十七章 烽火肆连天

仗着一股气，雄赳赳气昂昂地跑去街面上的小额贷款公司，把人家的账本翻出来，屁颠屁颠地搬去经侦局，这叫傻子，会被人一脚踹出去的。

傻子从来不是金虞的人设，她是个正常人，所以她要抓住现在的机遇，赶紧去赚钱。按照燕卓尔的说法，势比人强，眼睛要牢牢地盯着大形势。

个人的努力，在时代的滔天巨浪里，根本就不算什么。

比如，央行财政要放水了，要赶紧看看文件的水放在了哪里。如果是放在了农产品市场，大蒜大葱这些东西肯定要涨；如果放在了房地产市场，那房地产肯定会涨；如果放在了股市，那买股票肯定是没错。

但是如果限令在不到半年的时间里下来一百多条，炒房客短期贷款买来的房子砸在手里两年出不了手，首付和利息还不断地提高。

在这样的情况下，还去投机炒房，谁买谁蠢。

金虞头伸得像是《疯狂动物城》里的闪电："我以为买房就是赚呢，全款背的利息少，更适合长期稳定持有。"

"这么说吧，房贷的利率是百分之三，但是把钱投到我们正在管理的基金里，年回报率在百分之六，这样相互差一下，还能有百分之三的回报率。你说把钱扔到了房子里，是不是蠢？"

办公室里，只有金虞和燕卓尔两个人，但是燕卓尔现在完全不怕口不择言惹得金虞动手。

这是条滑不溜秋的泥鳅，知道什么时候该动手。

"但是我要是找不到年回报率百分之六的投资呢？"

金虞忧伤地喝了口水，捧着杯子敲了敲杯沿。那表情，傻得冒泡泡。

"那你这种蠢货，还是把钱都放在房子里吧，免得被人给骗了。"燕卓尔头也不抬。在他眼里，智商这种东西，看命。他没有给金虞拔高智商的义务。

他的手里，有一份委托合同。

合同早就做好了，但是一拖再拖，拖得金虞都没有了脾气，接二连三一直催，都快变成他办公室门口的一条咸鱼，他才把合同给拿了出来。

“美善的门店开始铺了。我们的目标是铺出沙县小吃和兰州拉面的密度，用户的覆盖面要足够广，投资的普及率一定要高。一定要在其他的投资平台抢滩登陆岚梧市之前，完成整个沿海一线的战略分布。你明白吗？”

燕卓尔把合同放在桌上。他原本在敲着桌子，现在直接把钢笔的大头戳到了金虞的额头上：“时间，时间，还是时间！要用最快的速度完成，逾期一天，你就得多交百分之零点三的违约金，你听明白了没有？”

“知道了，钱难挣，屎难吃。我就算铺不完地板砖，也会把牌子挂到门脸上去，保证能通过美善那边的验收。”

金虞揉了揉额头，把燕卓尔的笔抢了过来。派克的精装纪念版，笔尖有一颗小小的钻。当燕卓尔说他的钢笔三万块的时候，金虞差点激动得把笔掉在了地板上，然后很狗腿地把笔还了回来，故作一惊一乍地缩回了手。

她还故意问：“你那笔，好出手吗？会不会贬值？”

“怎么，你还想偷？”燕卓尔扶额，干瞪眼，但是他的教养不允许他继续动手了。打不过这个女流氓怎么办？丢人。

“我可没这么说。”金虞瞪眼，她的眼睛清明有神，灵动得很。

“别给我滥竽充数，我告诉你，门店的装修都要按照标准来。你要是能在标准之内省出钱来，我睁一只眼闭一只眼，但你要是做得不符合规范，我会按照违约条款一条一条地让你赔钱！”

燕卓尔把合同甩在了桌上，看着金虞的眼神完全就是烂泥扶不上墙。

金虞叹一口气：“你说说，你可真有意思，明明看不上我，又非要死乞白赖地拖着我让我给你干活，你图啥呀？”

“我要是有那个闲工夫和那些民工打交道，我肯定不找你。和你扯皮，比找包工头还累。”燕卓尔看着金虞，恨铁不成钢。烂泥扶不上墙，一天到晚只盯着那一亩三分地，眼界就那么高，真是让人心累。

这种人，就算是把发家致富的机会放在了她面前，她也会妥妥地错过。

“燕秘书，你说这家美善金融，它靠什么发财呀？开这么多的门店，光房租就能把人拖死吧？就我那个明日催，三年的房租十万，但平均月工资才三千，去哪儿赚这么多钱呢？”

金虞签了字，右手和左手的大拇指都摁了手印，还在骑缝线上印了手印签了名。

“你这是把我当个包工头使唤。”

"世界上最赚钱的就是银行家。罗斯柴尔德家族在两百年间创建的一整套现代银行的运作体系,就是所有金融机构想要模仿的对象。基础业务就是放贷和收款,赚取中间的差价。

"你想像银行家一样赚差价是不可能的,能当个包工头就不错了。"

燕卓尔说完,指了指门,意思是金虞现在就可以走了。

金虞站起来,对着低头伏案的燕卓尔竖了一根中指。这不是等于什么都没有说吗?她现在明白了,为什么池清源说经侦的案子不好办。

燕卓尔现在是个兢兢业业的纳税人,对工作的要求一点都没有放松。倒是金虞这个拿着空白的单子出去办事的人,反而心虚得不得了。

一块地板砖从二十块钱到三四百的都有,她是选个一百块钱的报一百四十呢,还是选个四十的报六十?这里面的水深着呢!

岚梧市有六个市辖区,边上辐射三个县城,因此线下门店要铺设三十家。这三十家门店已经通过店铺转让和从中介手里转租等方式弄到手了。燕卓尔没有明说这些铺子花了多少钱才弄到手,但是按照岚梧市的租金水平,起码在四五百万。等装修完,又是四五百万撒出去了。前前后后,预算起码在一千万,这已经超出了金虞的认知范围。

她用看傻子的眼光看着燕卓尔,投这么多的门店,养肥了能吃吗?店铺的租金和房租不一样,交的期限长短也不一样,可能远远不止四五百万这个数。

燕卓尔再三强调,美善金融财大气粗,这点钱不算什么。关键是一定要把铺子都装修好,不能出现明显的纰漏。这头一个月装修好,第二个月验收,真不是一件容易的事情。

金虞屁颠屁颠抢过来的,就是这么一个屎盆子。

她也真是醉了。

她就是从地板砖里面抠温饱的。

出门以前,燕卓尔又把她叫回来了,钢笔在他手里转得眼花缭乱,阳光洒在斯文败类的睫羽上,参差斑驳。

燕卓尔问她:"装修好了你去当店长吧,给你弄两个铺子?"

"我懒得和广场舞大妈直接打交道负责任。"金虞扭回头,做了一个鬼脸。

燕卓尔笔尖的钻把一张纸从中间划开了。

美善金融,全称是美善(深港)互联网金融服务有限公司。因为其业务又多又杂,所以为了提高对外的知名度,不管是投资了外卖的还是给了共享单车天使轮的,都称为美善金融。

金虞骑着电瓶车，车子后面用刹车绳捆了一摞的定制广告牌。这些广告牌上，写了无数美善金融的溢美之词，中老年审美的色彩一点也不影响图灵的盛世美颜，反而是图灵的脸把整个广告牌的地摊气质拉升了。图灵笑容甜美，萝莉的长相，御姐的气质，左手和右手分别托起两句话，成功女性的范儿十足。

左手上是“掌上财富”，右手上是“掌上尽揽”。

掌上财富，掌上尽揽。金虞也学着样子把自己的手抬了起来，她怎么就从来没有发现，自己的手里还能有这么多的财富呢？

她是把明日催的店面给关了，也按照美善金融线下门店的标准来装修，这里面让她抽出十来万的差价毛利润。

然后，她又组织起一群人来。刘二峰、镊子这些人都来了，美其名曰帮忙装修，其实是跟着一块买东西，除了工资以外的钱，再虚报一部分装进自己腰包里。

但是这些也达不到财富的级别。

相关的财务报表，差不多每天都会以文档的格式发到燕卓尔的手里。一开始，金虞还觉得有点不好意思，某宝上一百五十块钱的压线，她能连材料带工本费给自己人开出两千五的价来。她比较忐忑，不知道是燕卓尔贵人多忘事，根本想不起来看一眼报表，还是燕卓尔生活太过优渥，从来没有和施工队的人打过交道。

反正，整整一星期过去，没有任何回执。

金虞自然不会知道，白坤杰给她的评价：“这人眼界就这么高，三千五千两万三万的，顶天了。”

自从金虞说自己见过了图灵本人之后，麻旦旦才认可了金虞是大家的头。他拿着样板间里的定制广告牌长吁短叹：“我三年前第一次看到图灵当配角，就知道她肯定会大火。实在不行，下海拍片儿也行啊。”

屠悦先炸了，从麻旦旦的身后飞出来一脚，踹在了他的后腰上，于是，这个软萌的大白胖子结结实实地在地上成了个“大”字。

“你懂个屁！要是以图灵的颜值为标准，现在圈里面能比的一个都没有。二十年后她像丈夫的女儿，三十年后像女儿的姐妹，四十年后像广场舞大妈想要的儿媳妇，八十年后入殓师给她化妆，脸上都不会卡粉。你这种凡人，懂个屁！”

麻旦旦一跃而起，叉着腰，手指头戳了过去：“没有我们这些宅男脑残粉，图灵能这么红吗？你能不能长点脑子？”

“我就是不允许你YY她。”屠悦也叉着腰，凶狠的眉毛倒挂着像是两把刀子，麻旦旦吓得落荒而逃。

金虞不参与这个暴力事件，她得骑着电瓶车继续送广告牌去。

结果，这个细节也出现在了白坤杰桌上的资料里。这位公司注册资金三个亿,手上腾挪多达十几个亿的老总捧腹不已:"雇个面包车一天也就三千块钱,她至于吗?"

金虞骑着电动车路过省体育馆,这里有经侦部门驻扎,集中登记处理理财产品跑路案件。

从高处看下去,密密麻麻的都是人头,像蚂蚁一样。也就只有省体育馆这么大的地方,能放下这么多的人。

金虞把车停在了外面,往里面走。

不少人举着牌子,上面写着"还我血汗钱,严惩骗子"。一问,才知道这些人要么是附近村镇上的,要么是集中在工厂里的人。

"我还专门去过他们种菜的大棚。到了冬天,那些豆角确实能卖到十二块八一斤,大葱能卖到六块钱。这种投资眼看着就是众筹农产品的成本的价格,就等着第二年开春卖完了菜分钱。结果他们的大棚都是租来的,就连办公室都只租用了一天……"

一个胡子拉碴大腹便便的男人哭哭啼啼,手里拿着的书面材料都已经打卷了。这个案子里,他不是唯一的受害者,后面乌压压地跟着半个小区的受害者,这支队伍有三四十个人。他们已经登记完了,但是迟迟不走,似乎觉得只要能多待一会儿,案子就能早一点办。

金虞拿着电瓶车钥匙,在这些人员复杂的队伍中间穿过来穿过去。

另一个队伍的人数就更多了,全部都是上了年纪的人,普通话都说不标准,一张嘴豁牙漏风。满头银发的老头从兜里拿出来的手机还是大块头的老人机,他殷切地问金虞:"那警察娃子让我在网上填一个信访的登记表,她用短信给我发了一个网址,怎么打开呀?小姑娘你帮我看看。"

金虞把画面斑驳到看不清楚的手机拿在手里,不知道该怎么回答大爷的问题。大爷殷切地看着她,她麻利地掏出自己的手机来,连上了热点,找到了网址,给老人填写表格。

这位老人,已经是这些老人的头儿了。

他们被骗走了账户上的养老金,去投资了一个本地年轻人推荐的养老基金。

"天天让我们免费去喝茶下象棋打麻将,还有按摩椅和大屏幕的电影,到了中午晚上走的时候,还送鸡蛋和新鲜菜。里面的服务员都比我的儿子女儿热情周到,我都在里面待了三个月,就想着下半辈子能这么过就行了,谁知道他们卷了我的二十八万,就再也没有露过面……"

一个老阿姨一边说着,一边流出浑浊的泪水,肿胀的眼睛里布满了红血丝,显然是很长时间都没有一个良好的睡眠了。

被骗了那么多钱，不但不敢告诉子女一起来报案，还要在电话里如常地和远在首都上班的女儿拉家常。说多了都是泪。

金虞帮着填完了单子。

她一边填着单子，一边想到了自己的爸妈。如果她爸妈遇到了这种事情，会怎么做？老金和老虞都是村霸级别的人物，肯定是先把那栋楼里的东西卖光，然后一哭二闹三上吊地围着派出所的人，用村霸的那一套把事件闹大，大到无法无天，倒逼着警察放下手头所有的事情，去千里追诈骗款。

但是她的父母在菜市场里杀了一辈子猪、鸡、鸭和鱼，一身的戾气，从来就不相信这个世界上会有免费的午餐，都不指望着自己的女儿养老，更不会相信这种社会上突然冒出来的慈善机构。

金虞嘴角不自然地勾了勾。

她的父母，根本就不会上当受骗。

但是这些老人，不是她的父母。

这么多人，像是赶集一样地凑在一起。他们上当受骗的案子五花八门，金虞看得连连咋舌。有经侦在大门口维持秩序，这片儿距离城隍庙派出所近，金虞一眼就看到了章程。

"喂，我以前咋没有发现诈骗的案子那么多呢？"金虞越过了三拨人走到章程身边。这三拨就有六七十人，而在里面聚起来的大概有两百多人。

乌压压的，看着就觉得闹心，让人不由自主地发出众生皆苦的沉重哀叹。

章程本来一直在拦着往办公室里冲的人，看到了金虞，绷着的一张脸终于笑了。

"哎哟喂，我都习惯了。各个派出所和分局都把案子集中到这里来处理，登记了的人又不走，所以才让人感觉案子爆发式增长了。"

章程早就习惯了，把吃完饭刚过来的实习生换过来维持秩序，他拉着金虞去吃饭。

"我忙到现在还没有吃饭呢，都快成了纸片了，前胸贴后背的。本来想着多多使唤实习生，但是一看这些细皮嫩肉的猴孩子，就不忍心了，总不能让他们刚有了入行的苗头，就不喜欢警察这个职业了吧？

"就这样，这些猴孩子还是觉得压力大，一天到晚地发朋友圈，生生熬出黑眼圈来了。"

章程把牢骚倒完了。

"诈骗案吧，年年都有，五花八门，而现在手法不断翻新，技术含量增加了，但是本质没变呀。你看看这里的每一个人，哪个不是因为贪图高利息，想要不劳而获。只要这个想法一直有，这案子呀，就不会有结束的那一天。"

第八十八章 梯栈相勾连

“匹夫无罪，怀璧其罪。只要大家口袋里有余钱，就会被人惦记上。”金虞先正色，然后打趣道，“都不偷不抢的，警察又都要失业了。呵呵，搞平衡都是瞎搞。”

章程琢磨了一下，笑了笑：“也对。”

世界上的道理多了去。

章程不是个纠结的人，话题结束，他带着金虞去体育馆边上的小摊吃炒饭。

“鱼香肉丝炒饭不是八块钱一盒吗？怎么变成十五块钱了？这才几天，已经从学生价格变成了旅游区价格？本来能吃两份的钱，现在只能吃一份了。老板，你这也太黑了吧，我要向物价局举报你。”

章程请金虞吃饭，结果差点和小贩吵起来。三十来岁的娃娃脸站在卖盒饭的摊位前，字正腔圆地控诉。

章程没有穿警服。

“物价局派出所街道办事处，你随便找吧，只要不是城管，我都不怕。”老板老神在在地坐在马扎上，一副爱买不买、不买滚的高姿态。

“看你天天买，给你便宜两块吧。”老板内心天人交战了一下，咂咂嘴，给了一个友情价，口中还碎碎念着，“电视上天天都说宏观调控、供需矛盾、经济问题，我就在我的能力范围内宏观调控一下盒饭的价格，协调一下供需矛盾，解决一下我自己的经济问题，怎么啦？下次来，可就不是这个价格了。”

金虞在旁边捧腹。

就连卖盒饭的大爷，都能脱口而出各种经济名词。

章程无奈地耸耸肩，工作量不见少，工资不见多，物价倒是一直涨。他用手机扫码，用二十六块钱买了两份鱼香肉丝炒饭，和金虞蹲在路边吃。

他表示，自己不是城管，搞不定路边摊。

金虞瞟了一眼，卖盒饭的小老板正在打电话和家里人讨论比特币。

“大爷，您知道什么是比特币吗？”金虞坐在马路牙子上，用塑料勺狠狠地挖了一勺肉丝青椒大葱米粒混在一起花花绿绿的饭，塞进嘴里，含糊不清地笑着问。

“知道，比较特殊的币，就叫作比特币。”老板把马扎往前面放了放，有了聊天的兴趣。

“那您知道什么叫作区块链吗？”金虞咽下一口饭，又问。

“一条很长的不能更改的链，无坚不摧，但是我们有了这个，才能实现真正的财富自由。我现在就在努力学习区块链的知识，争取早点能实现财富自由，不用再守着这个炒饭的小摊。”这老板很严肃，像是在给金虞扫盲一样。

章程差点一口饭喷出来。

“那您知道中本聪吗？”金虞忍着笑，继续问。

“知道。中国本地的大葱，就叫作‘中本聪’，我用‘中本聪’炒出来的饭，味道可香了，卖得可好了。”老板还加上了手势。章程都有些着急了，这明明就是诈骗嘛。

但是金虞摁下了他，继续问：“那您打算什么时候入手比特币呀？”

“大街上没有卖的呀，偶尔有人偷偷摸摸卖，可我不敢偷偷摸摸地买。网上买不靠谱不安全，大数据都在杀熟，我也信不过我那些老街坊和亲戚呀。咱就没有那发财的命，只能守着小摊就这么卖炒饭了。”

老板无奈地摊摊手。

章程看得干瞪眼，还能有这种操作呀？

金虞笑笑：“你看，这老板，肯定就不能被人骗了。”

“长见识了。”章程快速地扒饭，一脸的哭笑不得。一开始他还想给人普及一下比特币的知识，操着一颗老母亲的心，只怕在派出所遇到了这大爷来报案。

结果呢？

人家不相信网上的理财，不相信熟人，就天天自己看着新闻玩。

能被骗才有鬼呢。

金虞笑笑，埋头吃饭。她看这个卖炒饭的小老板多了不少亲切感，有点像她亲爸亲妈。章程吃饭的速度比金虞还快，他吃完饭得赶紧回去现场。他表示，这大爷的回答太具有建设性了，一会儿要给大家讲一下，都乐呵乐呵。

“要是世界上多一些这样的明白人，哪儿来这么多的案子呀。”章程吃完了，塑料饭盒一推，一抹嘴，和金虞道了个别，立刻往前跑了。

金虞把章程喊住了：“我们最近在卖理财，P2P的，你要不要买一个？我保证让你赚一笔。”

章程回过头来，把兜里的烟给金虞扔了一根。金虞心里默哀，现在大家都把她当男的了。章程自己点了烟，一脸的不耐："算了吧，没钱往里面投。我一百块钱都得计划着花，房贷车贷小孩的奶粉，没钱往里面投。

"再说了，别回头我自己报案，自己记录，那就尴尬了。其实是懒得操那个心。"

金虞笑笑，挥了挥手。

她低下头，继续把饭吃完，然后推着电瓶车把十来张定制原木广告画送到另外的门店里。

没有调查，就没有发言权。

经侦案子，不能只有外勤，顾非也出差了。李改平给人担保了两个亿的绿化项目，这笔资金没有实现回笼，而工程显示已经完工。事关重大，经侦需要把这些项目一个一个核实过去。

工作人员的脸色很不好，以前领导来开工仪式剪彩，就是在入口处挥挥铁锹，象征性地挖点土，拍拍照，等摄像机一撤，坐上小车就都走了。

等到了完工的时候，摄像机会到这里再拍一拍，但是领导们都是在市里开会的呀。

现在这经侦，真是麻烦。

工作人员刘桥换上了球鞋，带着两个出差来的警察往山上走，一边走着，一边碎碎念："这地方有什么好看的，都是栽好两年的树和草坪。你们现在来早了，还得两年半，这片儿才会被开发成风景区。现在石雕、亭台、山泉什么的，都没有引进过来……"

王子韦头回和顾非搭档，对于这个年纪轻得像个实习生的经侦，他原本没有抱太大的期望，觉得这就是个来基层刷经验的。

没想到一路走过来，顾非不光体力好，问的也都是他们调查的部分。

当时施工的都是什么人？

成本多少？

用时多久？

……

到了郁郁葱葱的林子底下，工作人员刘桥一指："上面的路不通了，我们就没有再上去过。咱们回去吧，还能赶上食堂的中午饭，不然只能煮泡面了。"

顾非没同意停下来，而是沿着山林一步一步继续往上走，王子韦也紧随其后。工作人员无可奈何，喊了两声，两个人都不往回返，他只能打电话给大师傅，让给两个上头来的警察留饭。

大概走了一个多小时，距离施工的地段还有些距离。

顾非说："我怎么觉得那块地的颜色不太对呢？"

王子韦没理解："就是这个样子吧？"

顾非加快了速度："不对。"

两个人迅速地往前走，大概又走了半个多小时，衣服被路上新长出的荆棘给挂住了。然后，映入眼帘的，是一大片郁郁苍苍的颜色。

王子韦和顾非都惊呆了。

放眼望去，是从来没有见过的风景。

"法律限制了我的想象力呀。"王子韦惊讶地张着嘴，似乎能吞下一个鸡蛋去。

"发家致富的方法，早就都写在了《刑法》里。"顾非脚踩在这一片土地上，脸色阴沉得能滴水。

顾非弯下腰，蹲下来，从地上抓起一把不知道该怎么形容的水泥沙土。沙土已经被染成了湿地水草独有的颜色。

放眼望去郁郁葱葱的草，其实就是这水泥土，偶尔间着长上来的野草。

这块湿地是当地旅游业未来振兴的一个项目，被列为工作的重中之重，曾经向社会公开招标。但是湿地的养护极其昂贵，又要分成好几个阶段。尤其是这块曾经因为大量开采矿物资源，致使地下水水位下降，湿地退化尤为严重，振兴甚至已经做到了百年计划。

用染色的水泥代替真正的绿植，这其中的差价，不是一星半点。那两个亿作为前期的工程款走了一下账目，有银行的流水记录，但是这笔款子很快回笼，之后的工程款结算，在扣除了成本之后，也走了原路。

"违法犯罪，哪需要那么多高深莫测的技术，就是偷工减料，欺上瞒下。"王子韦也抓了一把沙子，往空中扬了一下，干燥得几乎没有水分的沙土在空中很快被吹散了。

原本，这里应该有河流通过，减少人工侵扰，让动物栖息。

原本，这里应该是秋水共长天一色，落霞与孤鹜齐飞。

"工人都是外地的，隔了两个省，施工结束后结算了钱就走人了。当时的领导只在开工和谢幕的时候出现过，而剪彩的地址距离这里太远了，就算是站在制高点，也看不出来被骗了。"

顾非说完，嘴唇紧抿。

王子韦倒吸一口凉气。如果不是顾非执意走完这最后一公里，可能不会有任何领导层的人发现这个问题，而当地有利益相关的人员，更不会把这件事情拿出来摆在桌面上。

担保人跑路的案件,总算又有了一部分眉目。

顾非和王子韦迅速把这里的情况发回给了池清源。和上次跨区域抓捕向国平一样,这次也需要本地警方的协助。

池清源的烟灰缸里多了几个新鲜的烟头,他的手中拿着一张纸,上面是当时施工的情况。

李改平作为主要的投资人,首先要承担这份责任,而当地的项目审批流程却是合乎法规的。工程款项的数目和银行的流水一致。虽然后来在当地政审过程中,有些官员因为违规操作落马,但是是在那些交叉案件里,和本案并没有太多的牵连。也就是说,当地的领导和工作人员在这件事情上并没有违法乱纪行为。

所以,这完全就是一场资本的诈骗游戏。

不需要和当地政府部门扯皮,池清源松了一口气,开始在纸上画重点。

顾非和王子韦埋头扒饭,再次收到池清源的传真文件时,同步的交涉已经送达当地公安局的办公室。

严查——当地的有关部门迅速给了回执。

“现在的网络舆论厉害,哪家都怕当网红。这事肯定早就有风声,但是没有人当成一回事。现在咱们作为外地警方介入了,肯定是捂不住了,与其这个雷让外地人爆了,还不如内部协调解决。所以咱们的调查,只要也合乎规章制度,温和交接,不会遇到太大的阻力。”

王子韦抬起头来,又狠狠地在桌子上拍了一下,砸得一桌子的杯碗盘碟丁零哐啷响。

“谁这么有才,想到用染色的水泥当湿地了?”

顾非眉头紧皱,已经吃完了饭,打开电脑开始浏览资料。接下来他们将要和当地的警方对接,开始进行调查。

要重点调查的,是当时参与投资投标的那些人。

这不是经侦局专案组走的第一个地方,也不会是最后一个地方。

“想要抓住这些人,就得拿出比这些人更足的耐心。”

当一行行人名映入眼帘的时候,顾非突然在想,如果是金虞遇到了这样的情况,她会怎样快刀斩乱麻,直接抓重点?

“你以为世界上是有钱人更多吗?错,是穷人更多。真正赚钱的行业,不是薄利多销,而是厚利少销。卖几克拉钻石,有几千万的利润,远远比超市里蔬菜摊上打折的西红柿一年卖出去几百吨赚钱得多。但是这些掌握着社会百分之八十以上财富的人,只占到了我们整个社会总人数的百分之二十。"

燕卓尔在给金虞洗脑。

在他看来,金虞骨骼清奇,脑子活络,是一块搞金融的好材料。之前,他已经给她洗了一遍脑,教她什么叫作阶层。

"那我们怎么去赚这百分之二十的人的钱?"金虞坐在对面,一边拿着小本本记录着,一边问问题。其实,她说过不止一次:"燕秘书呀,我这人胃口不太好,您给我画的大饼,我消化不了呀。"

但是燕卓尔有办法呀,对装修虚报价格一事睁一只眼闭一只眼,又由着她在里面插了不少自己人。这些利润,单笔看起来都不多,但是累积起来,就足够金虞屁颠屁颠地一直赖着不走。

现代社会,称之为回报率培养起来的用户黏性。

燕卓尔这么说的时候,金虞就拿出了小本本,开始记。和这种做一件事情留三个后手的人,能玩什么花样?

金虞还一直以为,这事是她占了便宜呢,没想到尽在人家的掌握之中。

燕卓尔的微笑,都很难让人察觉出来,他淡定地拍了一下领导的马屁:"那都是我们白总高瞻远瞩,早早地制定下了借款的各种规章制度,不然我们的美浩小额贷款公司肯定做不了这么大,还会像街面上的那几家一样,倒闭得很快。"

金虞表示,你继续装。

"这百分之二十的人的钱,不好赚。他们以及他们的祖先,很早就已经通过资本的原始积累打下了良好的物质基础,和朴素平民的生活不太搭边。所以,我们的目光,还得投射在平民的身上。"

燕卓尔侃侃而谈,戴着金丝边眼镜,穿着剪裁得体的浅色西装,很有大学青年教授的风范。

"你这么嫌弃平民,还赚平民的钱哪?"金虞撇嘴。

"你不懂,那些精英人士,他们的娱乐是高端沙龙、昂贵的收藏、顶级的投资,很难在短期内造出符合他们消费水平的商品。他们没有时间也没有精力去考虑性价比,只会直接选择顶级的消费产品。但是普通的消费者就不一样了,他们不会在意花了多少时间,浪费了多少精力,打扰了多少亲朋好友,他们只想通过一次次的分享,把原价十二块九毛九的拖鞋砍成三块九毛九。"

燕卓尔举了个例子。

"你不如教我炒股吧,老讲故事。"金虞不懂燕卓尔的重点在哪里。

"你这种人,连心电图和股票趋势图都分不清,新三板和主板都分不清,我怕你割完肉都不够赔的。”燕卓尔嫌弃道，又拿着钢笔在金虞的额头上敲了一下。

“那你还用我？”金虞不满。

“谁让你是个包工头呢，不然我上哪儿找那么多人去。”燕卓尔恨铁不成钢，“普通人和你一样，对数据报表、复杂的运算、烦冗的规则都不懂，也没有耐心去一个个地比对。要有这个耐心，他们早就考上最好的大学，早就成了社会的精英。你知道全国十四亿人口里，大学生有多少吗？只有百分之四。也就是说，那些复杂的东西，不是所有的人都能听懂的。”

“快讲吧。”金虞敲了敲本子的壳，和这种舌灿莲花的人，没有什么道理可讲。

“我们前期可以推出活动，进店送价值九十八元的丝质睡衣。但是这个门店里没有，需要在App上注册下单后寄过去，快递的费用十九块九。”燕卓尔慢条斯理地说着，似乎在构建着一个宏伟的商业蓝图。

“我知道，你那睡衣，也就九块九的成本吧？这样子还能赚十块钱。”金虞脑子里灵光乍现，有些不屑道，“我妈卖鸭子，卖杀好的拔光毛的鸭子，生意好得不得了，所有的顾客都觉得占了便宜。一开始，其他的摊贩还觉得我妈蠢。其实我妈把鸭毛卖给羽绒服厂，比卖鸭子的价格还高。不过你这一手，比我妈还赚钱哪。”

“聪明。”燕卓尔欣慰一笑。

“没毛病呀。”霍连胜一边在发票上签字，一边和金虞聊天。现在这小老板的日子过得不错，媳妇怀了，家里雇了个厨子做饭，他的肚腩都给吃起来了，人更加随和了。

“电视墙用的墙砖，一块一千二，也能直接铺在地上。如果你买房子找我给你装，我收你三百。桌子、柜子，实木和快消的套着来，原本八万的价，我收你两万。你看看家用洗碗机能不能和其他精装修的小区搭着买，一万三的给你按八折算……”

霍连胜随口报了一串价。

“那你会不会太亏了？”金虞问。

“亏个毛，就这样子给你，我还是赚的。没买过房子吧？中介一手托着买家，一手托着卖家。卖家希望房子再贵一点，买家希望房子再便宜一点。其实吧，对于中介而言，贵点儿便宜点儿，到手的中介费没什么区别，一百万的百分之一和九十九万的百分之一，其实差不了多少。但是对于买家而言，那九十九万和一百万的区别可就大了，所以在交易过程中，中介一般会帮着买家杀价，以提高销售量。

“透过现象看本质，你要明白这一点。”

霍连胜已经把签好的账目本交到了金虞手里。这个在底层混得太久的女孩子,反应够快,做事够狠,她欠缺的,是在大事上的阅历。

或者说,是见世面。

只有见过,才能把表面的那些看起来不相干的因果关系,都给联系起来。

金虞没有回答,拿着小本本出神,像是在思考着什么。

“肯德基麦当劳,都曾经推出过一块钱的汉堡,不能打包,只能在店里食用。明面上是为了多销售汉堡,实际上一元钱的汉堡是相当赔钱的,真正的利润藏在杯装的可乐里。一杯冰可乐的价格是一块钱,几乎没有人会单独买一个汉堡,而是会搭一杯可乐。而可乐的成本,只有几分钱而已。

“一块钱的汉堡带来的流量,可不止这一杯可乐呀。”

霍连胜说完,看了看表,这是着急要回家了。

“霍先生,你会搞点其他的投资吗?比如投点股票基金,买点理财产品?你开了这么多的分店,应该很赚钱吧,投个百八十万没问题吧?”金虞揶揄道。

“我听说过跨界歌王,没听说过跨行的企业家。月牙湖饮业的吴总,不就是个例子吗?他就算不做饮品,只做桶装水,利润都够维持下来吧?非要搞什么房地产,还用短期贷款去搞,还搞什么风投,真觉得风口上的猪都能飞起来吗?

“我觉得,我老老实实地搞我的软装,就挺好。”

霍连胜还从兜里摸了一个棒棒糖,塞到了金虞的手里。

“谢谢!”金虞一笑,接过了棒棒糖。

随后,两个人在霍连胜的公司总部门口分别。霍连胜开着新换的卡宴走,说是老婆喜欢这个型,刚买的。金虞默默地推出了小电驴,叼着棒棒糖,和霍连胜远远地打了个招呼。

卡宴和小电瓶车在马路上错开,同时进入川流不息的人群中。

装修,已经到了尾声。

但是现代人讲求效率,肯定不会一次只做一件事情,而是恨不得生出三头六臂来,恨不得一天有四十八个小时,不用睡觉,一次性把所有的事情都给解决了。

在金虞这个包工头为了运几块广告牌,忙得四脚朝天的时候,燕卓尔把金融街最好的楼租了下来,精装修成了美善金融的写字楼。

按照燕卓尔的说法,他这叫走高端路线,赚掌握着社会百分之八十财富的那百分之二十的人的钱。

站在巍峨的写字楼下,他看着巨幅的广告牌:美善金融。美善金融在岚梧市的办事处,占了最高楼的三层,一共有十几个办公人员。

但是装出来的效果，和金虞遍地撒网的小站点有天壤之别。

这里面的椅子都是阿玛尼的，这还是员工屁股底下的椅子。至于老板椅，是定做的LV的。里面七八个专业的金融秘书，全身上下都包裹着普拉达，脖子上戴着细细的标志性的链子——是芬迪的。花架上用来凝神静气的薰衣草是普罗旺斯产的，进门的郁金香是荷兰进口的，几个修剪得不错的中国风小盆栽，是直接从苏州园林拍来的古董，最贵。

随随便便拎出一个格子间的造价，都够在岚梧市普通的小区付个首付了。这一个办公室，就抵得上金虞跑断腿的三十间店面。

金虞觉得自己有点七窍生烟，追着燕卓尔就打。这个只占了三层的办公室，装得那叫一个金碧辉煌，贵气逼人。

"你这叫作明修栈道，暗度陈仓。早知道咱们换换，你去当包工头，我来这儿提升格调。"金虞已经被这价格表震惊了。

燕卓尔只把一个花瓶摆在了金虞的眼前挡着："明万历年间的胆瓶，价值两千三百万。"金虞瞬间歇火，往边上让了让，依旧咬牙切齿地看着燕卓尔。

"骗你的，识货认识真古董的有几个人？我买了几个赝品。真真假假，虚虚实实，所谓的赚钱的机密，不就那么几条路子吗？商业，靠的就是信息差和强势的资本。我这一屋子的正品奢侈品，摆几个假古董，谁又会怀疑呢？"燕卓尔难得地眉开眼笑不带着寒意，对于逗弄这个女孩子，有着十足的耐心。

金虞又火大，抬起了拳头。

"别别别，等会儿白总要给图灵介绍办公室，你把这个花瓶打碎了，还介绍个毛？"燕卓尔又赶紧把花瓶抱在了怀里。

金虞伸出去的手，又缩了回来。

"价值，决定珍惜程度。你看，你也惦记着别惹了大人物，合作得好一点，从中分一杯羹吧？"燕卓尔故意拿着花瓶，在金虞的面前晃了一圈。

"你是不是活得不耐烦了？"金虞瞪了燕卓尔一眼，随手抄起了苏州园林的盆栽，"你说我用盆栽砸了你的花盆，你会更心疼盆栽还是花瓶？"

"怕了怕了。"

燕卓尔一甩手，又把花瓶搁在了架子上。

"已经请了媒体开始造势，很快就是新闻发布会、总公司的剪彩仪式、各个门店的剪彩仪式，都要全面协调好。你就在图灵身边，在她出席亲民活动的时候保护好她，明白吗？如果可以的话，尽可能地和图灵搞好关系，像是小姐妹一样，方便塑造形象。我们要把整个金融生态的每一环，都做好。"

燕卓尔又开始讲故事了。

第八十九章
抢钱大作战

经过这一次装修，金虞手底下的人数呈几何级数地增长。除去大宗的材料对接可以签公司单子、统一结算外，人工费用每天从手机支付App里面出钱，直接支付。人工费用根据工种的不同，每个人每天七十到三百不等。金虞的这拨人都算是临时工，半个月的时间，开出去了手机支付的最高额度。

金虞发现，大家都玩出花了。

“从沙子批发处那里运沙过来太贵了。那两家门店对面一公里的地方，就有个烂尾楼，把包在外面的铁皮弄出一个门来，借辆锅炉房送炉灰的小推车，我和看工地的老大爷两个人，运了十来车沙出来。账面上省了七百多块钱呢，我兜里也揣了点儿。”

张大发手指头沾着口水，数一天的营收，红彤彤的钞票哗啦啦地响。

装修完剩下的三合板也没有浪费，他让还没有走的木工花了两个小时的工夫敲敲打打，做成了小板凳，直接半卖半送地给了隔壁的棋牌室，又多了好几百的进账。棋牌室夏天在外面搭个摊子，这种板凳丢了也不心疼，还能多出不少的营收来。

孙简也是个能耐人，别人欺负他面相嫩，年纪小，一看就是没有被社会蹂躏过的，漫天要价，但是他拉了个场子，把人和材料都摆在一块。一来二去的，那些人反而互相压起来了，比较下来，他反而是花了最少的钱办了最多的事。

屠悦不知道从哪儿换了一辆破面包车，前三天扯着大嗓门天天鞠躬尽瘁地跑现场，就差没有当场死而后已了，把一群干活的人吓得魂不附体。一看到她那对倒悬着的眉毛，有两个工人就开始腿抽筋。

于是，从开工的第一天起，没有人敢迟到。不按着屠悦说的进度完成的，就被她一脚踹出去了。到了后期，屠悦只是不定期地出现抽查一下。她负责的两家门店反而效率最高，速度最快，省了钱，还省心省力。

所以，一个月过完大家聚一块吃饭时，明显地屠悦的腰又胖了一圈。

麻旦旦一边拆着小龙虾，一边舔着手指头上的麻辣汤汁，咂咂嘴，舒服地吸了吸鼻子，揶揄道："别人养秋膘，你还养夏膘呀？我说老姐姐你，你到底是贪污了多少呀？你看你胖成这样，我都不好意思和你打招呼了……"

五十步笑百步。

"你们不知道那些工人到底有多懒，说好的八点上班，九点人才能到。抽根烟就到了九点半，然后想起来有把电钻忘了带，电钻取回来十一点半，又和我说到了吃饭的时间，问能不能吃完了午饭再干活，大家都累了一天了。我天天都想用那把电钻把人爆了。

"你们说说，天天把我气成这个样子，我能不多吃点喝点缓解一下情绪吗？"屠悦劈手夺了麻旦旦刚刚剥出来的小龙虾，嚼完了，又一口气喝下大半杯的扎啤。

在金虞的眼里，三十家门店和金融街昂贵的办公室，折合人民币两千多万，已经是她能想象到的挥金如土的极限。

而这，在接下来的大势里，只是九牛一毛，不值一提。

"咱们这不是庆功宴，而是一个全新的开始。"金虞和屠悦碰了一杯。

金虞从燕卓尔那里听了不少的故事，从病毒式营销、倔强营销、饥饿销售，到现代化的商务管理、风口、天使轮、B轮C轮的融资，不一而足。

张大发当场拍板："稳定工作呀，打一枪不用换地方呀。"

镊子和刘二峰、结巴眼睛都亮了，当即就想回去找更多的人加入进来。而孙简拿出手机来，正在查自己的银行卡余额。

屠悦催着麻旦旦把金虞说的赶紧敲下来，做成文档，再细化成制度，用来做下一步的计划。

金虞带着结巴和张大发，把岚梧市里的报社、杂志社一家一家地走了一遍，拿出最漂亮最大最醒目的版面，直接问："这个版面多少钱？"

杂志社老板一点也不清高，盘算来盘算去，给出一个最高的价格，就指望着通过这一笔钱能养活日薄西山的纸媒行业。

"给你两张加息券。"

金虞目不斜视，把背包里的内部文件拿出来给老板看。

不得不说，美善金融财大气粗，名声在外。这老板原本是想要宰一刀这个传说中的庞然大物，但是看到了加息券——别人能拿到百分之六的年化回报率，他能拿到百分之八的年化回报率，瞬间心动了。他只怕金虞反悔，立刻签下了广告协议。

其他的报社和杂志社，差不多也是这样的情况。

"可真是奇了怪了，咱们不给他们钱，还和他们要钱，就这么同意给咱们做广告了？我原来还以为有多大的难度呢。”

只用了几天的时间，就搞定了接下来两个月的纸媒广告投放。为了保证广告的密集度，几家杂志和报纸，甚至把原本定好的版面都打回去重新做了，给美善金融排出最好的档期来。

一时千层浪，卷起千堆雪。

各大社交软件上推送的广告也变成了美善金融。尤其是现在的App大多加入了打开时的十秒等待时间，这些都变成了美善金融的引流渠道。

这属于高端上层谈下来的结果。

原本岚梧市的广告行业已经开始走下坡路了，就连郭蘅芜的公司都开始接莆田系的不孕不育单子了，而郭蘅芜自己都快混成了岚梧市酒会上的暖场交际花，但是一夜之间，靠着美善金融广告的强势入驻，郭蘅芜迅速且彻底地回归到了老本行。很多醒目的广告牌上都挂起了美善金融的广告，旌旗飘飘，江山万里。

郭蘅芜给金虞打电话：“真正的广告，就应该做成这个样子。我都干了多少年了，没现在这么硬气过。想要哪块牌子，就去买，没有人盯着细节说要什么五彩斑斓的黑色，做出来的效果要和谐统一。对了，这次没有回扣，姐分点成给你吧。”

金虞婉拒：“我就是觉得你能做好。郭总，过段时间，帮我个忙吧。”

郭蘅芜轻轻一笑，冷冰冰的脸上春意盎然。这一次，她想都不想就答应了金虞。

如果到了现在，还总是怕被金虞连累的话，那可真是白白认识了一场。

工期完成的时候，霍连胜租来的几辆广告车也被金虞征用了，上面的“连胜软装”的广告被换成了美善金融的广告，沿着岚梧市的街道做循环移动展示。

霍连胜本来不想收钱，因为金虞没有要他的回扣红包。

“到时候，帮我一个忙吧。”金虞如是说。

“行，原本我就欠你一个人情。”霍连胜觉得这完全不是问题，答应得干脆利落。有时候，没有写在合同上的东西，比写在合同上的白纸黑字加律师公证的东西，更靠谱。

金虞把最重要的一件事情委托给了麻旦旦，麻旦旦一如既往地扭扭捏捏，死活不想动。

“太难了吧，你看我的手指头都细了。”麻旦旦苦着一张脸。

“嘁，你的手哪里是搞技术搞细的。黑客不是技术民工，是思想的自由者。你要说你胆小，我就不信世界上还有胆大的人了。快点快点，麻利一点干活，报酬是大大的。”

金虞循循善诱，还真把麻旦旦带到了坑里。

在金虞看不到的地方,麻旦旦联系了一个传说中的黑客。他有着令人闻风丧胆的技术,他的名字在这座城市所有黑客的脑海中如雷贯耳,所有人听到他的名字都会肃然起敬。

"哥们儿,把你的马甲借给我用一下,哥哥我现在要干一番惊天动地的大事业。"

那个传说中的大人物,此时此刻正在啃着键盘,破译一个以太游戏的源代码,一脸的油光满面,脸上的红光蓝光来回切换。

看到麻旦旦亲自上门,他无悲无喜的脸上,隐隐约约地只写了一个字:滚。

麻旦旦一贴近,大神差点从椅子上滚下来,神佛一样的表情瞬间就凌乱了,号叫道:"旦旦呀,你能不能哪儿凉快哪儿待着去?别一天到晚地瞎凑热闹!"

王者整个人都不太好了。池清源这个黄世仁,说得好听叫人尽其才物尽其用,说得不好听叫把女人当男人用,把男人当牲口使,已经让他在单位加班攻克技术难题一个月了。

而顾非那个两脚书柜都一个月没露面了。据说,他这个经侦现在能当武警用,贼好使。

他们在隔壁的沙河市,已经抓了一串的嫌疑人,天天忙着审,就快出结果了。

而王者手上负责的这一部分,没有了其他中间环节的审核和层层递交的报告,直接对池清源一个人负责,还从旁抽调了两个网安大队的技侦,效率也是前所未有的高。

对于王者而言,能让他加班的,只有梦想。

他第一次费这么大的劲儿开一个潘多拉盒子,对此充满了好奇。

"绝对是真爱呀,你也知道你这儿的老旧主机热得厉害呀。你把马甲借给我,我这就哪儿凉快哪儿待着去。"麻旦旦屁颠屁颠的,一张肥腻的脸开成了菊花。

"风水轮流转呀,谁以前让我死乞白赖地一直求着就是不松口的?"王者傲娇地甩了一个帅气的白眼,娃娃脸上的油渍光可鉴人。

"哥,你是我亲哥!"

麻旦旦咆哮出足够颤动整个大地的声音,其他办公室有人开门来看情况。还好这里是体制单位,体制限制了大家的想象力。

其实,池清源早就交代下来,要王者给金虞提供必要的技术支持,都不用经过专案组的批准。根据事态的紧急程度,有先斩后奏的权限,甚至可以不报备。

只要网上的痕迹擦得漂亮。

于是乎,麻旦旦心满意足地从王者的办公室出去了。王者的马甲,相当于黑骑士的分身,在网络世界里有着呼风唤雨的能力,一声号令,再加上麻旦旦手里可以置换的资源,谁能不动心?

一时之间，最火的几个游戏的正版和私服世界里，都在讨论美善金融的几个已经挂出来待售的理财基金，炒得如火如荼。

甚至一些特别火的外挂，还给打了广告。

一时之间，"卖了游戏币去买理财"成了一个口头禅。

而那些无孔不入的公知和大V，能把推销的软文也写成十万＋，被感动得热血沸腾的人大有人在。

还未剪彩正式扎根，势头已然汹涌，街头巷尾都在纷纷议论。不管是骑着小黄车去菜市场买菜，还是去夜总会买醉，都能听到大家在讨论美善金融。

这成本，已经达到了不计成本的程度。

屠悦挂名了三十家门店的总经理。在高官们即将到位的情况下，金虞没有捞到职位，还是个临时工，倒是孙简毕恭毕敬地叫她一声"金总监"。

"如果你愿意，可以让白总给打个招呼，你可以在旗下的子公司里当个总监。"燕卓尔站在办公室的落地窗前，俯视整个岚梧市。

这里的视野极好，摆拍一张放眼望去的照片，旁白就可以配上：看，这就是朕打下来的江山。

"可别了，我就挣点广告费，够还我的贷款就行了。我胆子小。"金虞喝着燕卓尔桌子上的红茶。景德镇产的白瓷杯里，茶色不错，漂着三片老丛。

入口温润，比普通的红茶好喝多了。

但是，当燕卓尔说茶饼是花四万八从海外买回来的时候，她立刻就放下不喝了。

燕卓尔让金虞到窗边来，金虞觉得燕卓尔有神经病。他嫌弃玻璃的折射率不够，要求换成亚克力材质的薄玻璃，这样清光洒下来的时候，绿叶盆栽上有淡淡的彩虹。金虞觉得燕卓尔穷讲究，就算是装成了皇宫，他一个秘书，还是挤在外面的格子间，又或者说，美善金融办公的地方就没有他一个小额贷款公司小秘书的位置。

大佬们坐着开会，他只能马不停蹄地去给人家端茶倒水。

装什么装呀，他这么费劲，是给人做嫁衣做上瘾了吗？

间隔时间比较短，所以这块玻璃取下来还没有做防护措施，两个人就进来了。

"干吗呀？"金虞又问。这里是二十六楼，站在没有安玻璃的窗户前，风飕飕的透心凉，令人望而却步。什么去掉了防护玻璃感受到的震撼，超过了在华山之巅，直逼登顶珠穆朗玛。

金虞，是拒绝的。

"你过来。"燕卓尔又朝着金虞招了招手，"干金融的，就是常在河边走，从来不湿鞋。你怎么能恐高呢?”

金虞不情不愿地走了过去。

放眼望去,高楼大厦高耸入云。灰色的玻璃幕墙折射着太阳稀薄的光亮,人流在地上像是黑色的蚂蚁,缓慢地小步地移动着,而车辆像是离弦的箭,笔直地贴着地面穿过去。

苍穹之下,巍峨壮观。

燕卓尔握住了金虞的手:“我这一生,在底层的时候太多了,做梦都想要这个高度。”

风灌过来,凉意侵袭到后背,金虞后退了一小步。

高处不胜寒。

而燕卓尔说:“居高声自远。”

“你要是能弄出来这么高的钱,再站上来,才真的牛。”金虞撇撇嘴,继续回去喝茶。她可不会认为燕卓尔现在在和她交心,他之所以用她,是因为她真的很好用。

敢和人撕,肯下力气,无所不用其极。

换一个人,也能达到现在的效果,但是效率上就会大打折扣。

“如果我有能买下这栋大楼的钱,也相当于踩在这么多钱上。”燕卓尔把抽完的烟头,从窗户扔了出去。

金虞觉得心悸了一下,看着那道弧线,久久回不过神来。

不管是她还是燕卓尔,都不会傻到想要伸出手脚去试探一下二十六楼的高度。冒险,玩的是心态,而不是真正的性命之虞。

燕卓尔扔出去的烟头,打破了现实和梦想之间的壁垒。

他说:“梦想可以抵达的彼岸,现实也可以到达。”

就在燕卓尔陶醉的时候,身穿蓝色制服的工人喊了一声:“嗨,小伙子,你不要命了?赶紧让让,我们都吊着安全绳干活呢,你不怕刮阵风呀?这可是你们老总的办公室,你提前进来体验一下当老板的感觉,但是也得注意安全哪。甲醛还没有散干净呢,怎么就能进来呢?”

燕卓尔讪讪地退了回来。

金虞捧腹:“装相有风险,入行需谨慎哪。”

不过,另一个头儿进来,一看见燕卓尔,就搓了搓手,拿出烟来递给燕卓尔,点头哈腰道:“现在大家都在说美善金融的理财,投资小,见效快,利息高,不好买。燕秘书,你是不是有什么渠道,在卖的时候能让我也买点呢?钱在银行放不住呀,一万块钱一年就百分之三的利息,不划算哪。”

第九十章
此中有真禅

无数个一夜暴富的神话登上了热搜的版面，撩拨刺激着手里有些闲钱、指望着钱生钱的人的神经。

端盘子的小工扔了盘子去搞私募，开上了劳斯莱斯幻影，喜提带游泳池的大别墅，顺带着找了一个比明星还红的网红当女朋友。

高中没毕业的小伙子在沿海大城市搞风投，现在身家过亿，直接回村里修路架桥，都是用他爸妈的名字命名的，方圆十里相当轰动。

被丈母娘赶出家门的上门女婿，一气之下去了证券公司打扫卫生，无意中得到了投资的门路，借遍了能借的渠道，所有人都觉得他疯了，高利贷都不想搭理他，然而他一把赚了个盆满钵满，有房有车有存款，靠着致富的门路成了不少老板的座上宾，当地的双胞胎姐妹花争着抢着要嫁给他。

这些信息，每天都会进行推送。

“这些故事听起来不错，但是要是人都能一气之下成功了，那还要那么多年的专业积累和长达几代人的财富积累做什么？这不是打脸吗？”

孙简直皱眉头，不太受得了这些大面积的软广告。

讲故事，这是燕卓尔的思路。据他说，这也是美善金融的思路。讲故事，卖情怀，是这个世界上成本最低但最有效的广告方式之一。

“不光是讲故事，人家还做了剧本呢。”金虞把每一步的所见所闻都发回到了经侦局的专案组，海量的信息被交到了池清源的手上，进行甄别和选择分析。

专案组已经进入有条不紊忙碌而有序的运作中，有人风尘仆仆地出差归来，有人通宵值班之后去睡觉。

这份紧张有序里面，有空前的压力。

和金虞接触过的专案组人员，了解内幕的人，都签订了更高规格的保密协议。

针对李改平的案子,审下来的一连串的结果,也有了更严格的规定,不够级别不能接触,离开了固定的区域也不能私下讨论。

司晴从来没有见过这样的规格,疑惑不解:“担保公司跑路涉及的金额虽然大,但是也只是和地面上的小额贷款公司有牵连。金虞的任务其实算完成了,我们已经能把这些钱的来龙去脉搞清楚了,接下来就是提交报告,进入到查证审问的程序。”

已经到了这一步,又为什么要比之前还紧张呢?

在司晴、赵倩妮等人看来,这些小额贷款公司之所以会跑路,就是因为它们以岚梧市为圆心进行发展,各家贷款公司都存在近亲繁殖的危害。

任人唯亲,违规操作,地区抱团拨款。这种看起来牢不可破的结构,其实最脆弱了,一荣俱荣一损俱损。尤其是民间借贷的杠杆太高,眼看着一家崩盘,就会引起其他的连锁反应。

“岚梧市做贷款做金融,历史悠久呀。早在五代十国时,就有了可以和官府的通宝抗衡的私钱出现。私钱的质量很差,一个私钱所用的金属铜的含量,可能只有官钱的四分之一。因为私钱的流通率太高,所以政府不得不出台相关的政策,规定十个私钱当一个官钱使用。现在出土的铜钱,还有这样的‘当十’字样,意思是十个私钱抵一个官钱。

“后来南唐小朝廷灭亡,大宋不光是强硬地用武力压过来,也有强硬的货币政策压过来。到了岚梧市这里,也有应对之策,当地人不再铸造分量不足的私钱,而是铸造以假乱真分量足够的私钱。

“按照当时的律法,造私钱,无异于谋反。但是当地人趋之若鹜,屡禁不绝。为什么?就是因为巨大的利益,让人铤而走险。”

在漫长的查案的时间里,所有人的金融知识水平都上了一个台阶,不光是知晓现在的发展趋势,还会再找找历史原因,融会贯通。

原本池清源也不讲这个,但是结合目前的实际情况:“到现在,抱团,影子银行,互相担保,对外扩展,都能在一千五百年前的社会经济发展中找到雏形。像我们调查了解过的马实、马奋这哥俩所在的马家村,几年以前有一个相当响亮的名字,叫作宝马村。全村人都勒紧了裤腰带,对外放贷,最远的甚至把业务做到了拉斯维加斯的赌场上。

“这个村是什么样的?

“开煤矿挣了钱,拿钱去放贷。

“经营餐饮挣了钱,拿钱去放贷。

“甚至嫁了女儿收了一笔彩礼钱,也拿去放贷。

“家里买房子，绝对不全款，从银行贷出来的款子，继续拿去放贷。

“本地人除非是实在没钱放贷，才会给放贷的人家里当收水人。各地的担保公司，都和当地的黑势力有些牵连，就是收账的问题，时间长了，甚至掺和到了国家的工程里。他们和某些政府官员沆瀣一气，这几年陆陆续续查的贪腐的案子，其中也有这个宝马村的人的身影，只是我们的重点放在了豆腐渣工程和落马官员的身上，忽略了这些收贷放贷人的作用。

“而经过了几次大案，这个村伤了元气，所以才没有形成系统的成长路线。而在积攒了几年之后，担保公司在全国遍地开花，随着互联网行业的方兴未艾，独角兽一样的行业垄断情况出现，再加上房地产政策的急速去杠杆，这些担保公司就撑不下去了。

“这才是我们一直查案的根本原因。”

池清源发言的信息量很大，虽然没有精准到个人的调查情况，但是已经解释了担保人跑路的丛生乱象。

“我们要查，就要查到底。两千万的分成，就足够杀人。那么如果是更多的钱呢?”池清源的视线扫过了每一个人的脸。

在池清源的眼中，办完倒下的三家小额贷款公司，还不足以结案。这几家小额贷款公司背后的负责人，这些金主的代言人，还不足以为全国的形势背锅。

池清源的目光，放在了美浩小额贷款公司的身上。

每一次出事，都有这家小额贷款公司的身影，但是每一次这家都能从资本的旋涡里全身而退。明明已经查到了相关线索，从账面上却找不到证据。

门店已经开始非正式的营业，经过了专门训练的上百人直接入驻三十家门店里。

这些人都是去年毕业没有找到工作的大学生，经过为期三个月的集中培训，从待人接物的礼仪到对答如流的心理战术，都进行了简单的突击培训，保证每一个人都具有服务上帝的标准动作，又都有着一肚子私货能慢慢夹带着卖掉。

这些人穿着光鲜亮丽的制服，一个个都像成功的售楼小姐或售楼先生。

金虞给了这些人一个定义：有文化的流氓。大家深以为然。

气氛已经被推到了一个制高点，岚梧市最高楼上的LED屏幕，每天都进行着倒计时。从三十开始，每天依次递减，等鲜红的数字变成一，就意味着美善金融的新一代理财基金可以开始购买了。

发售当天，在各个门店排队的人群比当年水果机刚刚开始在国内卖时还要多。

毕竟，当年人均收入不到两千块，但是水果机卖到了四千五的高价，甚至被炒到了两万的也有。而美善金融的理财产品不一样呀，一元起投。

一块钱在这个时代，能买什么？

就连豆角都十二块八一斤，大蒜都八块钱一斤了。而美善金融首创了全民理财的概念，一元起投，按天计算利息，随时随地可以连本带息取出来。

这样的理念，吸引了不少人一大早过来排队。

高端认购仪式被安排在了市中心的五星级大酒店的大厅里。不少明星举办酒会，剧组办杀青或开机宴，也都喜欢在这个地方，方便记者拍照，方便明星进行摆拍。这种地方，一般人还真不太好进入。郭蘅芜身为广告公司总经理，还是作为了暖场的嘉宾。而霍连胜进来的原因，则有些让人哭笑不得，不是因为他的软装公司的分店开得多，而是因为线下三十家门店的软装，基本都是出自他的手笔。

金虞也租了一身相当于她一个月工资的衣服。

这次不是小西装，而是一字露肩长及脚踝的黑色长裙礼服。她的脚下穿着细带子的高跟鞋，走过来的时候，自然不是因为妩媚性感被记住。在场的美女环肥燕瘦各有千秋，身份都不太好猜。但是长相抱歉的，绝对身家极其可观。

比如，金虞和燕卓尔一起出现，大家会认为金虞富可敌国，而燕卓尔是被包养的那一个。

这都是思维惯性。

燕卓尔原本在里面迎客，给比较尊贵的客人亲自倒酒，但是看到金虞过来时，特意端了一杯酒过去。他的视线，还在金虞的领口略作了停留。

“你其实性格淡一点，戾气不要那么重，还是很受欢迎的。”燕卓尔满意地点了点头，视线似乎在迅速地给金虞全身的参数打分。

五官不错，但是肤色不行，雀斑显得不精致，但可以说成是个性，算是五五分；脖子细长，但是总探头探脑的，气质分减了；该大的地方，又小了；身材颀长细挑，挺耐看的，但是抓起来，肯定是一把骨头；年纪到了三十，又是硬伤。

燕卓尔的视线，又飘到了其他地方。在他眼里，这个女孩子总是那么不合时宜。

金虞看他，亦如是。

“嘁，能不能别老教育我佛系？我这样的，就算是成了佛，也是个武僧。”金虞翻个大白眼，喝了一口递过来的干红，舔了舔唇上的汁液，唇釉殷红，目下无尘。

“那我呢？”燕卓尔轻轻笑了，嘴角勾起一个弯弯的弧度。

在这样忙碌的正式场合，他忙里偷闲地和金虞在这里打情骂俏。

“你呀？淫僧。”金虞的眼睛像是刀子一样，把燕卓尔从头到脚看了一遍。

有人听到了这里的谈话内容，投射过来居高临下嫌弃的目光，觉得金虞和燕卓尔的对话极其不雅，但是燕卓尔自己笑得很开心。

今天，主角是美善金融的老总官文利，以及大明星图灵。

在酒会正式开始之前，官文利没有在大厅里露面，而是亲自在包厢里招待政商两界的名流。至于燕卓尔这样的秘书，基本上成了跑腿的帮闲，和穿着马甲托着盘子在酒会中间穿梭的人性质差不多。

燕卓尔很少这么单纯地聊天。金虞觉得，燕卓尔可能是心理上受到了刺激，比较无聊。她安慰燕卓尔：“挣不了一个亿不怕，挣个一两万就行了。”

“我月薪一万二，奖金全勤奖福利各项分红加起来，一个月五万多。”燕卓尔淡淡地回答。

金虞不搭理燕卓尔了，想了想自己的存款情况，脸色有点垮了：你不炫富会死吗？

酒会上，大家都在讨论一个问题：区块链。各种高端的令人不懂的词汇出现，从以太坊到矿机，从节点到电子钱包。

任何一个名词拿出来，都得百度了才能理解。

金虞想起炒饭大爷的回答。

什么叫作比特币？

比较特殊的币。

什么叫作区块链？

一条很长的能给人自由的链。

什么叫作中本聪？

中国本地的大葱，炒饭很香。

金虞嘴角勾起一个不易察觉的微笑，眼神有些落寞。这世上的事情，如果真的能那么简单，那就好了。

主持人站在鲜花堆起来的台上，铺垫了长长一串，然后请美善金融的官文利出来讲话。所有人的视线都被吸引过去。

这个两鬓微霜的男人，相当符合一个成功企业家的形象：高个子，宽大的肩膀，四四方方的国字脸，脸上有岁月和智慧留下来的皱纹，双目炯炯有神，往人群里看一眼，就像是在看着他的帝国。

他的演讲热情洋溢，极富感染力，而且还带着一点英文腔。别说其他人，就连金虞听完了都恨不得现在就求爷爷告奶奶地去弄点钱投资进来。

“比特币是一种虚拟货币，去中心化，没有任何一个国家和政府参与发行，所以比特币是全世界的。这一笔巨大的财富,我们人人都可以拥有。比特币不是地产,没有泡沫。因为房子会饱和,会供大于需。但是比特币不会,它总共只有2100万个。地球上有七十多亿人口,又有多少人有这个幸运能拥有一个比特币?

"早期的比特币,只需要一台古旧的电脑,开着运作一晚上,就能挖到四五个。也就是说,一台电脑一晚上就能创造三四十万的利润。除了赌博,我想象不到还有比比特币更值得投资的项目。但是赌博非法,而我们的比特币,是数字财富。

"在绝大多数比特币被其他人持有的情况下,我们应该怎么办?投入矿机,进行挖矿。每挖出来一个比特币,需要的电费成本,就是五千元。

"我们今天坐在这里,就是希望呢,众筹一下,把这笔财富,通过我们的努力,留在国内。资本主义国家垄断了石油,垄断了芯片,我们不能再让他们垄断我们的比特币。"

坐在这里的大佬都是行业的翘楚,不乏资本不亚于官文利的佼佼者。

官文利所说的利国利民,没多少人在乎,但是其中的暴利,却是能让所有人动心。

或者,在座的不少人,已经和官文利有过了私下的会晤,达成了某种利益条款。现在所说的一切,仅仅只是形式呢?

"挖币,本身就是一种赌博,在同一个区域节点上,各方算法都是同步进行的。如果对方快了哪怕一秒,也得不到这个比特币了。花费那么多的人力物力,不是浪费吗?而且不只是电费的问题,所使用的芯片和拥有庞大计算能力的计算机,也是个不小的开支。我怕投了,收不回本来。"

发言的人是个挖矿的。不过这个挖矿的老板不是挖比特币的,而是个挖铝的。在他眼里,除了富含三氧化二铝的矿石值钱,其他东西都是土。

金虞用余光观察着大厅里,她看到了角落里的另一个人影。她以为自己看错了,揉了揉眼睛又看。

她看到了穿着燕尾服的顾非,对她笑得温柔恬淡,遥遥举杯。

远在天边的价值连城的比特币是虚的,近在眼前的顾非,才是真实的。顾非显然进来之后,就找到了金虞。他在听的时候,偶尔会微微出神,似在思考。

"这个问题,提得很好,它也曾经困扰了我很久。如果我们投入那么多的钱,不能够变现变成升值的财富,那对于我们这些辛辛苦苦搞实业的人而言,又有什么用处呢?所以,我后来选择了比特币技术之下的区块链,这是功在当代、利在千秋的一项伟大技术。

"曾经以马克思理论为指导的共产主义把全世界的无产阶级联合了起来,创造了一个全新的社会。那么,我们现在就可以用区块链技术,把社会的财富链接起来,创造一个全新的社会金融科技发展环境。"

这种语言风格,在中下层人士中间,有因为渴望财富而带来的煽动性。

但是在座的各位,可不是什么无产阶级。

金虞端着杯子环视了一圈,发现大佬们居然摆出了被传销洗脑的姿态。

第九十一章
蛟龙水中盘

酒会，只是个开胃菜。官文利作为美善金融的一级大佬，自然不可能一直像因材施教的孔子一样，和台下的人互相贡献口水。

他的目的，是把最重要的项目部分给引出来。

“接下来，我们将会发展区块链技术，把区块链和金融、互联网以及共享经济结合起来。”官文利不疾不徐，深入浅出，谈到了好几个大项目。

具体的比如应用在住房、车辆这两个大城市青年最关心的问题上，还可以应用在餐饮、都市白领的午休时间安排上。

这些具体的项目，原本应该让人眼前一亮，但是大佬们的反应只是微微一笑，似是早已了然于胸。

这百分之二十的人掌握着社会百分之八十的财富，也是最难以撬动的一环。

共享单车在短短两年的时间里，横扫首都和沿海各省，已经把单车铺设到了全国的三四线城市，不少人口众多的十八线小县城，也成了共享单车抢滩登陆的最后一站码头。

而这短短的两年时间里，主创团队中的创始人通过把自己的公司卖掉，从中获利金额在十五个亿。

十五个亿。

年轻女老板走过的路，让无数穷人趋之若鹜。但是十五个亿，是大多数人终其一生或者几辈子，都达不到的财富高度。

如果背靠区块链技术，做出来下一个如共享单车这样的爆款项目呢？

“按照我的了解，创业公司基本都活不过三年吧？我认识的同学里面，有毕业以后雄心勃勃地开煎饼连锁店的，现在已经歇业去考公务员了；有开特色小吃店的，现在又去了工地。只有继承了家里的矿的，走上了当老板的路子。你说这创业，能靠谱吗？”

金虞站得累了，靠在了窗户上，摇着杯子里的酒。

燕卓尔作为白坤杰的秘书，在这样的场合自然没有更多的话语权，也自动地撤到了外围。

“你的创业概念，还停留在小农思想的水平，现代互联网金融创业的模式，是风投基金对所有可能有发展前途的行业，都撒钱进去，但凡是能看到赚钱希望的，都要扶植成业界第一，寡头单向垄断。比如打车软件，三家开始竞争的时候，不只是这三家坐到了赌桌上，还有这背后所有投资的大佬，都站在了桌前，把手中的资本一次次地压上去，平台超大优惠券的补贴，平台对司机的补贴，平台对用户的返现。

“你见过打车比公交车还便宜吗？公交车从市中心到大学城，起码都要三块钱了，车上的人都像是装在口袋里的饺子，被挤得乱七八糟。但是叠加优惠券和补贴之后，打车钱居然才两块。”

燕卓尔淡淡地说。

资本，握在垄断大佬的手中，是一张迫使没钱的人提前出局的王牌。

“但是现在这个平台已经开始杀熟了。天天从金融街加班回去用这个软件打车的人，比初次使用的人公里数多了将近四公里，钱多了将近十块。”

燕卓尔说大局，金虞从小处着手。

“所以嘛，这就是资本强势入驻的创业模式和个人小手工作坊之间的区别了。我知道在南都，最早的共享单车是一个当地最大的珠宝行的老板父子发起的，短时间内前后投入达到了两千多万现金。他们的单车没有实现并购套现，连带着自家的珠宝生意一起被拖垮了。父子俩锒铛入狱，至今还欠着银行和高利贷高昂的债务。

“或许你要问了，当地最大的珠宝行老板，怎么会连两千万都撑不住。

“其实每一家公司的运作，从运营成本到原材料再到市场，从人工成本到材料成本再到市场成本，都需要一定量的现金维持运转。这些现金，很大一部分来自银行贷款，所谓的亿万身家，指的是固定资产的市值，并不是指这些大佬能一下子拿出来五百万、一千万或两千万的现金。

“尤其是现在的竞争已经到了白热化的地步，所有人拿到的每一块钱的利润，都会迅速地重新投放到市场上，用来占领市场的份额。两千万，足以逼死在一个地区上单打独斗又妄图吞并整个市场的小企业。”

燕卓尔描述的是这个行业黑暗的一面。

而官文利描述的，是社会一片欣欣向荣的华丽愿景。眼看着官文利把一杯酒喝了半杯，酒液殷红如血，金虞恍惚间觉得，官文利喝下去的可能就是血。

当市场份额全部被垄断，价格就被牢牢地把控在了一部分人的手里。

"可怕呀。"金虞从来不多愁善感，也不由得感慨了一声。

"这算什么？医药行业的研发成本高昂，在国内外都一样，但是有人想到了一个招数，自己不研发药物，而是疯狂地用风投囤起来的钱去买有医药专利的公司，二十块钱的药重新定价到两千，两千的药定价到七八万。"

所以呢？

资本在脱离了控制的时候，疯狂地卷入社会的各个行业，根本不会给普通的独门独户留下生长的空间。

"只要投下去的有一家赢利，就足够了。别说行业的独角兽，风口的猪都能变成天蓬元帅。"

燕卓尔的话落，官文利的话也落下，留下太多太多思考的空间。显然，这些西装革履端着酒杯的人，现在正思考着，如何能物色到一头风口上的猪，并从这头猪的身上赚取到泼天富贵。

酒会进行到了高潮部分。

这些人交头接耳，讨论着说投什么样的项目。几十万上百万，就在觥筹交错之间，定下了口头的协议。那些好几千上万一瓶的红酒香槟，在即将开始的新一轮的对新科技的投资里，根本不算什么。

放眼望去，一片和谐。

实际上，暗流涌动。

这个季节已经不冷了，金碧辉煌的大厅里也是暖气充足，但是金虞还是觉得凉意森森。她觉得自己像是一个旁观者。

霍连胜很快找准了自己的定位，他和家里有几个矿的玩不到一起，但是开连锁餐饮的和开中小型连锁超市的，就是他的好伙伴。

霍连胜满面春风，显然是斩获颇丰。

霍连胜过来的时候，金虞问他："霍总，你打算在这个项目里投多少钱？"

"不投呀，我刚才谈了两个超市的装修。这可是个大单子，超市商场这一块的装修面积更大，如果是高档装修，讲究更多。我之前一直发愁说怎么做这一块的业务，其实也简单，比对样本，再修正一些基础的业务。"

并不是所有人都对官文利的项目动心。

"霍总，你为什么不投呀？刚才站我旁边的两个人，可都是上亿的大手笔呢。"金虞想了想，问道。

"格局，格局不一样。对我而言，软装就已经是生活和事业的全部。区块链和比特币这些东西，看不见摸不着的，我不太放心呀。事物不能只看到好的一面，比特币从发行到现在，经历了很多次的恶意撞库事件，电子钱包里的比特币被盗取，很多人上百亿的财富一夜之间蒸发。我从来不认为，自己是一个幸运的人。”

靠运气发家致富，和靠拜泥菩萨生儿子，有什么区别？

霍连胜基于自己的判断，瞄准的是潜在的软装市场，要在自己可控制的范围内把业务量提升，赚到更多的利润。

郭蘅芜长袖善舞，但是事实上她之前接触到的人和圈子，也没有现在这么多、这么大。并不是所有的土豪都喜欢一桌酒肉一桌美女，郭蘅芜也并不是所有人都认识。

今天这位冰山美人的笑颜绽放得最多，作为为数不多有自己资产的女性，她相当吸引人。一路走过来，收了不少的名片。

这些名片放在她的手袋里，鼓鼓囊囊的。

这些名片对她而言，不是印着名字的纸，而是将来的合作机会。都是赚钱的机会呀。端着酒杯的郭蘅芜对着金虞抛了一个媚眼。

回眸一笑百媚生。

就连郭蘅芜和霍连胜，都各有打算，其他资本和人脉更广的人，所图肯定更多。金虞拈着手里的酒杯，万千思绪，涌入脑海。

透过现象看本质。

在场的人，都是人精里的妖精，就连她都能在收账和偷工减料上玩出花样，其他人的深谋远虑，只会比她谋算得更远。

这些有钱人在这儿，图啥呢？

在白坤杰入场之后，燕卓尔就很狗腿地不见了。而顾非，也消失在了金虞的视野里。

前面的酒会颇为严肃，在酒店临江的一面，则准备了露天的酒会。在这里参加的人档次就五花八门了，但凡在直播平台上有两万粉丝的，都能过来。记者的门槛，几乎是完全取消了，从正规的新闻媒体到各大公众号想要得到第一手资料的新媒体人士，鱼龙混杂。

最令人瞩目的，是大明星图灵的倾情献唱。

图灵的出场方式有点特别。高冷的有钱人，自我标榜要和吃饭之前用手机给餐品开光的人严格区分开的那一撮人，都不由自主地拿出了手机，一定要记录这一刻。

直升机下吊着一个巨大的水上常用水球，横幅上写着美善金融的广告。图灵自己在球里面用遥控器断了球和横幅之间的联系，球就落在了人群的上方。

金虞看得目瞪口呆。

还能这么玩呀?

早在人群里受过专门训练的安保们,把图灵给托了起来。借着空气的浮力,这其实算不了什么。而接下来,其他的人也有样学样,手伸过了头顶,托着图灵从一边传到另一边。

空灵秀美的声音从环绕立体声的音响里传出来,而美丽的图灵穿着短裙低胸上衣,烫了大波浪的头发,动作妩媚,眼神勾人。

“这肯定是明天的头版头条了。”不知道什么时候,美善金融的官文利和美浩小额贷款公司的白坤杰,都到了这里。

“未必吧。”金虞声音不大,但是官文利不但听到了,成功人士独有的脸上还显出了焦虑。

版面可以买,热搜可以买。但是话题深入人心的程度,可就不是钱可以铺出来的。而想要让所有人都知道,只用钱砸,可能会适得其反。

“你能有什么办法?”燕卓尔的声音出现在大佬们中间,有些突兀,但是在这种已经降级了的酒会上,不算出格。

而这,也是官文利和白坤杰想问的。

白坤杰看金虞,带着忌惮。毕竟已经有三家小额贷款公司倒了,虽然主观原因是自己作死账上空了,白白把钱借给了半死不活的中小企业,但导火索是这个妞的强势介入,提前终结了一切。

在现在这种快消费的环境下,美浩小额贷款公司的违规操作也不少。

谁不是九个锅盖十个锅,忙得恨不得自己是千手观音?

官文利看金虞的眼神,却是很明显的不信任。他不相信一个在底层摸爬滚打那么多年却连温饱都解决不了的人,比得过他手下的精英人士。

“我的办法,先斩后奏,我怕你们没这个胆子这么干。”金虞如是说,眼睛里带着几分挑衅。虽然霸道总裁不可能娶服务员,但是服务员能怼霸道总裁一下,还是很爽的。

“我给你这个权限。”官文利大手一挥,积威深重。

“官总,您真的这么信得过我呀?”金虞揶揄。

“要是连这点魄力都没有,那我就组织不起今天的这场局来。”官文利脸上的表情没什么变化,明显是不把金虞放在眼里。

“前面的那些保安,您和他们打个招呼,让他们只听我一个人的。”金虞叉着腰,细高跟凉鞋露出来细细的跟,站在雪白的方石上,其他女孩子都是温婉可人,就她还是霸气无敌。

燕卓尔略显无奈。

在得到了官文利的授意之后，金虞绕路从酒店一侧乘坐水摩托到了人群聚集的另外一边，直接登上了岸。

靠她自己想从密匝匝几百号人里面穿过去，基本上是不可能的。

登上岸的地方，是图灵的水上气球传过来的终点。她会在这里登上三层楼高的表演台，继续其他的节目。

金虞看了一眼酒店内层的方向。这个酒店比照着深港城的股票交易所建造而成，是典型的欧式罗马风格建筑，四四方方，在阳光下闪着圣洁的光辉。远处的高楼大厦，随随便便都在二十五层以上，但是这家五星级酒店的周围却是厚厚的绿化带。这在寸土寸金的市中心，就是厚厚的钞票呀。

而且，这家酒店的高度只有六层，在有些人看来，就是在浪费土地。

纯商务的酒会转到了娱乐层面，对于普通人而言，依然是高不可攀。这些和投资相关，和明星奢华生活相关的东西，还是太不接地气了。

豁出去了。

顾非并不在这里。

水上气球距离金虞的位置越来越近，周围还有四五个保安，已经得到了听金虞命令的指示。这个命令，在金虞的要求下，还多了一句话：谁不听令，就把谁开除。此时此刻，金虞和其他人一样，也做好了抓一把那个巨大的水上气球的准备。

“把气球扔水里。”在指尖接触到球之前的那几秒，金虞对着几个穿着西装、配着蓝牙耳机的保安喊了一声。

那些保安还没有反应过来，但是球已经要上手了。

这样近的距离里，图灵听到了金虞的话，惊讶得无以复加。但是她是公众人物，她一路走来的经验告诉她，遇到大事不光要镇定，还得稳住场子。

她的声音，依旧甜美无比。

下一刻，几个大男人跳起来，对着球狠狠地拍了一下。这个水上气球改变了路径，没有登上表演台，而是顺着风，径直飘到了水里。

水上，只有水上摩托，近距离内没有打捞的冲锋艇。顺风顺水，水上气球一下子漂出去几米远。

图灵幽怨地看了金虞一眼，两个女人的视线在空气中碰撞交会，图灵的眼神里，充满了认命放逐又浓重的不甘。

人群中爆发出尖锐的叫声，所有的人都乱了，瞪大了眼睛看着图灵落水。

官文利掏出一根雪茄来抽着：“还是年轻人有办法呀。聚会大家经常参加，但是出点有意思的事故的聚会,可是少之又少。”

记者急于抓捕这珍贵的镜头。

“也是,社会已经过了审美的阶段,开始审丑了。”白坤杰附和着。他在真正的大佬面前,还是有些底气不足。

而这个时候,趁着人群骚乱,有人到了官文利下榻的酒店的门外。

当所有人的注意力都被大明星的落水吸引,就不会意识到手机的无线网络被进行了短暂的修改切换。

这一进一出,通过镜像保存,留下的痕迹微乎其微。

顾非在主路由器旁用自己的便携式路由器进行切换,王者在另外一边修改技术参数,麻旦旦就在酒店外面的大马路上,飞快地进行着保存和删除。

胖子一边干活,一边抱怨着:“我刚混社会住的是地下室,后来干的都是地下工作,恋爱也没有谈过。我活了这么大半辈子,从来没有见过真正的人世间繁华,你们怎么就不能把这个机会让给我呢?”

王者用的是连接手机热点的平板电脑,听着麻旦旦的抱怨,会心一笑:“建设和谐社会需要你,搞对象不需要你。胖子,池局可是个特别较真的人,你想想,你背地里扣了多少钱下来?”

麻旦旦瞬间没了脾气:“我以为只有经侦局的那些娘们才会磨磨唧唧算账,你怎么也被同化了呢?”

其实,麻旦旦的抱怨,也是在解压。他时不时地“我的乖乖”一下,因为这些无线电通信设备的使用者,都是真正的大佬。

这些数据,在一个程序员的眼里,很明显地觉得不太美观。但是这种不太美观,是基于编写习惯的程式,而不是内容。

进行传输的王者,看着自己设备上出现的信息,只觉得哪里不太对,但是又说不出来哪里不对。顾非看到有人过来,已经开始给两个小伙伴报信。

水上气球并没有漂走多远,下游的水上打捞潜艇就已经到位。

而一直面色如常的图灵,直到现在,都没有停下演唱。她站在甲板上,有着独占鳌头的美女的风姿,纯净的声音飘向了每一个人的耳朵:

“不是因为有了希望才坚持,而是因为坚持才有了希望。”

那双空灵美丽的眼睛,明显是在人群里找寻什么。金虞只想找个地缝钻进去:完了,现在和这个大明星的梁子,算是结下了。

第九十二章
通幽曲径弯

图灵原本就在为美善金融背书，只是因为理财产品的特殊性广告不能植入太多的嬉笑怒骂元素而显得刻板无趣，很多人甚至不知道图灵代言的广告里还有这么一个。

而现在，这个美善金融的聚会上多了这么一个小插曲，就有意思了。

正反两面的水军来回洗地，让人目不暇接。有的人讽刺酒店方面没有做好接待工作，五星级大酒店请来的公关团队就做了足够的调查，证明了当天的情况不是酒店的锅。粉丝自己就撕起来了，谩骂站在边上的那些人没有照顾好自家爱豆，也有的抓拍到了当时的画面，一个脸上涂着厚厚的粉的女人奋力一拍，把水上气球给推到了岚江里。

真相扑朔迷离，然而所有人都不能否认的是图灵临危不惧的能力。

更不能否认的是这件事情的影响力。图灵被做成了表情包，在各个社交软件上以"淡定姐"的名号疯转。而美善金融也连带着真正成了街头巷尾的谈资，从宣传的角度来讲，这才是真正的捆绑销售的典范，互相成就。

很多年轻人原本对理财产品不屑一顾，现在也纷纷加入其中。

也得益于图灵这几年费尽心机打造的人设——理财，绝不败家，在真人秀综艺节目里，她秀过自己的房租和买的股票。这些现在都是拉动美善金融的加分项。

别的女孩子是不化妆不敢出门，金虞是化了妆不敢出门。她在公交车上都能听到图灵的粉丝在讨论着把图灵扔下去的人是多么道德沦丧。

而接下来的一个星期，麻旦旦看金虞的眼神，可谓一言难尽。他就像是在亲妈和老婆中间的夹心饼干儿子，一副有苦说不出的愁眉苦脸样。

金虞不知道怎么安慰他，结果麻旦旦来了一句："能和女神近距离接触的这么好的事，你好歹让给我呀！我肯定和女神一块跳到岚江里去了。那么多的水上摩托、救生艇，穿着救生衣的水上警察和水上保安队，我还能淹死咋的？三线小明星的握手券都得好几千呢，摸一下图灵坐的水上气球，不得几万呀？以后这么好的事，你不能忘了兄弟我呀！哥哥我天天宅在家里，除了倒买倒卖游戏里的枪支弹药，就是帮着人破译奸夫淫妇的手机密码，找回被删除的聊天记录……我的人生，可就只有这么点爱好了。"

"你不觉得是我故意想要一脚把图灵踹进江里去的？"金虞丈二和尚摸不着头脑。

"嘁，本来就是个炒作，不然哪儿来的话题。你当我不懂呀，电影上映以前，真假离婚怀孕，先来一波。热门电视剧上映之前，先借壳上市，再跑去股市里捞一波钱。但是这些都不妨碍我吸图灵小姐姐的盛世美颜呀。"

麻旦旦的胖手，还在空气里抓了抓。

比麻旦旦还要大一号的屠悦神出鬼没，朝着麻旦旦的后背心就是一脚："你洗白技术要是不行，我就去找其他的水军了！你看看你那技术，现在学校里的那些小孩都比你速度快，还比你便宜。要不是因为认识，我真懒得把这么大的事情交到你手上……"

"我能咋呀，撞库套出来的那些评论，都是一个ID，全是僵尸粉。你知道现在的社交App有多损吗？我登录一个号，要提交一个验证码，天天让区分王珞丹和白百何，我哪知道她们两个哪个是哪个？一天光输入验证码，我就被累死了好不好？哥的手都累细了！"

屠悦又踹一脚："懒驴。"

现在真的没有闲人。屠悦觉得自己简直就是麻旦旦的伯乐，于千万人之中，深深地看了他一眼，就发现了他神乎其神的电脑技术，然后把麻旦旦特聘成了美善金融技术部的程序员之一。因为技术部的人满了，所以他作为候补，要紧急处理堆积起来的任务。

比如雇水军一块儿洗白。

好处就是不用天天打卡上班，能在自己家里把事情给做了。

但是麻旦旦进了一次总部，就挪不开窝了。茶水都是星巴克的，依云水随便喝，屁股底下坐着阿玛尼的椅子，电脑都是外星人的。

这待遇，谁还想在家里玩老破小呀。

不过屠悦表示，可以走内部渠道给麻旦旦弄点原始股，麻旦旦揉着包子一样的肥脸："不要啦。你说这美善金融的老板官文利，到底有多喜欢强人所难，想想都让人满头大汗。"

气得屠悦七窍生烟。

金虞只是把明日催给盘了出去，但是她的团队没有变呀，主要工作还是继续收账。客户就是美善金融的违约客户们，她掂量着手里的钞票，这也算是有了稳定工作。

屠悦还真不是专门来找麻旦旦麻烦的，而是给金虞拿了份客户资料。蓝色的文件夹往桌子上一甩，里面整整齐齐的一沓资料。

这是金虞从业以来，遇到的最大宗欠款纠纷。

这个数额，比她之前要过的账的总额，还要多得多。金虞甚至在拿起文件之后，在资料上来来回回按着数了一下，只怕是自己多数了一个零。

没错，就是一千八百万。

女老赖，贾长云，欠了美善一千八百万。近期得到消息，这人在入海口的豪华游轮上，日子过得相当逍遥。

岚梧市地面上已经没有能打的流氓了，高三烂这种人被扔到了局子里，没个三年五载出不来。娱乐城那片儿的保安和服务员领班们，也因为兼职暴力收账，被三千多名警察肃清了一遍，短期内岚梧市地面上已经没有成气候的收债流氓团体了。

矮子里拔高个儿，金虞就成了最优秀的那一拨。她的身份也跟着水涨船高，客户的质量上了不止一个档次。

听说过大老板和大明星身价涨的，没想到流氓也能成了抢手货。

甚至有些饭店开门，还会把金虞请过去镇宅，表示这家店是金虞这个女流氓罩着的，其他人不要过来捣乱。

金虞的脸，比当地派出所的那身衣服还好使。

"这么多钱，就算是岚梧市金融案件频发，这个数额也够得上法院的强制性执行，足够立案侦查，把和她有关的财产全部冻结起来，再把她本人给拘留起来吧。这不是几万十几万的小案子可以比的。以我的身份介入，无论如何，都不太好吧？万一警察也在办，顺带着把我也办了咋办？"

金虞是拒绝的。

一千八百万，得多大的胃口？

"六十多岁的老太太，你怕啥？这消息也是我们先得到的，警察还不知道。你去吧，你可以先一个人上去探探风，然后再做计划。实在不行再撤，合同先不签。"

屠悦放过了麻旦旦，把个奢侈品牌的椅子坐得咔嚓咔嚓响，一伸手露出一手的钻戒。就这个重量，金虞是服气的。

"我必须去吗？"金虞还是有些迟疑。

“这案子,官总挺在乎的。虽然一千八百万,对于美善金融的投资而言,连九牛一毛都不太算得上,但是这关乎投资者的信心呀。如果大家看到我们募集来的资金,投给了皮包项目,那多不好？就算是打水漂,也应该是悲壮的,有故事的,能让人看到希望的,你明白吗？只有这样,才方便让下一波的投资者有十足的信心掏钱。”

屠悦之前之所以会和燕卓尔混在一块,就是来做前期市场考察了。

人不可貌相,人家是带着任务来的高层,和金虞这么一帮流氓混在一块,有点太屈才了。这么一个大佬坐在椅子上,贵气逼人,随便拍一张照片,就能配文“听说有小伙子想少奋斗二十年”,来当个表情包。

“确实是我必须去吗?”金虞已经把文件夹放在了会议室的桌子上。

这地方,按照燕卓尔的要求,除了卫生间,四面都是透光的玻璃,折射率贼高,绝对比得上一千块钱两片的树脂眼镜片。

官文利只需要进门再走楼梯,就能把他的商业帝国巡视一遍。

谁在偷懒,谁在发呆,一目了然。

喝过洋墨水的人,更懂得怎么从规章制度上去卡人。

“官总想让你去。”屠悦挑了挑一对刀子一样的大眉毛,再次表明,她不是靠颜值上位的,是靠实力。

“OK。”再扯皮,可就没意思了。

金虞拿过资料,推开玻璃门,扬长而去。屠悦揉了揉眼睛,一口喝了半瓶依云水。麻旦旦之前的感觉又上来了:“不太对吧?”

“闭嘴,哪有不太对的?”屠悦沉声道,也扭着比麻旦旦还粗的腰出门了。出门前,她还恶狠狠地回过身来警告:“旦旦呀,注意下你的效率呀。人有多大胆,工作拖多晚,这就不好了。”

麻旦旦远远地嗯了一声。

然而下一刻,他的电话响起来,那边的女声清清冷冷:“帮我找几个人,要特别能打的,是你能找到的范围内最厉害的。钱,根本不是问题。”

麻旦旦两眼放光:“没问题。”

他以执行圣旨的标准去执行找人的工作,比给图灵洗白还上心。

在不同人的眼里,岚梧市是不一样的。

在金融街的高级白领眼里,岚梧市就是精致的小资风格,从咖啡厅到日料店,尽显低调奢华,盛满了对生活的梦想。在凌晨四点的环卫工人眼里,岚梧市就是长得没有尽头的街道,是沾着秋天露水的清晨,是路灯下飘着雪花的冬日。

在真正的资本家的眼里，岚梧市就是远超二三线城市的房价，是资本的融合，是遍地的黄金和机遇风口。在家境殷实的小孩子的眼里，岚梧市就是满街林立从兴趣班到补习班的教育机构，是游乐场和科技馆，是众星拱月紧紧张张的每一天。

金虞从来没有登上过港口的游轮。

这种奢华的顶级邮轮，就是海上的星级大酒店，并不是一直在港口停靠，定期有航线，比住星级大酒店更贵。因为星级大酒店交钱按天交，这游轮按月交。

当然，根据近几年的经济形势，也有其他的套餐可以选择，想在游轮靠港的时候参观一下，也有专门的票价。

这票也不便宜，得自己掏钱买。

只不过，离着游轮几步远，金虞被人叫住了："图小姐在右边第一家咖啡厅等您。"

入海口大大小小的码头没有一千也有几百，停泊着海量的船只。码头的质量参差不齐，经常会需要修缮。右边的码头，远远地能看到建筑工地围起来的铁皮和绿色的纱网，从中间一道窄窄的地方穿过去，有没有铺子还不一定呢。更何况，和此处热热闹闹的人群比起来，那里几乎没有人走动。

金虞还真的就过去了。

这道路一共一百来米，两边的建筑铁架子，几乎要把路占满了。就算是骑着电瓶车过来，如果不走直线，可能都要和边上的钢管架子撞一块了。

金虞刚一露头，就被人用钢管从后背上狠狠敲了一下。在她还没有回过味的时候，就被揍趴下了。这里是一片垃圾场，大袋大袋的臭烘烘的垃圾接踵而来，狠狠地砸到了金虞身上。码头外面有个烂尾楼，烂尾楼后面是个垃圾场，稍微抬头一看，旷野里空无一人，目之所及都是垃圾。

烂尾楼把黄金窟和贫民窟分开了。

金虞两眼冒着金星，只觉得耳朵里都在过着飞机。

她刚要抬头，头顶就被一只高跟鞋踹到了脑门。她使劲地把手伸出来，快速地拖了一把，原本身高腿长的人底盘就不稳，加上十厘米的高跟鞋，就更不稳了。这一甩，女孩子也直接扑到了地上，两只手抓了一大把的垃圾，惊声尖叫道："你他妈的知道我的脸保价多少钱吗？你赔得起吗？"

另外几个保镖手忙脚乱，赶紧上去揍金虞，硬是把她给摁了个结结实实。

他们哪儿知道都被垃圾埋了，这妞还能有那么凶猛的战斗力。

尖尖细细的高跟底，只差一点就戳到了金虞的眼里，尖锐恶心的疼痛从脑门直穿到四肢百骸。鞋子前面脚掌部分，压在了她的头上，狠狠地把她又踩了下去。

金虞半张着嘴,门牙在石头上磕了一下,发出一阵脆响。

真疼呀。

“你什么东西,居然敢把我扔到江里去?金虞?我看你就是条烂泥鳅。”女孩子的声音原本就甜美清纯,哪怕现在口出恶言,也像是在撒娇。

“我先把你扔海里去!”

金虞手抠着泥,起来就被压下去。图灵找的这几个保镖,打架的手艺都是经过了千锤百炼的,足以保证有人过来的时候“沾衣十八跌”地保护好图灵。

“你扔,赶紧的。”金虞一张嘴说话,又吃了一嘴泥。

“你别以为我不敢!”图灵也是个狠人,把金虞的脸抬了起来,甩手就是一巴掌,打得金虞左边的耳朵一下子就听不清了。

“记者马上就到,你杀我呀!”

金虞喷出一口血水来,笑得阴恻恻的,图灵揪着金虞的领口,往两边不信邪地看了一眼,脸上阴晴不定,原本要落下去的手收了回去。

这点钱太难挣了,动不动就要挨打。

图灵呀,在娱乐圈里爬到了现在的位置,能是一朵白莲花才怪呢。自己差点毁了图灵的演唱,图灵肯定会在其他的地方找补回来。

对于美善金融而言,金虞只是一个好用的打手,这种人只要开得起价格,就能继续换。

但是图灵是招牌呀,招牌这种东西,可从来没有见人三天两头换的。

“你为什么针对我?”图灵的大眼睛里盛满了水,无辜得很。

“因为我后来喝的有一杯酒是你请的,里面加了东西。”燕卓尔给她发了短信,说里面加了东西。图灵在的时间里,他一直在玩手机,而定时发送的短信恰好在酒送过来时发到了金虞的手机上。

那杯酒她没喝,就那么放在了桌子上。

“我想请你开心开心,还有错了?”图灵笑,她已经看到拐角的地方有人影出现,“别忘了,我是干什么的。”

图灵,人精里的戏精。

她对着几个保镖使了个眼色,低声耳语了两句,然后从地上拿起钢管来,大喊了一声:“救命呀!”几个身强力壮的保镖立刻把金虞扔到了地上,然后往相反方向跑远了。

图灵蹲下,把金虞搀起来,一只手撑着钢管,一只手扶着金虞,整个人像是一个血战归来的女战士,但是她楚楚可怜地喊着:“救命。”看上去更我见犹怜了。

金虞的心里有千万头草泥马呼啸而过。

“你要是敢胡说八道，我就把燕卓尔从金融民工撸成搬砖的民工。”图灵威胁。

她这么一喊，真的就有几个人聚过来了。那些人是麻旦旦找的自媒体大V，还有小报的记者。他们从另一个地方绕过来，速度慢，所以没能拍到金虞被打的画面，拍到的是图灵救人的画面。

当然，说图灵打人，这种写出来也没人信，还会被图灵的粉丝撕得再也不能露头。

所以接下来这里就成了图灵的小型粉丝见面会，还有人开了一辆车来帮着图灵把金虞送到医院去。而这个当红的大明星，一点架子都没有，差点就要认了金虞当妹妹。

她还和金虞招招手：“人呢，一定要说好话做善事，不能戾气太重。姐姐呀，你的路还长呢，千万不要一时想不开毁了自己。”

金虞心里有千万头草泥马呼啸而过，谁他妈的是你姐姐？

“风水轮流转，互相积德吧。”站在垃圾场跟前，她无论如何也说不出缠绵的话来。

有些关系，已经清晰了。

这顿打，相当值。呵，也不能白白挨打呀，谁知道这个图灵居然是个暴力分子。谁说现在的演艺圈里流量小花们都没有演技，这不就是一个吗？演技杠杠的。

金虞擦了擦嘴角的血迹，下了车。

此行不止一个任务，而是有两个任务。

贾长云的款子，必须追回来。金虞买了一瓶矿泉水把脸洗干净，毅然决然地登上了这艘奢华巨大的游轮。而这笔金额巨大的款子，在专案组有备案。

因为贾长云这个人，就像是从世界上消失了一样，根本找不到她在哪儿。

失踪时间，已达三年。

而这笔数额巨大的欠款，和一笔投资相关，是美善金融最早开始投的项目之一。

第九十三章
返老还童术

“东湖庄园的房子从去年到今年，一平方米涨了七千多，首付款的比例从百分之三十提高到了百分之六十，一套一百来平的房子，涨了将近一百万。原本卖的是期房，现在房子还没有交，开发商却反悔了，一纸诉状把业主们告上了法庭，自揭其短，把自己违规批地的暗箱操作都摆在了桌面上。”

王子韦相当气愤，这个常年出外勤的刑警，接触到的都是刑事案件。像这种规模的经济案件，让他目瞪口呆，一字一句像是从喉咙里蹦出来的。

杀人放火扰乱社会治安的歹徒，可以抓现行，也能发通缉令千里抓捕。对于现代化的天网系统而言，已经不是太大的挑战。

但是这样的违规案子可就真的不好办了。地方的利益，政绩，一个小区里将近四万人、将近一万户业主的利益，调配是个大问题。

王子韦知道案子难办，但是没有想到会这么难办。

好在这口锅当地的政府现在背了，他们要的是账目往来的记录，协调帮助调查，压力瞬间减轻了不少。

留在脸上的，愤怒占了大半。

“这家当地的房地产商负债十五个亿，而总资产不过十八个亿，资产负债率已经达到了百分之八十以上。在银根缩紧的情况下，不只是银行借贷，还有同行之间的融资，还有本地企业之间的过桥款，用我们老百姓的话来说，就是他们把能借的亲戚朋友，都借遍了。”司晴顺手把宏观的账目拿了出来，刚打印出来的表格滚烫滚烫的。

人有多大胆，借条就敢开多大，多少的利息都敢上。饶是当了多年的经侦也被吓着了，赵倩妮也觉得：“哪怕让我大白天见鬼，我都不会眨巴眼睛了。”

“我两辈子也赚不了这个零头呀。”白子玲掰着手指头算着，“我可是把因公殉职的抚恤金都给算进去了，也没那么多呀。”

“一般来说，经侦不会因公殉职的。”赵倩妮安慰白子玲，“只会过劳死。”

白子玲表示，更绝望了。她转向司晴问：“我现在辞职去搞金融，还来得及吗？”

司晴撇撇嘴，把在线文档通过内部网络给每个人都发了一份：“来得及，就怕你妈不同意呀。”

赵倩妮手一指：“去，烧壶水泡点茶，这案子雷得我外焦里嫩，现在还嘴上起泡呢。”

作为新进职员，白子玲脚不沾地地拿着水壶赶紧走。

“2008年央行降息五次，降准三次，四万亿投放到市场刺激经济，极大地拉动了全球经济。在那次金融危机下，欧洲的几个小国家直接破产了，尤其是像希腊这些账面赤字极大的国家，NBA的一个当红球星，都能随随便便买下来。因为我们国家的强力救市，全球的经济才不那么难看了。

“等到了2015年，降息五次，降准五次。在过去的四十年间，我国的广义货币供应量M2年均增速达到了百分之十五，也就是说从1998年到去年，增长了足足十六倍。

“但是我们的工资，还有绝大部分商品的价值，并没有翻够十六倍。甚至像电脑相机手机产品这些东西，一直在持续性朝着物美价廉的方向走。

“也就是说，大部分可以用货币衡量价值的社会商品，都没有跑赢M2。

“唯一跑赢了的，只有一二线城市的房价、医疗教育资源、股票市场上的核心受益这几类。而和大部分人息息相关的，就是房价。所以在我们的眼里，房市成了问题频发的地方。”

池清源办案多年，心得颇多。很多问题，看得清楚，但是未必能捋得清楚。

“纸包不住火，十个锅九个盖，现在才开始大面积暴雷。如果想要往好的方向说，就是民间资本互相抱团，应对危机。往不好了说，就是上行下效，违规操作，铤而走险。”

这许多年，起起伏伏，池清源看见的实在是太多了。

上一次像现在这样经济案件压过了刑事案件的年份是在三十年前。当时遍地摊贩，遍地是做生意的机会。

三十年河东三十年河西，三十年前到现在，方兴未艾，经济案件自从粉墨登场，再也没有退场过。

池清源看着年轻的白子玲、顾非，以及他亲手从新人带到现在的司晴。一晃眼，居然也是二十多年过去了，手上的经济案子不管是数额还是波及的范围，越来越令人心惊了。

“国外的银行掌控着国家的命脉，他们用上百年的实践得出房子这种短期内不好出手的固定资产不适合投资的经验，被我们推翻了。”顾非耸耸肩。

“谁知道大家借的 MLF（Medium-term Lending Facility，中期借贷便利）和 SLF（Standing Lending Facility，常备借贷便利）这种一年内必须还的贷款，也敢放长线钓大鱼呀。谁知道股市上势头强劲的股票也经常变成仙股，上亿的资产也能说没就没了。现在还在蹦跶的 A 股，都快变成癌股了。蒸发的速度，就像是夏天在水泥地上泼了一盆水，眨眼之间，就能灰飞烟灭。”

赵倩妮早就见怪不怪了。这些钱，对于她一个办案的来说，就是一个账面上的数字。早些年进来的时候，她觉得作为第一手的经侦，能拿到第一手的发财资料，蹭点汤汤水水，就能发家致富，后来才发现，比较悬。

有人能在股市里赚得盆满钵满，但绝不是像她这种没啥时间盯大盘的人。

“杰西·利弗莫尔说过，投资不是投机，必须勤勤恳恳。咱们现在接触到的案子里的人，不是钻法律的空子，就是钻政策的空子。被抓了以后，我们一审，他们还总是埋怨自己的运气不好，好像他们赚的不是黑心钱，而是理所应当的精神损失费一样。”

赵倩妮只要一聊天，就能把话题扯到十万八千里以外。

池清源倒是向来鼓励这样的聊天，认为有利于思维的迸发。按照池清源的话来讲，抓进来的每一个涉案金额达几十万几百万的嫌疑人，一个个都像邪教教主一样，人格魅力相当不错，洗脑水平很高。经侦们没点脑洞，还真镇不住这些异想天开的疯子。

天才和疯子，往往也只是一线之隔。

“有人说，意大利最伟大的三个人，是发明了无线电的马可尼、找到了新大陆的哥伦布，还有一个就是庞氏骗局的创始人查尔斯·庞兹。而庞氏骗局这个击鼓传花的游戏，至多到二十五轮的时候就会崩溃结束。南海泡沫，郁金香泡沫，都是这样覆灭的。”

顾非沉声道，这么多人，就他说的笑话最不像笑话。

不怕投资里面有投机的成分，就怕所谓的投资是个彻头彻尾的骗局。

棚改政策之下，被征用宅基地的原住民手中握着大量的现金，推高了当地的房价。在施工过程中，开发商需要垫付，在垫付的钱款不到位的时候，有些开发商会把房子折价卖给施工队，作为工资。施工队的包工头可以把这些房子卖了顶钱用，也能留着自己住。

贾长云之前组织了施工队，参与了东湖小区的建设，东湖小区有美善旗下子公司的投资。而她的钱就是从美浩小额贷款公司借出来的。后来她也拿到了开发商给的房子,不过她把房子卖了之后,没打算还钱。

她放飞自我,人间蒸发了。

把贾长云抓回来,就意味着这件事情的脉络又能清晰一分。

"明明股市圈钱的速度更快,更稳当,这些人为什么老盯着房地产下手呀?"白子玲端过茶水,给办公室里的人都添上。

"周期长,见效慢。"顾非只说了两个特点,但其实房地产会受到政策的保护,在物业到地方政府再到当地的土著有钱人联手推动下,安全性比股市高太多了,很难崩盘。

但是周期长、见效慢这两个特点,就把很多手握重金的投机者给挡到了门外。

玩这一手的人,可真够有耐心的。

贾长云也够有耐心的。

三年了,都没有露过面。

这艘巨轮据说是比照泰坦尼克号按照比例缩小建造的,还给泰坦尼克号的建造方掏了点版权费用。但是其中赋予的浪漫主义色彩,足以收回本来。不少中产阶级的小夫妻度蜜月,都会选在这艘游轮上,用来见证美好的爱情。

落日熔金,晚霞千里。

潮平两岸阔,风正一帆悬。

落霞与孤鹜齐飞,秋水共长天一色。

乘坐观光电梯到了顶层,金虞才发现,自己好像从来没有真正地了解过这个城市。在玻璃的电梯里,俯瞰着海水就在不远处变得越来越远,绿油油的一片,远处的高楼大厦也呈现出安静美好的姿态。淡紫色镶了一层落日金色的晚霞,像是给这个城市上了一层淡淡的胭脂。

金虞扶着栏杆,感叹造物主之神奇,能把同一个城市切割成不同的景象展现出来。

她并不是无的放矢来这里瞎找,手中早有了电话号码和舱位号。这是通过和老太太联系,得到的资料。

贾长云,六十七岁,从她的照片来看,是一个颇为富态的中老年妇女。虽然保养良好,但是也明显到了当奶奶的年纪。

尤其是一对壮硕无比的胸,特别抢眼。金虞敢保证,只要有人见过一眼,就再也不能忘记。换一张没有皱纹的脸的话,能让人的鼻血流出来。

看不出来,这么大年纪的老太太,本钱还挺厚实的。

讲真,她的色调都比金虞白了两个度,就是腰有金虞的一倍粗,这就比较尴尬了。金虞把照片认认真真地看过之后,塞到了兜里。

酒店客房区域,实行刷卡制。金虞虽然没有卡,但是给打扫卫生的房嫂塞了两百块钱,大大方方地走了进去。

头顶是形状好看的水晶吊灯,脚底下踩着厚实的地毯,女孩子的高跟鞋走过,一踩一个坑,再缓缓复原。每一个房间门口都亮着小灯,底下正好映出木制的房间号码牌。

走廊很长,贾长云的房间距离电梯口很远。

“什么? 有消息了?”白坤杰听到这个消息时,差点从椅子上弹起来。

美善金融在岚梧市设的分公司办公室,因为由官文利亲自坐镇,所以规格比照着总公司。八个秘书都是金融系毕业的高才生,其中不乏海归精英,脸上是清一色的高级化妆品堆出的冷淡妆容,身上都穿着当季的OL精品,像是从巴黎时装周直接走下来的。燕卓尔穿梭其中,忙着给各位大佬的文件夹右上角放依云水。

这瓶水,可能比星巴克的咖啡还贵,喝的就是格调。

郭蘅芜自己是从事广告行业的,本身就走在时尚前沿,她发现这些端茶倒水做PPT的秘书,穿的都比她身上的衣服贵。

郭总表示,自己当场就凌乱了。

官文利是美善金融的执行总裁,在座的十几个高层都是他的下属,男男女女都有,年龄跨度也很大,来源也比较复杂。有大学里的教授扔掉了科研项目来搞创业的,有民科,有国企事业单位辞职出来的,有网红。

人靠衣裳马靠鞍,这么一群人衣履华贵,又在正式上岗之前都经过了礼仪培训,坐在一起,像是上流社会的高端沙龙,绝对不会有拆迁户暴发户一夜暴富就瞎嘚瑟的可憎嘴脸。

这是官文利最自豪的一笔,直接提高了我国企业家的格调。他给郭蘅芜、霍连胜这些岚梧市本土的中小企业家介绍办公室的摆设时,对方无一不是瞪大了眼睛。有些故作镇定,但是眼睛一直在找椅子和桌子上的商标,手还摸着皮面,要检验一下是不是真货。

讲真,别看四大投行名声在外,有些部门连电脑都舍不得给员工配,实习生们得自己背着电脑每天通勤三个小时,过着西天取经一般的生活。

那才是现实。

坐在这里,是梦幻。

还有像白坤杰这样的小额贷款公司的老板兼金主话事人,他们本身就是吃钱生钱的饭的,对于这些摆谱,并不太感兴趣。

关键是,官文利不经过他的同意,就去要账了。

白坤杰的心里都要炸了好不好?

"大家都说,命苦不能怨政府。我们自己的债务,指望着法院,不太好吧?"官文利掏出一根雪茄来,有小秘书皱了皱眉,官文利的生活秘书掏出一个普拉达的打火机,噌地点燃,给大佬点上了烟。

"但是现在爆出我们的债务问题来,对企业形象不太好吧?"白坤杰又问。

"那也得看谁去收,会是什么样的结果。新闻既可以写我们态度强硬,绝对不出现坏账,也可以写我们四面漏风,监管不善。给年轻人一点信心嘛。"

官文利的国字大脸很有上位者的威势,一下子压得白坤杰没了脾气。

"拭目以待?"官文利还凑过来问。这种胸有成竹、谈笑间樯橹灰飞烟灭的架势,很被投资者看好,特别适合讲一个传奇故事。

白坤杰一屁股坐在了椅子上,原本儒雅的大叔脸有些萎靡了,但还是故作镇定:"当然好了,能把我们的钱要回来,发挥出更大的用处。"

金虞现在走的每一步,背后都有很多人密切关注着,似乎她推开的不是一扇门,而是一个潘多拉的魔盒。

门是虚掩着的,开了半边。

但是,这并不是金虞的幸运。因为里面化妆台的镜子上,只有房嫂一个人的影子。

贾长云不在这里!

金虞往里面探看的时候,一个身姿曼妙的女子从她身边擦身而过,带来阵阵香风。身影比郭蘅芜还要袅娜,一个惊鸿一瞥的眼神意味深长。

可惜金虞不是男人呀。

"大姐,我问一下,这住户哪儿去了?"金虞随口一问,还掏出了几张钞票,眼神暧昧道,"我爷爷就好这口,你懂的。"

贾长云的长相,摆不平同龄人中的大爷,那她一把年纪可真是活到狗身上去了。

"妹子,你可真懂。"房嫂一点就透,"她每天下午这个时候都会去酒吧那里坐会儿,和人聊天,也应该回来了,怎么还没有看到人呢?"

"她每天这个点儿,都回来吗?"金虞感觉自己脑袋上的筋狠狠地跳着,抽疼了一下,好像是错过了什么。

“对呀,贾小姐很守时的。”房嫂漫不经心地把床头柜上的一个空的药瓶子扔到了垃圾桶里,准备打包。

贾小姐?

贾长云的这个年纪,被称作贾奶奶,也一点不过分吧?

金虞的眼睛好,一眼看到了药品包装上“地塞米松片”字样和“镇痛片”的字样。她的心瞬间漏跳了一拍,刚才和她擦身而过的那个袅娜的美人,就是六十七岁的贾长云。

我靠!

怪不得这人三年都没有露过面,那是因为她整容了。

一般人还真想不到这一层,但是金虞之前的业务就是和一心想通过整容当网红捞大钱的人造美女们打交道,姚雪的下巴肿得像是有人给她塞了一个脚后跟,一天不吃止疼药,她就能疼得一口水都喝不下去,一天不吃抗排异反应的药,她就会担心下巴脱落下来砸到脚面上。

金虞见过,所以看到这两种药品同时出现的第一反应就是,这老太太整容成了美女。金虞夺路而出,沿着美女走过的方向,赶紧追上去。

感谢古人发明了高跟鞋,金虞几乎是一路沿着地毯上的坑走过去的。空气中还残留着淡淡的香水味,同样暴露了她的位置。

一路走到了安全出口的位置,再往外面就是甲板。金虞上去,推开门,一眼看到了海风把贾长云的裙子吹起来。大鬈发飞舞,她的手往底下一挡压住裙子。高跟鞋撇出一个角度,细长的腿格外耀眼。以贾长云为背景,放眼望去,天地都辽阔了。

而她像是玛丽莲·梦露。

这老太太挺有个性呀,活出自我了!

“我告诉你,我死都不会跟着你回去的。钱我都花了,你休想要出一分来!”老太太的娇憨造型没有坚持一分钟,两下甩了高跟鞋,就顺着栏杆往上爬过去,整个人麻溜得像个猴儿。她骑在了栏杆上,似乎一言不合,就会直接跳到油绿绿的大海里去。

这脸蛋,白皙动人,没有一丝皱纹。这身材,小腰细腿大胸。这脾气,一言不合就被点着了,要死要活的像个爆竹。这动作,行云流水,一气呵成,哪里像一个快要七十岁的老人。

金虞忍不住笑了,略显无奈。她掏出兜里的烟,自己拿出来一根抽着,又问贾长云:“您要不要来一根?”

“不抽,对皮肤不好。”贾长云傲娇地把头偏到了另一侧,拒绝诱惑。

这老太太,还真有意思。

"行,养生重要。"金虞吐着烟圈,消化着这个消息。也不知道这老太太是怎么想到这一招的,真是绝了。

要是法院、美浩小额贷款公司以及其他所有人知道贾长云返老还童了,不知道会是什么样的心情?

"还惦记着对皮肤不好,说明根本就不想死。你想想怎么能活?看你现在过的这日子,肯定把钱花没了吧。"金虞缓缓地说着。

"逼急了也只能去死了。"贾长云冷哼了一声,"我才赶上几年好时候呀,真不想死。"

"有能活下去的办法。就看你选不选了。"金虞把烟头扔到大海里,贾长云看着烟头飘了一段,落在了水面。

此时此刻,就差来一段"就让大海带走我的爱"了。

但是她是个人,不是个轻飘飘的烟头,更不是轻飘飘的文字。

"早知道,当初就不应该鬼迷心窍,听了那混账的话。"贾长云叹了一口气,又翻转,"不过这种日子,多过一天也是赚了呀!"

第九十四章
月下迷津渡

事态并没有朝着黑社会老大巅峰对决的复杂方向发展，贾长云一直在碎碎念。

“你说我容易吗，从小吃糠咽菜，兄弟姐妹九个，饿死的那个妹妹一头栽到了水缸里就没有爬上来。好不容易下海捞钱，做皮革厂挣了点钱，结果我男人跟他的秘书跑了。你以为温州皮革厂黄鹤带着小姨子跑路是段子呀，都是真的。给我扔下三张嗷嗷待哺的嘴，三个小崽子一张嘴就是‘妈妈我饿’。我一个女人成了男人，跟着包工头在工地上给人做饭，又自己拉人劈砖，找人托关系搞工程。我一个女人能有什么办法，工地外头那些发廊洗浴中心的，都是我的好姐妹。我只恨自己不能上呀，年纪太大了……”

年纪大了的人，话就比较多。就着透心凉的海风，贾长云差不多是把自己的奋斗史都说了一遍。可恨生不逢时呀，要是生在一千三百年前，她就接过武则天的火炬当下一代女皇；要是生在美国，她肯定比希拉里做得好，直接干掉特朗普当总统。

哪怕年轻个二三十岁，她也能赶上有吃有喝有股市的那个年代，结果一直在土里刨生活，等她爬出来牛市都变成了熊市，天台上跳楼都得排队了。

如果能年轻四十岁，她现在就能踩着鼓点去炒币了，分分钟就成亿万富翁。她现在学习编程已经来不及了，还被人用一把比特币给坑了一把。这是年龄的锅，她不能背。

这世道，尽欺负与科技绝缘的老年人。

并不是所有人的学习能力和接受能力都能那么强的。现在五十多岁的人不会使用智能手机的，大有人在，六十多岁的人不识字的，也还不少。

贾长云声情并茂，就差找个懂行的导演来给她拍一段奋斗史了。

金虞又抽了一根烟，这都是什么玩意？就是个搞传销的套路。这老太太行啊，像是大V在讲课，像是领导人在讲话。

每一句话都很正确，但都是嘴炮，并无实质性作用。

听完了，一个字都没记住。

金虞回过味来：我是来要钱的，不是来听故事的。

“别倚老卖老欺负我年纪小，一千八百万，你如果不掏，也得找个人掏呀。建议你百度一下，看看我是干什么的。我有一千种方式，让你把吞下去的钱一分一厘地都给吐出来，还有一千种方式能折磨得你让我的金主爸爸们满意。”

金虞不和贾长云扯皮，和她扯钱。

显然，金虞这种凶名在外的人，在网上的名声也不太好。毕竟他们的很多催收业务是在线的，基本上评论越烂，大家越是相信。

什么泼粪呀，雇人打架呀，撞车碾人……都不算事。

贾长云哑了，她当然查过了。下一刻，她的腿抖得不行。金虞一看，完了，贾长云居然腿抽筋了。她赶紧过去想把这老太太给掰下来，但是这老太太的腿上也不知道哪儿来的劲儿，居然要把她往两层护栏中间的空隙里面塞。

老太太一脚下去，再加一拳，杀伤力不比张大发的差多少。

“小丫头片子，没想到吧，老娘我年轻时是劈砖的，一根猪大腿骨都掰得折。年轻人，可别把年轻当本钱哪。年轻可能是脑残。”

老太太想要借着翻身的力量撑住金虞的背，硬生生地把金虞一脚踹到海里去。比狠，有着六十七年和天斗、和人斗其乐无穷是经验无数的老太太，可比金虞的社会经验多得多了。

非法催收这种事情，老太太三十多年以前就见识过了。

但是老太太显然低估了金虞的战斗能力。这妞一甩手，直接抓到了老太太的胸。老太太狠狠地嚎了一声，响声直冲云霄。

贾长云表示，自己全身上下唯一没有动过的，就是胸了。

两个人滚成了一团，直接摔在了甲板上。

“女人何苦为难女人呢？我知道你要钱都是计件的，就算是一千八百万给了你，落在你手里的也不够八十万。其他人都找不到我，你也就当没有找到我，成不成？我有几个名牌包和手表，你拿去典当行卖了就能值十几万，不好吗？”

好个屁。

金虞揉着自己的后腰。呵，准确率要是再高一点点，她下半辈子就得高位截瘫躺床上。金虞一点好脸都没有摆出来，到底仗着年轻，滚过去又提起了拳头。

讲真，要账要到现在，她还真没有下死手揍过谁。

她的凶名，是美浩小额贷款公司为了适应时代需要，硬生生给捧出来的。

“别打脸,我花了三百多万整的呀!”贾长云捂住了脸,把一对胸给露了出来。此时此刻,如果白坤杰知道自己的三百万就变成了一张脸,真不知道他还能不能有这个勇气和毅力收回去。

法院应该也会很为难吧,房子、车子、包包都能拿来拍卖了抵债。

但是这么一张脸,咋变现哪?

“那剩下的钱呢?”金虞又问。

人都有在乎的东西,贾长云最在乎的就是整容整出来的一张脸。金虞的拳头现在距离她的脸那么近,而她再也没有力气和一个正值壮年的女性抗衡了。

眼角有泪,晶莹剔透。

她用手护着脸,露出一双开了双眼皮拉了眼角清透过眼眸的一双眼睛,沧桑的嚣张里有了丝丝缕缕的畏惧。

这一刻,金虞觉得自己心里动了一下。

她拼命走到这一步,和白坤杰、燕卓尔这样的人为伍。这些人背地里干的就是把钱放在手里,左手倒右手,以合法的名义借给人,再通过非法的手段放出去高利贷。但是这些还在法律容忍的灰色范围内,她只能睁一只眼闭一只眼。

她想要的,是一身警服。

那也是她许多年来的执念。

很多执念,和这个社会上的主流价值观或金钱观没有太大的关系。

“我没有拿到一千八百万,只是拿了八百万。剩下的一千万,白坤杰通过其他地下钱庄的渠道直接转走了。也是他给我假身份证去坐高铁,转而偷渡境外,去做了整容手术,再通过其他的渠道转回来。我不会外语,也不喜欢外国人,就算有钱,也只能拿回来花。”

这是压在贾长云心底的秘密。

她回国之后再办出来的身份证件,就连白坤杰也不知道。双方默认要做彼此的小天使,老死不相往来。但是美浩小额贷款公司挂靠美善金融,现在美善金融在美善地产的主营业务中发现了这一笔,执意要把这一千八百万要回到账面上。

纸,就包不住火了。

金虞不是第一个来要账的,但是金虞是第一个面对面找到了贾长云的人。

美善金融,财大气粗,坐的椅子都要好几万,秘书们的置装费甩手都能批下来二十万的条子。光装修和租赁办公室店面,再加上几个配套的大型广告牌,金虞知道的,就已经是将近八千万投出去了。

这么多钱。

面向大众的新闻发布会也开了,滚动直播的画面上,二十多个高管森严坐镇,一下子把美善金融的格调提上去了。

线上线下,现在已经一片火爆了好不好?短短两个星期,已经有将近十五个亿的资金划到了美善金融的账面上。

一千八百万,看起来是个大数字,实际上就是洒洒水毛毛雨。

美浩小额贷款公司,也算是前期出力的功臣之一,官文利确实是强势入股了。但是他现在查人家的账,什么意思?就好像是小夫妻两个人结了婚已经准备好好过日子了,男的突然把女的以前的感情史全部翻出来,还一挑一挑地查人家的开房历史。

多尴尬。

有摸着石头过河拆桥的嫌疑。

尤其是燕卓尔给金虞发过来的信息里再三强调,一定要把贾长云带回去,八成是白坤杰想要给贾长云再来一次金蝉脱壳。

白坤杰拿走了金主的一千万,那么再拿出几十万把贾长云藏起来,还是很赚的。

水很深。

直到现在,金虞才看到了天花板上的裂痕。

"警察已经在外面了,我们一起出去吧。"金虞松开拳头,拉起了贾长云。

"你真的愿意把我交给警察?"欠下巨额高利贷的人,能被关到监狱里,其实是一件很幸福的事情。日前最惨的一个新闻,是欠债人被剁了手脚,装在狗笼子里,从跨江大桥上被扔了下去。

警方用了几天几夜的时间,调动了周边一个理科大学工科实验室里的全部教授和学生,做了一个新的吊桥,才把尸骨给找到了。

恰好那人贾长云认识,所以她才会不遗余力地逃跑。

把她交给警察,基本意味着赔偿的款项没有了,只有漫长的牢狱之灾。那一千八百万,就成了账面上的数字。

贾长云不相信。

"你去吧。"从这个角度,已经能看到一辆辆警车过来了。前后四辆,经侦的车辆和制服,也和其他单位有所区别。

贾长云已经热泪盈眶了。

"你到底是什么人?"贾长云有着她这个年纪独有的智慧,这是岁月积淀下来的,不会像年轻人一样狂热,"你想要得到什么?"

"我呀,我是个警察。"金虞和贾长云对视,眼中神采奕然。

“怎么可能？我要不是只有这个选择，也是把钱投到高利贷里去了，弄上一伙农民工去要账，保准赚得盆满钵满。警察才几个钱哪，那么大个人了，动不动写检查，不光是官大一级压死人，上面就算是派下个辅警，那也是带着尚方宝剑的八府巡按……”

金虞觉得后背上有飕飕的凉风吹过去：“骗你的，你知道我一个人收账，分红有多少吗？顶一个副科级干部一年的工资了。”

别动摇我的信念呀。

难得耍酷一次。

顾非、赵倩妮正在和游轮上的经理面对面谈话，而金虞和贾长云沿着旋转扶梯走下来。对上顾非的眼神，金虞心里紧绷的一根弦松弛了下来。

“总算是踏实了。”贾长云细瘦的手套上了铐子，“其实这三年来，我经常失眠，怕有人追着我要钱。这三年，哪怕跟前躺着一万块钱一晚上的帅哥，我也睡不踏实。现在，都踏实了。”

两个警察过来，也把金虞铐起来了：“老实点，谁不知道你是个收账的！有什么话局子里去说。”

尴尬了。

贾长云被塞到了一辆车上，和司晴、顾非一起。而金虞和派出所的几个警察坐一辆车，一路上还被人一直教育着：“你一个年纪轻轻的女孩子，干什么不好，跑来收账？知不知道非法催收是违法的？要不是没有事主报警抓你，你现在就得在看守所里思考人生了，你知道不知道？”

金虞表示，无言以对呀。

这个问题，只有池清源才能回答吧？

官文利的办公室在三层的最高处，有着君临天下的通透和一览无余的优势。他的办公室里有单独的茶室，分公司总裁尚思思精通功夫茶的泡制，一水儿眼花缭乱的功夫下来，十分养眼。

尚思思是金融系毕业的高才生，在融资海外一个大矿上以胆魄脱颖而出，在履历上超过了其他秘书一大截，直接成了岚梧市分公司的总裁，将会在接下来的财经节目中亮相。

尚思思走高冷专业化的路线，而图灵走高端甜美的大众路线。两个人作为美善金融的美女招牌，相得益彰。

白坤杰眼睛探了一下，什么胆魄过人，不过是会和官文利眉来眼去而已。八成就是在床上先搞上了，然后才得到了实质性的组团的好处。

“从前呢，有一个瞎子和几个朋友一起去爬山，中途遇到了危险，大家都躲在山洞里好几天，没有食物。瞎子的朋友求助瞎子，让他把手剁下来给大家分着吃。在获救以后，他们也会剁手，同甘共苦。

“他们在几天后果然获救了。

“结果瞎子在过生日的那天，吹灭了蜡烛，杀了他所有的朋友。你知道这是为什么吗？”

官文利高高在上，用紫砂杯轻轻摇着杯子里的红茶。红茶色泽金亮，香气浓郁，保留了茶提神醒脑的所有好处，却没有生茶伤胃之弊。

紫砂杯，美女，官文利冰冷血腥的故事。

足以让气压一降再降。

“因为在唱生日歌的时候，瞎子明明白白地听到了他的朋友们都在打着节拍唱生日歌。而一个巴掌拍不响，瞎子在那一刻知道自己被朋友们欺骗了。他非常生气，在那场灾难里，只有他一个人失去了一只手，而他所有的朋友都身体健全，活得好好的，却欺骗他砍掉了一只手。

“瞎子一怒之下，杀了他所有的朋友。

“不患寡而患不均，是这个意思吧？”

白坤杰已经没有了最初的忐忑不安，开始侃侃而谈，甚至还能拿起来一杯茶，轻轻闻一下，再轻轻喝一口，赞一声：“好茶。”

“你就不怕？”官文利问白坤杰。

“我怕什么？官总如果想要整死我，现在被抓走的就不是贾长云一个人了。我还能坐在这里喝着几万块钱一斤的茶叶，不会是因为官总大发慈悲想要放过我，而是想向我再买点别的东西。”

白坤杰老神在在的，已经做好了另外一手准备。

“老弟呀，你这人不厚道。我当初让你买进固定资产，你非要套现。我让你套空壳的知名公司，入股当家，结果你把人家的公司抽水放水的给搞垮了。一来二去的，我这手里一张牌都没得打了。”

官文利早就不满了，要不是还需要靠着白坤杰联络岚梧市里那些深藏功与名的富豪，他早就对总是违规操作的美浩小额贷款公司的大佬下手了。

“我现在不想和你谈，我等等。”白坤杰站起来，“茶再贵，也不能代替饭。人是铁饭是钢，您风餐露宿继续修行，我得去吃五谷杂粮了。”

白坤杰没有给官文利思考的时间，自顾自地站起来，拿起西装来就走。

待价而沽，谁不会？

贾长云的嘴里，能撬出来什么？

白坤杰才出门,就接到了燕卓尔的电话:"白总,经侦找。"

"三年前,东湖庄园小区建成进行售卖。对回迁房的要求是五年之内不允许进行买卖,贾长云得到了价值一千八百万的房子,属于回迁房,不能套现支付工资,她自己也被要求支付工资的劳动局和民工逼到了墙角。于是,她又把这一整套手续转交给了白坤杰,拿到了八百万的现金之后逃之夭夭。"

司晴拿着审问下来的口供,看起来无懈可击。

贾长云这种狡猾并和大公司有着千丝万缕联系的老赖,比边缘人向国平的价值更大。这个整了容的老太太,差点就以二十来岁女孩子的身份再次逃之夭夭了。

这怎么能让人不兴奋。

"贾长云的说法,有漏洞。一千八百万的现金换成百元大钞,就是四百一十四斤。她说自己只拿到了八百万,那么这八百万也有一百八十四斤。一个人要把这么多的现金藏起来,或者是存起来,不可能没有痕迹。尤其是在三年前,银行提高了利率,鼓励存钱,如果存这么多钱,肯定会上当时的新闻引起轰动。"

池清源的手指敲击着桌面。

贾长云的被捕是好事,但是这背后,又有什么样的利益纠葛?

司晴拿着笔录。一百八十四斤,想要藏起这么多的现金,绝对不简单,尤其是在当时贾长云四面受困万念俱灰的情况下。

有人给她提供了洗钱的渠道,后来她才通过其他渠道,一点一点地把钱存到了她分散收集起来的卡上。

"那我们现在突击白坤杰,意义在哪里?"顾非问。

"敲山震虎。"池清源答得斩钉截铁。

第九十五章
赌局谁下注

“他们这一轮的动作是不是太大了，而且很过分？”燕卓尔不负责给白坤杰开车，负责给他整理资料。

白坤杰和他提到这一千万的时候，他是震惊的。

白坤杰又告诉他：“呵，一千万，还真看不起人。美浩小额贷款公司的注册资金是三个亿，但是能撬动的杠杆在法律层面是九个亿，连带上各种操作，能套到三十个亿。这种非银行出身的外来户，对民间资本的力量一无所知呀。仗着虎皮拉起来的大旗，过江龙就想要压过地头蛇？我呸。”

白坤杰很少骂脏话，他觉得说脏话不文明。就像国外古老的银行家家族，无论内底里的手段多么血腥，表面上都是彬彬有礼的。

靠着挖矿和互联网金融一夜暴富的人，怀里搂着小网红，包里装着色情杂志，还就吃这一套斯文败类的操作。

白坤杰流氓起来，那也是真的流氓。

“说到底，这世上还是穷人多呀。你看着社交平台上广告都是宝马，其实还是骑着爱玛的人多。买几毛钱一袋的榨菜的人，可比国酒茅台的用户多，榨菜的股票升值空间，可比茅台还强劲。撑着呗，大家都是违规操作，谁能杠死谁。”

白坤杰的脸上露出一抹神秘的微笑：“这么多年来，我都踩在浪尖上，该进城读书就读书，该辞职下海就下海，该胆子大的时候就胆子大。”

末了，白坤杰问了一句：“账目报表准备好了没？”

燕卓尔点了点头。

白坤杰懒洋洋地靠在了座椅上，看着车窗外的降水，像是在欣赏着稀世奇珍。

放水，是个好名词，意味着从高层的角度刺激经济，有钱进来。而有钱的地方，就有着数不清的机会。白坤杰把车窗玻璃摇下来，可惜浇了一脸的水，又讪讪地把头缩了回去。

燕卓尔的手指哗啦啦地扫过一沓账单，又扫过白坤杰，低下头去，眼神晦暗莫名。

这些走账记录，他也是刚拿到不久。

这些是给经侦看的。

岚梧市再次迎来了降水。靠近海岸线和大江，冷锋与暖锋线交会，往往会带来更密集强劲的降水。超强降水给这个城市带来的不是风调雨顺，钢筋水泥的森林里，下再多的雨，楼也不会增高，甚至于原本地下排涝系统不如人意的问题也会暴露出来。

比如地势低洼而降水太多的新华街，现在水已经没过了膝盖。新华路的入口已经封了，禁止车辆通行。

白坤杰叮嘱司机："这车险比较烦人，要是车不小心被淹了，千万不要再踩油门发动车，不然这发动机坏了不给赔，我还得自己买一个。这帮卖保险的，太不是东西了，车玻璃前后将近十块，都得分开投保，挡风玻璃和侧面玻璃的价格还不一样，我也是醉了。"

燕卓尔原本翻着资料的手停滞了一下，抬起头看着中视镜上白坤杰碎碎念的脸。

在一千万面前，还有心情一直关心几十万的发动机和几千块钱的玻璃，说明他手上的这点资料，一点事都没有呀。

燕卓尔皱了皱眉头，顺带着把资料放进了公文包里。

没人看到燕卓尔叹了一口气，神情复杂得一言难尽，像是便秘了一样。

"真是奇了怪了，你说警察怎么能刚好把人抓了呢？那艘游轮只在岚梧市停一个星期，下个星期就开始全球旅行了，谁能想到这么一个人居然在游轮上？"

燕卓尔不说话，默默地删除了手机里的一条信息。

他只想早点下车，把手机里的这张卡也扔了。

"现在的人，都想自己上车，别人抬轿。白坤杰想坐着分钱，哪有那么美的事情？我得让他吃点苦头呀。"官文利的手伸到了尚思思的衣服领子里。

"万一白坤杰就这么和咱们一刀两断呢？"尚思思顺势坐到了官文利的大腿上，把官文利埋在她胸前的手给捞了出来，娇嗔地瞪了一眼。

"一颗红心，两手准备。现在不都流行PlanB吗？我为难他，就是想要他能放心地接下咱们的盘子。总不能他自己的账目乌七八糟，还想插手咱们的吧？"官文利吸了一口香水的味道，"人民币的味道，真好闻。"

“那我的新闻发布会，照常？”尚思思站起来，整理了一下衣服，端起来一杯茶，“我敬您一杯，让我有这样的机会发挥自己的聪明才智。”

“岚梧市的商业帝国，是你辛辛苦苦打造的，你应该敬你自己。”官文利冠冕堂皇的时候，也是真的一本正经，把茶一饮而尽。

警察现在要是不查美浩小额贷款公司，回头就得查美善金融了。

小额贷款公司见不得光，大家听到的第一反应就是高利贷。他们被查查无所谓，但是美善金融公司，现在在IPO的主板上如日中天，原本一股十七块，现在已经快涨到二十七块了。

警察要是来这里闹一下，几个亿分分钟没了，还没处说理。

“有那么邪乎吗？”尚思思资历尚浅。

“咱们不能做违规的业务，必须脚踏实地。股市风云变幻，就算是没缝的鸡蛋，也能让变出条缝来。之前我一个朋友的公司不景气，融资困难，他一狠心花了三千万和巴菲特单独吃了个午餐。第二天，一股就多了十几块，他把股票沽空套现，足足拿到了十个亿，全身而退。靠的就是直播午餐的时候，他很认真地问巴菲特自己的公司好不好，而巴菲特礼貌性地说了‘好’，给大众造成了巴菲特会加持他的股票的错觉。”

尚思思不了解其中的内幕，听呆了。几千万换十个亿，这种回报率超过了百分之百的资本的疯狂，不可想象。

官文利没有继续喝茶，而是倒了一杯水。

太好的东西，会影响人的判断。

他现在也请白坤杰吃了顿饭，不过是他请客白坤杰掏钱而已。不知道这个老兄的胃口好不好，十个亿的规模，还是太小了。

这哥们，胆子还是太小了，远远没有看到潜在的价值。

当白坤杰的车终于回到了美浩小额贷款公司的总部，不大的公司里已经被挤得满满当当。司晴和赵倩妮两个在经侦局很有分量的老资历亲自到了，查账。

她们调取的是当时的施工账目往来，可以证明在当时市值一千八百万的房产，最后回到了开发商的手里，而手续出自美浩小额贷款公司。

查一千八百万的始末，合理合法。

“幸会幸会，咱们岚梧市有头有脸的企业家们我都认识，都打交道。和警察打交道，还是头一回。给美女警察上好茶。”白坤杰儒雅，处变不惊，就像是在接待老朋友一样。

他的轻松随意和司晴、赵倩妮等人的严阵以待形成了鲜明的对比。

“我们泾渭分明，瓜前不纳履，李下不整冠。我觉得这茶，免了吧。”赵倩妮往前面一站，手一挡，凶巴巴地拒绝了白坤杰的好言好语。

“警察也是人，现代人免不了和银行、贷款公司打交道。一百来平方米的房子四五百万，首付一两百万，哪样不需要借？虽然公事公办，但是私下里还能当朋友嘛。”白坤杰不觉得自己拍马屁拍到了马蹄子上有什么尴尬，还要接着拍，试图用脸皮的厚度去换来体贴的温度。

场面上的功夫没有做够一半，司晴就已经打断了他：“我们要查三年前有关东湖庄园施工的三笔贷款和回款的记录。你说你一个贷款公司，要人家的房子做什么？”

“现在公司倒闭，不经常说资不抵债吗？意思就是固定资产的折价数额不足以覆盖债务。你以为是账面资金抵不了债务吗？去年和前年，就金融界上的那两家公司，差点就倒闭了，因为第二轮的天使投资没过来，他们的共享充电宝和地面上覆盖的不赚钱的小书屋，说没就要没了。结果就是靠着公司卖了两套市中心的房子，又拿了一千万进来继续烧钱。不然你当你在火车站和二十四小时便利店这些地方，还能拿到充电宝吗？那些文艺女青年，想要找个好看的图书馆拍照，不也需要这种地方吗？

“唉，你们只看到非法催收和虚高房价，看到这个社会因为我们的存在而繁荣起来。如果没有房贷车贷的压力，如果没有那些挂在橱窗里的奢侈品，现在的年轻人，还能安安稳稳地坐在办公室里卖命吗？肯定不会，他们早就背上包包全世界各地旅行去了。”

司晴和赵倩妮对视一眼。得，又一个邪教教主，而且白坤杰的段位还很高，深谙这个世界的游戏规则，能从一面看到另外一面。

白子玲的眼睛都热了。

就是，如果没有房贷车贷和想着结婚生子，她早跑了。

“白老板的话说得不对呀。”赵倩妮示意白子玲说。

“还可能宅在家里，追剧刷漫画，天天等着外卖来，十几年都不会下楼，这才是现在年轻人的生活方式。周游世界，是二十四岁以上的中年人的梦想。现在十七八岁的小孩子，都只想宅在家里。”

白子玲说得兴起，赵倩妮剜了一眼。白子玲意识到自己说错了话，赶紧后退了两步，去接白坤杰的秘书拿过来的账单。

这一沓账单资料，分成两类。一类是当时收款付款的证明，盖了章，另一类是一式两份的合同，可以和贾长云上级的开发商手里的合同对上。

里面涉及的钱款部分，也和银行的走账部分数额一致。

手写的合同和电子存档也一致。

这次对美浩小额贷款公司,属于突击审查。查账和刑事传唤,一并进行。虽然楼下停的就是警车,而且这么多的经侦鱼贯而入,但是白坤杰并不紧张。

“能配合公安机关查明真相,还小老百姓一个太平,是我们所有公民应尽的义务。我是做正经生意的,合理合法,我希望得到咱们国家法律的庇护。”

白坤杰说得慷慨激昂,不知道的还以为他是个受害者呢。

赵倩妮板着脸,毫不掩饰脸上的嫌恶。她对这种既得利益者,从来没什么好脸色。白坤杰看着她的脸,更加儒雅了,似乎岚梧市没有比他更奉公守法的公民了。

司晴倒是笑眯眯的:“还老百姓一个真相,是我们应尽的义务。不过我们以前抓到的人,都没有什么契约精神。契约这种东西,在我国是个舶来品。在私人借贷和演艺圈,并不是按照可以走法律程序的合同,来商议钱款的。”

白坤杰尴尬地摇摇头:“司警官真会说笑。”

在离开公司之前,白坤杰还嘱咐燕卓尔:“看好家,不能把豺狼虎豹放进来。账本是商业机密,只能给警察看,不能给别人看,尤其是同行。”

金虞在简单的审问后就出来了,在一间空办公室里单独见到了顾非和王者。小妞一脸喜悦地看着顾非:“姐厉害不?给你抓到了贾长云呀,榜上有名的经济犯。三年了都抓不到,也没有任何信息,当地的公安局都要把她弄成失踪人口了。她家里人想要她的三层小楼,都想把她报成死亡了。现在我抓到了呀。”

以前不是没有警察追踪过贾长云,但是最后都是在很近的范围内失去了踪迹。

谁能想象得到,一个年近七旬的老太太,居然能整容成二十来岁的女孩子的模样。也就电影里敢这么拍,现实里这么厉害的还是头一个。

“麻旦旦的信息可够快的,你们走得也够快。”金虞在顾非的胸口捶了一下,坐在桌子上,慢条斯理地点了一根烟,抽了一口。

“不是麻旦旦给我们的消息。他被召集开会,会议室被技术屏蔽,根本来不及给我们发消息。”麻旦旦只收到了金虞的第一条短信,根本就没有收到后续的。

顾非的表情告诉金虞,他也不知道是谁。

“我们找你来,就是要告诉你这个消息。你是和贾长云一起出来的,贾长云的身上背负着三年前的案子,很多人都盯着。我们抓到了贾长云,那些人就会认为是你把贾长云送到了我们手里。”王者略显无奈。

从现在开始,金虞的身份才是真尴尬。

金虞已经不知道该摆出什么样的表情合适了。警方并没有得到有关贾长云的确切资料,甚至也没有信息来源,在确定了金虞在那艘游轮上,又得到了太空号发来的信息后,就去守着抓人了?

这张赌桌上坐着人,在座的各位的身后,也有大佬站队了。

金虞一口烟喷出来,呛得直咳嗽。

贾长云为了不落在非法催收人的手里,可是想杀了金虞逃走的。她宁可杀人冒着被捕坐一辈子牢的风险,也不愿被金虞抓住。

那把贾长云当成赌注的人,又会怎么对待在这张赌桌上出老千的金虞呢?

看得见的危险,可以预测,有舍身成仁的勇气就行。但如果是看不见的危险呢?金虞的烟烧完了,烫到了手指头,她才痛呼了一声。

王者赶紧拿了一杯饮水机上接下来的冷水给金虞,让她赶紧把手指头浸进去。

金虞甩着手,疼得大呼小叫。顾非一把把金虞的手抓了过来,把烫到了的食指含在了嘴里。办公室的气氛瞬间变了味道。

金虞呆呆地看着顾非。

指尖的疼痛,都开始变得柔软轻盈起来。

王者捂着眼睛,内心却是:这种人文社科行业的人就是会撩呀,自己都追美女领导那么久了,丁蓓蕾还没有给一个明确的可以在一起的信号。

大家都是天才,怎么天才和天才的差距那么大呢?

金虞看到王者透过指缝偷看,凶巴巴地扫了一眼:“再偷看,我甩一麻袋钱把你埋了。”

“嘁,一麻袋钱才多少?”王者不屑地转身。他已经知道为啥他那么艰难了,那是因为他选了困难模式:丁蓓蕾肤白貌美大长腿,年纪轻轻就成了领导,那可是万里挑一的人才呀。

至于金虞?

这种大路货随便挤上个公交,就能找到一大群。

宁缺毋滥,他羡慕顾非个屁。他宁可追不到丁蓓蕾,也不想要金虞呀。

“我会保护你的,绝不让你一个人身处险境。”顾非如是说,不过,他说完以后,看着王者。王者揉了揉黑眼圈,下意识地双手护胸。

金虞凶名在外,一般报上她的名号,欠钱的人就会全家一起卷铺盖滚蛋了。

这妞还借着名气开发了挡债的业务。有些实在还不上钱的人,并且是因为看病、上学等正当原因贷款的,她亲自坐镇,商量出还贷的合理价钱和方式,很有一套,镇得住场子。

而顾非很能打呀，见面的第一天，王者就见识到了这个散打冠军的厉害。

这两个人如果双剑合璧，在岚梧市地面上，随便拉出来一个保安队，都得趴下吧？

“东西呢？”顾非正视道。

“有秘密武器？”金虞眼前一亮，神采飞扬，一副小人得志开宝盒的嘴脸。

王者瞬间不紧张了，人对自己擅长的东西，总是自信呀。

“放心，东西我已经准备好了，保证最先进，最好用，无毒副作用。除了我这个黑客天才，谁也找不到。”

王者此时此刻，就是一个真正的王者。

这才是池清源挖他来的终极目的。

第九十六章 复牌多歧路

市中心的广场，巨幅的电视屏上，正在播放美善金融的访谈。直播画面中的尚思思，颜值和智商都经得起高清的检验。

侃侃而谈，她就是时代的新女性，独立坚强，拥有华东区整个美善金融的最高话语权。

她就是岚梧市上流社会的新贵，多少人排队想要和她吃一顿饭。据说这位美女总裁现在还是单身，已经有人表达了爱慕之意，追求者甚多。

访谈吸引了不少人的驻足。

“P2P是一种将小额资金聚集起来借贷给有资金需求的人群的一种民间小额借贷模式，属于互联网金融（ITFIN）产品的一种。借助互联网、移动互联网技术的网络信贷平台及相关理财行为、金融服务，脱胎于英国，兴起于美国，现在在我国遍地开花。

“但是，P2P这种舶来品似乎在我国遭遇到了水土不服的困境。据我们了解，现在全国每个星期都有P2P平台爆雷的新闻，美善金融又如何确定自己就是P2P金融的王者呢？”

主持人的问话很有技术含量，先肯定了行业，再甩个包袱给尚思思。

金虞不由得驻足。

美善金融线下的三十家门店，可都是她牵头在一个月之内装修好的。她不光参与了广告版面的制作和运输，还从中贪污了不少钱呢。

掂量掂量，这些钱也不少呢。

她爸妈，得杀多少鸡鸭猪才能赚到这么多钱哪？

同样地，她也看不出来，这烧钱的三十家门店靠什么赚钱。就靠那些培训过的店长和业务员的一张张破嘴吗？

屠悦之前还想拉金虞下水。在屠悦眼里，金虞的业务能力强悍，用不了多长时间，就会成为整个岚梧市的No.1。

金虞没有搭理她。

主要是被吓的。

美善金融的金融产品，都是一块钱的起投价格。每一个经手的业务员，还能提成百分之三十，而许诺给投资者的，是年化利润百分之六。

金虞也在这行待了一段时间，知道这个利率高得吓人。她倒想看看，尚思思会怎么回答这个问题。

“这个问题提得非常好。我们实地考察了国内外几十家P2P的公司及其运营模式，有成功的，有失败的。成功的，无一例外都是资本雄厚，员工勤奋，自上而下的商业体系和投资渠道完整，并赶上了时代的变化。而失败的，原因就很多了，就像列夫·托尔斯泰在《安娜·卡列尼娜》里说的，幸福的家庭总是相似的，失败的家庭则各有不幸。

“我们的平台，面向的是千家万户所有需要消费的人群。从城市到农村，从包邮区到祖国的边境，都是我们的客户。

“我们投资的不是消费，而是我们的国运。这又怎么会输呢？鸡蛋不是放在了一个篮子里，而是放在了成千上万个篮子里。我们鼓励消费，提高国民生活水平，而有工资的人才会获得贷款。打个比方吧，假如十个人中有一个人逾期不还了，我们还有九个人的利息能保证购买理财的人的收益。也就是说，即使坏账率达到百分之十，也不会影响我们的运作，不会伤害大家的利益。”

尚思思一边说着，一边比画着手势，甚至还把图表在小屏幕上放了出来。

“况且，消费贷款，只是我们的部分金融产品。美善金融作为一家跨国大企业，有着非常丰富的投资经验。我们的业务和经营管理模式，有些直接套用了古老的银行家——罗斯柴尔德家族的模板，缓解部分国家和地区的货币风险，为当地人提供贷款，帮助当地人生产和消费，从中取得利润。

“我想，我们在当地开设的金融机构，会改变第三世界的经济模式。”

尚思思的眼中有光，完完全全是一个理想主义者。

屏幕里也有很多人在鼓掌喝彩，为一个女企业家的梦想喝彩。金虞接到了燕卓尔的电话，那家伙就在不远的地方等着接她呢。

上车以后，燕卓尔询问金虞：“你觉得尚总的回答，怎么样？”

“能把享乐主义包装得如此光明正大，能把不劳而获包装成慈善，我是很服气的。”金虞一句话没有说完整，就闭上了嘴，顺手捂住了嘴。

端起碗来吃肉，放下筷子骂娘，有点不太道德的感觉。

“你有我国护照吗？”燕卓尔眼底流光，眸色生动，程式化的笑容完全收起来了,冷冰冰的脸上有了让人望而生畏的距离感。

和金钱打交道的人,自带“我用钱砸死你”的强大气场。

“有。之前有个公司没钱给我们发工资,把出证明盖章折算成福利发了下来,所以我办了护照,就在钱包里。”

金虞说着还把钱包拿了出来,表情中透着一股子憨厚的精明。

燕卓尔深深地看了她一眼,一言不发。

他手转着方向盘,从不能拐弯的十字路口拐了一个大大的弯,后面一排原本在红绿灯下已经缓缓启动要按部就班沿着这个巨大的弯线向前的车辆,像是宽松的裤子没有穿好,一秃噜就到了脚脖子上。

所幸只是虚惊一场。前面几辆都是刚打火,又熄火,司机对着从旁边的车道迎面拐过去的燕卓尔大按喇叭。

“神经病呀。”

“懂不懂交通规则?!”

“我的车可是新买的,撞一下就成了旧车。”

“现在的年轻人哪!”

……

燕卓尔的车沿着公交车专用车道逆行了一小段,从一个路口直接扬长而去,完全没有在意那些对着自己竖中指的人。

“喂,你知道逆行和占用公交车道要罚款多少吗?”这是什么操作,金虞被燕卓尔的这一手给震惊了。

就算是她对尚思思的回答非常不满意,也不至于这么玩命吧?

“我有的是钱,交得起罚款。”燕卓尔的回答充满了霸道总裁范儿,说得霸气无匹,似乎这城市里所有的车都成了他的背景板。

“你当交警大队是你们家开的呀?你知道这要扣多少分吗?要是出了事,你这辈子都可能再也开不了车!”

金虞又吼道。

“我买几个驾照消分,不行啊?交警大队的队长,让他查完了这档子事就滚蛋,我不信交警队后院里堆着那么多零件,没人推两个轮胎去卖钱。行,就算这些人都奉公守法,我以后不开车了,雇个司机给我开车,总行了吧?”

燕卓尔目不斜视,似乎是在专心开车。

事实上,他的车速已经超过了一百二。他的车一骑绝尘,而他整个人面无表情。

有钱人要不要这么拽?

“你开这么快，一头撞在电线杆子上，死了谁给你收尸呀？你能不能想想你自己？”金虞甩了他一个白眼，扭过头看着窗外一闪而逝的风景。

燕卓尔掉过头来看着金虞，眼神是从未有过的深沉。

专案组里灯火通明，所有人办事都是用跑的速度。

白坤杰被放走了，走之前，这位岚梧市最大的小额贷款公司的董事长兼总经理、金主话事人，不无得意地对司晴挑衅道：“我知道现在的经济不太景气，大家的日子都不太好过。全国那么大，有的县城就连给公务员的工资都发不出来了，招商引资收税是没有的，只能靠着卖地来暂时维持。你看看，现在上班的人，拿那点死工资，要穷就是穷一辈子。

“咱们互相要理解，我充分尊重警察的劳动成果，如果你们乐意，我随时随地，开了大门，欢迎你们来查账。”

司晴身高体重都过了一八〇，但站在儒雅的白坤杰面前，这种天然的压迫力，也消失了。

“为人民服务，我们从来不觉得麻烦。在座的每一个人，都有着虽千万人吾往矣的勇气。”司晴一字一句，鸡汤灌得义正词严。

这和蔼可亲的态度，堪比各大电商平台的客服。

白坤杰倒是想找赵倩妮这个一点就着的炮仗，但是对方压根就没有露面。他带着一种胜利却未尽兴的姿态，扬长而去。

办公室里，池清源坐在办公桌后，一根一根抽着烟。面前的顾非和王者两个人，表情都很复杂。王者先沉不住气开口了，在他的眼里，当技术强大到一定的程度，就可以以实力碾压一切心理战术。

“为什么不告诉她真相？”王者一拳砸在了桌面上，脸上是忍了又忍没忍住的无奈。

“有时候，真正的真相比眼睛看到的真相还要残酷。与其让眼睛看到的真相欺骗心灵，不如闭上眼。”

池清源说完，顾非的视线重新回到了池清源的脸上。

震惊。

这位领导，是要调整最初的布局了吗？

消息的来源已经查清楚了，是很早之前池清源就已经埋下的一条暗线。而现在，池清源却没有选择把这一条珍贵的暗线告诉金虞。

原本，金虞在暗处，坐看起高楼。

而从今天开始，金虞的身份，若隐若现。

燕卓尔的车很快上了出城的高架，经过写字楼密集的外滩，直接通过跨江大桥，去往机场。繁华的高楼大厦走马灯一样地往后变幻，路上的行人越来越稀少。

“你想去哪个国家，签证来不及办了，只能在免签证的国家落地你才能生活。”燕卓尔如是说。

What？

金虞的眼睛彻底瞪成了金鱼眼。她的卧底任务现在还没有完成呢，居然要去出差了吗？

“你需要的钱在落地之后，会有朋友给你准备好。反正你在这里无牵无挂，在第三世界的国家，发展刚刚起步，你肯定会比在这里混得好。”

燕卓尔又说。

金虞刚想要问一下到底为什么，就看到稀疏的车辆一下子密集了起来。金虞笑着指了指：“今天大家是不是都嗑错药了？后面还有四辆车，也学着你超速。你看，这车的速度很快就要超过你了。”

“不是，那些车就是来抓你的。”燕卓尔又补充，“官总怀疑是你报警，把贾长云送到了警察手里。”

“这和我有什么关系？”金虞吓得跌坐在了副驾驶上，差点滑下去，“我懂了，神仙打架，凡人遭殃。不是我做错了什么，而是官总想要打白总的脸，而白总也想要清理门户，对吧？”

得向两边都证明清白。

得向官文利证明自己从来没有旗帜鲜明地站过队，也得向白坤杰证明自己从来没有报过警。

夹心饼干不好当，是因为终究免不了被一口吃掉的危险。

她才是那根被收割的韭菜，还会被做成标本，供后人瞻仰。

燕卓尔沉默不语。这世上读过很多书的人很多，但是通透的人很少。大部分人都被情绪和眼前的利益吃得死死的，没有自己做判断的能力和眼界。

而金虞，是个异数。

燕卓尔很少叹气，但是在面对金虞的时候，他叹了一口气。

“哈哈，我白感动一回。说什么是送我出国，实际上是让我给你们背锅，跑得远远的。你说说你们的白总和官总，何必为难女人呢？什么玩意？当我这么大个人，纸糊的？”到底谁给警察发的短信，这在金虞的眼里已经不重要了。

她从来不会当炮灰，更不需要任何人的同情和关爱。

她才不会苦哈哈地被抓走,去求着这两家的大佬给自己一个活命的机会。她要做的,就是打残这两拨人,让他们的亲妈都认不出来。

万夫莫当之勇,又如何?

打定了主意,金虞看了看前面笔直的马路。这里是集中的写字楼区域,除了广告灯亮着,零零星星有加班的几间办公室灯还亮着。马路上,空荡荡的。

金虞吸了吸鼻子,想起顾非说过的一句话:地狱空荡荡,魔鬼在人间。

"我来开车。就你这技术,恐怕我活不到明天早上了。"金虞指了指燕卓尔的方向盘,"快,踩住油门,解了安全带。你从下面侧过来,我从上面坐上去,换我开车。"

这姿势?

"不太好吧?"燕卓尔怀疑道,但是已经踩住了油门,示意金虞可以开始了。

生死之交?

燕卓尔的脑子是不是有毛病?金虞心里咯噔了一下。这小子才刚把她出卖了,买一送一,打包成了两份,打算快刀切豆腐两面光,让她滚到国外去,让两边的领导都满意。

这会儿就信任她,把生命安全交给她了?

这一个不小心,可是车毁人亡的下场,说不定,这撞出去,车烧起来尸骨无存。

"你还真相信我呀?"金虞揶揄道。

"你说什么,我信什么。"燕卓尔已经示意金虞开始动手。

之前,他给金虞上了一课:和金融沾边的,几乎都是骗局。通货膨胀,物价上涨,原本就是资本对社会劳动所得的一次收割。

马克·吐温说过,这世上只有三种谎言:谎言,该死的谎言,统计数据。

想那么多干吗呀?

此时此刻,燕卓尔和金虞两个人相视一笑。燕卓尔的脚死死地踩着油门,甩开后面的人一大截,金虞趁机腾空而起。她和燕卓尔的身量都单薄,几乎可以完美地错开这段距离。

完美的生死之交的场面并没有持续十秒钟,又成了咆哮现场。

"靠,你他妈的踩到老子的脚了!"燕卓尔几乎是在咆哮着。这妞的脚力凶悍呀,错位的时候差点把他放在油门上的脚踩骨折了。

燕卓尔从来不说脏话,这一刻全崩溃了。

"我这不是担心你踩不严油门吗?"金虞已经快速地扭了方向盘,"快,系好安全带,我要开始我的表演了。我怕你受不了被甩出去。"

燕卓尔愤愤不平，但是他连方向盘都交出去了，只好忍住。安全带的扣子才扣好，车就走起了蛇形，一会儿朝着左边瞬间卡住了后面那辆车的车头，差一米就撞上了。金虞手快，而燕卓尔的车又是改装过的，性能很好，方向调得刚刚好，让后面的人虚惊一场。

而在立交桥上拐一个大弯的时候，金虞又一个猛甩头，后面跟着的那辆车上的人躲了车，却没有来得及转方向盘，他们的车朝着立交桥中间的位置一头冲了出去，掉在地上后四个轮胎全部冒烟，地上擦出一串青蓝色的火花，又开了数百米，才堪堪停下。

"哎哟喂，一个老司机都没有，就敢和我飙车！"金虞把四面的车窗玻璃全部摇下来，让燕卓尔找了一首重金属的摇滚乐，在车里使劲地摇摆着。

她还把头伸出去，整个人像是刚从精神病院里放出来的疯子。

一般人不怕正常人，但是怕疯子。因为正常人讲理，疯子只凭着自己的喜好做事。后面的那些人，虽然是官文利的保镖，来头都大得吓人，但是遇上了金虞这种不要命的，他们也得认孬。

"想占我的便宜的人，一般都会赔得血本无归。"金虞打着拍子，这话像是在说后面的那些追逐者，也像是在说燕卓尔。

不过旁边这个心理素质同样强悍的人，不但没有被吓倒，反而淡定地从车上的小冰箱里拿出一瓶饮料，美滋滋地喝着，看得金虞目瞪口呆。行啊，看起来是个小白脸，心理素质都快要赶上顾非了。

这一招声东击西，屡试不爽。只要放慢一点点速度，紧紧贴着后面那辆车，只要路况变化，她迅速起底，后面的那辆车，就得凉。

燕卓尔问她："你这技术哪儿练的？"

"我爸运生猪的车老超载，天天躲交警。我们县城里的交警太穷，玩不起赛车，后来都不和我爸玩了。罚款的那两个钱，还不够换轮胎呢。时间长了，我爸就算是把面包车的副驾驶座都拆了拉生猪，都没有人追了。"

"啊？"燕卓尔目瞪口呆，这都什么人哪？

在下一个十字路口，金虞玩了一手漂移弯道超车，远远地甩开了最后一辆车。空旷的大街之上，只有他们的一辆车疾驰而去。

在强大的实力面前，一切威胁都会被秒成渣。

池清源给金虞立功当警察的机会，不是因为同情她漂泊无依，而是认为这个岗位，非她莫属。

"自古以来，对钱财，只有收编。而对人才，可以收编，像诸葛亮七擒孟获，也可以是杀之而后快，就像曹操对待吕布。”

官文利看着现场的行车记录仪发回来的视频。

真好看呀，好看程度简直媲美好莱坞大片。就连一直在上涨的股票，都没有把官文利的眼睛吸引走。豪华办公室的宽荧幕上，几乎成了金虞的个人秀场。

官文利欣赏金虞，而不同情那几个铩羽而归的保镖。

“吕布这个三姓家奴，刘关张三个人是杀不了他，但不管他落在谁的手里，都不放心呀。只怕这人再拿着主公的人头去换取荣华富贵。”

图灵正吃着葡萄，一颗一颗拿在手里，尽显美人的气质。

官文利喜欢和图灵说话。这种打着机锋，处处谨慎的美女，才是可以和他商量大事的类型。虽然，图灵账目什么都不懂，只是挂了一张脸。

“你看这穷鬼，这卖命的架势，就是个女版的张飞，不会是个吕布。”官文利心下已经有了计较，想好了要把哪一块的业务转给金虞去做。

“也是，当初刘备如果是让张飞去守华容道，后来的天下，也就没有曹操什么事了。”图灵嫣然一笑，站起来擦了擦手上的葡萄汁液。

“这事，还真的只能找个狠人来干哪。”官文利也在发愁。

他发愁如何让岚梧市的国企和上市公司同时对美善金融感兴趣，但那些身家千亿的大公司的老板，真正地掌握着社会财富，眼高于顶，别说让图灵、尚思思这样的美女精英去谈，就连他这个老总亲自出马，都未必能谈成。

既然敬酒不吃，那就只能把金虞这一杯罚酒端过去了。

第九十七章
趋利鬼推磨

“池局，不好了！”司晴的女高音飙到了顶，办公室的灯都在微微颤动着。司晴喊完了，才发现所有人的目光都聚在自己的身上。

这个年纪已经不小的办公室主任惊觉自己失态，顾不上打印文档，直接敲开了池清源办公室的门。

赵倩妮慢条斯理地伸了个懒腰。在专案组，她的办公桌和司晴的连在一起，可以把命令高效地传达下去，免得出错有人扯皮。

赵倩妮的动作生生地卡在了半中间，差点一个重心不稳连人带椅子摔到地上。

她知道金虞开车猛，但是从来不知道金虞开车可以这么猛。

从道路上发回来的监控视频可以看到，在郊区跨江大桥的位置，接连发生了四起车祸。最严重的一起，连车带人翻到了立交桥下，车毁人伤。另外的三辆车，也在追击过程中受到了不同程度的损伤，所幸再没有人员伤亡。

其他人也围过来看。不到五分钟的时间里，监控视频三百六十度无死角地展现了什么叫作现实版本的《速度与激情》。

接二连三的车辆撞到了护栏上，还有的翻过来，眼睛能看到有火花擦出来。

“嗯，知道了。”

池清源的脸色难看得很。他派了外勤跟踪金虞，但是外勤在这种风驰电掣的速度下，把人跟丢了。而金虞个人的能力太过出挑，在这样的情况下，众目睽睽之下，她不被警察带走也不可能。

池清源点了点头，示意司晴出去。

司晴几次欲言又止，咬了咬牙，到底还是出去了。飙车看起来飙得很爽，但是这些飞车党撤了之后，留下的是吃瓜群众的围观、拍照，以及各种社交网络上的狂欢。

就这么不到半个小时的时间，金虞竖中指的不清晰的照片，已经被做成了美善金融的广告表情包，以非常强硬的姿态被卡通化了。

这真是不放过任何一个热点，要把所有的利润最大化。

金虞并没有潇洒多久，就被一辆交警的面包车和两辆摩托车逼停了。金虞直接被交警带走了，现在人还在交警大队的大院里蹲着，写一堆乱七八糟的材料呢。

如果不出意外，接下来的几个月到几年，她都会在牢狱里度过了。

池清源想过无数种接下来事件的走向，唯独没有想到，金虞会用这种鱼死网破的手段。那些原本在背后站队的人，已经浮出水面。

当顾非询问他的上级接下来做什么的时候，池清源淡淡地说：捞鱼。

昏暗的斗室里，金虞的油头湿答答地贴在脸上。她蹲在一角，正在抠着墙上没掉下来的水泥块，摆起来玩什么。

她被临时拘留了。

一道铁栅栏，隔开的就是她和池清源。金虞低着头，一言不发。池清源迎面而立，同样是一言不发。

金虞曾经许诺，会帮助池清源查清担保人跑路的案件。在那些接二连三去杠杆的大事件下，小投机者们的崩溃是自然而然的。但是金虞找到了其中一丝丝的联系，才把案子往前又推了一步。

经济案件，钱落在了谁的口袋里，谁才有罪。

池清源曾经许诺，在查清楚这起担保人大规模跑路的经济案件之后，会给金虞一个省里经侦局直招的名额，让她成为一名真正的警察。

现在，摆在池清源和金虞面前的路，已经朝着不可逆转的方向过去了。

顾非和王者所提供的，只是表象而已。

"我把你捞出来，你还是你自己。以后你想收账，开公司，或者继续参加公考，都没有问题。"池清源在沉默良久之后，先打破了沉默。

"你说话，还算数吗？"金虞抬起头，面无表情，只有一双眼睛锋利如刀，冰冷得没有一丝滑头。她手一拂，打乱了地上的石子的排布。

池清源点了点头。

"那你不用捞我了，自然有人来捞。"金虞嘴角微微勾起，带着一种女子聪慧近妖的淡淡的蛊惑。贾长云的被捕，已经让各方的势力不太均衡了，暗流涌动。

这一次的暗流涌动，已经把生死明明白白地押在了桌面上。

"好。"他又补充道，"如果被我发现你有违法犯罪的行为，我会亲自去逮捕你。"

这一句话,说得极有分量。

泾渭,从来分明。

池清源并不和金虞做太多的争辩,直接转身而去。每一个人都有自己的考量,这一代年轻人有更多的选择的机会。

他们选了,就不会后悔。

金虞拍了拍自己的脸:是不是装得有点过头了?池清源,你倒是拉我一把呀。按照片子里演的,不是应该一把鼻涕一把泪地感动半天吗?

一个扯着袖子说:你千万不要去。

一个死活就是不同意,大义凛然道:我就是要牺牲。

这想象中的戏码一点都没有出现。金虞冷冰冰的脸色一下子就垮了,一屁股坐到了地上,擦了一把脸上的汗水,不禁喃喃自语道:"去他奶奶个腿,不会真的让我负责吧?如果没有人来把我保出去,我会把牢底坐穿的。四辆豪车,一台卡宴,两台凯迪拉克,就一辆比较低调,还是别克君威。"

金虞又狠狠地扒了一块墙皮,恰逢看守路过,喊道:"嗨,爱护一下公共财产,心疼一下纳税人的钱。你们这些社会的小败类,就是会给我们添麻烦。"

"当心我投诉你。"金虞做个鬼脸。

"呵,就这个地方,我都上了十二年班了,我自己都不知道去哪儿能投诉。我告诉你,你要是十天半个月出不去,我就弄桶涂料,让你慢慢把墙刷平整了……"

看守在外面说着话。

金虞已经倒在了床上。赌一把呗,大不了在这儿给拘留所刷墙,再大不了去看守所和监狱里头刷墙。

池清源并不是专程来这里探望金虞的,而是来这里探望另一个因为违法肇事被拘留的大老板,通过正当的程序问几个问题。经侦局现在查案的权限广,路子多,和各个部分的警务单位都有合作。除了叶培林直接把电话打到了交警队的办公室,要求给池清源提供方便外,再没有人知道池清源抽了五分钟的时间见到了单独关着的金虞。

查档和监控,都没有任何痕迹。

图灵和官文利坐着一辆车进入玉林春会所,再从地下车库换车开出来。

"我就不明白了,明明您已经不想去找金虞的麻烦了,甚至还要委以重任,为什么还要让那些人去告,去闹呢?"

图灵长了一张神秘的脸,但是本人的政治觉悟和人情往来的敏感度极低。

所以更多的时候她不参与这些左手倒右手的游戏,只是充当一个高级花瓶的角色,在所有美善需要的地方,好好背书。

她的资产,就是一种无形的广告效应。

“这你就不懂了。赚钱的地方,就像是变魔术的机关,往往藏在大家看不到的地方。我爸爸是改革开放以后最早开始做农副产品生意的,我们种植几十亩地的辣椒,供应给沿街一条小吃街上的火锅店、冒菜店。这个辣椒,不知道你懂不懂,那些店主,都会把辣椒剪断,筛出辣椒籽。因为辣椒籽会影响冒菜和火锅的卖相及口感。

“辣椒当时已经卖到了十块钱一斤,竞争激烈。我爸爸把价格压到了九块钱卖给大家,还以两块钱一斤的价格把辣椒籽收回来了。

“小图呀,你猜猜,我爸爸把辣椒籽收回来,去做什么了?”

官文利的“国”字大脸非常有迷惑性,一看就是一个成功的为国为民的商人。在所有的访谈节目里,他也一直都是这样的形象。

他看着图灵的眼中充满了殷切的希望,没有任何其他的多余的想法。

“榨油?”图灵托了托下巴,沉思道。

官文利摇了摇头。

“加工成其他食品?”图灵又问。

官文利继续摇头。

“那是不是留下来做种子,明年继续种呢?”图灵在好奇的时候,一对酒窝格外甘甜,让人想要亲一口。但是,官文利继续面不改色地摇了摇头。

图灵撒娇道:“那是什么呢?”

“我爸爸又把这两块钱一斤收回来的辣椒籽,掺和到了辣椒里,以九块钱一斤的价格,卖给了那些火锅店、冒菜店的小老板。”

官文利说完,脸上露出心驰神往的神色。

“啊?这是什么操作,就从来没有人发现吗?”图灵觉得不可思议。

“不不不,他们还一直觉得是自己占了便宜。我爸的辣椒生意一直做到了他七十岁中风不能下地,承包的田才转让了。这件事情对我影响很大,我最早开始做生意的时候,先代理了国外的两种按摩椅。你年纪小,还不清楚这种电子产品在当时我国这种真空市场的利润率到底有多高,各种各样的代理和代购不断涌现。我暗地里自己开了一家小工厂,就是来学这几个电子产品的技术。

“本地生产的东西,因为人工成本和税务成本低,同质产品的售价远远低于进口的东西。国外的人口又没那么多,我国是主要市场,所以很快那几家国外的公司就顶不住了,甚至还被我收购了几家。

“这就是美善的前身,报道上写我是个有良心的企业家,其实我只是把能够压下来的成本,以两块钱一斤的辣椒籽的方式,回转了过来。

“那些在市场上摸爬滚打,一点都不会兑水的人,到底还是被踩死在了浪头上。我爸爸靠着辣椒籽的回转,供我们四个孩子念了大学。而我靠着我爸爸的经商头脑,赚来了第一桶金。”

官文利抽烟的时候,图灵觉得这是在给神仙上香。

“这街面上的铺面,看起来都是在做生意,其实一家店开不到三年,就转手了。普通人根本就想不到其中赚钱的门道。像LV和普拉达等一线奢侈品,为了保持自己的格调,扩大再生产的东西如果卖不出去,就会直接销毁,而不是打折出售。它们用高昂的价格,来挡住买不起它们的人,始终牢牢地把最有钱的那批客户握在手心里。

“价格战这种东西,本身就是拼体力而不是拼脑力。而这种战略眼光,也不是普通人能够拥有的。”

官文利说完,眼睛在图灵的身上扫了一眼就离开了。图灵虽然政治和经济的脑子不灵光,但是对付男人的手段绝对数一数二。

官文利这是把她当成了胸大无脑的花瓶。

“这种变通的能力,我只在一个人的身上看到过,该出手的时候从来没有尿过。只要有人借钱,就会有催收,这个行业永不落幕。只要给够她时间,我相信金虞肯定会成为岚梧市地面上最好的催收公司的老板。”

官文利如是说。图灵下车的时候,又问了他一遍:还真打算把那块项目交到金虞的手里吗?

官文利只回复了四个字:非她莫属。

图灵踩着高跟鞋,扭着杨柳腰转身而去。她不屑地理了理头发,暗骂了一句:什么东西,就那么个没脑子的玩意,也配官文利亲自去把她捞出来?

其实不是官文利亲自下水。他只是把自己的律师派过去,传达一下善意,同时把闹事要赔偿的那几个保镖搞定。对于金虞而言没有几百万摆不平的人生大事,只是官文利的一句话。

金虞想都不想地就在律师带来的合同上签字画押。

冯嘴炮和金虞不对付:“你就这么把自己给卖了?”

金虞擦了擦手上的印泥:“你今天要是没有替官文利把我买下来,你今年的消费计划就要取消了吧?太太的包包,儿子的交换生,女儿的嫁妆,你的新车……”

“我赶时间,先走了。”冯嘴炮对金虞已经有了心理阴影,但凡有选择,他都不想和金虞共处一室超过三分钟。

和冯嘴炮的落荒而逃相比,金虞的态度就淡定多了。

隔了两天，一切手续办妥。金虞出来的时候，呼吸了一口自由的空气。她接过进来时的东西，除了烟有点变潮，手机已经没电了，和之前没有任何区别。

就好像，时间停滞了。

这事不算大事，张大发、孙简、麻旦旦都有重要的事情要做，这些人才不会担心她的安全问题，只会看着电视上的新闻，竖着大拇指，对着跟前一起的人夸一声："看，我姐们，牛不？比《速度与激情》好看吧？"

如果是麻旦旦，给人绘声绘色地讲完，肯定还想要收一笔钱。

这些人肯定没有一个来接她。

顾非和王者，这一对警察现在要和金虞保持距离了。才出来就和警察搞一块，恐怕警察和背后的那些人都会觉得她的身份有问题。

但是，也不至于是这么一对玩意来接她呀……

人猿泰山马奋站在路边，留着刷子一样的络腮胡子，铜铃一样的大眼瞪着路人。拿着肯德基外卖全家桶正香喷喷吃着的马实看起来就可爱多了，但是他那个圆滚滚让自己看不到地的肚子，就比较尴尬了。

这么两个人，往马路牙子上一蹲，背后还停着那么一辆大宝马，似乎生怕别人不知道，他们是来接自家老大出来的。

饶是金虞这人的脸皮很厚，也恨不得找个地缝钻进去。

她难道要带上这么两个玩意去办业务吗？

官文利的脑子是不是被驴踢了？

事实证明，是的。马实抹了一把脸上的渣子，朝着金虞颠儿颠儿地跑了过来："小金鱼，快，上车。咱们今天要陪着尚总去签合同。"

金虞心里一咯噔。

官文利这种人，绝对不会下没有好处的本。既然他能尽释前嫌，直接把金虞给捞出来，说明他能把金虞卖一个更好的价钱，收回成本来。

车上的尚思思对着金虞嫣然一笑。她衣着得体，妆容一丝不苟，手里拿着一份合同："我们看中了一家国企的子公司，长汀是做影视的，不过他们已经有两三年一部片子都没有拍出来了。我们现在的宣发需要用到这方面的资源，考虑进行并购。

"恰好我们美善金融旗下也有相关的子公司，可以对长汀进行收购。目前的收购计划是长汀合并入股，占我们美善影视股份的百分之四。"

尚思思口齿清晰，本人比大屏幕上更有魅力。

"等等，人家的一个公司都变成了你们的，而你们就只分给人家百分之四的股份，一毛钱都不掏？"金虞表示，自己头一次遇到了这样的买卖，"这和男的娶老婆一分钱的彩礼不出，借钱买的房子还要靠女方的工资来还，而房子属于婚前财产只归男方一个人所有，有什么区别？这不是在耍流氓吗？”

尚思思再次嫣然一笑。这事，官文利早就说过。可能只有长汀的高层才会觉得自己亏了，而其他的中层，只会觉得负债累累的公司靠上了财大气粗的美善金融，就是嫁入了豪门。

眼前这个不懂财经的人，算账倒是一针见血。

“但是从法律的层面，合情合理。长汀的百分之百，都未必能达得到我们的百分之四。这合同，你跟我亲自去签。”

尚思思的语气不容置喙。

金虞，没得选。

这是她自己选的。

第九十八章
鲜城纤手破

所有在深渊里和恶龙搏斗的少年勇士，都身披恶鳞，所向披靡。

这是池清源的原话。王者和顾非领了一项绝密任务，不允许对任何人透露，他们结伴离开池清源的办公室。王者的娃娃脸面色凝重，手上拿着的那份文件，如同闹市持金一般，怕被人抢。

顾非原本是个总带着三分笑意的温暖的人，现在也一身杀气腾腾的，内敛沉静。脸上的棱角分明，锐利的眼神如刀。

池清源看着顾非和王者两个人的背影，又透过他们看着大办公室里来来往往匆匆忙忙的经侦，又远又近。可能是因为常年加班饮食不规律，有些低血糖了。

他又看向楼外的车水马龙。这座以金融闻名的城市，光互联网金融公司就有三十多家，排在全国前十的有四家。金鳞岂是池中物，它早已冲出了亚洲，资本的触角伸到了其他的国家和地区。

这些庞大的资本的运作，扑朔迷离，深陷其中的人，又将如何自处？

“那个搏斗的少年，也可能会变成真正的恶龙。”顾非喉间沙哑，声音低沉。

王者觉得有点凉，顾非用不着反应这么大吧，问：“那我们用不用现在就把少年劝回来？”

“你没看出来吗？池局指望着咱们两个人屠龙呢。”顾非抖了抖肩膀，像是把身上不存在的雪花抖落下来，毒舌而酷帅，尤其是甩头发的时候潇洒得很，直接就把王者甩了一条街。

都说经侦的颜值最高，其实是顾非的脸拉高了整体的平均水平。

王者竖了根中指，瞎感叹，弄得他差点流出来几滴鳄鱼泪。如果是麻旦旦和程序员，他就要动手了。不动手的理由也很简单，他打不过顾非呀。

他一直很奇怪，一个这么有文化的人怎么能一直用拳头解决问题，会不会太流氓了一点。顾非一句话就把王者怼得没了脾气：

“枪杆子里出政权,你懂不懂?”

“为什么选我?”金虞问。她的脸还没有洗干净,油汪汪的一片,和妆容精致的尚思思形成了鲜明的对比。

“枪杆子里出政权。”尚思思一句话就解决了金虞的疑问。尚思思的宝马X5很有气场,低调有范儿,这种地方都嫌晦气,但是她毫不在意。

“最近几天,银监局、保监局、银行、保险公司等金融机构都收到了银保监会关于开展扫黑除恶专项斗争的通知,旗帜鲜明地开始扫黑除恶专项斗争。非法设立或者从事发放贷款业务的机构,或者以非法发放贷款为日常业务的机构和个人,都会成为派出所警察的重点调查对象。

“我说尚总,您是嫌我在里面住的时间短了,想再让我进去多蹲几年? 就算枪杆子里出政权,我也不觉得我这杆枪,能有多大的作用。”金虞扬起脸,拒绝了小冰箱里刚拿出来的依云水。

“我的衣服是高端私人定制,而那些秘书的衣服是从店里直接拿出来的。”尚思思没有正面回答金虞的问题,而是开始花式炫富。

“我知道,最近新闻上不都在写,尚总带领着八个秘书,买空了岚梧市王府井的LV、普拉达和巴宝莉几家奢侈品店嘛,全面开始做高端奢侈金融产品,尤其是准备联合银行做信托。”谁知道是真的想做信托,还是想把那些美女秘书打包送人呢。

金虞心里的想法有点邪恶。她见过那八个秘书,环肥燕瘦,各有风姿。经过包装之后,气质不是普通的小家碧玉可以比的。

满满的都是金钱的味道。

“这所谓的高端理财,实际上是想收割百分之二十的那一部分人的韭菜吧?”金虞说完,就问前面两个肥头大耳的家伙要烟。

尚思思知道金虞这种人从来不会说好话,所以没有期待就不会生气。

听多了赞美,换换口味还会让她觉得新鲜。

“你应该不知道另一件事,岚梧市办时尚慈善晚会,迪奥在亚洲区的高定款礼服今年只有一件。那件礼服没有借给图灵,而是借给了我,由我来主持整个慈善晚会。”尚思思的神色不无得意,似乎这是一个女人的王者荣耀巅峰时刻。

“借衣服? 这么寒酸?”金虞挑了挑眉头,没有明白尚思思的重点。

“高端品牌的很多礼服,当年都只做一件两件。明星想要在出席晚会和街拍时使用,都得和品牌方借。这考验的就是明星个人在时尚圈的地位和在娱乐圈的咖位了。你看推送的消息里,那么多的明星穿着一样的衣服在不同的版面出现,就是借的。我没有去借衣服,是品牌方自己送过来的。你明白了吧,目前我们美善金融的地位，已经到了品牌方需要主动和我们合作的程度。

“我们不需要专门找枪杆子。”尚思思的心里真是掬了一捧泪呀，这都是什么人，怎么总是往流氓的思路上走？

金虞的性别一开始让她忽略了这是一个流氓，现在她终于想起来了。

“那你找我做什么？”

金虞天真地问，单刀直入。

“说服长汀的几个大股东，把他们手上的股份卖给我们。”尚思思把一沓资料递了过来。

“你们自己不行吗？”金虞看资料时手需要沾点口水，看得尚思思一阵反胃。一想到这个妞还能在路上把四辆车都给整废，她觉得或许行。

“可以借刀杀人，为什么要亲自动手？”尚思思反问。

“也对。”金虞把资料垫在了脖子底下，开始闭目养神。

不光是借刀杀人吧？还有借刀割韭菜呢。真是好快的刀！比起来螳螂捕蝉黄雀在后的游戏，明显快刀割韭菜、机器薅羊毛，更划算。

从前，金虞是站在栅栏外面抓抓小虫子。

而现在，她已经成了最锋利的那一把刀。

“全国的人口太多，十四亿人没几个在国企里面待着的。大家都容易把国企神话了，其实也就那么回事。一个月两千块钱的工资发不下来的单位有的是，有的为了维持生产，还和工人借钱，有的早就把地皮卖了，还有的自己雇不起工人了，就在南方那边的厂子里下订单，再套上一个国企的牌子。”

尚思思表示自己虽然喝了洋墨水，但是我国的国情也是知道得七七八八。

“真正的国企，是石油电力矿业通信。除开这些国有的垄断行业，其他的企业如果能走在政策和需求的浪尖上，就混得好，如果不能，就混得不好。国企现在和名校一样，都喜欢搞近亲繁殖，子公司研究所徒子徒孙一大堆，含金量很迷幻。”

尚思思在官文利和图灵的面前存在感不怎么强，毕竟官文利是大老板，手握重金，而图灵是个流量明星，就算是摆一张照片放在社交网站上，都有人花四十块钱去看。

“咱们现在就是要抱上金大腿去吃大户，对吧？”金虞睁开眼睛，问了一声。

“没错！”尚思思打了个响指。

第一站，并不是一帮人浩浩荡荡地去签合同，而是尚思思带着金虞去做形象设计。之前，郭蘅芫和金虞去参加酒会，也带着金虞去做了形象设计。

不过那次要租礼服，并且租一件衣服的价钱就把金虞吓着了。

这次尚思思带她去，没有租礼服，而是买了一堆的衣服让她挑选。在玉林春直接坐电梯到酒店层,套房里已经有人把衣架一字排开。

尚思思指着衣服:“这件,这件,这件,留下。”

“那些穿不完的衣服呢?”金虞进浴室去洗澡,有人在她后面抱着衣服,按摩师都已经到位了。按照尚思思的说法,一定要以最佳的状态投入工作中,才能创造最佳的效益。

市中心,顶楼,将近五平方米的浴池,一水儿摆开的浴盐和精油,浴池对面就是一个落地的大银幕,能一边看电影一边享受沐浴。

两个按摩师都是有资质的,正宗的按摩疗法。

金虞看了看自己的一双手,有些恍惚:她的劳动成果,已经兑换得起这样的生活了吗?

岚梧市开设了很多美善金融理财平台的门店,在门店购买有优惠,很多人从外地驱车来购买,而业务员都有着极高的提成。

当月业绩最好的业务员,奖励就是在玉林春的总统套房里住一个晚上。

“留着慢慢穿,都是你的。”尚思思毫不在意。

郭蘅芜已经在这个城市里打拼了将近十年,出席重要场合,还是只能租衣服,而尚思思已经能随便买了。

金虞扎进水里。热气腾腾的水花四溅,她开始考虑该怎么签这份合同。

签了,美善金融的牌子可就真的镀金了。

镀金的牌子,将会吸引更多的人把钱投进来。

“查过了,燕卓尔和金虞两个人的通信记录都没有问题。也就是说,警察突然出现把贾长云带走,这是一个巧合。”

尚思思把一份材料交到了官文利的手里。

“你可真能干呀,连通信记录的原档都能弄到手。”官文利四四方方的国字大脸,再配上手上的祖母绿大扳指,妥妥的就是意气风发的大老板。

“现代社会,信息已经泄露得不能再泄露了。只要在一个平台上看了避孕套,其他的平台就来推荐情趣用品,只要在一个平台上贷了款,其他平台的消费贷短信就会蜂拥而至。我搞这点东西,不算什么。”尚思思巧笑。

“这两个人,可都是能人哪,能人就得好好利用起来。”官文利脸色阴沉,胸有成竹。同样是在顶楼的总统套房,金虞沉在水里想看到的是自己的心,而官文利从窗户口看出去的,是他到手的万里江山。

“对,物尽其用,人尽其才。”尚思思附和道,“那接下来?”

“本来白坤杰就一直在国外,美浩小额贷款公司的业务燕秘书做了不少,现在让人家继续做老本行,不好吗?”官文利摸了摸手上的扳指。

“还是官总善解人意。”尚思思如是说。

“我不光善解人意,还善解人衣。”官文利的眼睛往尚思思的领口下面瞥了瞥,很有料,货不错。

“官总真会开玩笑。”尚思思捂着嘴笑得花枝乱颤,拢了拢头发,转身就走。在转身的时候,脸上的神色越来越冷。

就算是同样找男人,自己在夜店里一掷千金找几个相陪的小鲜肉,和送上门去赔笑脸讨人欢心,也是完全不一样的体验好不好?

尚思思一出门,就抖了抖衣服,似乎上面有不存在的灰。

尚思思一行人四辆车,律师、精算师一应俱全,甚至还找了两个财经频道的记者。这些西装革履的人,自带现代社会浓浓的金钱味和杀气。

一般大公司的门卫都会把不刷卡的人拦在外面,但是保安队队长看到尚思思的时候,先㞞了。他一边给苏昌庭的办公室打电话,一边把尚思思一行人给放了进去。

金虞并不在其中。

尚思思想到出门之前和金虞的谈话,不禁莞尔一笑。金虞说:“与其靠着明面上的施压,不如双管齐下。你走你的通天大道,我来过我的独木桥。”

意思是,尚思思直接去苏昌庭的办公室谈收购,而金虞去苏昌庭的家里谈要账的问题。

这时候,官文利和白坤杰的关系,就值得放在台面上当成一项重要的筹码了。但凡是做生意的人,都免不了和银行及小额贷款公司打交道,短期贷款来周转资金是再正常不过的事情。

在银根缩紧,银行的坏账率和回款率连年不如人意的情况下,在大家的眼里,美浩小额贷款公司的效率胜过银行,腰包也更鼓。一来二去的,还真就形成了一有麻烦先去美浩小额贷款公司借一笔钱出来的风气,利息还挺公道。

但是现在……

“苏总,时代趋势在变,人不能只看着眼前的利益。你也是开影视公司的,就应该知道现在最赚钱的明星和公司的营利模式。背靠资本,做出一个热议的片子来,明星的千万片酬不过只是洒洒水,真正赚钱的是他们在影视公司的股份。一部热议的片子可以把股价从十几块提高到几十块甚至上百块,这其中的差价,可是十几个亿呀。

“我保证,您如果能把长汀的牌子借给我们,我们就能把图灵的名气借挂过来,何乐而不为呢? 到时候拉动一下A股大盘,所有人都能赚钱,这是大好事呀。”

在会议室,尚思思戴着耳麦,坐在略显老旧的办公椅上,对着椭圆形会议桌上的所有人侃侃而谈。

苏昌庭不老,但是面相老呀。他的脸有点发菜色,这菜色也不是大老板的日子过得太好纵欲过多给掏空的,而是没钱给愁的。

苏昌庭好歹也和钱打了那么多年的交道:“把我们的公司做成美善金融的,只换算百分之四的股份? 钱呢? 只有账面上的数字,没有实质性的好处,你让我怎么向那些工人交代?”

长汀之所以混得惨,是因为它主要只输出道具,不输出明星。这玩意没有那么高的知名度,还总是被某宝和某乌借鉴,早就和它们因为盗版的问题打得难解难分了,现在还有一地的鸡毛官司。长汀是大公司,顾不上找律师扯皮。正好盗版商们乐见其成,腾出手来还想反咬一口。

苏昌庭真的是焦头烂额,就连资助个女大学生开解一下心扉的心情都没有。

“只要股票能出手,那就是钱哪。人的眼光,要放得长远。熬过了寒冬,才会有春天。”尚思思依旧不疾不徐。

苏昌庭的手机响了。

“老苏,你把合同签了吧。如果你不签,美浩就要走司法程序向咱们要钱了。”苏太太的声音从电话里传出来。

前后夹击,最容易让人崩溃。

现在的贷款,为了防止这些一年两年存活率的小公司破产,周转的钱都是直接借给了法人,法人再借给自己的公司,投入生产里。

长汀虽然是顶着国企的名号,但是它以国企的名义从银行已经借不出钱来了,可想而知,混得有多惨。

“你们这是威胁! 现在公安局在扫黑除恶,我要报警!”苏昌庭拍案而起,整个会议室里剑拔弩张。

苏昌庭方面的人都义愤填膺,似乎下一刻就能和尚思思同归于尽。而尚思思的人都是衣着一尘不染,端着茶杯在慢腾腾地喝茶,似乎没气势,实际上他们才是真正的主导方。

“苏总,我是金虞。”电话里飘出来女流氓的声音。在整个岚梧市的地面上,大家最不想打交道的就是这个女流氓,号称没有她要不出来的账,但凡是和她打过交道的人,都会脱下一层皮来。

在岚梧市的流氓们纷纷倒台的现在,金虞倒是脱颖而出了。

此时此刻,金虞就坐在苏昌庭家里的沙发上,手中拿着好几份律师函。

第九十九章 岁寒摧松柏

"这件事情,一天之内解决。"金虞一句话说得霸气无比,和尚思思长篇大论的怀柔策略相得益彰。

"我们很忙的,给你一天的时间。除去百分之四的股份,你个人名下的债务免除利息,我们以现金的方式结算工人的工资。"

这一点,金虞和池清源一块儿反复地推敲过,这些以私人名义借出来的钱,并不是全部用来生产了,而是有了别的用途。比如看中了房地产想投点资,看中了国际市场的期货想要投点资,看中了银行拿出来的黄金,又想买一点。

结果投资失败,就全部摊平放在了公司的账面上。

"就算你不想卖,为了工钱的工人也很想卖了公司。"尚思思补刀。

"免除利息,你要说话算数。"苏昌庭现在是在坐牢和坐办公室之间选择。他拿过文件,钢笔已经从西装口袋里掏出来了。

"当然,我们有十五家公司需要收购。"尚思思把茶杯放在了桌面上,"只想速战速决。"

苏昌庭终于签下了字。

第一局,赢得轻巧漂亮。

在公司的大厅里,又在记者的目光下,进行了拍照留念。现场的气氛非常热烈,就连送水的小妹,脸上都洋溢着幸福的笑容。

苏昌庭和几个高管的脸上一脸尴尬又便秘的表情,看起来更神秘莫测了。

按照财经专栏的解读,这是苏总在靠上了美善金融这棵大树之后的浓浓喜悦。实际上,苏昌庭想卖公司,但是他是想要套现全身而退,然而待价而沽了半天,没想到自己一分钱都拿不到。

工人们高兴,是因为可以一次性把半年拖欠的工资都给结算清了。

苏昌庭倒是想要在公司的账面上再做做手脚,毕竟那么多的钱,抽一成也好呀。但是不知道谁走漏了消息,财务部早就把工人的工资都给开了下去,美善金融的款子一到公司的账面上,这些天天盼着发工资的泥腿子们,欢天喜地地第一时间冲进了银行,把那些钱都给取了出来。

苏昌庭坐在办公室里,眼看着账面上的数字哗啦啦地流失了,而他只能和他的巨额债务一起等着美善的组合拳,再去股市上套现。

彼时,金虞正忙里偷闲坐在一辆黑色的SUV上,和池清源一起看着银行大厅里工人领工资的热闹场面。

“没想到,这种事情都能被你玩出花来。你怎么想的?这可是上市公司的资产重组,你倒是比劳动仲裁所还管用了?”

池清源服了这个小妞,浑水还能摸出一条不小的鱼来。

“公司到底是姓苏还是姓官,根本没有人在乎。这些天天在流水线上做道具,扛着设备拍法制节目片子的人,也根本不懂那么多的道理,都不如餐桌上的一碗肉来得实惠。我做足了功课,发现还有这么一档子事,就顺带着先解决这件吧。”

金虞咂咂嘴,一口气抽了半根烟。

呵,她“压力山大”好不好?解决两百个人半年的工资问题,这是眼前能看到的好处,经侦局和劳动仲裁所都乐见其成。

但是这份合同签成了,意味着什么?

那是目前眼睛看不到的,那有人能明确地讲一下吗?在池清源的眼里,这就是一场合理合法的商业活动,操作不违规。

池清源知道金虞上门去威胁人家的老婆孩子了,不签合同,律师函留在家里,法院的传票随后就到,房子里所有的东西都能被清空很快进入排队拍卖的程序。

除了金虞的出现比较扎眼,还真没有违规的部分。

“这才是第一家。美善的胃口很大,要吃下去十五家呀。”最高机密的文件,并不是所有人都有,甚至十几个高管都不知道,只有官文利和几个股东在商量。

也就是说,他们手里的这些底牌的花色,只能靠猜。

“他们真的有那么多的钱收购这么多的公司吗?”池清源虽然是多年的经侦,但是对于公司的运作方式,并不精通。

“按我的了解,美善收购的这些公司,都比较奇特,应该没有一家是盈利状况好的。长汀把厂房和办公楼卖一卖,勉强够还债务,苏昌庭之所以没有这么做,为的就是捂着地皮等着涨价。和把大学搬到郊区再大肆修小区和新校区,是一个德行。”

金虞把烟头弹了出去，吐出一大串烟圈。池清源很少见到金虞严肃发牢骚的样子。显然，在美善这个庞大的金融怪物面前，所有人的神经都紧绷了起来。

这些合规的操作，猫腻在哪里？

“接下来，我们要收购岚梧市地面上的P2P金融平台。”金虞如是说。

“P2P兴起于五年前，从第一家的一租宝到现在的两千多家平台，陆陆续续有倒台的，有发展得越来越好的。美善是想一统江湖吗？”

池清源的问题，金虞眨了眨眼并没有回答，反而问了贾长云的情况。

贾长云交代在三年前，白坤杰帮她通过不同的账户存下了八百万。在全国各地零零碎碎地把这八百万取出来，根本不费劲。他们用的不是现金，而是银行卡和存折。

最简单的方式灯下黑。

“那么多的银行卡，一张五万十万的，白坤杰去哪里找那么多的人办那么多的身份证？他一个做正经业务的小额贷款公司，嫌弃自己被经侦局盯上得不够吗？”

金虞马上冒出疑问来。这几年的银行卡开户已经和之前的模式不一样了，一个人在一个银行用自己的身份证只能办出不超过四张银行卡，同一代理人在同一商业银行代理开卡，原则上不能超过三张，且代理开卡需被代理人持本人有效身份证件在柜台办理卡片启用后方可正常使用。

四五十张银行卡，一次性找到那么多的身份证，不是开玩笑的。

用支票取出工资的人，脸上洋溢着幸福的笑容。普通的市井小民只关心粮食和蔬菜。到手的红彤彤的钞票，就是生活的全部。

金虞的一身戾气，暂时被冲淡了。

“池局，你说我们最后会查出来什么？”金虞的声音，淡然寡素。

“查出来的那一刻，就知道了。”池清源回应道。

在金虞看不到的地方，那些取出工资的人，重新把钱存到了银行卡里，通过银行卡转账的方式把钱放在了美善金融的理财App里面。

每年的年化收益率是百分之六，到目前为止，是最划算的理财方式之一。

“很早以前，我一直以为钱这种东西，只要靠着勤劳就能致富。每一个人一生下来，将来拥有财富的机会都是均等的。但是当我真正开始收账的时候，我才发现，财富这种东西，从来都是少数人的游戏。而在这个游戏里，钱已经不再沾着血汗，不再是可以买来衣食的一般等价物，而是变成了账面的数字，变成了大家博弈的筹码。”金虞难得这样感慨，她动手的时候比动嘴的时候多太多了。

大概是想和顾非这种两脚书柜说上话，金虞的说话方式也变得文绉绉的。

池清源有些不太适应，一时之间接不上话。

“现在我就是岚梧市收账这一行最大的老大，官文利和白坤杰都卖给我面子。我很能打，不管是正招还是歪招，都能刮下一层厚厚的油来。如果白坤杰和官文利不想在明面上干了，那我就是岚梧市灰色地带的老大。

“池局，你怕不怕？”

这是池清源从来没有问过金虞的问题，而现在金虞自己提出来了。

“你怕不怕我当面一套背地里一套，明面上告诉你我在侦查，背地里套用着你的信息去帮助官文利和白坤杰避税、避开公安局打击洗钱，等到快要东窗事发的时候，再通风报信，一起卷着钱跑了？”

金虞又掏出一根烟来，看起来云淡风轻，其实压力是越来越大了。

“凭良心。”池清源笑了笑。

“那你心可真大。”金虞也笑了笑。

“我信你。”池清源说得轻巧。

金虞莞尔，再抬头，眼中清明一片，阴云全部消散。

“你不会真的想这么干吧？”金虞蹭着想让池清源给自己点烟。池局呀，经侦局的局长，要是能给自己点烟，嘿嘿。池清源把打火机丢在了她手里。

这妞现在是收账上瘾了，哪儿哪儿都想占点便宜。

“咋了，好几个亿呢？让我把我那瘸腿独眼龙的老爹和包租婆一样的老娘给卖了，我也不带多少犹豫的，更何况你这个半道上把我捡回去的领导。”金虞一出口，连亲爸亲妈都给卖了。

“你可真干得出来。”池清源嗤之以鼻，想和这个妞正常交流一下煽情一下，基本上是不可能的。他也在郁闷，当初怎么就千挑百选地找了这么一个烂灯笼？

“还不让我想想呀？”

金虞吹胡子瞪眼，眉飞色舞的，池清源恨不得一脚把她踹下去。

完了，这妞就算是回来，八成也是一个警痞。

毕竟，经侦局的人和刑侦派出所不一样。

专案组里除了坐镇的几个主任级别的领导，空旷的办公室里一眼望到头，就连白子玲都被外派出去了解行情了。

赵倩妮拿着一沓资料。这个老油子一样干了十余年的主任，把自己的U形枕摔在了桌面上。

“这是要造反呀？能不能翻一翻《反垄断法》，把这个养母猪一样的企业给收拾一下？地面上亏损的这几家都快成了他们家的产业了。”

赵倩妮愤愤不平，一口气灌下去一大杯温开水，又把外卖剩下的冰可乐都喝下去，才觉得舒服了一些。

“要不要我借你点钱，也买买美善金融的理财产品？”司晴笑笑，伸了个懒腰，连开玩笑看起来也是一本正经。

“算了吧，白子玲才把这家造鞋厂给摸了一遍底。给老人穿的健步鞋，吹上天也就两百块钱一双，强行推高到两千块钱一双，也没有几个人买。你说我投了，不是傻吗？”

赵倩妮又把U形枕垫在了脖子底下：“现在的社会呀，都想着空手套白狼。美善金融现在收购了四家，不但一分钱没有掏，账面上的数字还一直在涨。我现在说话的这会儿工夫，又涨够了我十来年的工资。”

司晴打开电脑，在股市页面一看：“哟，你别说，还真是呢。不过这涨的不是你一个人十年的工资，把大伙十年的工资也算进去，这都不止呀。”

“人心浮躁呀，我得弄点苦菊花下下火。”在办公室里已经没有小警跑腿的前提下，赵倩妮端着自己和司晴的杯子站了起来，脖子上的U形枕也没有取下来。

司晴皱着眉头，盯着美善金融公开披露的资产部分。

王者和顾非一起合作，做出了一个分析用的趋势模型，把当下的参数放在里面，就会出现一个走势图。就好像当初有人演示过庞氏骗局将会在二十五轮以后崩溃，击鼓传花的游戏就玩不下去了。

只是美善金融的数据来源渠道驳杂，真假难辨，数据量又大，这种模型只能作为一个简单的参考。司晴看着模型上线谱缓慢地波动，如细纹水波一般。

不是说美善金融的财务有问题，而是太漂亮了。

这是谁做出来的账？居然连机器都骗得过去。司晴擦了擦脸上的汗水，把视线从二十七英寸的显示屏上挪开，又继续做账。

天气确实越来越热了，热到了鼻尖沁出一层细细的汗水。

个人的贪婪，少则上万，多则上亿，都是看得见摸得着的资产。这些几百万几千万几个亿的钱，对于国家每年一万个亿用来刺激消费的短期新增贷款而言，不过只是洒洒水。

但如果是整个社会都想不劳而获呢？

那可太可怕了。

金虞在美善金融的公司里，也捞到了一个总监的职位。她开始还有些疑惑，问：“总监到底是怎么样的一个职位？”尚思思解释道：“总监，就是总被人监视着，花钱用人，都不畅快，有人压着有人审核。”金虞又问：“那什么时候就不是总监了呢?”

“当然是做了总裁呀,一言堂,多爽。你别看现在的大公司都模仿西方社会,实际上还是财务家族式管理,股份由亲近的人平摊。怎么可能出现国外像苹果公司那种董事会把创始人驱逐出去的闹剧?当然,国企除外。政府部门之间,借调领导很正常。”

尚思思年轻的脸上有一股不太属于她的老成,厚厚的妆容也掩饰不了轻浮的得意。演技这种东西,真的是需要交学费的,重大场合下她的表现看起来和图灵差不多,但是一下台,就会原形毕露。

怎么形容呢:暴发户一下子有了钱,就想炫耀一下。

但是她已经成了现在最红的女人,是独立奋斗的标杆。她说的话,已经有人在网上整理成了至理名言,比如:成功是女人最好的春药,现在不奋斗,将来可是要结婚的;你难道要把自己的人生和金钱交到别人的手里吗?

这些话,在女权横行的社会上,很具有煽动性。而且尚思思还别出心裁地让技术部研发出了女性专用App,做得粉粉嫩嫩的,链接购物网站。用户不光可以在里面存钱赚收益,还能直接买买买。直接的回报,就是源源不断的钱都被吃进去了。作为存款的部分,变成了理财产品;作为消费贷的那一部分,美善金融也从商家那里抽到了不菲的手续费。

做了总监,就有资格参与接下来的会议。这不是因为金虞手里有多少股权,而是因为公司要去和人扯皮,带上她就是带上了一条恶犬,咬人一咬一个准,极大地提高效率。

金虞在岚梧市的名声,已经很迷幻了,不良资产比较多的小有名气的企业,现在都不太想见到她。

金虞还在和尚思思咬耳朵。她的手机上也下载了美善金融旗下的App——招财进宝。她问尚思思:“你说这投进去三五千,每天就有十来块的收益,这也太不靠谱了吧?我天天收账,这利率我知道,低于百分之二十四的利息,是符合规定的,告到了法院也没问题;高于百分之三十六的就是无效了,告到了法院,我国的法律不可能支持。

“现在这利息,可是比高利贷的还高呀。”

金虞抖了抖手机。

“现代金融的账,不是这么算的。都说消费升级,但是还是买假货的人更多。成本只有一千多的钢筋水泥土的房子,不还是以五六万的价卖了吗?世界上除了我国,还真没有哪个地方的房子还有公摊面积这种说法。生财有道,只不过各人渠道不一样,有人就只靠着倒外汇,就能赚得盆满钵满呢。你没见过国际机场的窗口,倒一次就是四十块钱起步的手续费呀,这赚钱的方式可是比我们的风控投资容易多了。"尚思思是金融系毕业的,天南海北都能胡侃,所以在电视上播出来的效果比图灵强。

金虞觉得自己被说服了。

一拍脑袋,又清醒过来。呵,这个尚思思,最擅长玩的游戏不就是偷换概念吗? 和她谈法律,她谈通则;和她谈通则,她又把全世界的规则都给搬了出来。

收购案,涉及不良资产重组和利益的重新分配,一不小心就会成了千古罪人。

毕竟不是风风光光的合并,所以高官们多有推辞,这也是正常的。但是,最后推门进来的人,却是燕卓尔。

他坐在了临时总监的席位上。

第一百章 夜来定风波

这意味着，这件事情归他负责了。

燕卓尔本人长得很有气势也很帅气，一张小脸压在风衣里，对着左右两边的高管微微一笑。神光之中，锋芒冷冽，似乎他不是白坤杰的小秘书，而是官文利的私生子。

这就是颜值可以当饭吃的典例。

金虞皱了皱眉头，你能不能别来触这个霉头？和想象中枪林弹雨的卧底生涯完全不同，她觉得自己都快成了金融公司的职业打手，合理合法，反正拿法律去告她完全是立不了案的。

但是这每一份文件拿出来，也是合理合法的。她就算是把文件偷出来，冒着被抓被砍手的风险送到池清源的办公桌上，于一个大案而言，也毫无作用。偷账本这种惊心动魄的情节，在这个电子科技化的办公室里，完全是不存在的。

池清源手底下的人都出差了。

实在是美善金融这头金母猪太能生了，投资乱七八糟的生意，四面开花，到处结果，还到处都是成果喜人。

这份协议，不是股份置换，而是对赌。

对赌呀，直接把燕卓尔从幕后推到了台前。他还真不是个小白脸，一点不怯场。

在这样的办公室里，不少女高管也抽烟，所以并没有禁烟令。据说之前有人提过禁烟，就有官文利的秘书教他做人：在国外的金融机构，有人把妓女直接招进来调节大家肾上腺激素的分泌，抽根烟算什么？况且在座的高管们挣到的钱，已经够买十几栋这样的大楼了，就算失火把楼给烧了，那再买一栋呗，不租了。

从此，再没有人提过在会议室抽烟的问题。

不抽烟的才是特例。

“对赌”,金虞在心里反复地念了几遍这个名词。对赌其实和赌博一点关系也没有,属于期权的一种。就是投资方和融资方之间拟一份协议,量化一个生产指标,达到了就按照一个规定执行,达不到就按照另一个规定执行。

之前在她家,张大发和刘二峰、镊子、结巴几个人的文化水平都不太高,金虞一拍脑袋,给了一个通俗的解释。

比如她爸在菜市场卖猪肉,家里没钱去买生猪了,就有人挥舞着钱来,让他拿着去买猪卖肉。这钱肯定不是天上掉馅饼,比银行和高利贷可黑多了。原本她爸只能卖八头猪的量,人家非让他卖到十二头猪,才同意投资。当然,卖完了十二头猪,收一笔现钱走人,人家还会继续追加第二天的投资。如果卖不完十二头猪,那剩下的肉都是她爸的,是吃完或者还是第二天继续卖都是他自己的事。但是人家不但要把本金利息都拿走,还不管他第二天有没有钱进货了。

这种逼着人拼命地估值调整机制的期权协议,实际上就是一场豪赌。

对赌在影视公司运用尤其多,票房拉动明星的名气,带动股市的上涨,带来的收益超过百分之百。

“对赌,也有个庄家,投资方就是庄家。要是赢了,皆大欢喜各自数钱;要是输了,那可就对不起了,恐怕参与了对赌的一方,不光是赔上了底裤,就连自己的下半辈子,都要搭进里面还账去了。”尚思思和跟前的一个高管窃窃私语。

“没有人愿意慢慢变富呀。这话是股神巴菲特说的,他的钱也不是逐年递增的,而是在有限的几个牛市,用短短四五年的时间积累了大半辈子的财富。”旁边的高管笑道,“也有人造出一家公司来,就是为了倒手套现,和我们是天作之合。”

也就是说,接下来要收购的这家公司,早就有把公司卖掉的打算,只是没有找到合适的买家。

况且,这家公司的账面上还有钱。

最重要的是,这家公司,也是个P2P,和美善金融的互联网金融是天作之合。就像是两边的亲家到了谈婚论嫁的阶段,在彩礼房车的问题上来回扯皮。

燕卓尔,是这一轮战斗的主力。

“小树苗的账面数据还算漂亮,待收金额有十九亿八千万,和我们想要的三十二亿比起来,差距太大。这个平台的规模有些太小了,不适合现在就拿下来。”

燕卓尔侃侃而谈,直接把二十个亿拔高到了三十个亿。

小树苗,就是这个平台的名称。

金虞发现,只有自己倒吸了一口气,其他人毫无反应,似乎是中小学生课堂上大家在讨论作业量是不是合理,作业布置得少了再多加点。

但,这是十个亿呀!

金虞甚至觉得,如果能从这件事情里全身而退,在她未来的职业生涯里,都很难再接触到涉及这么多钱的案子了。会议桌大也有大的好处,高管们在下面说悄悄话,完全不影响对着麦克风发言的其他高管。

“待收金额是什么意思?”金虞问。

“待收金额,就是投资人在平台投资以后没有收回来的本金和对应的利息。这个是用来衡量平台大小的一个因素。比如有二十万人投了三个亿在上面,都没有取出来,这个的质量就比二十五万人投了五个亿,但扎堆挤兑的要优秀得多。”尚思思很乐意给金虞答疑解惑,因为这样能避免金虞在公众场合闹笑话,交智商税。

“那这三个亿,归谁保管呀?”金虞又问,带着几分漫不经心,看着燕卓尔的那张盛世美颜。

这种大公司的开会现场,她一直以为只存在电视里,没想到现实生活中也是存在的。

就连桌子上的烟灰缸,都是定制水晶。

“当然是归我们保管。”尚思思同样说得漫不经心,而在她说完之后,金虞的心里狠狠地动了一下,像是一瞬间漏跳了几拍。

当然是归我们保管。

你们,有这个资格吗?

“这合法吗?”金虞问。

“怎么不合法,难道要把钱放在银行吗?你知道银行的手续费用有多少吗?而且银行流动资金的量不够我们这么大的平台消耗,如果遇到刚性挤兑的情况,谁又能负责呢?你也知道现在的居民储蓄率连年下跌,到时候肯定不是银行背锅,而是我们。”尚思思说得理所应当,只不过接下来轮到了她发言,她不再和金虞搭腔。

即使已经坐到了岚梧市分公司总裁的位置,尚思思也只是众多高管中的一个。她没有股份,而是被聘用的。

收购方案,在两三轮的讨论后就定下来雏形。

效率面前,定下来雏形,就可以去谈了。关键是,让谁去谈?涉及的是账面上十九个亿的资金,拿出来就是真金白银,而不是那些资不抵债的公司的破烂厂房和办公大楼。

现金的诱惑力,更大。

“我去谈。”金虞一直一言未发,那些名词套着名词的发言内容,她大多数都是第一次听说,但是对于大家都跃跃欲试的十九个亿,她先摆出了摘桃子的架势。

“你资历不够呀，恐怕对方不会在合同上签字的。”风度翩翩的李教授轻轻地摇了摇头，不太看得上金虞这种野路子的暴力做派。他原是当地财经大学的经济学教授，辞职出来跟着美善金融干。

他这样的人有一个特点，就是理论结合实际，不仅能把人忽悠到坑里，还能让对方不断地感谢他。

金虞还真查过这个教授的履历。学生毕业之后，户口要发回原籍。但在他的一力鼓吹之下，原本要带着自己的户口回家的学生们，居然把户口留在了岚梧市，还不是放在人才市场，而是挂靠到了这个教授的朋友的公司下面。

这不是胡闹吗？

这些学生在找工作的时候，如果去了外地，户口和档案短期内难以调回去。还有一部分再也享受不到原户籍所在地的福利政策。

根据孙简发回来的消息，这个教授向每个毕业生都收了五百块钱。金虞对他嗤之以鼻，还干起了拐卖人口的勾当，真当大学生好欺负呀？

“小树林的业务范围和我们的也差不多，做的是消费贷，面向的群体是刚毕业的白领，主要用于置装或购买电子产品。少部分人把短期的消费贷款，投入房地产这种需长期持有的投资产品里面。也就是说，这些人都具备偿还的能力，但是很多人并没有偿还的打算，因为小树林并没有被纳入银行的征信体系。也就是说，违约成本极低。在这样的情况下，我这个收债的暴力派，要比李教授这样的学院派合适得多吧？”

金虞同样是把一串名词堆了出来，言外之意：李教授你这是端在桌子上的肉吃腻了，想要自己下手来撕一轮了？你是想要单挑呢，还是群殴？

小树林肯定养着不少给他们追债的人。有些靠嘴皮子要债，像之前麻旦旦那种，电话打过去骂得对方祖宗十八代都不认识了，吓得赶紧还钱；还有些靠动手能力要债，像金虞这种，吓唬上一轮，这家里但凡还得起都不敢赖着，砸锅卖铁也得把流氓的钱给还上啊。

三百六十行，行行出状元哪。

金虞在要美人贷的案子里，真正地声名鹊起，最终高利贷是被全民催收给玩垮了的。一想到一个那么赚钱的平台就那样倒了，大家有些心有余悸。

怕这个妞用力过猛。

在座的各位，确实是一个能打的都没有。

“燕总监，你一起去。”官文利往老板椅上一坐，一锤定音，像是皇帝在下圣旨。

燕卓尔勾了勾嘴角,没有立刻表态,他似乎是犹豫了一下:“我认为这件事情我一个人可以胜任,不需要金总监的帮忙。”

满座哗然,大家窃窃私语,混乱程度堪比班主任离开后的教室。

金虞抬起头,和燕卓尔视线碰撞,头一次见到燕卓尔的眼睛里这么敞亮。细细碎碎的光照进去,透出来,一片清明。

“小树林为了坏账率低一些,采用的是客户和平台一起管理的模式,不是平台将资金汇总然后给借款人,而是由投资人和借款人直接对接,甚至连利息都可以商量。在这样的模式下,小树林平台收取的最多的是手续费,而平台为了吸引更多的投资人进入,故意延迟配对低息的借款发布者。平台整体的利息一度接近国家规定的百分之三十六的线,在这样的情况下,这些投资人私下里启用催收团体,就是势在必行了……如果靠着一张嘴就能把业务谈下来,那我也就没有必要坐在这里了。”

金虞气定神闲,成竹在胸。

燕卓尔的脸色,重新冷了下来。他侧目挑起眉峰来,就像是第一次认识金虞,看她穿着昂贵的套装,站在华美的办公室,舌战群儒,步步紧逼。

她终于学会了不动拳头,说话不带一个脏字,就能达到激怒人的目的。

曾几何时,他第一次见到金虞。为了两千块钱的工资,扛着油漆桶绕着小区没命地跑,背后还跟着两条大狗和一群保安。

像是开弓没有回头箭,她一线笔直地冲到了这个办公室。

她依然没有后退和怯场,要正面地扛过去。

两千块钱,被恶意拖欠的倒了几手的工资,现在已经变成了十九个亿升三十二个亿的大项目。时间,可真是个好东西呀,能把一件艺术品雕琢出最完美的形态。

鬼斧神工。

“鉴于小树林的营业模式,短期内找不到催收人才进行填补。”意思是有头有脸的能要出钱来的流氓,现在都在看守所里减肥呢,你们能用的人只有我,现在不给我分一杯羹,我就撂挑子不干了。

“房地产行业火爆,但是建筑行业的情况却是一般。我不像李教授,是从学校里出来的知识分子。我只知道天下的劳动者是一家。”

能把雇几个民工去打砸抢说得这么好听的,也就只有她了。

关系到切身利益,就都得掂量一下。

虽然老话说得好,离了张屠夫,还能不吃猪肉了?但是没有了金虞这种恶心人,想要办点恶心事,还真不容易。

"千团大战，尸横遍野。这是一个遵循着丛林法则的时代，P2P平台现在乱象丛生，借款和投资都在找寻出路。而O2O的点对点消费平台，现在还在烧钱呢，很多商家就连配送费用和物流费用，都挣不回来。

"一方面想要短期内迅速套现，另一方面又想要吃下整个市场，靠着垄断一家独大的优势，拿下将来的利润。

"我们的平台发展繁荣，靠的就是百花齐放。不拘泥于某种形式，才能走在时代的前沿。在互联网金融这个行业，大家都在争着抢着银行业务的蛋糕，他们能存钱生利息，而我们的利息就要比他们的更高。他们的手续费用单笔最少两块钱，而我们的转账没有手续费。甚至于中小企业想要贷款，不超过一百万的款子，我们都能秒接。

"这种综合的业务能力，是时代给予我们的，是国家支持下的我们对银行业务的一个督促和挑战。所以我们要珍惜机会。"

官文利的场面话，说得比其他人都好听都温和，意气风发的，很有领导人的气质。显然他在创业初期没少忽悠人，就连尚思思都激动得快要把手拍肿了。

李教授这种自诩清高的人，激动得还在桌子上砸了一下拳头，就差跟着揭竿而起，把无产阶级身上的锁链给掰折了。

金虞抖了抖肩膀，似乎是要抖落一地的鸡皮疙瘩。

燕卓尔的手指敲击着面前的玻璃杯，眼睑垂下来。落地窗外的阳光正好，他整个人一半在阳光里，温文儒雅，散发着柔和的暖意，另一半沉浸在一片阴影里，像是欧洲古老的吸血鬼，阴森而华贵。

他这样的气质，还真适合去搞传销，肯定把大姑娘小媳妇给忽悠得不要不要的。

官文利说完了场面话，顺带着宣布了他的决定："燕卓尔和金虞一起去。"

金虞觉得有什么东西在耳边炸裂了，她看着燕卓尔微微张开嘴，似乎是松了一口气，又像是吞进去一口气。

散会之后，秘书和助理把相关的保密文件送过来。

金虞在这里并没有独立的办公室，她在小会议室里面等着。而燕卓尔因为没有其他业务，也过来和金虞一起等。

最豪华的那间办公室，就在他们的头顶，因为中间的一小块是亚克力玻璃结构，能看到官文利的皮鞋底。燕卓尔抬头仰望，看到的就是别人的脚。

而从这里的落地窗看出去，是岚梧市的千里江山。

"和我绑定在一起，滋味如何？"燕卓尔嫌弃地看了金虞一眼，"你能不能别抽烟，哪里像女孩子的样子？"

“这可是华夏进入父系社会以后对女性最友好的时代了，能自己赚钱自己花，心情好了还能包养个小白脸，实在多金的话，还能多包养几个。我抽烟喝酒文身，除了自己的感受，别人的都能不在意。所以你如果再说这种话，我就能让你有多远滚多远。”

金虞没有回答燕卓尔的第一个问题，而是借着第二个问题的由头，把燕卓尔给骂了一顿。

燕卓尔只是笑了笑，看着一望无际的高楼大厦。岚江像是一条玉带，从这些高楼大厦里穿过去。随手一拍，就是都市的明信片。

“原本，你有一个机会能有多远走多远的，为什么偏偏要留下呢？”

金虞故意把车停在了距离交警不远的地方，这才在肇事几分钟以后就被抓了。其实如果去机场的话，也用不了多长时间。

“逃避，不是我的性格。”金虞把打火机在裤子上一擦，又点了一根烟。两个人都站在落地窗边上，差不多紧贴着玻璃，隔着不到两厘米厚的玻璃外面，是离着四十五层楼高的地面。悬崖百丈、恐高的人会看着眼晕，但是心理素质比较好的人会觉得很爽。

“官总原本就想要我们两个一起去的。这么大的案子，肯定是早就定下来了的。开会讨论，只是个形式而已，不然怎么可能在两个小时里就敲定了？”燕卓尔的语气，有几分无奈。对赌协议，原本就不是可以通知到所有高层和当事人的保密文件。

之前的一个老总心脏病发，自己无力继续，才被投资方爆出对赌协议来，强行要把公司百分之八十以上的资产过户。而他的妻子，完全不知情。

在这样的情况下，官文利高调地把协议拿出来，无非就是希望借着美浩小额贷款公司的施压和金虞的流氓手段，把合同尽快过下来。他现在已经急不可耐了。

“我知道。小树林那边的业务现在正在和美善对接，我看那边的贷款很多都是美善旗下的子公司贷走了。国家规定中小企业在平台贷款的额度上限是一百万，但我看到了单笔金额是五六百万的有好几笔，真的没事吗？”金虞的目光锐利，像是草原上的鹰捕捉地上的兔子，稳准狠，直接抓到了要害。

此时此刻，燕卓尔看着金虞，眼中晦暗莫名，笑意复杂。

既生瑜，何生亮？

第一零一章
降任于斯人

燕卓尔和金虞拿了文件出门，律师、法务、顾问、公证人随行。大概官文利觉得事关重大，律师、顾问和公证人都是从首都专门请过来的，这些板着一张脸的职业精英人士，穿着四季如一的昂贵的西装套裙，直接从加长宾利车里进入公司。

金虞扯了扯燕卓尔的袖子："你说官文利是不是欠了这些人的钱？"

燕卓尔嘴角一斜："在这些人眼里，给他们钱的老板也是傻子，不过老板们买的就是他们这张生人勿近的脸。他们称呼那叫高级感，算是比较昂贵的道具吧。"

意思是，只靠我们两个人，镇不住场子。

这些人路过金虞和燕卓尔的身边，也只是微微点头示意，握手介绍的时候，也只有寥寥数语：姓名，职务，任职的公司。比郭蘅芜的性冷淡风格还要性冷淡，一靠近都能感觉到一股板正的凉意。

擦肩而过，完美的陌生人的触感。

"他们也在证券公司做场外业务，以保荐人的身份为一些中小企业挂牌。别看一个个不食人间烟火禁欲气质十足，实际上背地里胡吃海喝，乱扣乱拿乱睡的不知道多少。"燕卓尔给金虞解释。

"像你一样？"金虞挑眉。她没有光鲜的履历傍身，但是一个眼神扫过去，还真不比那些性冷淡风格的大拿差。

有些气质，就是与生俱来。燕卓尔给金虞拉开车门，绅士地做了一个请的动作：

"比我厉害。"

这么一帮子不文明的流氓和文明的流氓，一排新车，把大架子摆得无法无天。

“现在的P2P平台和手机商城深度捆绑，美善刚入股了这款手机，就把八个P2P平台的App放在了手机商城里，还进行了技术置顶。小树林现在和美善的合同还没有签下来，就已经对接了，如果出现了故障怎么办？”

金虞摆弄着手机，看着里面的App。

这些五颜六色的App都打着投资理财的旗号，点开一个，还有玩游戏的任务关卡。只有把手机凑在眼睛底下，才能看到图片上的一行小字：投资有风险，入行需谨慎。眼神不好的都发现不了，会以为这是手机商城推出来的给用户的金融理财福利。

“怎么会有故障呢？你知道美善金融的盘子有多大吗？已经冲出亚洲迈向世界了，人人都能分一杯羹。”燕卓尔一句话就打发了金虞。

“这是霸王条款，我们坚决不能接受。十九个亿的规模做到三十二个亿，是动动嘴皮子就能弄来的？十几个亿呀，按照初期到现在的轨迹速度，相当于我们要翻一番。这样的规模，谁能做到？你们知道现在的行业竞争有多激烈吗？”

小树林的老总荣庆虎年纪真的不大，三十岁出头，从他五年前从商家辞职，就一直在倒腾P2P。桌子上摆着他和女朋友的照片，是个英俊潇洒、风流倜傥的青年才俊。

但是眼前的这位，光头，大肚腩，四肢纤细，一张嘴说话就像是在吵架。

他的合伙人并没有出现。在这间不小的会议室里，出现了反客为主的场面。作为主人的小树林的老总，如同天子守国门一般，做最后的据理力争。

“我不签。”一沓合同哗啦啦被他一扔，纸片在空中翻转了一下，掉在了会议桌的中间。

燕卓尔对荣庆虎的秘书使了个眼色，这小秘书不顾裙子开衩太高，拉开桌子，走到里面，把合同一张一张地捡了起来。

“现在的P2P平台不少，各家在争流量方面的努力都是有目共睹的。做活动，做运营，送礼物，请爱豆，联合其他商家一块再搞促销。但是等到活动结束，流量拉不过来多少，能吸引大家把钱投进平台的更少。尤其是现在的年轻人看到了高房价和阶层固化的风险，挣来的钱都用来消费了，想要投资理财储蓄的更少。这不是你一个人面对的问题，是我们所有人面对的问题。

“但是，大浪淘沙，现在就是P2P平台生死存亡的关键时期，只有坚持下去，才能分到一杯羹。否则，连割肉退市的机会都没有了。”

燕卓尔承认现在是P2P平台的瓶颈期，但是他并不退缩。

同期的几个冰山脸的律师继续把平台的股份情况介绍给荣庆虎听，其他的股东已经把股权以入股的形式转让给了美善金融。

“平台的待收金额不及我们的预期，而逾期的账目又大过了我们的评估。在这样的情况下，如果荣总执意拒绝签我们的合同，那我们完全可以找另外一家同等资质的平台，帮他们完成平台的升级和账目清算。”首都来的律师用冷静的低情商、高智商的方式，完全无视了荣庆虎的需求。

荣庆虎站起来，一个踉跄直接栽到了。小秘书弱不禁风，扛不住椅子，连着也被砸倒了。小秘书还喊着：“葡萄糖，我们荣总低血糖！”

一时之间，会议室里凌乱了。这位荣总居然有贫血的毛病，血糖低到晕过去了。大部分人端坐，冷眼等待着这件事情的结果。他们焦急的不是荣庆虎的健康问题，而是这家平台的归属问题。

“叫救护车！”一直没有参与讨论的金虞拍案而起。旁边有人拉了拉金虞的袖子：“让他把合同签了再走。只是低血糖，喝一杯糖水，就能缓过来。我们的时间有限，这可是十九个亿的平台，必须做到三十二个亿的规模。”

“这是人命。他都晕过去了，万一有其他的并发症呢？”金虞不管这个律师，继续打电话。打完电话，和荣庆虎的秘书一起把这个虚胖的年轻人扶起来，坐在了椅子上。

当她看向燕卓尔的时候，燕卓尔点了点头。

在十九个亿面前，一个大势已去的老总的健康，都没有那么重要了。

会议，暂时中止。

这种剑拔弩张的氛围，像是一群豺狼虎豹在围攻一只弱小的绵羊。而在这一场角斗里，不存在网开一面。

小树林的逾期金额，违约的规模已经很大了，不得不依靠外来的大型金融公司共同面对。同时高层因为收益问题开始内斗，不然也不会出现律师来向荣庆虎解释现在的股权问题的情况。

救护车来得很快。

“这个时代，用命换钱，再用钱换命，就是所有人的宿命。”燕卓尔示意金虞跟上去，却说了这么一句话。

虽然救护车离开了，但是美善金融派来的人，继续坐在会议室等候着。会议并没有开完。荣庆虎清醒之后，等待他的并不是休养，而是继续回到这五十多平方米的会议室，继续和群狼厮杀。

他整个青春时代的心血，就要在这一轮一轮的谈判里，消耗殆尽。

上了救护车之后，荣庆虎就已经输上了葡萄糖，脸色好转。但是他本人好像不愿意醒来，别人避之不及的医院，此时此刻却成了他的避难所。

金虞的手摸到了烟,车上的白衣医生脸蛋帅帅,对着金虞翻了一个白眼,她赶紧把手缩了回来。这医生还啐了她一句:“再逼病人,可就不是一瓶葡萄糖的事了,你注意点。”

金虞不怒反笑,问医生:“你知道我是谁吗?送你几张美善金融的加息券?”

“你知道我们收了几个因为被诈骗得倾家荡产一时气不顺心脏病发的老大爷老大妈吗?你那点钱,谁稀罕!”医生傲娇地别过脸去。

金虞现在的鉴赏能力有了大幅度的提高,她瞥了一眼,医生手上戴着百达翡丽的纪念版,起码值四十万。这是把一套房子的首付戴在了手上,怪不得如此淡定。

为了房租水电结婚生子就拼尽全力的人,可没有这样的觉悟。

这压力太大了,也不知道池清源到底进行到了哪一步。

煮熟的鸭子,可真的会飞。来晚了,就什么都没有了。

“国外的创业公司的存活率,在八到十年,而我们的创业公司的存活率,却只有三到五年。应该说我们的效率高,还是应该说我们的竞争环境太过严苛惨烈?千军万马过独木桥,难哪。清源,你看今年的招考信息没?去年的公考人数是十九万人,今年增加到了二十二万人,多了整整三万人哪。”

叶培林和池清源面对面而坐,池清源要求升级案件的规格。

“这不是很正常嘛?如果无记名投票,调查一下大家考公务员图什么,肯定十个里面有一半想要求个稳定,还有那么两三个想要搞点灰色收入,有那么一两个想要为人民服务的,还会被人笑话。”

池清源笑笑,和这位主管领导打交道多年,他知无不言。因为所差级别不多,比和严立本厅长交流要更自由一些。

“能有那么一两个想要为人民服务的,就已经很不错了。”

叶培林如是说,他用保温杯接水,顺带着也给池清源泡了一杯茶。

“你也知道,税收对于我们省而言意味着什么。我们公安部门是暴力机构,也是直接受政府领导的机构。地方的财政和税收,是重中之重呀。东三省的养老金年年亏空,这几年都开始考虑从沿海的富裕省份进行借调。晋西省的情况虽然没那么糟糕,但是岚梧市的互联网金融现在发展得风生水起,在以资源能源为主的经济模式没有发展起来的时候,互联网金融,就是我们的龙头企业。”

真不是叶培林在说场面话。他们之间的对话,甚至都不能拿到桌面上,和十九个处长四个厅长一起讨论。

“去年,造手机软件硬件一体化的力维想要落户我们岚梧市,作为辐射全国和海外市场的中转点,政府要两个亿的抵押保证金。原本省委领导班子觉得两个亿的保证金对于这样的大型企业影响不大,能很轻松地拿出来。但是这家企业到底也没有落户,而是到了隔壁的省,你能懂我的意思吗?"

叶培林喝了口水,捞着吃了一颗黑色的枸杞,面露难色。

"栽梧桐引金凤凰,是现在地方发展经济的主流模式,但是如果这金凤凰是来打劫的,把我们的梧桐树连根拔起来,这可怎么办?"

池清源没有退让的意思。

叶培林抿着水,眉头拧成了"川"字,一脸的忧国忧民。

"如果惊跑了金凤凰,我们可都要成为这个城市的罪人了。现在的社会网络化,公开化,透明化,高效率化,容错率低到了令人难以忍受的地步。"叶培林说得很慢,似有不忍,"你年纪不算太大,在退休前熬到我这个位置,也是有可能的。但是如果在大事上站错了队,可能连在新兵蛋子手底下打杂的机会都没有了,只能去档案室里面壁到退休了。"

叶培林对这个很能干的下属,还是非常信任和心疼的。

池清源本人却没有那么多的考量,在领导们和下属们的发际线都陆续后移的时候,他的头发和他本人一样,始终冲锋在一线。

"办过那么多的案子,从造假贪腐的芯片案,到三亿局长,再到豆腐渣工程埋人案,哪一件都不只是表面上的案子,里面的利益盘根错节。芯片会伤害国民对我国科技的信心,三亿局长会造成我们岚梧市的官场地震,而工程里出现了死人,会影响整个楼盘以后的售价。这些案子,在当时大家开会讨论的结果,都是压下去,要从大局考虑。就连《物权法》里都有规定,可以在最大价值的考量之下,合法的利益让位于非法的利益。

"黑白对错不好考虑,但是利益主导之下,该何去何从就一目了然。这个金融平台的账目,并没有在有关部门报备。我们怕惊走了这个纳税大户,会不会这个纳税大户更怕我们发现什么了不得的大事呢?"

池清源侃侃而谈,讲述的口气像是《走近科学》的节目现场,这态度让叶培林想要苦大仇深都愁不起来。

这位经侦局局长都已经不把个人前途纳入考量范围了,又有什么能拦住他呢? 叶培林看着这个执着的经侦局局长,叹了一口气。

十个公考的,五个要稳定,两三个指望着有灰色渠道收入,还有一两个是真心喜欢当警察,想要为人民服务的。

池清源,就是这一两个中的一个。

换一个经侦局局长,可能都顶不住这重重压力。

叶培林笑了笑:"重案要案,一贯都是成立专案组,调查抓捕审问过程中都省去和有关部门申请和打交道的中间环节,原本就有便宜行事的权力。你说这案子,你能不能查?"

池清源的眼里一亮。

"我会给严厅长出一份报告,查。"叶培林站起来,脸色极为严肃,"但我要看到证据。"

"下一次,摆在桌面上的会是完整的证据链,而不是这些我们通过网络和其他渠道间接收集起来的数据做出来的模型。"池清源给他的领导敬了一个礼。

直到三个小时以后,荣庆虎才在医院里醒了过来。这个野心勃勃有着"P2P小老虎"之称的年轻人,一骨碌就从病床上爬了起来,作势要拔手上的针管。

"荣总,你可以多休息一会儿,不管多晚,美善金融的人都能等,不着急这一时半会儿。"金虞立刻三两步过来阻止,把手挡在了荣庆虎贴着白色胶布的针管上。

"最早的P2P,有两种。一种是国外的一个经济学教授把很少的一部分钱借给了孟加拉乡间的贫困者帮助他们种植和生产,这些贫困者靠着这些钱,拥有了自己的生产资料,逐渐地摆脱了赤贫。点对点的小额信贷逐渐开始扩展,初始的理念是要把资金借给有需要的人。另一种是英国推出来的互联网金融,直接利用互联网进行用户筛选和借贷,要向传统的森严高傲的银行发起挑战。"

荣庆虎喃喃自语,涣散的眼神里光芒重新聚集起来。

"这些都是我当初创业时的理念,怎么就到了今天的这一步呢?"

"你们为了促成交易量,优先对利息高的发布者进行匹配。为了促成更多的交易量,直接把消费贷升级,大量引进电商平台进行直接支付。这已经不是在帮助人向高傲的银行宣战了,这是在收割别人的智商税,而现在到了你交智商税的时候了。"

金虞并不想同情这个戴着奢华腕表和戒指的虚胖年轻人。她之前收了不少美人贷的账,那些女孩子就是被类似的这种平台给吸引进去的。

一步错,步步深渊。

荣庆虎没有和金虞讲大道理,谈太多的企业生存之道和社会的福祉理念,而是对着金虞颇为感激地说了一句:"谢谢你,先打电话送我来医院。"

这不是应该的吗?

金虞挠了挠头发,没有说话。

第一零二章
夜半传惊闻

中午两点半，小树林的公司会议室里弥漫着盒饭的味道。没有吃完的盒饭盒子堆在桌上，喝了一半的矿泉水瓶上沾着女人的口红印子，几个男人在洗手间旁边的窗户口抽烟。这些西装革履的面瘫脸也露出了倦色。

他们不能走，怕一走就会生出诸多变故。今天的期权协议还是十九个亿做到三十二个亿，可能明天荣庆虎反悔或者死了，这家平台就不能安稳从合同上过渡了。

前期，已经投入了不少成本。

女士在洗手间，对着镜子细细地补妆，重新画出一张面具来。

成败像是薛定谔的猫一样，每个人都不知道结局到底是死是活。律师埋怨燕卓尔："荣总在上救护车之后还有意识，能签了字再走，咱们现在在这里眼巴巴地盯着，谁知道他要多久才能出院？难道他一天不出院，我们就要一直等下去吗？"

"我记得《三国志·诸葛亮传》的最后一句话是：盖天命有归，不可以智力争也。你是觉得，官总的决断不对吗？"

燕卓尔也是个高智商的"书柜子"，只不过相比答疑解惑，他更擅长用一句话终结谈话。用不文明的话翻译一下他的意思就是：你这种弱智一边去，如果有意见，直接找官文利，找我有个毛线用。

律师没想到这个小白脸张嘴说话这么难听，讪讪地闭上了嘴，总不至于在这里和明面上的最高话事人打嘴炮吧，太丢人了。

一行人还在焦虑地等待着。送来的盒饭，燕卓尔并没有打开，他只喝了桌子上的水，闭目养神。

不退，就是目前所有人的态度。

如果现在退了，在接下来的收购并轨对接中，就会出现层出不穷的恶性事件。谁知道会有多少人为了保住自己的一亩三分地,用流氓的手段逼退白纸黑字的合同。

荣庆虎出现在会议室的门口,像是光汇聚的焦点,迅速吸引了所有人的视线。原本慵懒的秘书和助理像是三魂七魄迅速归位了,忙不迭地拿着垃圾箱去收拾桌子上的盒饭,拿着抹布擦桌子。

如果在平时,这种懒散的状态会被荣庆虎骂。

但是现在,这个年轻的领导只是径直走进来,脚步并不虚浮,多年的创业经历让他的姿态看起来也有几分器宇轩昂。

他对着燕卓尔说道:"现在可以开始签合同吗?"

燕卓尔也站起来,两个人迎面而视。他客气道:"如果荣总觉得现在不合适,可以多休息一会儿,我们可以等。"

"不用了,现在签。"荣庆虎摇头,扫视了一眼燕卓尔身边的几个人,两个女士明显回避了眼神。金虞现在才体会到了官文利送这么几个道具的意义:一般人会被这种比班主任还厉害的目光给当场秒杀。

能在行业里跑成独角兽攒下身家的,都不是等闲之辈。

燕卓尔却是越过了荣庆虎,看着后面站着的金虞。恐怕这里的人都还不知道,如果没有金虞的坚持,今天这合同,签不了。

荣庆虎会想出其他的办法来恶心一下美善金融。汉字文化博大精深,虽然法律一再强调通用的解释,但是那些生僻的条文里,到底隐藏着怎样的玄机,就不得而知了。

燕卓尔难得地没有用关爱傻子的眼神看着金虞,而金虞第一次在他的眼神里看到了一个词:同盟。

这种通过眼神交会猜来猜去的心理战术,金虞不太适应。在荣庆虎坐下之后,她回到了自己的位置上,背靠在椅子上,跷起二郎腿来,十指交叉放在腹部,以一种强横的姿态扫视着所有人。

到现在,没有人再小看这个出身履历黑得一塌糊涂的小人物。

她能让荣庆虎妥协。

毕竟,美善金融惦记的是人家的全部家当。这已经不光是在虎口拔牙,而是在与虎谋皮。她谋到了老虎身上的这一张皮。

接下来的过程,顺利得像是在小学生的课堂里收作业一样。一连几份合同,荣庆虎甚至没有多看一眼,直接在合同的末尾签上了自己的名字。

"庆"和"虎"两个字,他故意写在了一起。

金虞拿着合同的时候,这只已经去了爪牙的老虎把签字笔缓慢地放在了桌上，像是一个已经失败了的剑客，最后一次擦拭自己的锋刃。

“甲午中日战争战败之后，李鸿章在《马关条约》上签字，就是把名字写成了一个字。”

荣庆虎这句话虽然是在和金虞解释，眼睛却看着燕卓尔。意思是这份合同，是他一辈子的耻辱，他不希望自己的名字再出现在任何这种迫不得已参与对赌卖掉自己所有心血的商业活动上。

他这份情怀下的小小的任性，惊不起一点波澜。

燕卓尔只在乎合同到底有没有签下来，完全不关心荣庆虎的心情。燕卓尔搓了搓手，难以掩饰自己的兴奋之情。在他看来，任何在利益面前的情怀，都是幼稚而无知的表现。

而其他随行的律师和公证人员，小心翼翼地举起摄像机，把合同摆好。他们的脸上倨傲而谦卑，似乎怕这只老虎一气之下再次归山。

当荣庆虎的笔落下最后一笔，完成了公证，整个会议室的人都松了一口气，甚至包括荣庆虎的小秘书。那个小秘书眼角有着藏不住的喜悦，在她看来，现在小树林靠上了美善金融，就不用再担心融资问题。而落实到她个人，那一个月五千出头的工资可以稳稳地落袋为安了。

再也不用担心兑付款项不到位，斥资不到位了，终于可以安安稳稳地睡一个好觉了。如果这家平台做不到十九个亿升级到三十二个亿的待收金额，荣庆虎的个人股份就会被稀释，他个人的财富在这家公司就会面临一场前所未有的缩水。

但是，这和他们这些只领着一份工资安稳度日的小老百姓，又有什么关系呢？无产阶级给谁打工，不是打工呢？说不定小秘书还在心里腹诽：我们绝望，那就是真的绝望到方便面都吃不起，而这些资本家就算是绝望了，也是开着宝马车，喝着几千块钱一瓶的红酒。

各自心思复杂。而这些律师、法务再加上公证人员，也是心满意足。他们的履历上，可以加上这一起现代金融的超大规模的P2P平台对战传统独裁的金融平台的收购案。

下一次，他们再接案子，可就不是这个价钱了。

身价，随着履历的厚度，水涨船高。

一行人带着签好的合同离开，空旷的办公室像是经过了一场旷日持久的战争，空气里每一粒尘埃都浸透了荣庆虎的血泪。

在这场战争里，他是唯一的失败者。

金虞没有回头看荣庆虎高大的背影落寞的样子，才下午四点钟，已经是暮色沉沉，山雨欲来。

在回程的车上，燕卓尔问金虞："按照我们的预计，荣庆虎这个人很难搞定，肯定会在签合同的环节狠狠地耗着我们。他认为是我们抢走了投资人的注入资金，才会让他的平台步履艰难。实际上国家的货币发行总量是一定的，而居民的储蓄量也是稳定的，在高房价和超前消费的社会环境下，蛋糕只会越来越小。我们都做好了在会议室过夜，通宵开会的准备。你是怎么说服他的？"

"还通宵开会呀？你们这些搞金融的真会包装，在恒定十六摄氏度的中央空调下，坐在办公室的红木硬椅子上，还不如绿皮火车的硬座呢。"

金虞嗤之以鼻，表示看不上这种步步紧逼的高姿态。

"呵，但是我宁可在十六摄氏度的中央空调底下冻一晚上，也不想去挤温暖的绿皮火车。"燕卓尔微微一笑，难得露出雪白的牙齿。

金虞现在知道为啥这家伙长得不错自己就是看不上了，皮笑肉不笑。

"我告诉荣庆虎，如果再开会还晕倒的话，我还会帮他叫救护车。"金虞趴在车窗玻璃上，整个人看起来软塌塌的。

"这，不足以让荣庆虎妥协。"燕卓尔立刻摇头，"你以为李鸿章是什么好东西吗？他家里的钱，都快要赶得上国库了，还好意思往自己的脸上贴金？什么东西，一个个中饱私囊的贪官污吏。"

"哟，看不出来你还挺有情怀的。"金虞嫌恶地看了他一眼，把下半句话说了出来，"下一次，我也会给官文利叫救护车。"

燕卓尔嘴角的笑容，歪了。这句话的信息量太大了，怪不得荣庆虎会同意呢。"这话你可别让传到官总的耳朵里，否则在美善金融倒台之前，你先完蛋。"

"你是不是和我有同感？你是不是掌握了什么绝密的资料？"金虞凑过来，眼中眸光浮动，像一尾灵动的金鱼。

"没有。我不想当秘书了，希望升职，如果能做到区域经理，再拿到原始股，年年分红，最好能把公司名下的房产转到我个人的名下。如果可能，我希望能和省长级别的领导的女儿谈一场恋爱，完成官商勾结的最后一步，从此以合理合法的方式，在上流社会捞金……"燕卓尔一边说着，一边靠在了椅背上，似乎他已经在想象这样的美好生活了。

"你可真俗呀。"金虞嗤之以鼻，撇撇嘴。这样的话，顾非是永远说不出来的。

"你不俗吗？"燕卓尔反问。

"钱够花就行了，赚再多的钱，还不是一天三顿饭，死了一个坟？能有多大的区别？"金虞同样反问道。

"燕窝鱼翅和窝窝头怎么可能一样，一卷草席扔出去的王熙凤和埃及法老胡夫的金字塔怎么可能没有区别?”

燕卓尔在金虞的太阳穴上戳了一下,眼里似笑非笑。

“好吧,贫穷限制了我的想象力。”金虞一摊手,顺势想在燕卓尔的脑袋上回敬一记糖炒栗子。但是在这狭小的车厢里,她被燕卓尔顺势一拉,落在了不该落的柔软的位置。

燕卓尔的穿着考究,身上散发着古龙水的迷人香气,闭上眼睛,就有浓淡疏离的昂贵气息。他并没有用力,最亲近的四目相对间,外面的天色沉沉地暗了下来。燕卓尔和金虞的脸贴得越来越近,近到了视线所及之内,只有燕卓尔那一双不透明的幽深的眼睛。

像是古老的城堡里,尊贵优雅却阴森的吸血鬼,正在进行某种复杂而神秘的仪式。

对于他们而言,再好的爱人,也只是仪式献祭的贡品。但是燕卓尔的气息,是暖的,常年的瑜伽和健身锻炼,让他的呼吸和心率等身体指数维持在一个相当平和的点。

环住的这双手并没有用力,迎却之间的选择,交到了金虞的手里。而她脸颊通红,呼吸急促,轻易地就挣脱了燕卓尔的挟制。

金虞心跳如擂鼓。

这一刻,她想起了顾非。

清清爽爽的顾非,干净的风衣上有着洗衣粉混着阳光的味道。她能想到世界上所有的美好,年轻的自信能守护所有的纯白时光。

和顾非单独相处的时候,她能忘记所有生活的不如意和恐慌,心平气和,似乎只要眼前人是心上人,一切都会水到渠成,无所畏惧。

在金虞走神的时候,燕卓尔不屑地笑了笑,手在金虞的面前撩了撩:“哟,被我的美男计勾到了?你想什么呢?我再饥不择食,也不会对你下手。”

金虞没忍住,直接把前座后面网兜里的矿泉水拿过来,朝着燕卓尔的不可描述的地方砸下去。燕卓尔早有防备,一手夺过了金虞的水,威胁道:“你的提成给我一万。”

“凭啥?我总共不到一万的辛苦费,还倒贴呀?”金虞气得快要成个香炉七窍生烟了,从来没有见过如此不讲理的人。

“我晚上要找个妞泄泄火!”燕卓尔说得云淡风轻。

“滚!”金虞一脚差点把燕卓尔踹出去,她真被燕卓尔这一句话给气炸了。

“我有几张图片给你看,保证物超所值。”燕卓尔得意扬扬地指了指自己的手机。

经过了几轮讨价还价，最终以八千八的友情价成交。金虞看着燕卓尔给自己发过来的几张照片，内心里是比较蒙的。

上流社会也太下流了吧，怎么还会有这样的操作？

“我呢，这种东西不好找机会出手，尤其是我没有网上的技术。你朋友面广，肯定能卖个好价钱。我相信以官总的爽快程度，肯定会给你一个满意的价格。”燕卓尔说得很慢，像是怕金虞听不懂一样。

图灵出道之前，是玉林春的酒托，连十八线的外围嫩模都算不上。

但是，她傍上了官文利。

这个消息被金虞以加密的方式发回了专案组。

粉色的大号钻戒，层层叠叠钻石环绕的项链，漂亮的独栋带游泳池的大别墅。这些东西电视上天天见，视觉冲击力一般，但是这些东西都有证书，主人是图灵。

而付款方是美善金融的前身——ST国际。

这就很耐人寻味了。

“我国明星的纳税金额一向很低，是因为面对百分之三十五到四十五的高昂税款，大部分人都会选择以公司的形式化零为整合理避税，或者是选择多个子公司之间对接层层转账，最后把钱转到明星的个人账户里。在这个过程里，成本一般是百分之六，而我们的地方政府税收部门，在经过了漫长的拉锯战之后，也把税率调整到了百分之六。”在这个过程中，税收部门是相当弱势的，做出了难堪的让步。

池清源眉头紧皱，世界上最不好打交道的，就是钱，经济利益。

老经侦司晴和赵倩妮都懂这是什么意思，但是王子韦这样的外行和白子玲这样的新人就不明白了。既然发回了消息，核查落实就行，怎么会有困难呢？

“房产实名登记联网在技术上没有困难，困难在于很多人并不想进行实名登记。”顾非补充道，他这么一解释，白子玲和王子韦、吴刚这些刚入这一行的警察，立刻就明白了。

“况且，现代资产的计算方式已经和传统的计算方式有了区别。互联网行业投进去的大部分是来自其他行业集中起来的风控投资的热钱，发起人本身可能名下并没有太多的资产。而房地产行业，排全国前五名的房地产商，都欠下了银行的巨额债务。在股市和基金这方面，不少我们在关注的富豪的资产一直都随着股市和企业的营收比浮动着。

“我们现在要查的东西，比之前通过股市的拐点找恶意操纵股市的人还难，甚至比找贪官污吏藏起来的巨额现金还难。”

池清源说完，办公室里有一个短暂的沉默期。其实在这些日子里，已经找到了太多的蛛丝马迹，而现在的线索，直接指向了美善金融的高层。

这对于专案组的工作，是一个重大利好消息。

在这之后，所有的美善金融子公司的操作失误，就不能再推脱到子公司的管理人员决策和执行失误上来。

两条线路，现在终于走到了一起。

“查！”

池清源拍板决定，所有人都精神为之一振。那些散乱的毛线团，现在终于能把领子拎起来，无数个熬夜汇总分析收集来的资料信息，就要派上用场了。

“保护群众的生命财产安全，是我们平安天下的职责。”池清源以这句话作为会议的收尾。

金虞没有把照片和文件信息继续留在手机里，甚至把手机里的信息全部格式化了一遍，让麻旦旦确认过里面的文件不会再被还原。

她手里拿着一个小小的芯片。

这么一个东西，可以给专案组的侦查一个方向，但是她拿在手里如果没有杀伤力，背后给她东西的人恐怕就会失望，就会怀疑。

燕卓尔这个人，要是个女人，肯定是一女多嫁骗人去了。他一个小秘书，肯定提供不了这么齐全的资料，到底是官文利还是白坤杰让他来的，还值得思量。

用这个去换钱，才是现在正确的操作方式。

去坑谁一把呢？

这事不能和任何人商量。在池清源的眼里，坑蒙拐骗勒索绑架是违法犯罪，和他商量就是让这个身正的老警察为难。和那一帮子狐朋狗友商量，肯定是让她漫天要价，还会把消息给传得漫天都是，到时候她不被人捅死都算是万幸。

然而另一个更大的消息突然之间炸了。

李改平曾经参与过一起私人募资活动，这个募资活动最终搁浅，其中两个负责人锒铛入狱，一个担保人跑路了。

而最近，这个担保人冒泡泡了。

一时之间，一份名单在各大社交网站上疯狂转载，都是参与募资的当地政府官员和他们的七大姑八大姨侄儿外甥情妇各种关系的人的账单。

大家关心问题的角度，也比较奇特。

这些一个月三五千工资、年收入不过几万的公职人员，哪儿来的几十上百万的款子让私募去骗呢？这几十上百万的款子，到底是从哪儿来的呢？

一时之间，媒体电视台的节目都在反腐倡廉。

而美善金融，把所有能请到的有分量的人集中了起来，开会。这起大规模的投资信息泄露事件，对于其他平台的打击也是空前的。而所有部门的高管都在开会，应对这场危机。

金虞也被困在了办公室，她手里的资料，暂时被压了下来。

还有人爆出来，那家私募是美善金融在合并之前的一个合作方的子公司。这样一来，就尴尬了。投资者肯定会闻风出逃。

第一零三章
动如商与参

所谓的有分量的人，不只是美善金融的高管。开会的地点，不在树大招风的美善金融的办公室，而是在夜幕垂下之后的古城边上。

“在岚梧市，除去‘国’字打头的金融机构，其他不管是放高利贷的还是开小额贷款公司的还是做担保的，甚至是大一些的典当行，都会凑起来，组成一个互助会。毕竟和金钱有关的信息都是瞬息万变的，大家都希望能在风暴来临之前全身而退。”

这种不知深浅的活动，老总自己就不来了，都会派一个话事人过来。燕卓尔代表的自然是白坤杰。美善金融的盘子太大，目前小树林还没有完成交接，金虞名义上是代表荣庆虎，实际上大家一看她的那张脸，就知道：岚梧市地面上最厉害的收水人，没有她收不来的账目。

这种人，敢把天捅出一个窟窿来，现在又有了美善金融的加持，必然会更无法无天。连命都敢不要的人，最是惹不起。

她的出现，意味着忌惮。

“这不都是金融流氓吗？”金虞端着酒杯问燕卓尔。她还看到了高荣森，这个人穿着西装打着领带，还过来和金虞碰了一杯。

金虞没有喝他的酒。

“原始资本的积累，都是血腥的，只是有些人能洗白，有些人洗不白而已。罗斯柴尔德家族大发战争财，就连英国的国家债券，世界的金融危机，连年的通货膨胀，都是他们薅羊毛的手段而已。这靠在赌场放水，给没有买房资格的人加大杠杆，吃砍头利息的高荣森，又算得了什么呢？”

燕卓尔不当一回事。

金虞一直以为，高荣森是岚梧贷的老板，现在看来，他并不够格拥有自己的金融链条。这样的场合，他只能自己下场来撕。

在场的人,大部分是生面孔。

这是金虞从来没有见过的阵势,在场的人可以撬动的资金量加起来,可以买下半个岚梧市。可想而知,这些人的分量有多重。

就连郭蘅芜都没有资格来。金虞在这些人中间,像是一个揠苗助长临时找来的托儿,和他们谈,还不够格。

金虞数了一遍,一共十八个话事人,围成了一个个小团体,并没有像普通的酒会一样各自找生意递名片。大家对于不熟悉的人,避之不及,小团体里说话的声音都不大。除了高荣森过来敬了一杯酒,金虞只和燕卓尔说过话。

这和个人的魅力无关,只和背后的金主之间的关系有关。逼仄的空间里除了一人一杯红酒,连个果盘都没有。

这是打着酒会名义开的会。

今天,来的应该是十九个话事人。这一杯酒还不能喝完了,只能一直拿在手里轻轻地摇晃着。长桌子中间还剩下半瓶,但是没有人去拿,无形中又形成了一重压力。

在杯里的酒的香气快要摇没了的时候,最后一个话事人终于出现了。

屠悦。

半个月没有见,她瘦了一圈,但是体型依旧宽得吓人。她凶巴巴的,似乎谁说一句难听话,她就能一屁股坐死谁。

美善金融的话事人,是她。

"今天,把大家召集起来,是因为我们的新项目需要一笔资金,做一场新的私募。世界上最赚钱的就是银行家,银行家靠在战争中奔走迅速崛起。现在,我们也要在第三世界建立起我们的银行,目前国内做这项工程的人很少,还是蓝海领域。"

屠悦厉害,但是金虞从来没有想到屠悦这么厉害。

"有钱大家一起赚,早入股的可以得到的持股比例是后来的人没有办法相比的。"屠悦说完,把手里的酒一饮而尽。

下面好些人窃窃私语。

"这不是坑人吗?战地银行,这种连本地的银行都赚不了钱的玩意,能给我们带来什么样的好处?我们的钱又不是大风刮来的,凭什么就这么赔进去?"

"就是,要是真的赚钱,怎么会有我们的活动空间?"

……

"最早发明P2P点对点金融的教授在孟加拉这样的国家都能赚到钱,而我们已经是互联网金融中的佼佼者。全球几百个国家和地区,只有我们国家拥有强大的互联网金融和消费市场,能培养出富可敌国的大企业。如果我们连这点魄力都没有,在市场逐渐饱和的大势所趋之下,资本又如何保值呢?”

屠悦的一席话,又说到了大家的心坎里。

保值的意义相当于公考的稳定,是眼下所有手握重金的人最关心的问题。

“我们的平台,从去年元旦过后正式推出了面向所有人的投资理财App,在今年开始火爆,线上线下同时推进,在短短四个月的时间里达到了三百个亿的规模。这是呈几何级数的爆炸式增长,而数据显示,这个增长的势头持续强劲。

“说一句不好听的话,就算是战地银行出了问题,我们平台的资金储备和海内外的固定资产,足以支付大家的损失。况且,我们的项目根本就不会有问题。”

屠悦直接走到了怀疑的人身边,亲自答疑解惑。但是这话事人紧咬着牙,皱着眉头,硬是听着屠悦把话一句一句地说完了。

“八成是这金主已经被套进去了吧?”金虞在燕卓尔的耳边说了一句。

燕卓尔意味深长地看了金虞一眼:“你以为世界上只有你一个聪明人吗?”

屠悦的最后一句话,才是重点。

“我知道大家已经在我们的平台上投资了不少保本理财的项目,这些钱大家不用取出来,就可以继续投资。”

在投资人信息泄露的情况下,美善金融不打算承担这样的猜疑风险。在个人投资者丧失信心的时候,它要构建起另外一个坚不可摧的拳头产品,重塑用户信心。

“重盖一座大楼的成本,比去帮着其他邻居铺路的成本低很多。”金虞冷哼一声。

“银行,在小老百姓的眼里意味着超强的经济实力和强硬的社会资源,没有比开设银行更符合现在市场所需的了。”

燕卓尔如是说,看着屠悦的目光,带着格外的欣赏。

有人举棋不定,有人作壁上观,有人想要现在就离开,有人翘首以盼跃跃欲试。没有人长了前后两双眼睛,只能在固有的经验知识上判断到底是否可行。

“愿意融资的,现在就可以把杯中酒喝掉。”屠悦说完,又倒了一杯酒,高高地举起了酒杯,对着诉求各不相同的人转了一圈,然后把杯子里的酒一饮而尽。

她擦了擦嘴,露出一个同样凶悍的笑容来。

“我代表美浩小额贷款公司斥资,入股第三世界的战地银行。”燕卓尔是第一个喝酒的,相当于头羊的效果。后面的那些人也陆陆续续把酒端起来喝掉了。

喝掉酒,意味着认购了股份。

一共十九个话事人,除了金虞,包括屠悦和燕卓尔在内,所有人都喝了酒。

屠悦对着金虞皱眉头，凶巴巴的脸像是一个陌生人在仇视金虞和燕卓尔，似乎在她眼里这就是一对狗男女，欠了她数不清的钱："金小姐，你不需要喝下去吗？"

"我的钱只够吃饭和还贷款的，我没有钱往里面投资呀。"金虞两手一摊，流氓架势十足。她这么坦然的毫无负担的架势，反而让有些人心生妒忌。

到最后，桌子上只有金虞的酒杯里有酒，其他的杯子，俱是空空如也。而喝了酒的人，陆陆续续离开了。他们还得回去和自己的金主商量对策。

而在这个不正式的酒会之后，就是一个正式的盛大的酒会。

那些喝下去的一杯杯黄金色的香槟液体，会变成真金白银，直接打在美善金融的账户里，通过其他的合法手段，置换出一个海外的战地银行。

"你这人，可真是不合时宜。不怕官总？"屠悦在离开时，对金虞说了一句话。

"就算是我的饭碗被砸了，我也还能再端起一个来。"金虞的态度同样强横。

"那还是你的碗不够大。真正捧着金饭碗的人，吃饭的时候都是跪着的。"屠悦说完，微微一笑，瘦了一圈的脸上，三层下巴只剩了两层。

在这个月里，美善金融请了最专业的广告团队。这支团队短短几天就调整了美善金融的广告模式。他们撤掉了所有电视台的广告，把广告放在了地铁和飞机上，理由是年轻人没有时间看电视，但是在地铁上挤着的时间最长，所以这里的广告时间最长。而飞机上的客户多是中高端有消费余力的年轻客户，是定点的高端理财消费产品的主力。

同时，通过砸重金的方式，他们买下来几部当红网剧的广告权。甚至为了插播广告，硬生生地中途炒作网剧的尺度问题和版权风波导致网剧临时下架，给插入广告赢得更多的时间。

"在国外开银行，真的那么赚钱吗？"离开的时候，金虞依然把这个当成一个问题抛了出来。

"世界上最有钱的机构是什么？是银行。我们看到国外资本主义社会政权更迭，像是娱乐新闻一样，各种花边层出不穷。事实上，背后操控选举的就是那些大银行。是美联储最早抛弃了将货币和黄金挂钩的策略，使用了赋税和国债。你只知道南北战争是农奴的反压迫斗争，完全不知道这是一场关于货币的发行权和国家主权的权力之战吧？"

燕卓尔似乎有了倦意，强撑着精神正在给白坤杰做汇报。

"什么意思？"金虞问。她的经济学知识，都是这小半年来开始收账，交了不少的智商税才勉强撑起来的。

她觉得自己已经不能用正常人的眼光去看待金钱了。

“现在把银行开过去，以后当地修路开矿做连锁餐厅，那些还没有发展起来的巨大市场，将来不就是我们的吗？你知道非洲的钻石有多值钱吗？你知道沙漠里的石油被开采出来，能换到多少美元吗？你不知道。你只知道鸡蛋灌饼涨一块钱，你第二天早上吃饼就不加蛋了。你有没有想过老板涨价以后带来的客流量的波动对成本和营收的影响？”

燕卓尔能高端大气上档次地端着红酒和人讨论大盘的走势和年化收益率的浮动原因，也能接地气地一手指头戳到金虞的太阳穴上，恨铁不成钢就差一把辛酸泪了。

“你说你脑子能不能好使一点？我将来如果单干的话，怎么找你当合伙人？”

“我哪知道你们当包身工已经当腻了，现在是想当资本家？”金虞揉着自己的脑袋，疼得龇牙咧嘴，“都说燕秘书对男人温柔，对女人大方，我怎么认识你这么久了，什么都没有体会到？”

“你既没有男人的钱，也没有女人的脸，我对你那么温柔大方做什么？”燕卓尔只有在和金虞说话的时候，不用过脑，什么解气说什么。

然后，燕卓尔先下车——他是被金虞一脚踹下去的。

官文利一方面在筹备着新项目的资金募集，另一方面，正在和各方扯皮。尚思思作为公司的主要负责人，被耳提面命着系统性学习各种各样的应对之策。

至于图灵，她每天拍摄新的宣传册和广告，就已经很忙很忙了。那些App的动态页面上，广告词和广告语，每天都要换，还要根据不同的节日上线不同的页面。

美善金融的高管们也在各家的访谈上对公司的加班模式大倒苦水，言必称互联网金融，就是要走在时代的最前沿。

甚至在末尾，他们都不忘调侃：我们的程序员多金帅气又年轻，欢迎广大未婚女青年入职。

明面上一派欢乐祥和，内底里却是暗流涌动。尚思思和官文利调侃：“再这样下去，我每天起床不用画眼影了，黑眼圈比眼影还浓呢。”

“那给你涨工资？”这是官文利最喜欢说的话，也是员工最喜欢听的话。

“银监会和经侦局的人来了几次，一再催促我们快一点过银行的存管程序。现在四大银行都盯着呢，迫切地希望吸收我们的存款，给出了前所未有的优惠利率。讲真，我在银行买的国债券和最优惠的理财，都没有这个的利息划算。”

尚思思的眼里发热。

“银行说到底，也只是企业而已，不要把它想得那么神秘。规定和业务都不是一成不变的，只要有足够的钱，让银行亲自上门来设计信托基金，也是很正常的。”官文利补充道，淡然地抽了一根雪茄，像是看透了所有的金融迷局一般，俯视着芸芸众生。

“但是按照现在的文件规定，我们应该进行存管。”尚思思是华东地区的总裁，在程序上有决定权，但是官文利这个老总在这里，她的发言权就退后。

“所谓的银行存管，不过是给银行增加流动资金而已。银行的支付系统和我们的有出入，我们的平台要求秒接，而银行的最短在两小时之内，最长在二十四小时之内。开户提供方和支付方都是银行账户，那么我们的利益谁来保证呢？时间差最宝贵，改成银行存管，我们的客户流失，这个责任，谁来负？”

官文利抛出来一连串的问题。

“可是，银监会和经侦局的人已经来第三次了。”尚思思颇显无奈。

“你以为存进银行的钱那么容易拿出来吗？岚梧市不少事业单位的人想要买房，现在用公积金都贷不出来款子，只能转向商业贷款，平摊到十年，每年要多出来一万多的利息。一万块钱哪，对于小老百姓而言，是全家一年在家里的伙食费用总支出。而新开盘的几个楼盘，一套房子三四百万，居然只接受全款，公积金贷款和商业贷款的都得靠后。你有没有想过，这里面传达出来的是什么样的信息？”

官文利像是在风浪中掌舵的渔夫，他的红木办公桌上放着一只金光闪闪的貔貅。

“过度解读政策，会不会不太好？”尚思思扶额。

“女人的胆子，就是太小了。在我看来，所有张嘴要钱，姿态摆得很高的人，都是貔貅。一个个尖嘴猴腮嘴大屁股圆的，光吃不拉的货色，尽指望着我们给送钱。我们没有向银行贷款不还，已经算不错了，他们居然还惦记着我们的蛋糕。”

官文利在貔貅的屁股上拍了一下，笑着叹了口气。尚思思若有所思，挑了挑眉毛，似乎想好了该怎么应对银监会的人。

“老百姓把钱存到银行，收的利息不够跑赢通胀的。银行再把理财卖给老百姓，这些收益都带着些风险，利息也不高。但是银行把这些钱贷给房地产开发商和大型企业，利息瞬间翻了几倍十几倍。”尚思思笑笑，她也曾是金融系的高才生，但是刚毕业那几年，她真不敢说自己是金融金领。

她觉得自己就是金融民工，直到现在，她觉得自己还是搞不明白这些钱倒手几遍不生产实质性的价值就能赚得利润的操作。

“一块肥肉，从手里过一下，手上就会沾上油水。不需要杀猪也不需要养猪，更不用承担猪肉卖不出去的风险，所以中间人的这个角色，是大多数人梦寐以求的。"

官文利看了看自己的手上，似乎摸完了貔貅，手上就能沾一层油。

尚思思笑了笑。这要是沾上了油，可不是什么值得庆幸的事情，只能说明保洁的工作没有做好，应该滚蛋了。

"走，我们去会会这几位惦记着我们的钱的人民公仆。"官文利说得大方。

"不给他们吃闭门羹了？"尚思思问道。

"闭门羹的出处，是唐时一个叫史凤的青楼女子，对待不想见的客人，就上一道羹。"官文利出身草莽，说话荤素不忌，偶尔还抖个机灵。

"做生意的都是小姐心态，寡妇待遇，妇联追求。一千多年过去了，世道还是这德行。"

第一零四章 泾渭早分明

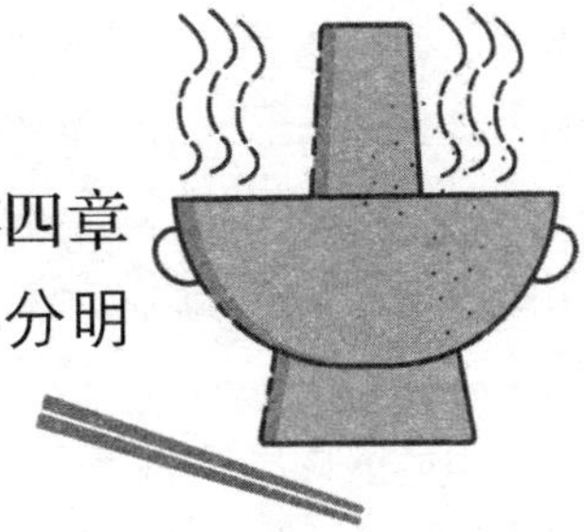

“这哪能一样呢?”尚思思娇笑着,她这样身份的女人说宽心的话,就会格外动听。官文利很吃这一套。

“怎么不一样?世界上的道理都是差不多的。最高的山和最小的沙砾的组成成分和形状,都是差不多的。每一片树叶的脉络形状,都暗合了整棵树的枝丫延展性。窥斑见豹,其实都差不多,处理大事小事的区别,只在于心理素质的高低。”

官文利的做派,如同一个智者。

当然,他的话多仅限于和尚思思等几个高管讨论问题的时候。他像是高处不胜寒,有太多的人生智慧需要从大脑里释放出来。

而这些高管,对官文利的崇拜又会上升一个度。

银监会来了九个人,声势浩大,在十六度的空调下都始终保持着一丝不苟的坐姿。男士按照职位高低穿着深浅不一的西装,女士则是统一穿了昂贵却没什么样式的黑色或深蓝色套裙。

桌子上的现磨咖啡已经放凉了,没有一个人拿起来喝过。咖啡师在咖啡的表面用奶泡打出来的漂亮拉花已经花了,在十六摄氏度的空调下,咖啡已经不冒热气了。

这是摆明了不吃闭门羹的架势。

为首的银监局副局长钱勤纲并没有起身寒暄,而是对着官文利面无表情地点了点头,意思是现在可以开会讨论这项内容了。

双方落座,硝烟弥漫,机锋重重。

此时此刻,金虞在燕卓尔的办公室里,透过整个打通的玻璃隔断,能看到会议室。金虞不自然地揉了揉肩膀,皱着眉头,真不是她现在闲得没事杵在这里,她本打算要账去的。

“我怎么觉得,里面要打起来了?”金虞问。

“放心吧,一群衣冠禽兽,打不起来的。”燕卓尔现在把办公室搬到了这里,据说可以提高效率。他的桌面上摆着一沓文件,他一本一本地看过去,头也不抬,似乎对会议室里正在进行的战争,毫无兴趣。

“都吵成那个样子了,能不打起来?年轻人不少,血气方刚的,不打一下我觉得都不正常。要是搁在路边,现在都已经上手揪人的领子了。”金虞一边说着,一边比画着。

燕卓尔和光华璀璨的办公室融为一体,但是金虞和这办公室显得格格不入,要不是她这张脸比较有标识性,恐怕都进不了这栋楼的大门。

“你以为都和你一样,头脑简单,四肢发达?遇到个问题就先试试拳头大小,打不过就泼大粪?你看看你办的那些事,有几件能放台面上来?就这么一次说服荣庆虎,还是把咱们官总给卖了。把你放这儿怕占地方,把你扔外头又怕你惹事,我真不知道官总和白总看上你什么了。”

燕卓尔的嘴像刀子一样,噼里啪啦地砍豆子。

“你是不是欠打?”现在空间充足,金虞就站在燕卓尔的对面,恶狠狠地盯着他。

“这个月的工资奖金报表都在我手里,你说你的全勤和绩效怎么算呢?小树林现在划归美善金融了,又不太完全,高管一万二的底薪、业务员三千的底薪,你说给你划到哪一个档次比较合适呢?真是纠结呀。”燕卓尔转着手里的笔,抬起头来玩味地看着金虞。

金虞原本撑在桌子上的手收了回去,凶狠的表情立刻眉开眼笑:“正当劳动收入,应该是高管的工资,我可从来没有当过业务员去拉客户。”

“唉,当金钱开口说话的时候,一切真理都沉默了。”燕卓尔说得阴阳怪气的,让金虞实在是无力吐槽。

金虞再把视线投放上去,虽然听不到他们在说什么,但是耳边似乎有金属碰撞的声音。

是钱。

专案组里,池清源难得地穿着一身新警服,还把肩章都给戴齐全了,警帽上的徽章熠熠生辉。整个人坐着也极有气势,炯炯有神的大眼和挺拔的头发,都能让人感受到这位领导的威慑力。面对着池清源的人,都会不自觉地坐正。

有人说,把池清源的照片挂家里既辟邪又避孕,可能真不是传说。

“P2P平台的资金存管方式,一共有三种。一种是银行直存,开户提供方是银行,在兑付中的支付方也是银行。银行也会起到一个监管的作用,因为银行的效率问题和审核的门槛较高,所以用户在使用过程中会觉得体验感比较一般。

“第二种是银行和平台联合存管,开户的提供方是银行,而支付方是非银行的机构。也可以通过银行进行监管,这种模式是目前比较方便和放心的。

“而第三种,就是平台自己进行开户和支付,没有第三方的监管平台。很多打着互联网金融幌子的庞氏骗局,就是采用的这一方式,私自设立资金池,非法集资,发现平台难以完成兑付后,迅速卷钱跑路。

“而目前,美善金融一直没有完成银行存管。”顾非说道,他出差回来,风尘仆仆,原本阳光俊秀的人现在胡子拉碴,脸上的稚气也脱了几分。

他们查到了很多东西,但是查出来的这些东西,游走于法律的灰色地带。在社会发展日新月异的现在,普遍适用于法无禁止即自由的领域。

违规和违法之间,还有一段路。

顾非说完,在座的人都不太舒服了。在某些特定的情况下,合法的让位于非法的,使利益最大化,是我国法律规定的。

我国最早的支付平台,率先推出免手续费的即时转账功能,打破了世界上所有银行转账需要收手续费并有时间限制的桎梏,这在当时的法律和行规看来,就是违法的。

但是在后来社会发展变革中,银行经历了一个巨变,从传统的柜台业务逐步转到了互联网金融上,柜台业务的服务开始精细化和简单化。

甚至于,本行跨省市的手续费,也开始减免。

不合规的东西该取缔还是保留,是一个相当严峻的问题。不是经侦局不作为,而是在社会发展的大势之下,由市场、消费者、立法机构、监管机构多方执行。

牵一发而动全身。

“全国的P2P金融平台超过了两千家,其中实行了银行存管的,一共只有八十家,不足总量的百分之四。”池清源的手指轻轻地敲击着桌面,颇为严肃。

“其实我们也不用过于悲观,因为这八十家,几乎都在规模最大的前一百家平台之中。这对于接下来的监管,是一个利好消息。”

白子玲拿着小本本,赶紧唰唰唰地记着。这已经超出了她的理解范围。

“银监局的那位钱副局长,能说动美善金融存管吗?”司晴向来温和,是最耐得住性子的人,现在也有些着急上火。

存管给银行,意味着有了第三方的担保,不管发生什么事情,小老百姓的本金都能保住。

“恐怕不行。”池清源说,“是不是你身边的人又投钱到美善金融的P2P平台了?”

“和他们说,他们也不听。只觉得每天多几十块钱的收益挺好的,而且手机上和电视上的广告天天都在放,他们就觉得我在危言耸听,见不得他们发财。”司晴是个泥菩萨,哪怕是面对白坤杰的挑衅,都从来没有过太过激的言语。

“我老公单位的人,十个有八个都在美善金融的平台里存了一笔钱,还有两个没有往里面放钱的,是因为结婚买房子买车子的钱都是借的,实在是弄不出钱来往里面放了。”

赵倩妮幽幽地叹了一口气,从保温杯里捞了一颗枸杞出来慢条斯理地吃着。

意思是,见怪不怪,该咋咋地。

“尽人事以待天命。”顾非抬起头来。

“银监局迫于压力,一而再再而三地登门,但是情况不容乐观。我亲自去过钱勤纲副局长的办公室,这件事情大概会很难办。”

如果是建立初期,作为政策和证件的卡点,要求存管,那么美善金融不存就没有办法落户。

但是当初为了吸引这家公司把核心业务落户过来,大家都略过了这个步骤。现在眼看着美善金融的业务发展得如火如荼,才想起了办证这档子事,难度可就不是一般的大了。

“在我老家那边,不少男人都是先和老婆摆了酒,然后生孩子。如果头胎是女儿,就继续生,一直生出来儿子,才和老婆领证。如果老婆不愿意生了,两个人就散了。”

赵倩妮把最后半杯水喝了。池清源一笑:“话糙理不糙,确实是这个意思。美善金融成了那不想领证的男人。”

“那我们就倒逼一把。”王子韦作为外勤警察的队长,说得斩钉截铁,“我就不信这些蛀虫能逍遥法外。”

技术部的手机信号经常会被屏蔽,集中化规模化办公,屠悦现在不知道在忙什么,不经常出现。麻旦旦放飞自我了,零食一个人吃,一个人霸占两张椅子,大脚丫子抠得贼爽。

但是这家伙还是常常叹气,觉得没有人争抢的饭,吃得就是不香。

“你就作吧,你看会议室里那帮人,恨不得把对方掐死,还得好好地喝茶坐下来慢慢谈。要是没有人和他们抢,一家独大,得高兴死。”

金虞负手而立,靠在麻旦旦的工位边上。

程序员并不都是宅男,也有教养良好的翩翩少年。这些端着星巴克穿着阿玛尼的年轻人和端着麻辣烫进来呼啦呼啦吃着的麻旦旦有些格格不入。

所以,麻旦旦的工位就在最远的地方。

按照麻旦旦的说法:“我和幸福地写代码的距离,就像我和对面做平面设计的小姑娘的距离一样。”他一脸陶醉地托着腮帮子,看着对面正在画图的小姑娘。

平面设计大部分是艺术学院出身的美女,简直是宅男福音。但是美善金融似乎是为了取消这项福利,在两个办公室之间隔了一道亚克力的玻璃,并且没有开门。

看得见摸不着呀。这距离幸福的距离也太远了吧。

这办公室的结构比较复杂,两个能面对面看见的人想要握个手,得走将近五分钟,穿过整个办公室,再穿过来。

麻旦旦吐槽过不止一次:“这是谁修的倒霉玩意,牛郎会织女啊?”

不过还真有配对成功了的。帅帅的小哥哥在喝茶的时间拿着手机跑到玻璃墙旁边,亮出了自己社交软件上的二维码,那个最漂亮的小姐姐,居然就扫了。

麻旦旦觉得这简直是在侮辱一个程序员的智商:“这不符合二进制的算法规则,也不符合Java语言的框架。这操作,太骚了。”

“那你为什么不好好写代码呢？美善的App差不多每天更新一次,别人天天加班,就你这么闲。”金虞想给麻旦旦发根烟,但是怕在这样的密闭空间里被群殴,只好作罢。

“我写个屁呀！基础工资六千,其余的奖金和绩效就是平台发的优惠券和加息券。”麻旦旦一肚子的牢骚。

“我看别人写代码写得很溜呀。”金虞咂咂嘴,拿了麻旦旦一袋薯片。

“在我看来,不给现钱的都是耍流氓。千言万语的‘我会给你的’,都比不上一句‘拿着’。我要这些优惠券和加息券有什么用?”

麻旦旦抓了一把麦丽素,放进了嘴里。

“你这么不热爱工作,为啥还待在这里呀?”金虞不屑地撇撇嘴。

“嘿,我可是个黑客呀。我肯定想看点别人看不到的东西。”麻旦旦神秘地一笑。

“别人看不到的你能看到,这叫作信息差。现代的互联网和电子通信这么发达,除去暗箱操作的部分,从人文经济到技术手段,很难有信息差了。除非你看的,是见不得人的东西。”

金虞有些心不在焉,看着会议室里的动向。

交战双方在不了解对手的真正战力之前,都会一而再再而三地不断试探。经侦局现在正通过银监局来试探美善金融的水到底有多深。

这个资金池里,有多少钱呢?

官方对外公布的数额,已经过了三百个亿。

现在还做了专题纪录片,里面说到大型投资包括房产和高端服装,小型投资包括规模在几十万的加工厂和食品厂。

这一切,都给人以欣欣向荣的直观感受。

在美善上班的程序员和平面设计员,不少都把自己的钱存了进去,等着本金加上利息,利滚利越来越多。

"看见是一回事,怎么做就是另外一回事。"麻旦旦拿出一桶老坛酸菜面,吸溜吸溜地吃着。其他人忍无可忍,明显是想杀人的眼神。

"你不怕有人给你投毒呀?"金虞也侧目,这家伙也太放飞自我了吧。

"前天我把这儿的电脑给黑了,没有人能抓到把柄。他们要是不让我吃,电脑还得蓝屏,写了一上午的程序还得重新写。你说我能不能在这儿吃泡面?"

麻旦旦拆了一个泡椒凤爪,直接用凤爪吃泡面,时不时地还看一眼自己电脑上的程序界面。

"有技术就可以为所欲为吗?"金虞心不在焉。

"对呀,有技术就可以为所欲为。"麻旦旦把个泡面吃出了满汉全席的爽感,其他的程序员开了窗户。

会议室里在进行谈判,除了有部分股权的高层会关心,其他人都在自己的位置上,各自忙着自己的事情。

对于他们而言,老板是姓官还是姓白,没多大的区别。

平衡是暂时的,混乱是永恒的。而谈判,会有让步和妥协。

"美善为进一步完善用户体验,拟定对通过城市银行的银行卡直接购买理财产品专门设计出一款加息券,绝对是折上折的活动。一万块钱放在里面,一个月能买一只小沙发,够女孩子买两支口红。不过我们现在正在犹豫,到底是直接用加息券,还是把电商平台接入,把商城的商品直接摆出来。

"想必钱先生也知道,今年的降准,释放了四千个亿的货币总量。而这四千个亿在房地产持续紧缩之后,不可能继续流入楼市,而是要流向其他消费市场。

"我们响应国家号召,侠之大者,为国接盘。"

官文利已经带了调侃的语气。

钱勤纲差点拍案而起。过分,过分,实在是太过分了。在四大行都限制贷款的时候,城市银行给诸多的房地产商提供了贷款,本身的货币量就不充足了。如果再发生恶性挤兑事件,会让城市银行今年的报表变得格外难看。

"官总是要拒绝银行存管了?"钱勤纲直接把问题砸了出来。

“钱局长也知道,一天只有二十四个小时,我们的业务实在是太繁忙了,腾不出空。我保证,只要有时间,我就会带着我的高管去银行,正式进行存管,给我们的用户一个满意的交代。”

官文利说得信誓旦旦,那张国字大脸看上去充满了正义感。

话说到了这个份上,再没有谈下去的必要了。

这是钱勤纲第三次来,前两次都是美女总裁接待的,热情礼貌,一问三不知,只说积极配合,完全没有动作。

而这第三次,官文利直接摆出了不合作的态度。

监管,牵一发而动全身,真的就那么难吗?钱勤纲这几天,真的要怀疑人生了。

就在金虞觉得自己的脖子很酸了的时候,她看到钱勤纲一行人离开座位走了出来。这些西装革履器宇轩昂气质不凡的人,脸色铁青,像是无视主角的NPC一样,就连和官文利等人的寒暄都欠奉。

金虞一直扒在栏杆上的手心,出了一层绵密的汗水。

到现在,所有她担心的事情,都发生了。

没有中间地带。

第一零五章
平地起惊雷

“当人连面具都懒得戴了，就说明是真的撕破脸了。”金虞一本正经地感慨，颇有几分怀古伤秋的意味。

麻旦旦直接几句话破毁气氛。

“现在可不只是空气质量差，投资环境也差呀。我记得闹‘非典’那段时间，乡下的赤脚医生可是戴着五十万纳米口径的口罩，去隔绝六十纳米大小的‘非典’病毒，就是把一颗黄豆扔到足球场上的差距。在那么热的天，口罩戴了和没有戴其实没有什么区别，但是大家还是坚持戴着口罩。树大招风，官文利得多大的心呀，银监局的人都不好好招待了？他是觉得自己永远不会遇到这种致命的病毒吗？

“生意做大了的人，都在想着和气生财，黑白两道通吃，但凡可以笑着摆平的事情，都不会拒人于千里之外。”

之所以不戴面具了，只有一种解释，那就是看起来财大气粗的这位官总，现在连面具都买不起了。

“看不出来呀，旦旦，你懂得还挺多呀。”金虞笑笑。

“哥是个黑客，看得最多的是公司的后台程序，可不是小学生，天天看小说里面那些怼天怼地的霸道总裁。”

讲真，那些一言不合虐心虐肾的总裁，大概在现实的商战里过不了一个回合。

“呵，这些有钱人哪。”金虞挑了挑眉毛，吐出一口浊气，目送着银监局的人离去。

而银监局的人一出门，从尚思思的办公室下达了对App改版的最新要求，直接把通过城市银行支付的加息券翻倍。

银监局虽然没有表态，却把要求美善金融存管的相关文件留下了。彼此都在赌对方不敢铤而走险，必然会做出部分妥协。

“我做了小半辈子的生意，在外头哄客户开心喝酒，回到家里哄儿子开心给儿子当马骑，为了拿下竞标项目，哄领导们开心一直画城市发展的蓝图。但是现在的市场行情不一样了，我手里的资源最多，客户必须哄我开心。儿子不成器，我威胁他不听话就做信托基金托管了，不给他财产，儿子现在很听话。铁打的衙门流水的官，我哪能让所有人满意呢？”

官文利坐在会议室抽烟，直接把任务布置给了尚思思，要求这个美女总裁必须以极其强势的姿态下达命令。

“万一我们遇到麻烦呢？”尚思思用自己的笔记本写工作邮件，像是传达圣旨一般。很快，被分割在十几个大大小小的格子间里的高管和技术人员都收到了邮件。

有的人眼前一亮，开始偷偷摸摸地用自己的手机转钱倒腾那几张银行卡。有的人长叹一声，撸起袖子开始继续写代码。

现钱福利也还是有的：比如晚下班一个钟头，有餐补；晚下班两个钟头，回家的打车费用给报销；如果通宵的话，按照出差的额度进行补贴。

凌晨四点钟的岚梧市，还真不是一句口号。

“我们会有什么麻烦？坐着等专门为我们量身定制的文件和政策出台吧。相信我，美善金融足以挑战银行的权威，势必会改变整个岚梧市的金融情况。”官文利对着尚思思一笑，充满了成熟男人的知性魅力。

这世界，永远都在他的掌控之中。

尚思思微微一笑，俯首称臣，神魂颠倒。

官文利是一个有魅力的领导者，至于白坤杰，那就是个笑话。那家伙最近正上蹿下跳地筹措资金呢。一想到将来的战地银行，白坤杰还一直在跟前蹦跶，尚思思就觉得有点不太舒服。

但是白总真的很喜欢送礼物呀，包包香水这些东西，像是超市打折大促销，九块九十块九就能全部抱回家。

别说，那些包包还挺好看的。

从银行高级信贷员走出来的白坤杰的审美，是巴黎时装周的。但是官文利这种直男审美，是乾隆版本的农家乐式的。

要不然尚思思也不会这么吐槽。

“有事情多和白总商量商量，在民间资本的运作上，他的经验丰富。”官文利漫不经心道。

“嗯，知道啦。”尚思思脸上笑嘻嘻，心里骂骂咧咧。

我商量你大爷的，只要锄头舞得好，没有墙脚挖不到。这明明就是一头披着羊皮的色狼。尚思思在合了电脑以后,又问了官文利一句:“您确定?”

“堵不如疏,放马过来。”官文利自信非常。

尚思思眼角眉梢神思流转,拿着电脑出了办公室。

金虞在茶水间喝了一杯咖啡,也得走。银监局的人前脚出门,她后脚就得弄一帮人去要账。她和燕卓尔吐槽,这么快就去人家门上堵钱,这会不会太过有效率了。

“危机意识。肯德基现在已经做到了全国外来洋快餐的第一名,但是只要有新的流量明星冒头,就会立刻请过来代言个新品。你说人家都是老大了还那么拼,你能不能争口气?”燕卓尔已经懒得看这烂泥扶不上墙的货色。

“我倒是想争口气呀,但是这么大规模的走账,钱又到不了我的兜里。”金虞不屑地撇撇嘴,“你下班以后干吗去?”

“相亲。”燕卓尔面无表情。

“能把约炮说得这么好听的,你这也是独此一家,别无分店。”金虞讽刺道。

“你什么时候能学会包装?过年三十了吧,有人要吗?”燕卓尔一笑,白皙的脸上光彩照人。面对这么一个人,一言不合就会很生气。

“我肯定能找个男人。”金虞给了他一个大白眼。

“谁?阎王爷?”燕卓尔笑得更开心了,似乎结束了一整天的工作,刚刚找到了一点乐趣。

“美善金融有在海外办银行的资质吗?就算是在这里收上钱,也不好拿出去吧?”金虞跳过了燕卓尔恶劣的问题,换了一个。

“执照早就办下来了。外面也有很多华人,完全可以财产置换,里面的换外面的,不影响,就是归属问题比较麻烦。不过有经验的国际经理人直接参与,会方便很多。”燕卓尔扭了扭头,似乎是疲乏得厉害,还打了个哈欠。

“怎么,肾亏?要不要我给你订个腰子的外卖补补?你这晚上还用得着,要是晚上不行了,可就不好了。”金虞调侃道,没什么比看着燕卓尔吃瘪更有趣了。

“男人行不行,你得试试才知道。我这是忙嘉年华累的。对了,我给你预留了一张券,到时候记得来。跟着大佬投一笔钱,能顶你打打杀杀大半年。”燕卓尔说完,就潇洒地朝着另一个口走了。

另一边的电梯直通地下车库。

“喂,券呢?”金虞没搭理里面的黄段子,她喊了一声。

“电子券,发到了你手机上,扫二维码就能出来。”燕卓尔的声音,是飘过来的。

金虞掏出手机来,果然燕卓尔已经给她发过来一张图片,上面就是一个二维码。她心里有千万头草泥马呼啸而过,这种二维码的实名认证,可真缺德。

身份证手机号再加人脸识别验证。

就一个入场券，还把自己当成了保密局。金虞随手把这张图也给麻旦旦转发了一份，在出租车上完成了验证，领取到了电子版的邀请函。

金虞觉得，现在去要账简直就是没事找事。美浩小额贷款借出去的过桥费，现在还没有到期，起码还有一个星期。但是在业内，大笔金额提前催已经成了某种默契。信用贷的几千的小额贷款，也延续了这种风格，还款当天会有好几个电话打进来，催促还款。

她现在要做的，就是找上一帮子人，到人家门上去催一下。

但是出门之后，她刚打上车在微信群里发布招临时工的消息，就接到了郭蘅芜的电话："小金，你现在在哪里？我有重要的东西得给你看看。"

"郭总，能不能明天？我今天临时有个事情得去处理。"金虞有些着急，想挂了电话去发消息。

"不行呀，必须现在。有些事情我得当面告诉你，也有些事情，我得当面问你，电话里不方便。金虞，这很重要，你如果脱不开身，我现在去找你。"

郭蘅芜的声音有些急切。在后来相处的这大半年里，郭蘅芜经常叫金虞吃饭，给她分享化妆穿搭心得，只是金虞不喜欢而已。

培养感情，感情就是要逐步地陪在一起，养在一起。

郭蘅芜经常需要出差，甚至把自己另外一套刚按揭的小房子的钥匙给了金虞一把，说是让金虞帮忙照看一下房子，其实是她觉得金虞这种不攒钱瞎浪的家伙会露宿街头，又照顾金虞的面子，找了这么个理由。

"郭姐，我现在真的没空。"金虞有些无奈了。

银监局的人刚走，他们联合保着房地产商，即使在银行欠下了触及高压线的贷款的情况下，也暂时没有发作。他们就是一直在等降准之后那四千个亿的下发，等拿到了那四千个亿，房地产商就能缓过来一口气。占着整个地区GDP百分之四十五的房地产企业的安危，是重中之重。

但是这四面漏风的企业，不光只和银行借款，银行能想方设法地保住自己最大的客户，但美浩小额贷款公司可不管它，不用顾忌地方的发展。

金虞恰好充当了这个恶心的中间人的角色。

真正的大佬，不可能下场撕的，太掉价。官文利正在办公室里等着金虞拎着一桶粪，砸到这家房地产商的办公室里。

而这家房地产商，八成还不敢把金虞弄到派出所去。一个企业的账单被传得沸沸扬扬，实在不是什么值得炫耀的事情。

“你知道你现在在违法犯罪吗？金虞，我告诉你，可别傻了！”郭蘅芫就算是着急，也是冰山美人的颐指气使，很少这样直白地骂人。

金虞有些无奈了，她正要说话，就听到了一声刺耳的尖叫，随之而来的是一阵巨大的轰隆声。电话突然之间就挂断了，屏幕上亮了一下，显示已经挂断。

此时此刻，她搭的这辆出租车去的是和郭蘅芫正好相反的方向。

这个点接近下班，但是因为这里是金融街，本身规划就是早晚的车道数量不一样，并不显得拥挤。放眼望去，整个街道充满了国际化大都市的气息。

遥远又陌生。

金虞突然之间呆住了，眼睛里盛满了泪水，一时之间无法自持。她拿着手机的手一下子变得很僵硬，尝试了几次，喉咙都像卡住了一样，说不出来一句话。

郭蘅芫总是和下属一块钱一块钱地计较加班费，她还能惩罚每天迟到的员工排队去楼下搬桶装水，其实就是为了省下两块钱的上楼配送费。

在一开始，郭蘅芫扭扭捏捏地根本就不想给金虞他们三个人办理社保和正式的入职手续。甚至在后来，想要把金虞留下给自己捞外快。

但是在后来的相处中，她教金虞红酒的种类和喝法，那些酒会的注意事项，应该穿什么衣服，酒会上见到的那些人都是什么样的身份地位，哪些人能深交，哪些人不能打交道。

她甚至在酒醉之后，还不忘把金虞带离酒桌。当然，她也会顾忌金虞惹了人，不想老和金虞混一块。

——郭蘅芫，出车祸了，很严重的车祸。

手机在这一瞬间没有了声响。金虞一边重拨电话，一边告诉司机掉头，往郭蘅芫的片区走。郭蘅芫的电话，已经无法接通。

在无法接通的地方，她单独面对着怎样的灾难？金虞从未觉得这个城市是如此拥堵，从城市的一边到另外一边，居然要用那么长的时间。

每一分钟，都像是被切割分散成了无数的PPT，卡在那里始终播放不了。

现代通信的好处就在于，出租车上的点台很快就播了相关新闻。在建华路上一辆Polo和一辆冷链货柜车相撞，红色的Polo横着翻过来倒在了马路中央，女司机现在昏迷不醒。目前建华路已经被封锁。

金虞闭上眼睛，入目一片猩红色。

郭蘅芫，出车祸了，很严重的车祸。

她说，有很重要的事情要和金虞说，这重要的事情甚至不能在电话里讲明白，必须约出来当面谈。而她要去的方向，却和郭蘅芫完全相反。

“郭总出车祸了!”

张大发原本正在数钱,一沓红彤彤的钞票映着他泛紫的憨厚的大脸。这种天天拿钱的生活,简直不要太爽。借钱的人就像是韭菜一样,割了一茬又冒出一茬。

他一直密切地关注着郭蘅芜的消息,这么一个抠门的从城中村出来的电焊工,经常给广业传媒的一群设计师送零食。说得好听点,是怕流氓的活干不下去了,想要给自己留一条退路,实际上谁都看得出来,这只癞蛤蟆是想要吃天鹅肉,旁敲侧击想要知道郭蘅芜的消息。

所以,张大发成了这么多人里第一个知道车祸消息的人。

张大发发完了消息,钱也不数了,直接卷进了口袋里,发狂一般地冲了出去,开上那辆破破烂烂的面包车往郭蘅芜的员工所说的医院赶过去。

车祸很严重。

另一边在店里磨洋工的孙简也看到了消息,惊得差点从沙发上掉下去。他披上衣服就往门外冲。这边美善金融的业务员喊孙简:“嘿,你再等十分钟打卡下班,不然这个月的奖金和绩效可就都没有了。”

“我之前的老板出了车祸!”孙简没好气地解释了一句。

“我还以为是你妈出了车祸呢。你前老板出了车祸,你着个什么急?这马上下班了,谁来打扫卫生呀……”

孙简不理会后面的人碎碎念,出了门就站在马路中间拦车去了。

倘若从上帝的角度来看,现在往医院狂奔的三个人,都像是不要命了一样。金虞甩给司机一沓钱,直接和出租车司机换了位置,自己开。

出租车司机感慨:“我都需要导航,你比我知道的路还多呀。”

孙简挥舞着帽子,逼停了一辆本不能在这里停的车。司机刚要骂“你神经病呀”,但是孙简一句话就堵上了他的嘴:“我老婆在医院要生了,一千,你带我去!镜湖医院。”

司机一拍脑袋,能行,直接把孙简给拉上了。孙简上车之后,先打了下自己的嘴巴。也不知道郭总现在怎么样了,如果郭蘅芜有事,金虞和张大发得伤心死呀。

郭总人还是挺不错的,虽然要求严格,但是那些在她手底下的设计师都能在几年之后独当一面,该给他们的钱,也都是给到位了的。

可千万别有事呀!

张大发弯道超车两次,他告诉自己千万不要也学着那个老娘们出车祸,脚底下的油门却是越踩越凶。

十几分钟,像是几个世纪一样漫长。

三个人几乎是同时赶到了镜湖医院,在医院门口撞了个正着。

第一零六章
相搏惜向北

金虞从未想过，她居然是郭蘅芜在这个城市里最亲近的人。郭蘅芜是真的背井离乡一个人在这个城市打拼了好些年，现在能通知到的都是她的生意伙伴，而不是闺中密友。

郭蘅芜的秘书和两个下属也到了，他们一致认为，不能找相关的朋友过来。要是他们知道了郭蘅芜现在躺在医院起不来了，会在材料和设备那些东西上杀价，说不定之前签好了的合同还会反悔再生变故。

张大发惊讶道：“还有这种操作？”

小秘书头一甩：“不然你以为‘趁火打劫’这个词怎么来的？”

金虞靠在ICU病房的外面，隔着玻璃看着被白色石膏和纱布层层叠叠绑成了个粽子似的郭蘅芜。她脸上露出来的部分鼻青脸肿，双眼紧闭，头上的纱布渗出殷红的血丝。

交警和派出所的警察、医生和护士穿行其间，忙忙碌碌。

但是郭蘅芜就那么安安静静地躺在病房里，除了她旁边的心电图屏幕在跳动着，吊瓶里的药在缓慢地滴着，氧气罩在呼吸的微弱气息冲击下的那点波动，几乎可以忽略不计了。

这一道玻璃，把世界切割成了寂静和喧嚣。

金虞看着郭蘅芜，并没有太多愁善感。因为隔会儿就有人过来问她要证件要证明要钱要签字，询问她这个药用不用，那个手术做不做……

她哪有时间悲伤呀，尤其是现在脑子里还一直回想着郭蘅芜说有重要的事情要当面告诉她。到底是什么事情，不能在电话里说，要当面说？

这起车祸，是意外吗？

对方司机酒驾，现在已经被拘留了。

郭蘅芜的脑子里有淤血，一时半会儿醒不过来，醒过来也会留下脑震荡和一部分后遗症。按照医生说的，她可能还会忘记一些东西。

金虞觉得自己都有些头疼了。

在医院这种地方，悲欢离合，都是浓缩版本的。张大发和孙简两个人已经追着医生问病人能吃什么喝什么的问题了，一天照顾一堆病人的医生没好气地只回了一句："没看见瓶子里挂的就是葡萄糖和氨基酸吗？等她醒了，你们自己去问她。"

令人意外的是，在这里居然看到了经侦局的人。金虞皱了皱眉头，经侦局和车祸，八竿子都打不着吧？

白子玲看到了金虞，目不斜视，直接去和交警及医生进行交涉，意思是在里面躺着的郭蘅芜有其他的经济问题，要配合调查，询问郭蘅芜什么时候能醒过来。

金虞心中疑窦丛生。

签完了最后一张单子，金虞的手机响了，发过来的是加密的消息。池清源在医院的后门约金虞见面。金虞把其余的事情交代给在郭蘅芜这干了两年多的保姆，保姆正在打电话联系郭蘅芜的父母亲。金虞乘电梯下楼。

有意思的是，下楼的电梯里居然只有她一个人。她看着显示屏上的数字从17到16一直变成了1。当她出来之后，外面的人蜂拥而至。

金虞看到电梯门开的时候，一个鲜血淋漓的人坐在轮椅上，被护士和他的亲人环住。其他人大概是不敢搭乘这一趟电梯了。

郭蘅芜被送过来的时候，会不会也是这个样子？

流一地的血，猩红刺目，人人避之不及。到现在，金虞才有点愣神，差点撞到了一个长相像是地主家的傻儿子模样的人。对方拎着两袋特仑苏的牛奶盒，里面装的是捆扎好的一元面额的现金。

那人怒气冲冲地看了金虞一眼："挡了我妈的财路，你赔得起吗？"

金虞头也不回，直接往前继续走。后面那人喃喃道："他妈的，居然是个聋子。"

顾非开车，池清源坐在后座。这个季节已经能感觉到炎热了，金虞一路跑过来，鼻尖上挂着一串晶莹的汗水。她直接开车门坐了进去。

"郭蘅芜的名下有另外四家公司，两家是三人合伙的形式，一家是两人合伙的形式，还有一家是一个人。其中位于西北地区的两家煤矿企业，现在出了问题，经过当地工商质检部门的联合调查，发现它们早已停产，但是还有资金流动，一直在享受着当地减免税收的政策。"

意思是郭蘅芜不但偷税漏税了，还洗钱了。

“但是我们查郭蘅芜名下的财产，和账面上的数字差得很远。”

顾非先简短地介绍了一遍目前在别的地方查到的情况。现在的互联网金融案件，多是跨区域跨行业作案，给侦办带来了难度。经侦局成立专案组，为的就是行使特别行动权，用最快的速度调查取证。

但是对于这么大的案子而言，速度还是太慢了。

“我们原本要约见郭蘅芜，已经和她的秘书预约了。前后还没有超过一个小时，就出事了。我们已经和交警部门调取了当时路段的监控，你看。”顾非不受影响，继续介绍道。

当时的路段并不拥挤。在出车祸以后，骑电动车的、开车的、走路的路人和附近的小商贩，都出来看。毕竟一辆车被撞成这个样子很少见。

但是，在这辆冷链车后面的一辆摩托车，却在看到郭蘅芜在车里面歪了头之后扬长而去。经侦又调取了之前的道路监控，可以确定这辆摩托车一直在跟着这辆冷链车。

现在这辆摩托车已经被全城布控，一定要把人抓回来。

“不是天灾，是人祸。”金虞咬了咬嘴唇，现在郭蘅芜还躺在ICU里，生死未卜。有人已经为了利益，要杀人了。

资本，从来不只是账面数字的增增减减，是沾着血腥的暗流涌动。

“原本按照章程，可以直接逮捕郭蘅芜。但是因为资金的去向不明，以防打草惊蛇，现在市面上的皮包公司又太多，我们没有直接采取行动。”没有想到，有人居然会更快，直接想要杀人灭口。

“郭姐说她有重要的事情要当面和我说，我一再推辞。她说必须要当面和我说，我没有在意。她说要先赶来，然后电话没有打完，就出事了。”金虞平静地复述着事情的经过。

任何发生在金虞自己身上的事件，她从来不当回事，旁人想要安慰，也无从安慰。但是现在这件事情发生在别人身上，却和她有关，原本池清源想要安慰她。

想不到，金虞会这么平静。

“她要和你说什么?”池清源问。

“我也不知道，我和郭蘅芜之间，并没有生意业务上的往来。她的广告业务不需要我帮忙，我的收债业务也不需要她出手。只在很早期的时候，她给我介绍过几个客户。这些客户现在也不再联系了。我不知道郭蘅芜有什么事情急切到必须当面告诉我。”

金虞摇了摇头，试图在目前已知的线索里面找出蛛丝马迹，但是一无所获。

“现在就像是从八十楼的高空往下看，入目都是这个城市的奢华璀璨，漂亮得像图纸一样。但是坐在这八十楼的窗户边，很容易就会摔下去变成肉泥。而如果是在二层看，看到的就是小区绿化带里的垃圾和狗屎。”金虞的一字一句听起来都很重，顾非仔细一看，这妞咬着牙在说话。

她不是不难过。

伤心处，每个人的表现形式不一样。时至今日，顾非依然不知道，到底应该怎么去安慰这个妞，似乎她从来都不需要别人的同情和仁慈。

她真的能把命运掌握在自己的手里吗？

“我们已经掌握了足够的证据，想要把你撤回来。按照你提供的线索，我们实地查过的项目已经足以证明美善金融有问题。接下来，把他们绳之以法只不过是时间问题。”

池清源看了看金虞，在他这个层面上，也不经常和搞几十个亿的人打交道。很多富豪都过着极其低调的生活，深居简出，让他们的代理人在外面蹦跶。

金虞已经很靠近这个核心地带了。

“美善金融同意银行存管了吗？”金虞略沉思。

“没有。钱副局长大倒苦水，向我埋怨人心散了，队伍就不好带了。他倒是想要强行存管，但是要民主表决，其他的人不同意，就不能这么干。眼看着官文利在自己的App上打城市银行的广告，一波存款就要被吸收进去，钱副局长手底下的人非但没有摆出强硬的态度来，还想要以部分政策的利好去换取官文利在广告上的让步。”

刑事侦查案件，都像是被按下了快进键，争分夺秒地和犯罪分子比赛。沿途的警察和相关机构，也会在适当的层面上提供一定的便利。但是经济案件，更多的是利益的牵扯，面子工程的问题，波及范围广，涉及的层面太多。

掣肘的一方，未必是想要包庇谁，只是想让自己任下的大环境能实现平稳发展。

剪不断，理还乱。

目前所查到的消息，都是经侦一趟一趟跑腿跑出来的。池清源太清楚这些消息的分量了，他让金虞现在撤出来，是因为他已经看到了接下来可能发生的危险。

于心不忍。

“我要去。”金虞沉沉地说完，把一个手写的名单给了池清源，“我之前参加了一个会议，十九家本地机构要商量着开什么战地银行。原本想早点给你，但是后来我也跟着加班没有出来。我总觉得，我的手机被人做了手脚。”

好在之前的联络方式都是加密过的。

池清源接过来，翻看一眼。有许多家都是之前从来没有注意过的，但是美善金融能把他们全部组织起来。这其中的信息量不少。

"我走了。"金虞在下车的时候，眼睛却是看着顾非的方向。顾非的眼睛瞥向别处，总是笑眯眯的脸上现在没什么表情，嘴唇紧紧地抿着。

这少年真好看呀。

哪怕顾非现在有些胡子拉碴，雪白的衬衣领子上沾了一圈明晃晃的油渍，就连头发都没有之前有型了，还能看到头皮屑。眼底还有一圈鸦青色，眼睛里疲惫的血丝不少。

只要看到顾非，金虞总觉得这个世界上的一切都变得温暖而可靠。顾非本身就是一个温柔而靠谱的人，会给她答疑解惑，从来不会抬杠。

顾非，符合她心目中所有良善正义的警察的标准。

金虞一步还没有落地，顾非掉过头来对着她说了一句："我等你。"灿如星辰的眼中一片清明，嘴角微微弯起。满目山河空念远，不如怜取眼前人。

心底躁动不安的戾气，瞬间被抚平。金虞没有说话，嘴角弯起一个不易察觉的弧度。

四面落地飘窗，风随影动。但是这自在写意里，却不是你侬我侬的花前月下，整个屋子里弥漫着一股浓浓的烧焦的味道。

昂贵的羊毛地毯上摆着一个大理石的茶几，茶几上摆着一个不锈钢盆，里面烧的不是纸钱，而是合同。旁边放着一个麻袋，合同被人一沓一沓地拿出来烧掉。

火燎起来，舔到了女孩子的水晶指甲，十指连心的剧烈疼痛让女孩子喊了一声"哎哟"，脚下的高跟鞋不太稳当，直接栽倒在了羊毛地毯上。

"烧了有用吗？"阴影里，另一个焦虑的女人的声音响起来。

风吹得落地窗帘哗啦啦的，火借风势，燃得更加猛烈了。

"没用，那你说怎么办？我能怎么办？现在已经成了这个样子，不烧难道要大摇大摆地拿出去，让人查吗？现在就有人盯着了，不然怎么会被人发现？要不是他们手里没有实质性的证据，这些东西，早就被搬出来了。这么多，我就算是坐牢坐到下辈子，也未必能坐完呀。"

女人把高跟鞋砸向了电视机。大概她自己也没有想到，现在的电视机质量这么好，显示屏没碎，弹了回来，又砸到了她身上。

这女人蹲下来，哭了起来，接着又瘫软到了地上，头发披散着糊了一脸，上气不接下气地呜咽着。

“早说了,这事不靠谱,你就是不听。现在可好了,东窗事发了,都是各自顾着自己,你当初不听我的,早点听了我的,能有这么大的事吗?”

硕大的身影在地上走来走去,焦躁不安,一句话来来回回地叨叨。

“说这些有用吗?已经发生了!说得好像你没有参与一样。现在倒好,好处都是你们的,背锅是我的。”地上的女孩子一脚踢翻了茶几上的铁盆,黑色的没有烧完的灰落了一地。羊毛地毯散发出难闻的焦臭味,又被泼上水。

她没有想象中的那么任性。

“说得好像你没有拿到好处一样,我什么时候向你要过钱?以前都是你向我要钱,我哪次没有给你。后来你钱多得花不完了,才给我的。我让你少弄一点,你听过我的吗?”站着的人也格外焦躁,口不择言地指责起来,“钱钱钱,一天到晚掉钱眼里了,你看看你从小到大,干的哪一件事情是靠谱的?”

“你还好意思说,要不是我,你现在能随便在王府井新天地买东西吗?”地上的女孩子脾气很差,拎起地上的盆朝着站着的女孩子砸了过去。

站着的女孩子没有躲,黑色的灰落了满头满肩,看着那个漂亮得像个精致的娃娃的女孩子哭。她两眼一眨,滚烫滚烫的泪吧嗒吧嗒地掉下来。

怎么会成了现在的样子呢?

怎么会一步步走到了现在这一步呢?

她慢慢地走过去,蹲下来,把手搭在漂亮的女孩子的肩上,像是在安慰赌气的孩子。手被甩开,她又把手放上去,先把对方的泪水擦干净。

“你别哭了。

“我知道你难受。

“你放心吧,我会给你处理好一切的。

“别怕,不管发生了什么事情,我都会一直在你的身边。”

女孩子把脸别过去,吸了吸鼻子,肩膀抖动着,眼里哗啦啦地又流出来不少眼泪。

号称美善金融最核心业务的募资活动开始了,宣传口号是“人人都可以当银行家”,空前绝后的投资规模和收益率,是十年不遇的蓝海宏图。

金虞做的筹备,就是打着美浩小额贷款公司的旗号一家一家地去敲打。地面上那么多的连锁餐饮和连锁超市,再加上几家过桥的房地产,都欠着美浩小额贷款公司不少的钱。眼看着借款到期,银行的钱又不好贷,还得接着贷。

上门的业务,并没有太大的困难。

这些便利店直接就把美善金融的广告挂了起来,甚至看到了利息收益,自己也要了加息券要买理财。顺理成章得金虞觉得自己都不需要亲自出面。

金虞有些奇怪,为什么这种不算十万火急的业务,燕卓尔要让自己先去解决呢? 而现在,这位秘书忙得厉害,一天要替他的老板接十几个电话。

“小心点,郭总出了车祸,你也万事小心,别太得罪人了。现在的人压力太大,一不小心就可能出什么幺蛾子。就你那张嘴,动不动就祸从口出。”

“知道了,你多担心一下你自己。这么大的项目哪儿哪儿都有你,你家的业务你也跑腿,还忙着给尚总送包包,你说你累不累呀?”金虞说得漫不经心。

她没有看到,燕卓尔眼底一闪而过的杀机。

第一零七章 争春非雪梅

有些人,能在平淡无奇的细节里窥见天光。金虞随口问:“能不能把你手机借给我打个电话,我手机没电了。”

燕卓尔一愣,什么?借手机?

金虞摆弄着自己的手机,一脸的烦躁。鬼使神差的,燕卓尔把手机给了金虞,接下来就听见金虞给麻旦旦在打电话:“哥呀,晚上点外卖的时候,记得给我也点一份。他们的酒会,酒不管饱,菜也不管饱。那个点儿,那儿也不送外卖了,晚上会饿死人的……”

这是把他的手机当成了点外卖的座机,燕卓尔不能忍,直接把手机夺了回来:“你知道现在电话费的套餐有多贵吗?你再打下去,电话费都够你点一盘菜了。”

金虞尴尬地维持着拿手机的姿势:“见过抠门的,没见过你这么抠门的。”

“开源节流,我就那么点工资收入,开源是没指望了,只能节流了。”燕卓尔说着,检查了一下自己的手机。

在十三万一平方米的小区里养两条大狗,是没钱?

金虞不争辩,两个人都是来维持秩序的。只不过燕卓尔是要负责通知那些老板,而金虞是要防着有人说错话,说错了就直接怼上去。

盘算了一下见过的那些人,没有刺头呀。

从出席人的身份地位来看,她这种上不得台面的要账人,人前光鲜,人后挨骂。一般不会放在这种正式场合出现,但是偏偏现在的任何活动,都把她捆绑了出来。

这就令人尴尬了。

“我差点忘了,咱们不是一路人。”燕卓尔摇了摇头,故意酸这么一句。

金虞差点一脚踹在燕卓尔腿上:“我长这么大没见过钱,就想占点便宜,不行啊?”

麻旦旦接到电话之后,开始采集信息。白子玲坐在跟前,看得有些不舒服,一堆电子元件就那么摊在桌子上。

根据麻旦旦的说法,想要运转最快的硬件,就得自己配。目前市面上的电脑,还真不太行,就是骗那些不太懂行的大学生和专门求系统稳定的小白领。真到了需要捣鼓点什么东西出来的时候, 一个能打的也没有。

但是这么一堆东西散乱在桌上,就一个显示屏上不断跳出令人眼花缭乱的数据,白子玲真有点吃不消。

“小姑娘不玩电脑吧? 现在的大型挖矿机,用电量一晚上能嗖嗖地把电表给转花了,那用的芯片都是最好的。那些电脑已经不能被称呼为电脑了,而是矿机。那种电脑的计算速度,和我现在用的也不一样。不过那玩意,就是太费电了。买得起电脑和芯片,也未必交得起电费。”

麻旦旦说着,看到了白子玲一脸崇拜地看着他,还时不时地百度一下麻旦旦说的名词。他心里成就感爆棚,这可是年轻的软萌的妹子,就算是搁在了经侦局,也是个警花级别的。哥一贯来都是被警察收拾的对象,这一下子成了被警察崇拜的对象,能不嘚瑟一下?

但是,他手上的动作停顿了一下。

他觉得自己的耳根子有点犯贱,漂漂亮亮的小警花坐在旁边,他居然在想有段时间没有露面的屠悦。

也不知道那个凶巴巴的母老虎现在在忙啥,连个面都没有露了。

一开始,他以为屠悦是个青铜,也就是燕卓尔这种秘书跟班的跟班。没想到人家是个王者,随随便便就弄下来岚梧市那么多店的店长的合同,随随便便就成了美善金融的话事人。这里面的含金量可不低,随随便便就能有两三成的收入进账。

门店里一天收入多少万呢?

麻旦旦在心里啐了一句:他妈的,都这么有钱了,还天天抢老子的外卖吃,真不是东西。

其实到了专案组工作的后期,除了池清源,大家已经不知道其他人到底在做什么样的工作。出差的人照常出差,负责跟踪调查的人日常跟踪调查,又调拨了几个技侦,跟着王者一块搞模型。

麻旦旦比较特殊,警察没有权限做到或看到的东西,需要他的帮助。他之前有过抗议:“大公司手底下都养着打手,要是我的ID被发现了,会在网上被人肉扒皮的。你看我上有老下有小的,放过我吧。”

“黑客的精神是什么?是热衷于解决困难,克服极限。全国排名前十的大公司,被你窥探到了不得了的黑幕,这样的机会可不常有。或许,这次会成为黑骑士案件之后另一个标志性的大案。”池清源说道。

“和我打交道的大佬,来一个倒一个,那我还成了霉运锦鲤吧。”麻旦旦嘴上嘟囔着。

“无利不起早,我知道你私下里也买了,就等着出状况爆雷之前提前脱身。按照我国的法律规定,参与非法集资的人,要交出所得……”

池清源笑谈。

“我干,我觉得这个案子太有意思了,我现在就想投入工作中。池局你不用太客气,我帮你抓逃犯,一个给个一两万就行了。”麻旦旦答应得贼麻溜,像是地下党找到了组织一样,恨不得把所有的忠心都表一遍。

其他人都有些尴尬了,就他一本正经的。

事后麻旦旦哀怨地看着王者:这警察怎么都这个德行?咋换了地图还是玩这一手?这睁一只眼闭一只眼的,可让人琢磨不透呀。

麻旦旦倒是想向池清源推荐点利息高的理财,到时候大家一起撤,跟着领导风向更明确嘛。但是这位经侦局局长完全没有这想法,甚至于专案组现在已经和外界隔离了,核心的几个人并没有机会买进卖出,而不够核心的人,并不知道这个庞大的金融怪物有问题。

麻旦旦瞬间觉得人生寂寞如雪。他倒是想鼓捣王者也跟上一块买,王者却直接拒绝了他,给了一个他无法反驳的理由:我家不缺这点钱。

“哥的技术,天下无敌。”麻旦旦在键盘上敲了最后一下,整个人意气风发。

“能行吗?我咋觉得你那堆破铜烂铁要凉?”赵倩妮一贯爱浇冷水。

“我的警花姐姐呀,我的技术,也就比外头坐着的那个警王差一点。你在办公室里用公用电话打电话,我能通过按键的声音计算出你到底是给谁打的电话,保证电话号码是正确的。我也能从社交软件上的剪刀手照片上提取出指纹来,做成拓片,既能用于上班打卡,也能用于指纹开锁支付。”

这技术,听得警察有点尴尬。

现代社会,黑客利用自己的技术,如入无人之境。监管,就成了一个大问题。但是相比于对技术的监管,对资本的监管,更让人觉得头疼不已。黑客界的核武器平民化,人人都能通过小程序做一些方便的事情。麻旦旦这种半路出家的非职业化黑客,明显胆子更大,手段更兵行险着。相比于正儿八经的网安大队的技侦,他更无所顾忌,不会有在危险的边缘试探的压迫感。

同时，他对秘密和财富的渴望更甚。

那么对方，有没有这样的电脑高手呢？

看着正在埋头苦干的王者，池清源陷入了深思。

医院里，暮色沉沉。这个季节的夜沾着梅雨，阴冷潮湿得能滴下水来。金虞在郭蘅芜的床边，替郭蘅芜压了压被角。其实她这是多此一举，郭蘅芜压根就没有醒来过，只不过是从ICU转了出来。她脑子里的淤血还在。

她的父母来了，只是老人家年事已高，不能二十四小时陪床，现在住在外面的宾馆里。护工隔会儿会过来照看一下。

郭蘅芜也是从小县城来的，靠着自己的努力，在这个城市扎下了根。金虞捧着她的手，凉凉的，放在脸上。

“郭姐，我虽然不知道你想要和我说什么，但是我知道你是想让我离是是非非远一点，想让我能全身而退。

“郭姐，你放心，我一定会把害你的人绳之以法。”

其他的话，金虞没有说出口。她相信郭蘅芜为了赚钱，会在回扣礼品价格上绞尽脑汁，但是让郭蘅芜直接把几个亿的项目做得滴水不漏，她无论如何都不能相信。

对房子有着超强执念的郭蘅芜，现在买了两套房子，都是二手房，背着很重的房贷。除了她身上的衣服是新的，最好的——这是她的战衣，不能省——其他的东西，则是能省则省。

从金虞见到她的第一天起，她就一直在想着怎么能把合同签下来，怎么能多出几万块的利润来，才能够在过年的时候发齐年终奖。

很难想象，这么一个过日子精打细算的像个管家婆的人，会一次性吞掉几个亿。

更难想象，一个对自己的事业尽职尽责的人，一个励志做业界领头羊的领导者，会在业务之外的地方把自己送进监狱。

“郭姐，我会查明真相，不会让你醒来就要面对司法的问责去坐牢的。”

人心似铁，官法如炉。郭蘅芜伤得很重，但是司法的调查程序也是必不可少。金虞相信郭蘅芜没有参与其中，就连池清源和顾非都说了，郭蘅芜的名下没有其他的财产。

这其中，有什么东西就在眼前，但是很难抓住重点。

金虞站起来，整了整衣服。这是郭蘅芜第一次带她去挑的礼服，板板正正，奢华有型，当时金虞还惊讶于这件衣服的租金。

美善金融的嘉年华，公开向社会募资。它之前做了不少的功课，从宣发广告到预售倒计时再到各种扫二维码征集文案，差不多一打开手机，就会看到相关推送。门店里和广告牌上，也一夜之间加班加点，全部换成了美善金融关于建一个银行的狂想曲。

抬头一看，就是一个关于金钱乌托邦的广告。

看他起高楼。

这楼，是真的起来了。

嘉年华以晚会的形式开始，金虞到得晚了，只能在外围。进门的通行证，也是刷手机扫二维码，有的人觉得挺跟得上社会节奏的，也有的大佬觉得真俗，还扫二维码，和烂大街的推广营销成一个档次了。

今天到场的都是筛选出来的，在美善金融投资排前两百名的，才可以到酒会的现场来。

嘉年华拉了一个巨幅的条幅，金虞扯着自己的肩带，看那个条幅怎么都有点不太顺眼，上面写着“王的盛宴”。条幅直接从大楼顶部拉下来，满满当当地占据了整个会场的中央。人仰起脖子来往上看，也看不到顶。

这地方据说是近代仿建的古罗马斗兽场，呈四面包围的结构，后面重建还按照那个制式来。金虞仰着头，看着会场中间那个冲天的氢气球。

这个四不像的高规格的地方，还真就叫作罗马古堡。

官文利不住在玉林春的时候，就住在这个依山傍海的古堡式的大酒店里。自从美善金融开始做活动，这里就被包了下来。

传说，这里是用来接待顶级明星和特殊富豪的，但是因为这两年经济上卡得有点严，生意不太好，所以才会以四千万的价格被租给了美善金融。

殿堂级的高规格的接待，才会安排在这里。

这种群众聚会类型的社交场合，还真不是人家大饭店的风格。金虞也是第一次来这种地方，她不知道岚梧市里居然还有这样的地方。她之前也曾经路过，一直以为是没有对外开放的文物保护单位。

奢华的宫毯上开着大团大团的锦绣芙蓉，据说是把黄金拉丝，掺在了羊毛里，编成了这块毯子。灯光一打，赤金闪耀，效果非凡。

高脚杯叠在一起，有将近两米高，玲珑剔透。香槟像泉水一样浇下来，伴随着礼花。随后，尚思思和图灵两个人出现，场面一度失控。

其他人都看着官文利身边的两个大美女。尚思思长了一张成功女性的脸，就算是面带微笑都带着淡淡的疏离。而图灵一出场，就引爆了现场，现场能够感受到大家肾上腺素的炸裂，有好几个人穿过人群去和图灵握手。

而金虞,在餐点盘子附近,手一直拈着基围虾一类的小零食吃着。

燕卓尔不知道什么时候凑了过来,脸上保持着僵硬的微笑,嘴里蹦豆子一样吐出来一长串的话:“你能不能别吃了？你看看现场的人有几个在吃?”

“不是说好了‘王的盛宴’吗？我怎么不能吃了？这几个冷盘,磕碜死了。”金虞扫了一个白眼。

“这里可是罗马古堡,这是一个酒会!”燕卓尔再次提醒金虞,热切地看着台上的氛围,“现在马上就要到抽奖的环节了,所有投资人都有一次中奖的机会。这个额度和福利彩票差不多。条条大路通罗马,说不定你现在就能乘坐空降机,直接到了财富帝国的罗马。”

“嘁,说得好听。条条大路通罗马,但是每条路上都有收费站,我没交钱。”金虞不屑道。

“我帮你投了一笔。”燕卓尔淡淡地说。

金虞震惊得无以复加,燕卓尔在开什么玩笑？她把嘴里的虾皮渣子取出来,眼睛都眨不动了:“快,送我去眼科,我觉得我的眼睛要被闪瞎了。”

“不过一百万而已,是白总授意给你的福利,感谢你这段时间做出来的贡献。”燕卓尔趴在栏杆上,晚风吹起他的碎发,棱角分明的脸白得透明,就连金丝边的眼镜上都镀了一层淡淡的神光。

“你不是在开玩笑?”金虞又问。

“我什么时候开过玩笑？苟富贵,毋相忘。”燕卓尔看着舞池中央的人,那些大腹便便的投资人身边,大多环绕了美女服务生。这些当然不是普通的服务生,而是方星海帮忙从各个会所里带过来的。这些身量苗条容貌姣好的女孩子,正在舞池中央寻找着自己的目标。

燕卓尔站在二楼的栏杆边,饶有兴致地看着这一场追逐和反追逐的游戏。

“谁想跟你一条船呀?”金虞说完,才意识到,自己似乎从来都没有给过燕卓尔一个好脸色,好像是四年前被赢了那一场,留下的心理阴影面积有点大。

而对任何人都锋芒毕露的燕卓尔,偏偏对金虞的耐心极好。

至少,在外人看来,他一直在殷切地追求着这个岚梧市新崛起的女老大,似乎在两人的关系里,处于非常劣势的一方。

“谁不是一边修船一边前进呢。上岸了就成功了,要是上不了岸,就成了英雄,没什么大不了的。”燕卓尔突然有些感慨。

“如果你中了这个大奖,想要去什么地方过下半辈子?”

金虞一脸蒙:“你可别逗了,我从小运气就不好,我爸妈都说我是个赔钱货,天天想着倒贴几万把我嫁出去。我念书那会儿,全校第一是我同桌,天天和我聊天，我却连个重本都没有考上。就说最近几年，我年年公考，给国家交了那么多的报名费，连个面试都没有进去过。你说我能中奖，这不是在开玩笑吗？”

“我是说如果，你中了奖，想去哪里？”燕卓尔无视金虞的抱怨。

主台上的气氛相当热烈。尚思思妙语连珠，一连串的关于物价和楼市的预测深得土豪们的心，而图灵流光溢彩，整个人亲和美丽，止不住地有人想冲上去抱抱她。

官文利这个顶级老总，将会在片刻之后摁下大屏幕的按钮，随机抽取出本次九百万投资者中的幸运儿。

金虞心不在焉，沉默地低下了头。对呀，如果有了五百万，人生肯定就会不一样了吧？五百万，就算是存在银行，每年都会有几十万的利息。

五百万，怎么花呢？

这是一个金虞从来想都不敢想的问题。

第一零八章 大义有不为

漫天的礼花在天空炸裂，弥补了大城市因为光线太多没有星光的缺憾。不年不节的，这种礼花晚会，实在是太奢侈了。一朵朵礼花绽放在空中，赤橙黄绿青蓝紫，真的要把人的眼睛闪瞎了。场地中央的土豪们，紧紧地握着身边美女的手。

真浪漫。

真浪费。

“这一晚上，得多少钱呢？”金虞没有回答燕卓尔的问题，而是拍了拍燕卓尔的背，指着天空中那么多的烟花问道。

金虞的五官长得不怎么样，但是眼睛又大又有神。此时此刻，她的眼里有光，流光溢彩，绚烂得像是泉水反射着太阳的颜色。

燕卓尔有点失神，差点破口大骂：这不解风情的老娘们，还真是年纪大了，这样的环境下，不是应该来一个浪漫的表白吗？

就算不亲亲抱抱举高高，也应该说几句浪漫的话吧。电视里的女孩子，不都是说“好美”吗，还有人对着许愿。

谁像她一样，像个爷们一样拍着他的背，问多少钱。

燕卓尔说的几十万，这老娘们激动得一巴掌又拍在了他的背上：“这够我吃多少顿小龙虾外卖了？”

“你把我的脊柱拍断了，得赔多少钱？”燕卓尔嫌弃地推开了金虞的爪子。

“不用赔了呗，因为脊柱断了没法接。”金虞笑嘻嘻的，脸皮比城墙还厚。

“滚！”燕卓尔觉得自己已经被气得干瞪眼了。他当时是怎么眼瞎了，千挑百选地找了这么一个破灯笼，真的是扔在别的地方不放心，放在眼前又糟心。

其实，燕卓尔不知道池清源也是这么想的。

燕卓尔打算掉头就走，但是金虞扯住了他的衣角，他烦躁地回过头，难得地看到金虞认真地说道：“我记得有这么一句话，茨威格在《断头王后》里写道：那时候她还太年轻,还不知道所有命运赠送的礼物,早已在暗中标好了价格。”

声音清脆,字字铿锵。

在一阵烟花过后,就到了最激动人心的环节。官文利将选出最幸运的投资人,这个投资人将得到五百万的奖金,奖金将会直接打入投资人的账户里面。

所有人都在热切地期待着,虽然没有数据直接表明投资越多,中奖的机会越大,但是在场的这两百个人,都觉得自己可能会成为这五百万大奖的幸运儿。

这是一份意料之中的馈赠。大家摩拳擦掌,端着酒杯的手都有些微微发抖。五百万,意味着一套在岚梧市高档小区的房子,意味着普通工薪阶层几辈子的收入。

燕卓尔的嘴角微微弯起,这个皮笑肉不笑的高冷帅哥推了推金丝边的眼镜,眼中依然是晦暗莫名。

这时候,花团锦簇的主台上,官文利要宣布这个幸运儿了。金虞的声音在官文利开口之前落下来。顷刻间,整个会场所有的音响都被调到了最大:

“下面,我宣布,获得最幸运大奖的人是,金虞。”

金虞觉得自己的耳朵一下子炸了,真的是炸聋了的那种炸裂。在进入美善金融这种高端大气上档次的高级金融公司之后,她一直都觉得自己就是个背景板。在地面上没有流氓、可用人才紧缺的情况下,她就是公司养着的打手,用来吓唬一下那些不听话的西装革履的流氓,让他们乖乖地掏钱。

她的身份,不管是放在哪个层面,都很不光彩。

不光是美善金融的人不太习惯把她放在显赫的位置,就连池清源都捏着一把汗。公安局内部放了这么一个人在岚梧市最重要的金融公司里,是什么意思?

金虞留在这里的意义,在于看着美善金融内部的情况,然后找准最合适的时间点出击。

她原本应该站在阴影里,躲在暗处,看着外面的群魔乱舞。现在她却是站在了聚光灯下。强烈的光束打在了她的身上,刺眼的光芒让她的眼睛暂时性地失明了。

原来,强光之下,并不是看得更清楚,而是睁眼瞎。

燕卓尔距离她不到五步的距离,而就在这个距离之下,她也看不清眼前这个人了,只依稀可以分辨他的笑容越来越冷。

世界上哪有什么真正的幸运,所有的东西都是标好价格了的。

免费午餐,最为致命。

金虞用手挡了挡脸,缓和了几秒,世界才重新回到了眼前。她觉得自己好像穿越了,一下子成了所有人的焦点。所有人都用羡慕嫉妒恨的眼神看着她,像是灰姑娘的继母带来的两个姐姐看着灰姑娘走上了王子的马车。

人心哪。

金虞拍了拍胸口,揉了揉自己的脸。她本来是想把燕卓尔拖来打自己一巴掌的,顺带着问一句:这五百万,真的归我了吗?我真的一夜暴富了吗?我是不是能把这五百万拿出来花花?

但很明显,燕卓尔不想和她一起丢人,已经默默地闪到了人群里。金虞嫌弃地瞥了一眼燕卓尔,然后迈步朝着主台的位置走过去。

图灵和尚思思,这样的大美人是天生的人群中的焦点,和金虞这种路人长相的完全不一样。她们和金虞的区别在于,她们是真的在靠脸吃饭,而金虞是在靠不要脸吃饭。

图灵笑得甜美可爱,还在聚光灯扫过来的时候摆了几个好看的姿势,有人拿着手机赶紧抓拍。只是她的眼睛往人群里瞟了瞟,不知道飘向了何处。

尚思思保持着高贵安详的姿态,她先走出几步,走到了金虞的面前,和金虞拥抱了一下。

提前布置好的主台上,鲜花彩带一下子被引爆了。这种近距离看的色彩斑斓,比天上的礼花还好看。尚思思问金虞:"作为今天晚上的幸运儿,不知道你有什么想说的吗?"

"我从幼儿园到现在,从来都没有得过奖,从来没有站在过这种位置,反而经常因为打架逃学旷课被批评。念大学那阵儿,我差点挂科到毕不了业,我觉得很忧伤。我以为我这辈子得的奖,就只有买两块五一瓶的饮料中的'再来一瓶',没想到还能有这种五百万的大奖。"

台下的人开始发笑,交头接耳。

尚思思都忍不住轻轻笑着摇了摇头,而图灵露出了牙齿,意味深长地看着金虞。

"这是真的吧?没有骗我吧?"金虞眨了眨眼睛,完全是一个被惊喜砸到了的路人的表现,"我觉得我会晕过去。"

本次嘉年华没有通过电视台转播,但是在网络上进行了直播,投资人还自发建立了不少小的群。现在网上的直播里,弹幕满天飞。

专案组的人把现场的视频调了出来。

"五百万哪。"白子玲的眼睛有点直了,她眨巴眨巴眼睛,托着腮帮子喃喃自语道,"五百万,能买下全世界吧?"

赵倩妮在纸上写了一个阿拉伯数字的五,然后在后面一直加零。司晴笑道:

“你也想分一杯羹?”

“我就是想看看,这五百万到底有多少。”赵倩妮的喉咙有点干,“五百万哪,不偷不抢的,从天而降,合规合法。只要纳税时别偷税漏税,基本上就能落在兜里没跑了。你想想,五百万,能有人不心动吗?现在的钱,多难挣呀。”

赵倩妮把笔往桌子上一扔,说完之后却是看着池清源。

“这是在逼着我们下注了。我们办了十几年的案子,能发现作案的手法越来越高超,这些作案的人员对于人心的把控越来越深刻,在技术层面越来越灵活。这些都给我们的侦破带来了不小的难度。”池清源的意思是,金虞现在已经被怀疑了。

但凡了解内情的人,没有人会相信,中五百万的真的是随机抽取出来的幸运观众。

就连超市举办一个活动,各种家用电器或电瓶车这类大奖,都是内部定好了的,能抽到的不是领导的儿子就是内部的相关人士。

“我们能赢吗?”白子玲眼神复杂,又看了看大屏幕上的金虞。平心而论,如果给她五百万,她真的不太确定自己会干出什么事情来。

好在池清源并没有问她,面对五百万会怎么处理。

“凭良心了。”池清源说完,也看了看大屏幕上的金虞。

这世上,比鬼神更难测的,就是人心。案件之所以会处处被掣肘,就是因为在每一个动向里,每一个利益团体都有不同的考量。银行要掩饰自己的坏账,银行的相关领导已经升到了高层,某些违规操作在没有造成恶劣影响的情况下,成了不可触及的秘辛。

而相关的工程和项目,在当地就是政绩和面子,经侦局只能靠最基础的调查方式。

能查到现在,矛头直指这个最庞大的金融企业,这其中付出的艰辛,不是一星半点。美善金融现代化的管理模式加上传统家族式的核心控制,财务方面又没有实现银行存管,想要搞清楚他们的账目,简直是难上加难。

甚至有可能,在即使搞清楚的情况下,也无能为力。

“荷兰的郁金香泡沫,人人都知道那种如马铃薯的球茎能开出各种颜色的花,根本就不值两辆马车的价钱,但是所有人都在买卖郁金香的球茎。一时之间,整个荷兰的经济陷入一种前所未有的疯狂之中,所有人都认为郁金香会涨下去。但是只要出现了部分违约,就会牵连整个郁金香市场全部坍塌。

“因为价格和价值太不成比例,所以郁金香的泡沫到底还是被刺破了。当权者下令只需要支付最后的合同上的百分之三点五的金额。这对于前一个高价接盘的人而言,简直就是灭顶之灾。”司晴动了动,健硕的身体有些僵硬。

突如其来的五百万,没有一点点预兆,砸蒙了所有的人。

到现在,这案子像是被摁下了快进键,所有人都开始赛跑。马拉松比赛中,真正能赢的选手,不是在最后的几百米加速的,而是全程都把对手远远地抛下的。

“但是在现在的庞氏骗局里,最后一个高位接盘的人,会输得倾家荡产,甚至欠下难以偿还的债务。家破人亡上天台的,一躲十几年不露面的,重操旧业继续去骗其他人的,都有。”赵倩妮还是意有所指。

“拭目以待吧。既然对方已经把牌都打出来了,我们也要打出自己的牌来。”池清源一锤定音。

拭目以待。

这么热闹的聚会,一直持续到了后半夜。不少土豪都是带着妹子走的,可能在春宵一度之后都不知道这暖床的美女姓甚名谁。

地毯上落了不少的烟头和垃圾,甚至还有一个女人的胸罩,这就很尴尬了,这人都什么恶趣味呀。但是工作人员眉头都不皱一下地直接给清理走,这心理素质也是强悍。

金虞现在才发现,不光有暖场的美女,也有暖场的帅哥。她的五百万现在还没有落袋为安呢,就已经有人惦记上了。身高腿长一身皮衣的男人,长得油头粉面的,胸大肌比女人的胸还发达,头发上起码涂了二两胶水,正在对着金虞搔首弄姿。金虞喝了两杯,有些上头,这人一直拉她的手,怎么打都打不下来。

金虞有点无语了,她在岚梧市混了这么多年,从来都没有被男生搭讪过。

别人的青春都是各种轰轰烈烈的明恋暗恋好好学习考好大学,但那些从来都和她没什么关系。她的物质需求从来没有被满足过,更不要想什么精神需求了。

“滚远一点。”燕卓尔一个酒瓶子砸在了这男人的头上。

“你谁呀？我先找到这位小姐的,她喝醉了,需要帮助。”奶油小生拦在金虞面前,一副以她家男人的姿态自居。别说,这一手玩得漂亮,一招鲜吃遍天,小姑娘还真挺喜欢的。

这霸道总裁范儿,八成是练过的,但是这霸道总裁是假的。

金虞扶额。燕卓尔可不是个脾气很好的人,也从来不是个很大方的人。

燕卓尔不是霸道总裁,但他是个霸道秘书,货真价实。现在燕卓尔已经脸色铁青了,他招呼远处的两个安保过来。

“谁把这个人招进来的？他偷我的钱包,我不想闹大了,给我赶出去。”燕卓尔说得一板一眼,那两个安保就那么恭恭敬敬地听着。

废话,美浩小额贷款公司的老总白坤杰被称为第五大银行的行长,大家背地里还称呼他是白财神。但是这位老总经常不在国内,所有业务都给了他的秘书燕卓尔来打理。

燕卓尔,就是传说中的散财童子呀。谁和钱有仇呀,不对燕卓尔客气一点?

奶油小生的脸色一下子垮了。

他来这里,是想要勾搭富婆的。谁知道那些富婆都想勾搭一个更富的土豪,压根没几个看上他们这些人的。他一不小心就被剩下了,好不容易捡了个漏。他还没有来得及嫌弃一下这个女人凶巴巴不上道,就半路杀出个程咬金来。

而这个程咬金,是含着金汤匙的。

“我不想和你说话,你要敢再吵吵,我就叫警察了。”燕卓尔嫌恶地皱眉。

奶油小生愤慨不已,但是两个安保已经过来要架着他往外扔了。这奶油小生又看了看金虞,期待着金主能把自己留下来,好歹过个夜给个几万,也不算是白来了。

但是金虞像是醉得很厉害,眼皮都没有抬过。

凌乱的会场上,放眼望去,人影寥寥。金虞坐在地上,半靠着一个大花盆。燕卓尔站着,给金虞发了一根烟。

“被搭讪是什么感觉?”燕卓尔随口问,顺带着看人清理会场。

“我大一那年,在地铁上,有个很帅的男人一直在我对面,盯着我看。你猜后来发生什么事了?”金虞的眼角眉梢都带着浓重的笑意,却又不像是高兴。

“嗯?”燕卓尔继续看着会场。

“这帅哥下地铁的时候,我尾随了,把他拧到了地铁的警卫室去,从他身上搜出来三个钱包。钱包都是女孩子的,不是他的,里面的身份证都没有来得及扔呢。”金虞又看了看天空。现在的天空,既没有璀璨的星月,也没有绚烂的烟花。

“哟,你十几岁就有这火眼金睛的本事了?”燕卓尔调侃,又看了一眼表。

“我知道自己几斤几两,知道这世上不会有无缘无故的爱和无缘无故的恨。我从来就不是让人一见钟情的那款。”金虞一笑,“更何况,无事献殷勤,非奸即盗。能对我下手的,肯定是盗窃了。”

“你倒是很有自知之明。”燕卓尔白了她一眼。

“对呀,就怕有些人没有自知之明。”金虞的尾音拖得很长。

“别教别人做人了,你酒醒了没?醒了就去开会,几个管财务的高管现在都过来了。”燕卓尔说完,拎着金虞的衣领子,就往会议室的方向走。

金虞挣扎了一下,不知道是她酒没醒,还是燕卓尔的手劲太大,愣是没挣脱。

第一零九章 过江千尺浪

美善金融并没有独立的财务室，而是由官文利和尚思思等人直接管理的。按照他们的说法，这是在以现代金融的方式最高效率地执行管理。实质上除了他们几个人，完全没有人知道哪些钱通过什么样的渠道流向了什么地方。

一看开会的高管阵容，金虞看了看燕卓尔，明白自己现在才成了被承认的一员。

因为那五百万吗？

但是坐下再一看，这些高管也是懵懂的。除了官文利和尚思思胸有成竹以外，其他的人也是坐立不安。大家都不明白，在一场狂欢之后的凌晨三点钟，把所有人叫过来是为了什么。

李教授有些尴尬，正拿着纸巾蘸水擦脸。金虞一扫，看到了他脖子底下的口红印。看来今天晚上是遇到了红颜知己，还没有来得及互相交流一下，就从温暖的被窝被拉到了这里来。

高荣森也在，这位眼底下乌青一片，明显不是被掏空了身体，而是忧思过度。看来他的小额贷款公司一直没有完成洗白转型到正规业务的最后一步，现在是病急乱投医了。

金虞淡定从容地坐下，正好在白坤杰的旁边。这位老神在在地闭目养神，一身好闻的甜腻的香水味。金虞吸了吸鼻子。白坤杰冷哼一声，觉得和这个妞坐一块有点掉价。金虞不恼，微微一笑："看不出来，白总最近换口味了呀？"

除了官文利，其他人都暧昧地笑笑。这么一帮年纪大得快能给金虞当爸爸的人，生活可真是腐败油腻。金虞坐下，端起杯子来一看，空的。酒醒大半，口干舌燥，她懒得跟人扯皮。白坤杰更是瞪眼几下，就翻过去了。

这些有钱人的烦恼，她是不懂的。

所有人都坐下之后，燕卓尔拎着装纯净水的袋子，往大家的面前放水。他是个秘书,并没有落座的权利。在放完水之后,他默默地坐在了白坤杰背后的一张闲置的椅子上,摊开了笔记本。在官文利的身后,也有这样的秘书。

金虞回头望了一眼,燕卓尔端着本子,拿着笔,正在上面全神贯注地记载着什么。

金虞敲了敲桌面,这桌子是古董的金丝楠木,花纹层层叠叠,像是有金丝浮动。楠木木料百年不腐,做桌子还比较少,以前的大户人家喜欢拿来做棺材。

能坐在这张桌子上的人,非富即贵。

桌子上摆着八十一瓶依云水,垃圾箱里还有几瓶,是上一场会议上没有喝完的,大半还是满瓶的。金虞吸了一口气,这才意识到,在他们进来之前,这里刚刚已经开过一场会了。浓重的烟味,久久没有消散。

在这样的重压的场合下,尊重其他不抽烟人士的禁烟标牌,是不存在的。

屠悦像是来了很长时间,她面前的烟灰缸已经满了。这种中式装修西式文化的办公室,空调一直保持在十六摄氏度,但是她还是时不时地擦一把脸上的汗水。

她和金虞眼神碰撞一下,也十分糟心,把个烟头在手里拧半天,表情恶狠狠的,整个人凶巴巴得像是全世界都欠了她钱。

除了刚开始金虞和白坤杰的碰撞,场面一度冷得掉冰碴。

金虞在心里盘算了半天,不知道应该从哪里开始,索性不再想了。

"我们今天坐在这里开会,是为了解决一个历史遗留问题,这个问题不解决,我们接下来的融资和投资,都不能顺利地进行。事关我们的商业机密,是一个公司在稳定发展的过程中,最重要的部分。"官文利的视线,扫过现场的每一个人。

那眼神,已经不是在面对投资时的求贤若渴,而是黑帮老大在清除叛徒。

有些人的视线闪避了,那一看就是偷吃了在心虚,官文利这种人的威慑力有点恐怖,一般人招架不住。金虞在心里把池清源的祖宗问候了一遍,其实在扫黑除恶的大动作进行过一轮之后,池清源就不再把专案组的所有资料向所有人公开。

这其中可能涉及股权质押拉动股价的问题,可能涉及爆雷的P2P平台的负责人跑路去向的问题,可能涉及当地政府和地方企业之间的合作,可能涉及银行不同系统之间的轨道对接下的不合规的利息和相关的操作。

这些东西,但凡拿出一件来,都会一石激起千层浪。

池清源索性就不把这些东西拿出来了。少数几个知道金虞身份的人,都被他留在了办公室,说得好听叫"运筹帷幄"。而其他的经常出差和做材料对照的人,都签了保密协议,各自之间的案子并不互通。

经侦部门的消息最灵通,多少人虎视眈眈着,想要浑水摸鱼分一杯羹。

甚至有的人明目张胆地问,市面上哪些优良资产将会在判案之后拍卖,他好回去多准备点钱,坐等贱买贵卖。有人眼巴巴地等着便宜的小别墅,漂亮的大洋房,几十万的玉镯子,等着这些东西摆出来呢。

池清源直接断了互相沟通的可能性。

金虞现在两眼一抹黑,不知道官文利牛哄哄地在这儿长篇大论是想要干吗。现在已经凌晨三点钟了,一点都不照顾在座各位大佬的性生活,回头萎了还得怪他。

金虞一脸幽怨地看了一眼燕卓尔,燕卓尔根本就没有动。

"出卖我们的商业机密,要付出相当严重的代价。"官文利的视线,已经在所有人的脸上走了一圈,"像为国效力的国安部门签下合同,都不和父母说;地质勘探部门测量出来的每一寸国土,都要严格保密不能落到敌人手里。"

官文利说着,已经从面前的文件夹里拿出来了一沓文件。

"屠店长,我从来没有亏待过你吧?你为什么要把几千人的政府部门的名单给公布出来?但凡是投资都会有失败的风险,这在我们的理财产品页面也是标明得清清楚楚。现在银行都没有年化率超过百分之五的保本理财,我们的操作都是合规合法的,你在我们业务发展最为迅速的时候干这种事情,你的良心不会痛吗?"

金虞震惊得无以复加,之前上千人的政府公职人员和国企领导人员的名单暴露,原来是屠悦做的。

专案组在查了大量的资料之后,发现它来自国外的服务器,只能不了了之。而之后当地政府进行了官方辟谣,甚至还公布了一些争议大的相关人员的工资和财务状况,以证明这份名单是假的。

金虞伸手,拿起桌子上的依云水,半天没拧开。燕卓尔正好在金虞的身后,顺手拿了过来拧开递给了她。

这么温柔的事情,做得这么面无表情,也是醉了。

"呵,财务调查这种事情,和天气一样,查不查在经侦,有没有在当事人,至于公布出来有没有人相信,就看群众了。"屠悦轻蔑地冷哼了一声。

"但是我们的损失,是显而易见的。"官文利已经把相关的文件推了过来,"但凡是损失,必须要有人来埋单。"

金虞觉得自己的手心里有一层绵绵密密的汗水,其他的高管们面面相觑。

"全国的平台都有爆雷的,我看负责人都跑路了,负责个屁!"屠悦满脸的不悦。

"那是因为没有人会身败名裂,一无所有。难道你想身败名裂,一无所有?

屠店长，我向来做事公平，这份损失，应该由你来认领。”官文利已经把文件推了过来。

白色的文件在暗金色的桌子上划过来，像是一叶扁舟。

“我不签，我就算是把一身的骨头剁碎了卖掉，也交不起。”屠悦看都不看，叉着腰，一副油盐不进的样子，“要不是我公布了一份名单，谁知道你们还会做出什么让人意外的事情来？一群卸磨杀驴的货色，一个个的和猪一样，净等着有人来喂。”

屠悦站起来，破口大骂，唾沫星子横飞。

“你有东西能公布，我们也有东西能公布。我告诉你，如果你不签下这份协议，那我就只好公布我手里的另一份消息了。”

官文利横眉冷对。

其他的人都没有出声，似乎只是为了来这里围观这一场下属和老板之间分道扬镳的大战。而这两个人你来我往的，信息量很大，又保留了不少。

他们互相指责，但是又好像弯了一个方向。而官文利现在手里还有牌能打，他手里的牌又是什么？

这般等级森严的会议，经侦局不可能查得到。在座的人这么多，就算是把所有的人都抓了，也不会冤枉一个，但是要挖出来其后所有的相关信息，几乎是一个不可能完成的任务。

光小额贷款公司的人，就有四个。

这些底下的影子银行，它们有一百种方式，可以把任何数额的钱流转到境外，让非法的资产披上合法的外衣。

“现在是凌晨四点，如果你不签，在八点钟大多数人上班之前，就会有一条惊天的消息爆出来。到时候所有地铁上的人，办公室刚刚打开电脑的人，第一时间拿出来手机检查信息的人，都会看到同一条推送。现在的网络社会就有这么一个好处，哪怕没有程序员连夜加班，只要经过了AI的提前设定，就能做成我们想要的任何信息。

“听说2008年的那场大地震，第一时间发出新闻稿的，就是机器人系统。我倒是想看看，这些从0、1编码里进化出来的东西，能把人的灵魂摧残成什么样子。”

官文利说得云淡风轻，大部分的高管只觉得莫名其妙地脊背上发寒，而屠悦的眼神却是越来越冷，最后气得嘴巴微微抖动着，一句话都说不出来了。

强势的一方，掌握着更多的资源。

屠悦把合同拿了过来，就那么站着，手僵硬地把桌子上的笔拿起来，用牙咬开，笔帽吐出去几米远，落在了官文利的面前。她有些嚣张又落寞地说道：“我就怕我还不起，你也花不起，要不我烧给你，还是我把别人烧给我的烧一部分给你?”

“屠店长,注意你说话的态度。”燕卓尔在官文利发怒之前补了一句。

“我他妈的连两个亿的合同都签了,还注意什么态度?”屠悦不耐烦地白了一眼,把合同往桌面上一扔,转身就走。

“如果在三天之内美善金融的账户上没有收到这笔赔偿款,那么后果自负。”官文利老神在在地补刀。

屠悦的肩膀耸动了一下,但是没有回头,肥大的身体像山一样地移走了。在屠悦走后,会议似乎就没有了开下去的必要。

两个亿的违约合同,屠悦那么强势的人,都被三言两语逼迫到不得不签。

其他人面面相觑,一时之间人人自危,只怕祸从口出。两个亿,这可是一家大型贷款公司的注册资金,这个资金量,足够让当地三分之一的中小企业活命了。

美浩小额贷款公司当时的注册资金,也不过是三个亿而已。

“现在银监局在对付我们,不少投资人在查我们。在这样的情况下,我们应该团结起来,维护所有投资人的利益,尤其是不能跟着媒体煽风点火,置我们公司的安全于不顾。”

官文利再说什么,已经没有人听得进去了。

就连白坤杰都拿过眼前的水喝了一口,降降火气:“所有人都被经侦约谈了,我们能怎么办?只能把自己知道的情况,一五一十地说出来呀。国家国家,肯定是国家的利益高于我们个人的利益。违背法律的事情,我从来不做。”

“那如果只要我们统一防线,守住这个星期,就能在分红外多加百分之三十呢?而且,在下个星期的今天,我自己会向经侦畅所欲言。但是,现在是我们融资的关键时期,需要利好的消息来为我们背书。任何的浮动,哪怕仅仅只是故事讲得不好,都会带来不可估量的损失。”

官文利始终面不改色,云遮雾罩,直到现在还是没有一句实话。而在座的各位,恐怕都已经知道了美善金融的情况。

杀鸡儆猴,就是一个最明显的信号。

和经侦本次查案的方向一样,没有人站在全局的角度看问题。就像是盲人摸象,但是所有盲人将摸到的部分加起来,就是一头完整的大象。

“百分之三十的利润贴现,我当然没有意见。走了走了,困死了。”白坤杰站起来,像是在故意对着金虞说,“这点儿回去得晚了,恐怕就得加钟了,不划算了,再掏钱也还是那个味儿。但是不加钱,又没有吃饱,你们说怎么办?”

其他高管们脸上浮动着油腻的中年男人才懂得的微笑,互相之间用黄段子调侃一下。

金虞面不改色,当没有听到。气氛再次变得其乐融融,官文利乐得见这种下属抱起团来的氛围,松快地打了个哈欠,也要回去补眠。

在出门的时候,白坤杰又凑到了金虞跟前:“都说男女平等,你就没有点一个脆皮鸭用来晚上暖床? 五百万哪! 有了这五百万,可得管好自己的嘴,知道什么该说,什么不该说。经侦局和银监局撬不开我们的嘴,但是你这种喽啰,可就不一定了。”

五百万,从天而降的五百万,真的是一笔合法的贿赂。

金虞提起一拳,就要打,但是眼前黑影一闪,这一拳砸在了另一张脸上。猩红的鼻血一下子喷溅出来,燕卓尔从西装口袋里拿出一块巾帕,擦了擦,像是擦掉杯子上的灰尘,毫不在意。

“金老板,大家都要和气生财,我知道你的业务在收账,你最大的客户就是我们。四大银行即使有需求,也请不动你。”

燕卓尔替白坤杰挨了那一下,还很忠心护主地婉言相劝。其他的高管们纷纷劝着,和气生财。金虞心里憋着一股气,转身走得虎虎生风。

那些高管去的地方,是这罗马古堡里别的房间。

金虞沿着旋转楼梯跑得很快,她去的,却是屠悦走掉的方向。燕卓尔原本趴在栏杆上抽烟,但是一看到金虞已经走到了大门口,意识到坏了。

向来优雅的燕卓尔,此时此刻像是在百米赛跑的运动员,朝着金虞的方向追了过去。

看得见的追逐战,已然开始。

而看不见的追逐战,也已经打得如火如荼。

经侦局的大办公室里,数台大功率的电脑全部开着,正在进行精密的计算。王者在办公室摆了一张折叠床,年纪最小的他现在经常被调侃“油头粉面”。

但是王者不在乎,现在他正在做的,就是他最喜欢的事情。

“区块链这一块,发白皮书的多,但是真弄出来IPO的又比较少。其实在咱们这片儿,除了房子,其他东西的涨幅和压力,还真不太大。现在通货膨胀最大的那几个国家,已经把比特币作为流通货币,不然买个面包都得扛着一麻袋的钱去结账。谁能想到,原本是为了对抗资本主义世界的去中心的货币,成了发展中国家对抗通货膨胀的利器。”

已经快到临界点了。

进一步,花团锦簇;退一步,万丈深渊。

第一一零章 灯黑心未盲

金虞站在路口的时候,燕卓尔正好站在她身后。古堡外面的路灯也延续了古罗马宫殿的风格,一道道投影参差错落,让人舍不得踩上去。

两个晃动的影子,交叠在一起。燕卓尔就站在她身后抽烟,顺带着拍了一下她的肩膀,随手从烟盒里抖出来一根,示意金虞接过去。

“你不是不喜欢女人抽烟吗?”金虞好奇道。

“你算女人吗?”燕卓尔粲然一笑,还挺好看。但是金虞觉得这家伙特别欠揍,她恨恨地拿过来点了一根,一口气燃了小半支。

屠悦在美善金融业务奔腾的时候插了一刀,现在要她加倍偿还。这看起来无可厚非,实际上就是在比互相之间的牌面的大小。

她输在了什么地方,要签下那两个亿的违约合同?

屠悦就算是这些年攒下来不少身家,连带着这段时间岚梧市地面上的那些店铺的分成,那也无论如何到不了两个亿。

但凡是金虞怀疑过的人,都查过,屠悦的名下只有几百万,远达不到两个亿的资产规模。

这是要闹哪样?

“曾经有一个聪明人,在落难之时被一个很穷的老头搭救了,他对着老头发誓许诺,一定会让老头的儿子有钱有势,娶到名门淑女,幸福安康地过一辈子。你知道他是怎么操作的吗?”

天方泛起了鱼肚白,但是路口没有人往来。

金虞和燕卓尔两个人就站在十字路口,只是两个人朝着不同的方向。这两个方向通往的地方,也完全不一致。

“他给了老头一笔钱,把自己的女儿嫁给了老头的儿子?”金虞有些不耐烦,这经济案件中的神奇操作太多了。

谁能想象得到，我国房地产首富王老板也是我国的“首负”，现在正欠着国家四千多个亿呢。在2008年金融危机的时候，他广建大型广场和地标中心，在现在经济下行的大环境下，又开始抛售资产，玩资本外撤的游戏。

屠悦的反应，和金虞之前打交道的人都不一样。

这么一个不吃亏的人，但凡能吃别人的外卖就不会自己掏钱点的人，怎么会那么利落地签下两个亿的赔偿合同？

两个亿呀，几辈子当牛做马都未必还得清。

“错。聪明人，大多一毛不拔，玩的都是借花献佛的游戏，怎么可能舍得掏自己的钱出来？那个聪明人做了这么几件事。

“他去找了银行家，说我希望您能任命一个年轻人做您的副总裁。银行家肯定不答应，聪明人说这年轻人是石油大亨的女婿。

“他又去找了石油大亨，说我希望您能把您聪明贤淑的女儿嫁给一个年轻人。石油大亨肯定也不答应，聪明人说这年轻人是银行里的副总裁。

“他又去找了总统，说我希望您能任命一个年轻人做您的理财经纪人。总统肯定不答应，聪明人说这个年轻人是石油大亨的女婿，还是银行的副总裁。

“就这样，一穷二白的穷小子一跃成为整个国家的新贵。他是银行的副总裁，是石油大亨的女婿，又是总统的理财经纪人。

“你看，一个人并不需要自己有多少钱，只需要加杠杆抬高自己的身价，一切问题都会迎刃而解。”

燕卓尔只是手夹着烟卷，丝丝缕缕的烟飘起来，他的眉眼都有了如神祇一般的通透感。金虞疑惑地看着燕卓尔。

这个聪明人明明知道她现在在揪心什么，居然开始大段大段地讲故事了。

这不是在搞笑吗？

“这个聪明人最后肯定会被石油大亨、银行家、总统整得很惨。纸包不住火，到底是什么货色，早晚都会露馅。”金虞冷冷地说。

“我以为你不知道呢。”燕卓尔又一笑，眼波如水烟浩渺，“所有的聪明人都认为自己能瞒天过海，做得滴水不漏，把别人当成傻子玩弄于股掌之间，其实他们根本不知道，自己才是那个最愚蠢的人。人总要为自己做的事情付出代价。”

金虞没说话，燕卓尔似乎另有他意。

“你觉得，你将来又要付出什么样的代价？”燕卓尔又问了金虞一遍。

金虞觉得自己的手心后背都出了一层冷汗。这世界上是有天才的。王者对数字复杂的运算建模函数有着天生的敏锐，在这方面一骑绝尘，他在一年内做出来的东西可能是其他人一辈子策马难及的。而顾非过目不忘，本人就是一个移动的数据库,那些艰深的难以理解的知识,在他的眼里都只是日常。

燕卓尔,也是个难得的聪明人。

“要你管?”金虞没好气地呛了一声。

“我能坐白总的车走。”燕卓尔把一串钥匙扔给了金虞,漫不经心地开始往回走,“我那可是两座的小敞篷,很贵的。我有洁癖,你要是敢路上开网约车挣外快,我就让你掏钱给我洗车。”

金虞一下子眉开眼笑,接过了钥匙:“谢了。”然后欢天喜地地朝着车库的方向跑过去。

燕卓尔没好气地扫了一眼:“哼,两个字就把我的车给骗走了。”

这世上,聪明人越来越多了,傻子都明显不够用了。但是谁又是聪明人,谁又是傻子呢? 天光渐亮,到了暮春时候,昼长夜短,天边擦亮一点点,像是鸡蛋黄渐渐地煎出焦香的颜色来。

燕卓尔把烟头扔在垃圾箱上白色的细沙里,风一吹,青烟湮灭。

金虞给屠悦发了一条信息:我知道你和图灵的关系,我也知道你们把钱放进了地下银行开始洗,要往海外转移财产。

秒回:无耻。

金虞又发:那你当面骂我呀。

发完了消息,她开始给麻旦旦发只有经侦局才懂的暗号。麻旦旦在接到后的第一时间,用虚拟的信号直接传到了池清源的手机上。

就算是最尖端的技术,也找不到这其中的联系。

金虞放下手机,红色的跑车转了一个弯,离开了美轮美奂的古堡。她的手放在方向盘上,想起了顾非和她讲的古老的罗斯柴尔德银行。该银行曾经在拿破仑滑铁卢战役中,比英国的政府早一天知道战役的结果,靠着这个结果,罗斯柴尔德家族先大肆抛售英国的国债,再在这股抛售潮结束之后,贱价买进来大量廉价的国有资产。

靠着这一手,罗斯柴尔德家族从此在整个世界的资本市场所向披靡,再无敌手。

信息差,哪怕只有一天的时间,也会改写整个历史。

时间,只有一天哪。金虞的手轻轻地拍着方向盘,等着红绿灯变换颜色。盯着等的时候,那一秒一秒过去的时间,显得尤为漫长。

她已经一天一夜没有睡过觉了,但并不觉得疲乏。

潘多拉在打开诸神送给她的盒子时的心情,肯定比现在还要复杂。

屠悦现在气得手直打哆嗦,却又无可奈何。她住在一个中档小区,房子是租来的,拎包入住的两室一厅,并没有什么太明显的个人风格的印记。

这么一个房子,月租三千二,但是买下来需要四百八十万,还不是学区房,勉强算是个不错的江景房。但是一眼看到的是对岸的金融街,回到家里还能看到办公室的灯亮着,也是够糟心了。

这漂亮的江景房的阳台和卧室都是落地窗,高端大气上档次得不得了。但是这样的房子,谁住谁知道,玻璃保暖隔热的功效,根本比不上砖墙。冬天费地暖,夏天费空调,坐在窗户边上,还特别容易晒黑。为了这么一个华而不实的玩意,每年都得多开支出去三千块钱呢。

这还不是重点,重点是对面的人想要偷拍一下,太容易了,毕竟现在的手机都那么高的像素了。

也不知道谁设计的这么坑爹的落地窗。

屠悦在心里吐槽了八百遍,肥胖的身体从椅子上跳了下来,木制的地板发出咯吱一声。

这落地窗户另外不方便的一点,就是一人高的地方不能开窗,想要从窗户上跳下去,就只能踩着凳子,开了上面的窗户再把腿抬起来,双手撑起来,才能勉强翻过去。

想跳个楼累死了。屠悦坐在地上,大口大口地喘着气。小冰柜里放着几瓶不错的红酒,但是她不喜欢。她屯了芬达雪碧可乐,全是罐装的,一打开满满的气冒着愉快的小泡泡,那些瓶装的大桶装的汽水根本就不能比。

地上已经散落了十几个饮料罐子。

屠悦随手又开了一瓶,一口喝了下去,烦躁地看着表,一脚把旁边的一个罐子踹开了。他妈的这条死鱼怎么还不来?

就在屠悦等得快要失去耐心的时候,门铃响了。

声音像是从四面八方传来,带着令人心悸的幻觉。屠悦想要起来开门,才发现自己的腿已经被屁股坐麻了。

人生从来都这么艰难吗?

是的,人生一直都是这么艰难。

门开了一条缝,天光从门缝里面渗透出来。单行楼道,三户住户,电梯直对着安全通道的楼梯,楼梯的木门关闭着,楼道里又没有通风窗,所以楼道里比家里黑得多。

门户大开,光线有些刺眼。

寒光凛凛。

一把剔骨尖刀从里面伸了出来,直直地朝着金虞的面门劈了过来。

我靠!

要杀人灭口了!

金虞早有准备,她退了一步。顾非的大长腿一脚飞起,直接把屠悦踹了进去。为了不引起人的怀疑,他和坐电梯的金虞分开,是走楼梯上来的。

这热身运动做得不错。

屠悦像是一个硕大的皮球,直接一屁股坐到了客厅中央的地板上,还滑行了一段距离。她不顾疼痛,急急忙忙地站起来,想要去关门,但是已经来不及了。顾非和金虞两个人,前脚搭后脚地进来了。

顾非挡在金虞的面前,金虞正在关门,还上了一层保险,顺带着把客厅的窗帘都拉上了。屠悦的刀落在地上,扎进木地板里面。她还想拔刀冲过来,顾非一手亮出铐子,把她的手腕和大理石的餐桌桌腿铐在了一块。

屠悦扭半天,累得直喘气,干脆一屁股坐到了地上:“你是什么人?”同时很不悦地看着金虞,眼里带着浓重的嫌弃。

“警察。”顾非干脆利落。

“呵,我要是有这么帅气的一个警察男朋友,也肯定谁都能出卖。”屠悦抽了抽鼻子。

“不不不,我也是警察。”金虞拿着剔骨尖刀,并没有拿起来用。

“我知道,你和图灵是亲姐妹,甚至是异卵双胞胎的亲姐妹。我们专门查过,当年为了给你家里的小子上一个户口,就把图灵送到了城里别的亲戚家里。后来因缘际会,你们又联系上了。我说得对吗?”金虞说着。

“我和大明星能有什么关系。”屠悦嘴硬。

“虽然图灵没有回村里,但是家里的大大小小事情后来都是她在掏钱。一直到三年前,她突然间爆红,成了宅男女神,成了所有人励志的对象。你们也在小心翼翼地维护着她的形象。”金虞继续道。

“是我偶然发现了美善金融是个就业的好地方,最早跟进来的,所以才有了现在的地位。地面上三十家门店,有一半都是用我的名字注册的。就连美善金融旗下的公司,也有那么六家是用我的名字注册的法人代表。我不知道你们在说什么。如果你们想要图灵的亲笔签名,我倒是能帮着你们搞一张。但是你们如果是想把她的名声搞烂,让我跟着说什么做什么,完全不可能。”

屠悦的意见很大,完全没有配合的意思。

“凡是可以查到你们活动轨迹的地方,我全部查了一遍。这段时间出差,我差不多走过了大半国土。为了从技术层面做证明,我们甚至向人民医院做了DNA的检测申请,可以证明你们两个人的身份。而你名下的公司,不过是作为自融的渠道,源源不断地吸收投资人的钱。这些钱并没有用来再生产,所谓的服装公司、海鲜市场、火锅连锁,都只不过是皮包公司。这些皮包公司除了一纸合同,就连一个像样的办公室都没有。

“我们承认,现代的很多企业,为了合法避税,会通过化整为零、化零为整的方式落地到税收优惠的地方去开公司,将业务开设在其他地方。这样又给我们的调查造成了难度。

“但是当我们走完之后,你们的鬼把戏也就不足为奇了。直到现在,你还要撒谎吗?我可以逮捕你,也可以逮捕图灵。”

顾非说得义正词严。

“我还是不懂你们在说什么,合同上签的都是我的名字,就算是要查,这些钱也都是到了我的私人账户。”屠悦一再坚持,扭动着手臂,肥胖的胳膊上勒出了一道血痕。

这时候,对门传来一阵门锁转动的声音。

屠悦脸上的神情有些诡异:“你们不知道吧,方星海就住在对面,就是为了监视我,怕我跑了。现在你们在里面审我,他肯定发现了,所以现在要赶紧跑,怕我把他给供出来。”

顾非眉头一皱,立刻冲了出去。

“我们的好几个大业务,如果没有方星海牵线搭桥,还真是完不成。”屠悦看着金虞,“你都有五百万了,为什么还不知足?”

“有些东西,不是能用钱解决的。这世上的东西,不是都能用钱买到。”金虞如此回应。

“对呀,我知道,世界上有些东西,用钱买不到。我能充分地理解你,比如我和图灵是亲姐妹,我就不允许任何人伤害她,任何人都不能。现在美善金融账户上的钱已经不那么多了,官文利想让图灵把这么多年辛辛苦苦攒下来的钱全部吐出来,去填补这个窟窿。”屠悦打开了话匣子,一五一十地开始交代,“对了,电视柜跟前的那个保险箱里,有最重要的几份文件,但是需要我的虹膜验证和指纹密码,你先把我放开,我给你拿出来。”

“我如果放了你,你杀我跑了怎么办?”在这种事情上,金虞从来不冒险,“我可不觉得我能打过你。”

“现在能救我们姐妹的人,只有警察了。那些玩资本的家伙,会把她吃得骨头都不剩。你说我还能打你吗?如果你不是警察,或者如果你被那五百万收买了，我就不会相信你。”屠悦说得信誓旦旦，“保险柜里的文件，是有时效的。在开门之前我就意识到了可能会有变故，摁下了自毁系统，它们会在半个小时之内掉在浓硫酸里脱水变成一坨黑炭。”

金虞的眼底闪过一丝精光。

呵，每个人都想好了自己的退路呀，都到了这个份上，还不忘再玩一手峰回路转。

“你如果不看，你永远都不知道，真正的真相，比你眼睛看到的真相要残酷得多。”屠悦继续道。她还看了看墙上的表，颇有几分不耐地问：“你看，只有不到五分钟了，你想好了吗？”

搁在茶几上的剔骨尖刀，反射出锐利的光芒，分别映在金虞和屠悦两个人的脸上。资本揭下了温和的面具，露出了本来的面目。

这，原本就是一场骗局。

只是不知道，这一场豪赌一样的骗局里，到底下了多少赌注。

第一一一章
小鬼插翅亡

人们在每一次重大变革之初都有一个美好的理想，在后来复杂的变局中变成了梦想，而等到了层层推进的实施过程中，就成了幻想。

在现代经济学的理论中，它被称为泡沫。

在泡沫因为承受不了自身内部和外界气压差自动破裂之前，很少有人会自己刺穿这个泡沫，这相当于自己刺穿了自己的理想、梦想与幻想。

梦想还是要有的，万一实现了呢？

黎明即起，朝阳破晓。时间从来不会为光明而停滞，也从来没有为黑暗而快进。此时此刻，池清源正坐在厅长严立本的办公室里。

上一次坐在这里，还是大半年之前。眼前的这位经侦局局长受任于败军之际，奉命于危难之间，一肩挑起了这件惊天大案。

原本属于刑事侦查处的人命案子，也连带着成了池清源的责任。

“你知道布置这么多的警力有多难吗？”严立本比第一次给池清源特殊案件特殊办的时候，还显得为难，“你凭什么认为，这个案件能消化得了那么多的警力？”

其实这个点把厅长喊出来开会，本身就是一种为难。

但是现在时间已经不等人了。

这件案子，不管是办成了，还是办不成，都会成为岚梧市这座百年金融城市头顶上的一团黑云，不知道要笼罩多久，才能拨开云雾见青天。

“我知道犯罪分子的心理特征，他们作为行为实施者，不知道自己什么时候会付出代价，就会心存侥幸。在盗窃、撒谎、赌博机、彩票等和投机相关的领域里，操作性条件反射理论无处不在。将近百年前，斯金纳就已经用小白鼠和食物证实过了。”池清源正襟危坐，双手交叉放在桌面。

似乎，他的话带有一种天然的信服力。

他的长相,比严立本更像一个忧国忧民的老警察。

"证据,证据啊!就靠着你们拍下来的几家公司的照片,找到的几个小公司的流水记录,就想扳倒这么一个大机构?我应该夸你蚍蜉撼大树,可敬不自量吗?"严立本也掉书袋,但掉得不自然,硬生生地把这么严肃的场合弄得不严肃了。

"我们如果不一查到底,等于是在变相地告诉这些犯罪分子,他们的行为没有代价!我是这个省的经侦局局长,我有权利和义务除恶务尽。况且,我的专案组的下属们在厮杀,在拼命,我作为总负责人,应该做得更多。"池清源说得义愤填膺。

严立本却在掂量池清源的话里面,到底有多少水分。越是证据不足,才越会这么大张旗鼓;越是决心大,才越会胆大包天。

"咱们省的金融这块的业务,总不能一直搞管不了温度就管温度计的那一套吧?"池清源已经急了,急切地想要调动武警和特警。

全市三十家线下门店哪。

管不了温度,就管温度计。话糙理不糙,这些金融案件背后涉及的都是大佬,哪里会东窗事发之后才临时开始想对策。

如果,可以防患于未然呢?

如果,这一次可以把韭菜的损失降到最低呢?

"证据呢,我要看到完整的财务报表的内容。"严立本已经把相关的文件打开了,他知道面前的这位得力下属肯定还有什么没有向他报告。

"我不打麻将,但是我们也办过赌桌上的案子。有一种赌徒,已经不能称为赌徒了,他们哪怕是手上的牌稀烂,能一直忍着不放炮,挨到最后,就算是赢不了,也能保证不输。"池清源还是没有正面回答严立本的问题。

"这件案子,牵连甚广,就连我的下属,也没能知道全盘的动作方向。"

这些搭钩结网、攀缘溜缝的P2P平台,无处不在。似乎不在里面投些钱,都不太像个使用智能手机的现代人。

严立本在文件上签署了自己的名字。

头发浓密、精神矍铄的经侦局局长站起来,对着严立本敬了一个礼。

"大厦将倾,覆巢之下,安有完卵哪?"严立本也感叹了一声,"当所有的经济主体正好花完他们的收入,不增加杠杆,宏观经济的增速就等于技术进步加物价增速。但是我们的社会,总是觉得一万年太久,只争朝夕,上层在拼命地加杠杆,扩大生产和刺激消费,而下层的楼霸、村霸、厂霸,这些黑恶势力屡屡抬头。任重而道远哪。"

虽千万人,吾往矣。

“你再考虑考虑?现在已经不足三分钟了,那几页轻飘飘的纸,会很快落在浓硫酸里面。哪怕公安机关手眼通天,恐怕都不能把一块碳给还原了吧?”屠悦挣扎了一下,她的手上血印子已经显现出来了,肥腻的凶巴巴的脸上有一丝丝的落寞,“说清楚,我可不是为了你,是为了我自己。凭什么我在里面吃牢饭,他们能在外面鲍鱼燕窝鱼翅吃得那么开心,这很不公平。”

“公平?”金虞摇了摇头,拿了钥匙给屠悦开了锁。

屠悦揉着自己的腕子,白嫩的肌肤上是一道道猩红色的印记,肿起来一圈一圈的:“他妈的警察都不爱钱吗?老娘真想拿一沓人民币砸死那个坏小子,白长了那么一张脸。”

这世上有些人,只要衣食无忧,生活可期,更多的钱就不在考虑范围之内了。而有些人,能把财富做成一个账户上的数字,即使一辈子可能都不会取出来,还是会孜孜不倦地一直赚钱。

赚钱,是有些人的爱好,也是有些人的生存方式。

电视柜旁边有一个小冰箱大小的中国风装饰的小柜子,就是屠悦说的那个保险柜。保险柜做得繁复而精巧,开关在冰箱的后面,摁动之后才会通电,通电之后才能进行虹膜和指纹识别。

这算不得太过高深的技术,现在超市和小卖部打卡,都用人工感应技术了呢。

屠悦把东西取了出来,一沓薄薄的A4纸的文件,肉眼可见纸张新旧不一样。当然,这里面是真的有一个盛着浓硫酸的小方盘子。

小方盘子,一块被拿了出来。

但是,这盘子交到金虞手里时,屠悦故意把盘子打翻,把纸往空中一扬。仙女散花是什么样,现在这个客厅里就是什么样。

浓硫酸这种东西,对蛋白质和碳水化合物有很强的腐蚀性,金虞下意识地后退了一步。而屠悦已经抄起了放在桌子上的剔骨尖刀,她没朝着金虞刺过去,而是朝着落地窗的位置砸过去。

金虞不顾地上的一摊浓硫酸,快步踩过去,但是屠悦已经劈开了玻璃,玻璃丁零当啷碎成一片。屠悦本人像是一只硕大的皮球,已经滚了出去。

金虞奋力抓住了屠悦没有拿刀的一只手,粗壮的手腕滑腻得很难抓住,好在这个季节她还穿着长袖。

强大的惯性带着金虞整个上半身探出去,另一只手直接抓住了窗框,碎裂的玻璃扎进掌心,整个人疼得差点松开了手。

“松开!”屠悦真的是这么喊的。

金虞的脸憋得青紫,真的是一句话也说不出来了,在十五层楼高的空中,和屠悦两个人面对面地翻白眼。

“你哪儿来那么大劲?”屠悦又嚎了一句,其实能听出来她明显在发抖,她的眼睛只敢看着金虞,完全不敢往下看。

金虞想起在美善金融的办公室装修好之前,燕卓尔不止一次地非要让她站在办公室的落地窗前,看这一眼望去的千里江山。

除了江山,还有,浓重的恐惧。

尤其是在没有装玻璃的时候,一步天堂一步地狱,不是一句空话。

“我爸是个杀猪的,我从小就能扛着半扇猪肉跑。换成一头猪,也没什么压力。”金虞咬牙切齿,她是真的要坚持不住了。

这胖妞能不能减减肥呀,要是换成白子玲那小身板,现在已经被拉上去了。

“你救不了我的,燕卓尔把我出卖给了官文利。”屠悦的声音,已经带了哭腔。

“闭嘴。”金虞从来没有说过不行,从来没有在这种事情上哭过。她的脚在光滑的地板上钩着,想要找到一个有效的着力点,她的左手还在流血,猩红色的血液顺着窗户碎得四分五裂的玻璃,一点一点地渗漏下去。

屠悦看着金虞的血,真红呀。

“和你们在一起的那几天,可真是穷开心哪。帮我转告一声麻旦旦,老娘不是点不起外卖,吃他的是看得起他。”说完,屠悦另一只拿着刀的手扬起来,“小金鱼,看在你对我这么好的分上,我告诉你一个秘密。”

屠悦笑着,这是金虞见过的屠悦最柔和的表情,一点都不凶巴巴,就像是唐朝仕女图上的那些胖美人。她的声音不大,说了她这辈子的最后一句话。

“当心哪,燕卓尔不是燕卓尔呀!”

她用刀背狠狠地砸了一下金虞的手腕。

“不!”

金虞眼睁睁看着屠悦就这么掉下去了,距离自己越来越远,渐渐变成了一团黑色的影子。当外面的经侦冲进来的时候,只看着金虞趴在窗户边上,一地的碎玻璃,一地的文件。

而在小区门口的顾非,刚刚抓住了方星海。

一切,都显得那么猝不及防,而一切,都是双方角逐下的争分夺秒的结果。

安庆泽、吴刚在王子韦的带领下冲进来,安庆泽快走两步,要把窗户边上的金虞给拉起来。王子韦和吴刚戴上手套,开始处理屋子里散落的文件。

金虞坐起来，看着自己的手，右手的指甲里都是血，不知道是她自己的血还是在拼命拉住屠悦的时候屠悦手里的血。

“发生了什么事？你们怎么现在才上来？”金虞问，喉咙里干得厉害，说话声音沙哑而冰冷。

“小区的电梯停运了，我们是爬楼梯上来的。”

方星海这家伙属兔子的，还玩这么一手！金虞真的是气闷得不行了，这种小区一览无余，监控只能在楼对面租一个房子，或者是直接把自己的车停在外面的车位上。

看着距离不远，实际上的机动性很差。

现在，只能寄希望于顾非抓到了方星海，否则之前的布置，就浪费了。金虞感觉身体像是被掏空了，她趴在地上，随手捡起一张合同来看。

这些都是屠悦攒下来的和美浩小额贷款公司之间的财务往来，不过都残缺不全，有的只有最后的签名部分，还是拍照拍下来之后印出来的。

也就是说，这些东西，是她偷出来的。

落款的签名，有的是美浩小额贷款公司的老板白坤杰，有的是公司的股东颜燃。这在金虞看来是一件很正常的事情，毕竟左手倒右手的游戏，大家都在玩。屠悦的钱，不仅仅是她自己的钱，还有图灵的部分，自然会有洗钱避税的需求。

但是这种东西，为什么会被这么严密地保护起来？

金虞捏着这些东西，陷入深思。

“燕卓尔参与非法集资，涉嫌大量私人信息的倒买倒卖，为什么不能把他逮捕？”金虞撤出案发现场，现在坐在池清源的车里。

救护车，警车，派出所的警察，物业，乌压压地来了一大波人。专案组的人调来了武警，用省厅的名义直接接管并封锁了现场。

隔着车玻璃，能看到外面的吃瓜群众议论纷纷：

“这找死怎么不能换个地方找死？我这房子刚买的，就在对面。等着捂两年价格翻一番好出手呢，现在倒好，这人死这里了，这房子不掉价就算不错了。”

“地王变凶宅，我可是和我老婆假离婚才买的房子。”

“你们这些炒房的让一让，我刚买的房子等结婚呢。”

……

世间百态，有人已经踏进鬼门关，有人欣欣向荣。金虞之前一直没有叹气，也没有哭。原本安庆泽和王子韦还想给她找个心理辅导，但是她除了累一点，完全没有其他的情绪变化，看起来像那些老成持重的刑警一样，自带杀气，不怒自威,也就没有人提了。

到现在,金虞才叹了一口气。天下熙熙,皆为利来,天下攘攘,皆为利往。

“燕卓尔,是我们最早的线人。在你没有入局之前,我们就通过他一直获取高利贷的消息。到现在为止,我们通过他提供的线报,已经抓到了十七个嫌疑人。从这些人的身上,我们才判断出了美善金融可能会有问题。但是因为他的身份特殊,局限性太大,不能提供更大范围的信息,达不到破冰的水平,我们才一直在物色新人入场。燕卓尔所做的每一步的动作,都在我们的掌握之中,甚至比你更早接到去救屠悦的消息。”

池清源一字一顿地说着,每一句话都像是一颗雷,在金虞的耳边炸响。

她觉得自己现在被人雷得外焦里嫩。

“燕卓尔,是你的线人?”金虞觉得自己快要抑制不住体内的洪荒之力了。燕卓尔,怎么可能?她无论如何都想不到,燕卓尔是和自己站在同一个阵营里的人。

“在大面积扫黑除恶清除地面上的流氓的时候,岚梧市地面上的高利贷网络很震动,互助会要把你沉江,是燕卓尔介入,做了一番考验,把你吸纳到了岚梧市地面上唯一的催收人的行列。接下来,原本美善金融的人想直接借着你的名义做店铺,让你挂店长的名字,也是燕卓尔给化解的。”

你以为岁月静好,其实是有人在为你负重前行。

池清源说的时候,语速很慢,但是金虞还是没能够从震惊里走出来。从一个潜在的怀疑分子到现在的根红苗正,金虞实在不能接受。

“你给我的许诺,是当警察。那你给他的,是什么?”金虞觉得自己的眼中雾气森森。

“他和我单线联系,除我以外没有人知道他的存在。而我给他的,是在整个岚梧市的金融环境肃清之后的政策便利,可以在同等条件下,给他更高效的办理牌照和签署文件的相关便利。”

池清源如是说。

金虞心里翻江倒海,还在消化这个消息,无论如何,她都没有办法想象在最后的关头和燕卓尔并肩作战。

“一个动之以情,一个晓之以利。池局,你这一手做得可真漂亮呀。”金虞的脸色终于垮下来,一天一夜没有睡觉,她揉了揉太阳穴。

“你知道他的存在,而他不知道你的存在。”池清源再次补充。

金虞疑惑地看着池清源。这一起案件,变数横生,台面上的和台面下的,万缕千丝。很多人很多事,不能只看或只听表面的部分,还得再细想没有表达出来的深层的意思。

“你知道的部分,比我们所有人知道的都多,只有你才能主导整个事件的走向。你看到了警察在怎么办案,也看到了犯罪分子在怎么作案。你知道我们的进度,也知道美善金融的KPI(关键绩效指标)完成到了什么进度。其实所有的一切,在你的眼里才是完整的。只是你有时候站得太高,有时候站得太近,才会遮蔽了本来应该看到的那一部分。”

池清源是个从来不灌鸡汤的人,现在却对金虞说了一连串的话。

“我们已经布置了足够的警力,按照你提供的线索找到了足够的证据。现在关键的一点,是老百姓辛辛苦苦存进去的钱不能外流,而那些从银行和其他国有投资机构弄来的资金,也绝对不能出现国有资本外逃。”

这也是严立本能同意调动这么大规模警力的原因,甚至请求军方调动武装直升机和军舰,也在所不惜。

第一一二章
大盗落天网

“是不是如果早一点动手,这种事情就能避免?”金虞没有抬头,也没有在燕卓尔的问题上咬着不放,重压之下,沉静得可怕。

“股权质押协议和公司法人协议,都是早就签好的。原本屠悦就是出事之后的那一环,不过是资本家坐在一起分赃不均,输家提前下场。每年世界杯结束,多少人上天台,股市里常说的割肉,也差不多。”

每逢自然灾害发生之后,武警官兵中都有很多人需要心理疏导。很多人会因为没有救出更多的人而愧疚,难过得整晚整晚睡不着觉。

在这样的情况下,就需要心理疏导。

金虞在之前的一次次大事件里,都展现出了不俗的心理素质。

“那你之前为什么不告诉我燕卓尔是你的线人?”铁甲仍在。金虞再抬头的时候,眼睛已经恢复了清明。

池清源没有回答这个问题,而是反问金虞:“那五百万,你打算怎么花?”

“该我拿的,我不会手软,不该我拿的,我不会动手。”金虞挑了挑眉毛,也没有回答池清源的问题。这世道怎么这德行,大家都喜欢考验一下人性。

黑色的SUV缓缓驶离了这个小区,金虞在一个繁华的十字路口下车,再打车前往罗马古堡。

至于燕卓尔的那辆红色的骚气的奔驰小跑,就被那么扔在了小区的停车场里。改天他如果有空,就自己来开回去吧。

顾非在小区门口上车的,不过还是池清源在开车。金虞问池清源:“这事,顾非知道吗?”

一身风尘仆仆、散发着一股汗味的顾非回过头来,不解地看着金虞和他的领导,显然不知道这两位在说什么。但是顾非的涵养极好,又是在这样的单位,好奇心从来不重。

不该他知道的，他就算是知道了，也会当作不知道。

但是，金虞还是想问。

“我一手操办的，没有人知道。”池清源说。

“那我就放心了。”直到现在，色彩才重新回到了金虞的脸上。

曾经想象过，卧底风云，杀伐决断，步步惊心。但是等真的到了这一步，才发现如果能在派出所接个电话，熬夜值个班，才是真正的幸福。

燕卓尔不是燕卓尔。

金虞反反复复地思考这句话的意思，但是不知道这背后的信息是什么。

“我之前查过燕卓尔的户籍信息，还有他父母的情况，一切属实。因为他的工作原因，他父母现在已经提前退休了，还有过几次国外旅行，四年前去了瑞士，两年前去了加拿大。从普通的中产阶级晋升了一个档次，生活面貌发生了很大的改变。但是以燕卓尔的收入水平来看，在四五线的小城市，能给自己的父母这样的生活，完全没有什么问题。”池清源调查得很仔细，他甚至是让自己最信任的下属——顾非亲自去的。

调查燕卓尔的过程，甚至比请王者过来还要细心认真得多。

燕卓尔的母亲是当地市医院的助产士，他的父亲是一名神经外科的主任医师。父母双方的家庭情况也很正常，无非就是基层的公务员或教师，同辈的亲戚里面，有人留学回来也是在大学当老师。亲戚之间保持着客气又亲近的距离。

很正常的中国式家庭，顾非甚至能把这一串信息背出来。他甚至连燕卓尔的父亲这些年做的大型手术的患者的信息，也找了一遍。

完全找不到疏漏。

“顾非，你的家境比燕卓尔的家境还好，你图什么呢？”金虞难得问了一个比较轻松的问题。

顾非本来在开一瓶水喝，被金虞这么一问，愣神了一下。他的父母亲和双方的亲戚们，不是在军队就是在警务系统里，大家都默认过年过节时不需要露面，其他的时候再请假聚。所以顾非都没有把欢度春节当成一回事。

他当警察，从省直单位一步一个脚印升上去，很正常呀。

他还真的从来没有专门想过，为什么要当警察。

“我觉得我当警察，是一个很正常的选择，就像我父母期待的那样。而且我很喜欢赢，能把那些穷凶极恶的人抓回来，是一种极高的精神智力享受。”顾非整理了一下，回答道。

“那就对了。”金虞说完，不再说话。

对呀，人人都喜欢赢。

但是又不喜欢赢得太过简单。

在抓小偷的过程中,最恰当的时机,就是人赃并获的那一刻。快一分钟,小偷还没有下手,慢一分钟,赃物已经不在小偷的手里,两者都绝对不行。

不但抓不到小偷,还可能被人倒打一耙。

重则,身败名裂。

屠悦的死,甚至没有惊起丝毫的波澜,更何况是郭蘅芜的车祸。已经过去了三天,郭蘅芜还没有醒过来。燕卓尔倒是每天一个花篮,天天往郭蘅芜的病房送。

"看不出来,你对我们郭总还真的有点意思。其他人可都在忙着落井下石呢,尤其是那几家银行,现在就派出信贷员想要给郭总的办公楼和车估值了,就怕郭总咽气影响了他们往回收钱。你倒好,还一直送花。看不出来,你倒是有情有义,要不等我们郭总醒了,你娶了她吧。"

目前最有意思的事情,就是调侃燕卓尔。同一个阵营的身份,也并没有改变金虞对燕卓尔的态度。

即使有那么多的资料加持,有那么多时间的朝夕相处,金虞觉得自己根本看不透这个风度翩翩的男人。他身边的女人,还是走马灯一样地换:清一色的网红脸,年纪小,说话的声音温柔可爱,和金虞完全不是一个路数的。

搞金融的,不玩的才不正常。

"我们是很好的朋友。如果她醒了,我希望能早点知道。"燕卓尔云淡风轻。

偶尔在会议桌上碰见图灵,这个闪闪亮亮的大明星看向金虞的时候,一双剪水秋瞳里满满的都是敌意,倘若一个人的眼神能化成刀子的话,那么金虞早就被千刀万剐切割成了肉泥。

图灵难得地看起来不再具有亲和力,她看向任何人都是冷冷的。

她还能坐在这里,足以说明屠悦的死,保住了她。那些置换的文件,庞大的债务,终结在了屠悦的身上。

逝者未必安息。

生者未必可以高枕无忧。

图灵的眼底是浓重的鸦青色,似乎人不是慢慢变老的,而是在一瞬间变老的。她总是戴着墨镜和丝巾,匆匆地来,再匆匆地走,身边多带了两个保镖,把不相干的人直接杜绝在了视线之外。

"从现在开始,我们要减少广告的投放。酒香不怕巷子深,但是现在已经冲天香阵透长安,我们不再需要这些虚头巴脑的东西。"

官文利新的会议,是关于下一个季度的广告预算。

广告这种东西,在电视台综艺节目上的投放,是按期给钱的。路面上的那些私人和公共的广告牌,是按年给钱的。大楼上的LED显示屏,又是另外一个价格。

作为甲方爸爸,成天在广告上空手套白狼,要不然郭蘅芜也不会愁得天天要不回来钱,但是因为拿了一部分订金,所以又得好好地干活。

减少广告的投放量?

金虞抓到了这个敏感词。郭蘅芜说过,现代社会品牌的意识越来越低,竞争极其激烈。从LV到普拉达,为了讨好亚洲区的客户,都开始选择它们从前看不上的流量明星,已经从性冷淡的风格转向了大众亲和的风格。

就连图灵这种靠着美图走出来的模特,都一度成了奢侈大牌的首选。

现在的视频网站上动不动就是几十秒的广告,从化妆品到名车名表,不一而足,从来没有哪一家会减少自己的广告。

只会更多,不会更少。爆款电视剧里的赞助广告,各家更是争得头破血流。就连古装剧里面,都把广告插到了极致。

减少广告的投放量,就意味着更少的关注度。

而关注度的减少,意味着一个企业的终结。这是郭蘅芜说过的话。她说她从业这么多年,从广告就可以判断出一个公司的走向。

穷得连广告都打不起了,就说明这公司可能真的要完蛋了。

这年头,赔钱赚吆喝的人多了去了,就连打广告的钱都挤不出来,可见这公司的业务量差到了什么程度。

"对,我们已经是全国的前十,接下来要集中精力做到第一。无所谓的广告,就没有必要继续投放了,浪费钱。空谈误国,实干兴邦。我觉得我们官总的战略计划,是非常有意义的。"

李教授,全名李晓峰,其实他现在已经不当教授了,早就从学校里辞职不干了。毕竟他这个文科院校的教授,根本捞不到多少油水,只能靠着卡着挂科拿学生一点特产。

但是坐在了这个办公室里,他最喜欢的事情居然是让大家都叫自己李教授。

奇了。

"全国有十四亿人口,网民有九个亿,比我们农村人口的数量还多,市场的蓝海还非常广阔。我认为我们现在应该把广告投入千家万户,真正做到有通信信号的地方,就有我们的广告,有电商、互联网金融的地方,就有我们金融理财产品的介绍。所以我们不应该减少广告的投入,应该加大广告的投入。"

金虞很少发言,但是一发言,就是全场的中心。

大家看她的眼光,比看脱衣舞娘还好奇。燕卓尔坐在白坤杰的身后,白坤杰在进来之前,还一直在抱怨:"这里的空气质量太差了,我真是熬不下去了。要不是为了钱,我现在就想赶紧走。现在的生意难做呀,前半辈子拿命换钱,后半辈子拿钱换命。"

燕卓尔正拿着笔唰唰地写着什么。

他停下来的时候,眼睛是冷的,薄唇紧抿。

纸上重重地写了一个数字,五百万,后面画了一个问号。不知道这个问号,到底是在问金虞,还是在问他自己。

"小金的这个提议非常好,但是我们也要明白一点,那就是市场是永远不可能占完的。我们不是国企,没有那么大的财力来烧钱。我们的钱,都是投资人的。这些钱,要通过投资变成更优质的资产,换成红彤彤的钞票,去回报我们的投资人。

"这么多年,大家也看到了。从共享单车到滴滴打车,再到地推的商户入驻,那些企业一开始就在打价格战。一份盖浇饭加上饮料和水果,再通过骑手送三公里过来,居然只需要两块钱,这多不合理? 这价格战,是对市场的一种伤害,也是对我们消费者的一种伤害。因为经济不可能在价值不对等的情况下持续发展,这是一种畸形的市场形态。羊毛出在羊身上,在价格战结束之后,存活下来的垄断企业,就会对我们的市场进行收割。到时候我们因为没有了选择而不得不妥协,这是对消费者权利的践踏。

"而美善金融,要做的是实现我们的投资人和企业之间的双赢。我们要提供的是更加优质的服务,让信任我们的人,知道我们值得信赖。

"市场太大了,凭借个人的力量,不可能吃下去。"

官文利说得不疾不徐,像是一个宽厚的长者在循循善诱。

这么听来,也没有问题。

想象中的激烈争论,根本没有发生。

"小金,这就是你的不对了。我们国家可是社会主义国家,垄断是犯法的。除非是在美国、英国那样的资本主义国家,罗斯柴尔德一家就可以控制一个国家国民经济的兴衰。但是在我们的国家,是人民说了算,我们不能用资本去裹挟地方经济,这种想法就是不对的。看到我们其中的一个广告没有? 要给草根的存款一个出路,构建一个全新的世界级的乌托邦。

"花若盛开,蝴蝶自来,不必急于扩张,世界会看到我们的成绩。"

李教授忽悠起人来,那叫一个销魂。

原本还有人是想要说话的,但是金虞的发言一连被两个最有权威的人弹压了下去。那些高管面面相觑,显然是不知道应该说什么了。

"官总,如果有同类产品出现,我们又应该怎么办呢?"这次发言的,是尚思思。

但是这绝对不是刁难，而是欲扬先抑。

“这个问题提得非常深刻。我们的理财产品，针对各个年龄段、各个层次的消费人群，都有不同的划分。在这里面，专家学者以及市场都给了我们最积极的反馈。针对老年人的养老机构，针对年轻人的消费平台，针对女性的化妆平台，针对男性的户外运动，甚至在收藏和艺术品行业，也有我们涉及的方向，但凡是需要选择，都不能绕过我们。在这样的市场环境下，我不认为我们会出问题。”

削减广告预算的方案，居然全票通过了。

眼看着有不少广告牌就要到期，那些4A的广告人拿着企划书来竞标，换来的居然是美善金融轻飘飘的一句“不好意思，我们现在不需要了”。

金虞看着这些高管，有些怀疑自己之前在郭蘅芜的广告公司学到的经验。

“你说不打广告，东西能卖出去吗？”金虞在出会议室的时候问燕卓尔。

“现在某宝上有个模式挺火的，那就是如果想卖生冷门类的商品，先找到一家生冷门类的商铺，确定一下商品质量和利润以及目标客户群，然后自己去开一家这样的某宝店。店铺的装修和图片，比这家的更漂亮一些，当然，商品价格也更高。客户付款之后，你就再去原店拍一件商品，将地址填成客户的。这样赚一个差价，靠着这一手，月入十万二十万的大神还不少。你下次要是失业了，别去工地上搬砖了，开个网店去卖充气娃娃吧。”

燕卓尔收起笔记本。他总是喜欢旁征博引地找例子，金虞不喜欢这样的方式，但是燕卓尔说如果直接讲凯恩斯系数、亚当·斯密的道德情操论，怕金虞会听不懂。

呵。

“借壳上市呢？”金虞问。

“借什么壳？平均三十亿一个的上市公司，美善金融现在有五个，全部都是从地方直接认购股权收购而来的。这些公司在A股大盘的表现相当不错。”燕卓尔漫不经心，和金虞的步调一致。

“那这是什么意思呀？”金虞又问。

“不管是黑猫还是白猫，只要能抓到老鼠，就是好猫。广告的投放量减少，但是给投资人的利息加大，这样的做法，能吸引到更多的优质投资。自古深情留不住，总是套路得人心。明显现在的套路太多了，观众已经不够用了。”燕卓尔说完，自己拿着笔记本往前快走了两步，很有学者的风范。

呵，斯文败类。

金虞的脸色，渐渐地冷下来。

现在，到了大盗落天网的时候。

第一一三章 千里溃一线

包装，决定销量。

大概是觉得金虞没有理解透彻，燕卓尔又给金虞举例子：“前一阵，八〇后都在怀念自己的青春，有个葫芦娃挺火的。但是很多人拍下商品寄过来的快递，都是空的纸盒子。店家只用了一句话，就打发了他们，说他们拍下来的葫芦娃是六娃，那个会隐身的。”

金虞看着燕卓尔的后脑勺。这家伙踩着玻璃面的楼梯已经下去了，没什么耐心继续给金虞举例子，但是金虞完全听懂了。燕卓尔的背影挺拔修长，拿着笔记本，颇有几分吴带当风的华丽美感。在这样的办公室里，有几分不真实。

不劳而获，是所有人的梦想。

官文利也投入紧张的工作里，凭借着现在的规模，他还能和银行贷出款子来。金虞先把消息发给了麻旦旦，这个圆滚滚的萌胖子差点一巴掌把自己的办公桌给拍烂了。

激动呀！

然后，他成功地引来了所有人的侧目。

屠悦的死，没有引起美善金融高层的重视，但是在殡仪馆的遗体告别仪式，一起收过账的几个人却都到了。刘二峰和镊子换了一身劳保服，他们以为是要抬棺材的。孙简的眼睛有些红红的，根本不忍心看屠悦的遗照。张大发气呼呼的，一进来就看谁都不顺眼，几个服务的人根本不敢招惹他。

麻旦旦两手拎着两大塑料袋的外卖，一盒子一盒子地全摆在了屠悦的照片的前面。

“吃吧吃吧，肯定没有人和你抢。小龙虾宫保鸡丁熘肥肠大蒜鲇鱼水煮肉片麻辣豆腐川香辣子鸡夫妻肺片……我全部都给你要了大份的，特辣，不加香菜。你说你这人，其实也挺仗义的，没赢过镊子结巴他们三个人的钱。

“你就那么一头栽下去了，我在想，你到底是想开了呢，还是想不开了呢？活着不好吗？你就算是进去了，我也能去给你送饭呀。

“我倒是情愿，你是真的想开了。”

麻旦旦说到最后，胖胖的两条腿像是撑不住了，一屁股坐在地上哭了起来。肥腻的脸上涕泪交加，闻者伤心。

屠悦的黑白色遗照，始终挂在那里，不悲不喜。

燕卓尔也到了，一身黑色的礼服，穿得比所有人都正式。金虞在人群里找了半天，没有找到图灵的影子。

图灵难道一点都不想知道，那个最维护她的姐妹，在离开这个世界之前到底说了什么吗？又或者，图灵就这么惧怕和一个维护她的人扯上关系吗？

燕卓尔问金虞：“那天，屠悦和你说了什么？”

“我到的时候，屠悦已经没了，我也不知道她有什么可说的。警察接管了那里，或许警察知道她死之前说了什么吧。”金虞眼角湿润，没有看燕卓尔。

屠悦说了，燕卓尔不是燕卓尔。

“屠悦把我当姐妹，我呢，就一定会把逼死她的人，挫骨扬灰。”金虞点了一根烟，插在了香炉里，丝丝缕缕的烟飘起来。

燕卓尔却是笑了，环视一圈。殡仪馆的环境真的不怎么样，这种程式化的告别仪式，和普通的商店区别也不太大。有些人死了骨灰盒没有人来领，因为墓地太贵，儿孙不来认领的还真不少。整理骨灰盒的工作人员骂骂咧咧：“现在墓地的价格越来越贵，那些人都不管自己老子的骨灰了。”

“活人都管不起，住的地方都快成了棺材房，哪儿还有地方给死人？”另一个工作人员拿着鸡毛掸子，没好气地说。

一直没有人领的话，骨灰就会被倒掉。

尘归尘，土归土。

“真有个人还能给挫骨扬灰，也挺不错吧。”

燕卓尔说话的声音很低，金虞回过头扫了他一眼。大概，她没有听见吧。敬完了烟，几个人各自都和屠悦说了一句话。

“姐，你要是在下面缺钱花了，记得给我托梦，我肯定给你烧面额最大的纸钱，一麻袋一麻袋地给你烧。你在下面，别省着，想买什么就买什么。”镊子说得真心实意，屠悦可从来没有赢过他一分，哥几个里面数他穷，屠悦还倒贴过。

“小悦悦呀，你一定要保佑我发财。等哥挣了钱，什么样的帅哥都烧给你，保证你每天晚上换一个，都不带重样的……”张大发念念有词，还是照着手机上临时看来的一段念的。

张大发还没有说完呢，就被麻旦旦一脚踢开了："可把你牛坏了，还给烧帅哥。小悦悦，别听他的，我给你烧几个菜谱。"

原本就不那么庄严肃穆的遗体告别仪式，画风突变，从哭哭啼啼的情真意切变成了互相之间出口成脏，连起来就是一段小黄文。

那些有编制的国有单位的工作人员，都无语了。

这都是一群什么人？

性情中人。

已经到了银监局和银行下达最后通牒的时间，办公室里寥寥几个人，都是领导。池清源是经侦局局长，穿着一身经侦高级警官的制服，不怒自威，而他作为主要发言的领导，喜怒不形于色。这种金融单位的小秘书，就更小心谨慎了。

新园区公安分局的局长吕勉也在，一身藏蓝穿得肃穆非常。这位分局局长的脸色也很难看，明显就是憋着一股火气。也难为他了，金融街就在他的管辖区域内。省厅、公安局的意见是配合经侦局专案组的调查，而区政府领导的意见是要谨慎对待。

美善金融，可是给当地贡献着不少的税收呀。

银监局的人和银行的支行长，没有相应的制服，但是他们身上的西服皮鞋都价值不菲，身上戴着的眼镜名表也不是一般人能消费得起的。

钱勤纲给足了经侦局专案组面子，凡事亲力亲为。其实是因为在其他地方已经出现私募基金是庞氏骗局并且爆雷，他不得不慎之又慎。

绝对不能在他的管辖范围内，因为违规操作出现大规模的资金流失。要是真发生了那样的事情，到时候别说喝红酒打高尔夫，恐怕他就连放羊都没地儿去。

不过，锅又不是他一个人的，又不只是银监局的。

压力，来自四面八方呀。

十个锅九个盖，他们也有自己的利益诉求。毕竟钱没了是真的肉疼，面子没了，也就脸上疼一下。绝对不能因为美浩小额贷款公司和美善金融穿一条裤子，就让目前正在建设的两个立交桥停下来。

再等一等，就能有新的低息贷款下来。

如果此时停了，就成了当地的烂尾工程，损失可不是一星半点。

"根据精算师、专家，还有我们当地几个大学里的经济学教授的预估，美善金融的净资产足以兑付投资人的投资资金，本息都够。同时，在新三板和主板上市的一共五家公司，股价的表现良好。这些小公司都是做实业的，小而美，每年都能有一个亿到两个亿的营收，能够解决将近两千人的就业问题，也是现在我们政府支持的企业的模式，我们应该给这样的民营企业开一个方便之门。”钱勤纲的银监部门，和金融证券公司打交道，和银行打交道，也和上市公司打交道。

水面的波澜不惊，是他的至高追求。

“想要给民企开门，那就从地方政府直接制定优惠政策。这种资金过好几手的方式，最后落在中小企业手里的部分，恐怕不多了。”池清源敲黑板，画重点，但是他的重点，并不是别人的重点。

“现在经济低迷，美善金融就是我们辛辛苦苦养出来的黑马，连带着周围的房屋成交量都多了不少，现在就查，不太合适吧？美善金融把总部放在岚梧市，还不到一年。”好歹先把一年的税给收了。这种公司和明星不一样，走互联网的账目，只能合理避税，不能大规模地逃税。

吕勉说的，也是大部分官员的心声。

这是池清源最后一次争取正面机构的力量，去规范这家企业。

资金池必须实行银行存管，真实的贷款出借投资取用，必须全部通过一个可以被监管的账户。美善金融的态度极其强硬，四大银行因为各自的坏账较多，贷款政策频出，收紧银根，所以现在自身的资金池都可能触到了线。

都说清者自清，但是在这样的环境下，想让一家出面就一步到位，还真不太容易。

“其他的省市，不也是这么做的吗？我们都知道，两千多家平台，其实只有八十家实现了银行存管。”这是摆在现实中的问题，一个银行行长又拿出来强调。

“如果我们想要给这个行业，重新树立一个标杆，就不能让劣币逐良币的趋势发展下去。规范这个行业，给投资者和老百姓一个信心。”

池清源也强调，这是他在会议上少有的态度强硬。

“优胜劣汰，原本就是自然法则。大家都在谈让市场自由发展，那就等着优胜劣汰吧。”钱勤纲道，明明不渴，还是喝了一大口水。

“但是代价，会极其惨重。”池清源语气稍缓，却没有人再专门接他的话茬。

又将会是谁付出这沉重的代价呢？

击鼓传花的游戏，最后一个高位接盘的人，才是真正的韭菜。

天空闷雷阵阵，岚梧市年年春末夏初下大雨，总是比别的城市来得更早一些。惊雷闪电先一步通过顶楼的避雷设施被引到大地，往往有惊无险，但是在这高层往外看去，还是显得很惊心动魄。

今年的雨，比往年来得更猛烈。

既然接受不了温和的改良的方式，那么就只能通过国家的暴力机器。

“你别看我这栋楼只有三层，但是这楼里有四家客栈，两家饭店，一家洗车行。大兄弟，我就这么告诉你，这里没有比我更实在的生意人了。我这里，让你注册公司，只需要不到一万块钱。你的手续都能放在我这里，万年保管，永不丢失。你看，我这抽屉，一个抽屉就是一个公司，各种证件全乎着呢。这上面的所谓法人，都在全国各地打工呢，有的就连他们的亲妈都不知道他们现在在哪儿……”

满脸络腮胡子的人操着一口口音浓重的普通话，正在介绍他所谓的金融业务。

“有没有更保险的？我还是不太放心。”年轻人的声音，带着低沉的磁性。

“有呀，我们这里现在最流行的业务，就是冬虫夏草和天山雪莲。这玩意，年纪大的人卖，相信的人才多。我能给你找几个老头老太太。”精明市侩的络腮胡子手里拿出一沓身份证。

“老头比年轻人靠谱？”

“可不是？年轻人还活着，纠纷多。但是这些没儿没女的老头老太太没了，没人给销户，这身份证捏你手里，做出来的公司不就是鬼市吗？你就算是拿着这证件去贩毒，回头要判刑都没事，总不至于把老头老太太从土里头扒出来鞭尸吧？我们是社会主义的现代化国家，很人道的。生前债务生前了，死人都不需要还账的。”

这话，这小老板说得很溜，像广告词一样，谁知道他都和多少人说过。

这是一段视频，虽然不怎么清晰，但是透过袖口的摄像头，隐隐约约能在这拉开的抽屉里面，看到“美善金融”几个字。

也就是说，美善金融这个高端大气上档次的公司，可能就注册在这犄角旮旯的山沟里头。因为这地方交通不方便，根本没有人知道公司到底是什么样子。

当然，这一段视频没有人相信，还可能会被认为是恶搞。毕竟老板的口气太溜了，说的像是演的一样，这人长得也搞笑。这样的视频，只适合被当成段子在社交软件里疯狂转发。

这远远不够呀。

战地银行的募资刚刚结束，号称投进去的每一分钱都有股权认证，投资者都可以分到不菲的红利。广告词里甚至还有你就是下一个罗斯柴尔德，你就是下一个霍普，你就是下一个巴林，这样引人注目、让人热血沸腾的语句。

但是，关于这战地银行的视频，也被人上传了。

一个黑色鬈发有着不同肤色的人，拿着手机上搜出来的地址，正在沿着土不拉儿的街道找美善金融公司开的银行。

他听说，这个银行可以为战后地区的人提供小额贷款，帮助地方生产。他有手艺呀，只要贷款买上材料就能开工。

“我希望我能变得和你们一样富有，能够像你们一样去帮助更多需要帮助的人。”被晒得黑黢黢的年轻人眼里充满了希望，露出森森白牙。

然而，当他沿着街道走过去，一家一家地问过去，却没有人知道他搜索出来的地址。

还有老大妈劝他：“年轻人，把钱省下来买点药吃不好吗？你看你在想什么了？”

年轻的女孩子像是看着天外来客：“要是真的有信用贷款，我早就把我的猪圈修起来继续养猪了，能坐在街上等生意？”

开店的老板把他轰出来：“本地银行都赚不到钱倒闭了，怎么可能有外头的人进来开银行？走走走，不买东西不要耽误我做生意。”

这样沙土弥漫的地方，这样智能手机精准定位的地区，经纬度和搜索的地址是高度重合的。

但是在这里，确实没有那么一家银行。

这个视频造成的冲击力挺大。网上有专业的剧作家开始分析这些台词和出现人物的表情的真实性，有人从技术层面分析这个镜头到底是后期编辑过的还是一次性拍摄下来的。

一石激起千层浪。

“可以呀，这你们都能搞出来，国外呀。”白子玲惊讶地看着视频上的内容，来回看了好几遍，“这肯定是在现场拍的。但警察不能出国呀，普通的公务员也不能出国呀，限制那么多，又在这么短的时间，你们怎么搞出来的？”

“别让你的制服限制了你的想象力，哥是什么人？哥是黑客呀。黑客，就是要把技术做到极致，只有你想不到的，没有我们做不到的。这，小意思。”

麻旦旦的手在键盘上噼里啪啦地输入验证码，正在进行疯狂的转发。他肥腻的脸上是掩饰不住的得意，这种现场的片子，比那些影视剧真实多了，绝对真实有效，不怕任何人扒皮。

看着小警花猜来猜去猜不到重点，那也爽呀。

“别听他贫。他哪儿能想到，是金虞想出来的。去一趟多贵，不如找找当地人。现在某宝和其他电商的竞争已经白热化，大家都开始蹭慈善蹭环保了，什么买一件东西就捐一分钱，买一件东西就种一棵树，还有这种，买一个东西就给有色人种买一块面包。实地操作，拍照证明。”

王者打断了麻旦旦的显摆，他一心二用，把思路给白子玲说了一遍。

“所以，你们就买了一个？咋买的？”白子玲兴致勃勃。

王者突然发现，他还真没有顾非那么好的耐心给人扫盲。白子玲长得是不错，但是这脑子，一言难尽哪。

“当然是找广告商，出高价买的。”

“这比咱们专案组的效率高呀，咱们去一趟漠河，得小半个月呢。”白子玲两眼放光，即使是不知道整个案件的进程，也知道现在到了扫尾的阶段。

“钱不就是用来提高效率的吗？”王者又埋头了。

第一一四章 青霜连紫电

当然，不止这些。

新修起来的气派厂房，连起来一排，这里曾经是美善金融的重点投资项目之一，在前期的大荧屏广告上出现过。穿着厚厚防护服的女工，推着搬运车的男工，整个现代化的车间一尘不染，井然有序，加工着现代化的电子产品。

这样的大型工厂，一整条的生产线一镜到底拍过去，需要三分钟。再换镜头，看到的就是整个车间望不到头的全貌，起重机吊起来的集装箱，把人影衬托得格外渺小。

在这厂子设立之初，还有投资人过来参观，是最早的王的盛宴。

而现在，一个蒙面的中年男人在大白天举着手机对着自己："现在，我就去看看我投资的钱，生出来的小钱钱。请大家跟着我一起去看看吧。"

手机连接着自拍杆，不存在镜头转换的问题。这中年男人是翻墙进去的，进去之后镜头直接往里面走。

"大家知道，我是一个有道德有节操的主播。除了不露脸，我什么都敢露出来，致力于为大家提供第一手的社会资料。上到烂尾楼改群租房，下到原配当街打小三，没有我找不到的素材。

"哥靠的不是美颜，靠的是社会……"

所有在看直播的人，都倒吸了一口凉气。魔术上最常见的，就是大变活人。但是这个直播，却是把一个有声有色的企业里的所有人都给变没了。今天可是工作日，而且实时直播的时间在下午三四点，此时应该传来的是大机器轰隆隆的响声，应该看到的是忙忙碌碌的一个大工厂生产的图景。

但是从这里看过去，什么都没有。

主播一路跑，一路介绍："国内最好的定制礼服的生产线，现在一个人都没有。那么，人会不会都在厂房里工作呢？员工会不会不听话，都在会议室里挨批评呢？让我们拭目以待吧。”

这条生产线，是美善金融投资中最为浓墨重彩的一笔。这是最赚钱的实业，是被大家津津乐道的一个东西，就算是不做房地产，也还有超高的利润。

从女人的钱包里掏钱，走高端大气的路线。

“我现在还记得，我们的美女总裁尚思思当时给举了一个例子。她说，在圆珠笔问世之前，钢笔是世界上的主流书写工具。但是当圆珠笔出现之后，这种廉价、易携带、书写流畅的书写工具就代替了钢笔。钢笔没有一样有竞争力，最终和圆珠笔分道扬镳，大幅度地提高售价，镶嵌珠宝，使用钻石，真正地走上了奢侈品的路线。直到现在，英国皇家还把派克钢笔作为唯一指定用笔。

“路线不同，档次不同，决定了我们的价值和价格的不同。”

主播说着，就已经走到了厂房的窗户玻璃面前。现在智能手机的像素可以做到明察秋毫，三米之外的美女脸上的毛孔都能看得清清楚楚。

更何况，这么大的厂房呢？

“天哪，居然是空的。从这边可以看到那边，厂房里面没有人，没有机器，没有衣服的成品。甚至，就连垃圾都没有。怎么会这样呢？发生了什么事情？”

这个时候，屏幕上的弹幕已经满了，原本没什么人的冷冷清清的画面，瞬间就关注度空前。主播的脸都快看不清楚了，被密密麻麻的字给挡住了。问机器的人有，怀疑他是玩虚假信息骗点击的也有。

但是这主播一边录屏定位，一边夸张地喊着：“我的钱哪，我的三万块，那是用来娶村里的小芳的彩礼呀。没有了这笔钱，我只能打光棍了。原来指望着三万变五万，五万变十万，躺着赚钱买房子……”

这也是大多数人的心声。

“嗨，你们是干什么的？”一个保安拿着防暴棍喊了一声。

“靠，抓住他，不能让他跑了。”另一个保安说着，就追了上来。

镜头晃得厉害，眼看着这主播就要挨打，画面里出现了一个女人，直接朝着两个保安打了过去：“靠，只能让你们搞皮包公司，我们就不能揭发了？”

“我们在装修，装修好了就能生产。你们把摄像头关了！”保安急了，要过来抢主播手里的手机，场面一度陷入了混乱。

这么一喊，五六个保安一下子全部围了上来。那个留着利落短发凶巴巴的女人挡在了主播的面前。镜头里，主播还在奋力地播报着：“一个已经不再生产的场子，需要这么多的人看守吗？我们只是想要说出真相，就被人群殴了，这到底是道德的扭曲，还是人性的沦丧？”

不过，主播的话没有说完，镜头就晃得更厉害了，他直接被打了一拳。

再然后,黑屏了。

粉丝们现在已经炸了好不好?他们都在美善金融App上投了钱,谁知道那些钱都被集中起来借给了谁。这种线上的实时视频和小视频结合起来,一时之间被传播得满天飞。

已经有人坐不住,立刻拍案而起,专门请假要去看看自己的钱到底都被花在了什么地方。

搞直播的是安庆泽,他顾不上拿自己的手机,翻墙出来,摘了头套,就又成了一个年轻的小伙子。金虞一个扫堂腿虚晃一枪,拿着防狼喷雾一喷。

“老娘又不是美女,追追追,有点意思没?”趁着这些人捂着眼睛,金虞两步俯冲,一跃而起,直接抓住了墙壁,三下两下上了三米高的墙。

这原本是武警训练的内容,在综合型警校尤其是侦查科这种技术型专业,一直是作为选修课程。

但是这些为数不多的需要动手的课程,像格斗、越野一类的,金虞都是满分。她轻巧地落在了地上,拍了拍手上的土。

“谁说现在的警察没有了现代技术就不能办案,格斗、越野都没有必要训练了?他妈的,我好久没动了,腰快折了。”

金虞揉着腰,赶紧和安庆泽一起走。

这种实时转播,只能靠安庆泽这种傲娇的嘴炮才有煽动力。人不能太多了,不然过早被发现被赶出去了,就没效果了。由金虞贴身保护,大家都没有意见,她是这帮子人里面最能打的、最能随机应变的。而这个有着几十万粉丝的大号,是哥几个众筹和一个大V买来的。

真贵。

“这是赔本的买卖呀,花钱图乐子才有人打赏。播这玩意,谁给钱哪?”安庆泽一边跑,一边吐槽,“不但不给钱,咱们还得挨打呀。”

“放心,不会一直挨打的。”金虞撒丫子,跑得也贼快。

接应的车辆就在大路边上。后面浩浩荡荡的一群保安,凶神恶煞地冲过来。他们的工资待遇蛮不错的,而上头给的命令就是:谁敢放进来一个活人,谁就滚蛋。

金虞回头看了一眼,这不看不要紧,一看吓一跳,这些人的手里已经不只是防暴棍了,就连砍刀都扛了出来。

一场腥风血雨,已经拉开了序幕。

大动作不只在线上,线下的门店也已经要被挤爆了。

金虞给自己收过账的所有人都传达了一个消息:美善金融的平台要不行了,大家赶紧取钱去。金虞在操作的时候,安庆泽还问她:“大家手里都有加息券,最高的年化率要到百分之三十了。如果现在取出来,会损失不少呢。你觉得你能撬动那么多人?”

一如既往,安庆泽比较擅长泼冷水。

“就像世界杯期间为了保护好彩票房的利益,同时官方想要减少赌民的数量,就实行线上线下双轨制的验证办法。现在美善金融也玩了这一套,提高兑换门槛。如果我们集中去一家门店挤兑,会发生什么样的事情呢?”

金虞一边发消息,一边慢条斯理地说着。

就像是欧洲国家的联邦制,看起来欧元能在所有的区域内完成流通,但是各个国家之间的发展也是不均衡的,德国重视农业发展,法国重视奢侈品制造,英国始终孜孜不倦地靠着几个银行大家族搞着货币互殴的那一套,还有像希腊一类的国家,时不时地破产玩一下。

门店也一样,每一家的业务量和利润都是不一样的。

哪怕是在互联网金融发达的今天,挤兑,也能冲垮一家门店,前提是取现的数额足够庞大。金虞对此表现得相当平静,难道说她早早地就鼓动了足够多并且可以信赖的人买下了足够数额的理财产品?

这得多大的信任,才能和她绑在一条船上。

这还得布局得多早,才能不引起人的注意。

草蛇灰线,伏脉千里。直到要出门去跟着金虞干活的时候,安庆泽才意识到,美善金融有问题。那,金虞是什么时候知道的?

此时此刻,所有的一切都掌握在她的手中。安庆泽发现,自己似乎从来都没有真正认识过这个看起来不起眼的女孩子。陋室之中,一灯如豆,光洒在她的身上,宛如神祇。

这件案子特殊,没有人知道全局是什么样子,但是金虞一直都是走在前沿的人。

“现代化战争和古代战争最大的不同,就在于现代的单兵作战能力更高,局部的战争甚至比大规模的正面战争持续的时间更长,破坏力更强。在古代战争里,士兵靠着一把剑、一张弓弩,只能在有限的范围内有杀伤力。但是现在的狙击手用狙击步枪,可以把杀伤范围扩大到三公里,一个人在制高点就可以把一座相当规模的村落的战场给控制起来。”

而她,现在就是那个控场的人。

金虞的眼里熠熠生辉,哪怕是在这城中村的陋室之中,墙皮被窗外的风一吹都能落满两肩膀的雪。这屋子是临时租来当办公室用的，只有正中间有一张桌子，金虞坐在上面，就算是磕烟灰，那也是自带女王的光芒。

这种从容和自信，是从前在地面上讨生活的她不会有的。金虞不自知，在手机上遥控指挥。

“那你现在是打算以一己之力对抗整个大势了？”安庆泽问。

“呵呵，可把我牛坏了，我哪儿来那么大的劲儿，纸包不住火，我只不过是让火提前把外面的纸烧着了，让外面的人看见。”金虞正说着，手机一连响了好几声。

现在的企业产能过剩，违约情况屡见不鲜，就算是把查到的数据，一家一家地反馈出来给有关部门，也没有一个部门会动手。

银监局会说，暂时性的违约不要紧，可以通过资产拍卖抵债。

工商部门会说，不生产就不生产了，我们管发证的，不管它到底有没有干活呀。

派出所又会把这个事情当成民事纠纷，一股脑推给法院。

县官不如现管，等扯皮完了，人家已经完成了新一轮的公关，继续扯着虎皮作大旗，去收割新一轮的韭菜。在这样的情况下，只能用非常之法，打对方一个措手不及。

天下武功，唯快不破。

“中药方子里面，大多数都有药引。药引看起来不治病，但是如果没有药引，很多药根本一点效果都没有。”安庆泽难得夸人一句，没有怼天怼地。

药引？卧底？

金虞停顿了一下，眼中流光溢彩。

接下来，是她力挽狂澜的时刻。

“经济上行，货币增发，M2（Broad Money，广义货币）总量增加到168万亿，但是这代表的只是存款。在这个量下，我们的金融系统原本不应该这么脆弱，偏偏有那么多的担保公司倒闭跑路。全国倒了三百多家，在我们晋西省岚梧市注册的就有一百五十多家，跑路的老板和负责人有二十多人。

“就是这些人，损害了原本的经济秩序，破坏了我们的经济结构。可以说，我们国家的货币增发量远大于168万亿，那些看不见的没有在M2里表现出来的货币的增发量，其实就是通过这些影子银行发出去了。它们越过我们的人民银行，大肆提高贷款的利息，扰乱市场秩序。货币政策一缩紧，这些无耻之徒就跑路了，妄图躲避法律的制裁。”

原本池清源的经侦局成立专案组,目标就有两个,第一是协助当地的派出所和公安部门扫黑除恶,第二是把这些跑路的担保人给抓回来。

贾长云、向国平等十余人的落网,再加上正通过其他渠道被抓捕回来的其他人,大额资金的去向,已经可以确定。

林林总总加起来,总数额大概在八个亿。

专案组成立的时间够长,而现在抓到的犯罪嫌疑人的数量够多,成果喜人,已经到了验收的时候。厅长严立本对于池清源完成的进度相当满意,而那些被抓回来的担保人手里还有不少的余粮,抠一抠,上可以作为政绩,下可以安抚受害者,工作好做不少。

池清源再一次成了大家眼里的财神,而他手底下的那些经侦,也成了大家眼里的善财童子。

"社会要形成良性发展,就不能把资本全部交给市场,必须让我们的政府用看不见的手去引导。全让这些想当资本家的影子银行动手,我们的市场和物价会乱套。"叶培林附和道。

作为本次会议的主角,池清源却是一言不发地看着自己桌面上的本子,似乎在凝神思考什么问题。

事实上,他正把手机偷偷放在桌底,一直在刷新着消息。

省厅认为现在案子已经可以收尾,而且是漂漂亮亮地收尾。这样的成果,已经可以向政府和人民交代了,于是开了这样的总结性会议。

其实是各方都在盯着那些养肥了又被抓回来的蛀虫。最穷的贾长云身上,都有着一千八百万的账目信息。顺藤摸瓜,还有将近四百万被化整为零的钱可以找出来,作为她的个人违法所得被全部充公。

四百万,对于一个职能部门而言,已经算是一笔不小的开支。

但是,池清源完全没有破案之后的喜悦,脸色阴沉得能滴水,像是来开批评会一样。这让他的直接领导副厅长叶培林和器重他的领导厅长严立本都有些尴尬。

公安机关服从当地政府的领导,美善金融现在是政府的座上宾,在新能源经济和共享经济领域杀得如火如荼,在只看得见亏损和资本家站队的大环境下,美善金融一直在赢利呀,简直就是一股清流。

没有人想要越过资本动这条金融大鳄。

"清源,你讲讲。"叶培林咳嗽了两声。他总不能直接说,池清源呀,现在在开会,你可别玩手机了。

严立本也面露尴尬,十九个职能部门参会,肯定已经是案子结束到了分享成果的时候。而这个案子涉及的金额太多,有关银行部门也会过来交涉。

这种和办案无关、和人际有关的活动,就又会交给相关的人来做。

可能在赃款的划分上,用的时间比办这件案子花的时间还长。这么多的嫌疑人,可能还会炸出非比寻常的信息。

严立本扶额,有些头痛。

“革命尚未成功,同志仍需努力。”池清源把手机藏好,正襟危坐,真正做到了无缝切换。他当官的本事也是不俗的,不过下一句话,可就石破天惊了。

“这又出案子了,大家看一下手机。”

第一一五章 埋伏惊四面

那些疯转的视频和爆料的所谓内幕信息，或许对一个大企业并没有实质上的杀伤力，但是如果发生了挤兑事件呢？

一百多年以前，罗斯柴尔德家族以支票挤兑黄金威胁到英格兰银行黄金储备量的方式敲开了金融城霸主的大门。

而我国最早用银票的晋商们，最北的票号开到了俄罗斯，香港有常驻票号，但是在国破山河碎的情况下，遭遇到大量的挤兑事件，因为交通和信息不通，盗贼又横行，白银不能及时送达票号，这些票号几乎是在一夜之间灰飞烟灭。

当警察的日子久了，什么稀奇古怪的事情都能遇上。到了省厅十九个处长的位置，虽说是身居高位，但都是一点一点升上来的。

没有十来年的积累，还真不行。

在座的各位，年纪最小的都能给顾非和王者当爸爸了，大的都能给他们当爷爷了。

但是这些警界大佬看着自己的手机，差点眼珠子没有掉下来，严肃紧张的省厅会议室瞬间就像是班主任走了之后的教室，响起一片交头接耳的声音。

池清源叹了一口气，合上了手机。

意料之中。

这个局，居然是那个不显山不露水的丫头布置的。在扫黑除恶的扫尾工作结束之后，池清源一直都是把金虞当成个龙套来使用的，或者说把她当成了一个道路监控，可有可无，随时汇报一下美善金融的那些高管的动向。

他的侧重点，不在金虞身上，但是金虞自己走到了他想不到的位置上。这世界上的有些人，情商远远超出了智商，而这种东西，又不能以金钱去量化。

所以，金虞才没有成为所有人眼里的焦点。

而现在，龙套成了主角。

围观的人,可不止这里。

经侦局的工作,从来没有停下来过,而经侦局专案组的工作,更没有停下来过。专案组的大办公室里,摆放着十二个显示屏,实时切换美善金融三十家门店的消息。

王者拿着笔记本记录着,时不时会修改一下代码,而顾非凝神看着。

“都说私企的效率高,这也太高了吧?从金虞让我们发布消息到现在,才过去了不到十二个小时,现在门店的门槛都快被踏破了。我记得一个牌照要走完所有的工商质监税务消防部门,没有一年半载不行吧?这垮台的速度,比办证的速度快多了。”

王者擦了擦油腻的脸上的汗水,娃娃脸小了一圈,但眼神锐利如刀。

“见怪不怪了。”

顾非难得没有掉书袋。真正站在了同一个战壕里以后,顾非再也没有在知识储备量上碾压过王者,这让王者的日子过得不错。

“这说明地主家里没有余粮了,佃农要是不赶紧跑,下一个冬天就要被饿死了。”麻旦旦一边抠脚,一边吃外卖,和王者恰恰相反,他胖了一圈。

这拎起来一条放下去一坨的货,最近正天天想要和池清源报工伤呢。在他看来,胖也算是工伤,应该给他发一笔补助。

王者差点没捶死他。

当然,两个人都属于能动嘴就不动手的,动手能力比较差,约好了案子一办完,就关上门狠狠地打一盘游戏。

“人人都觉得自己是资本家,其实是被资本家收割的韭菜。”顾非插了一句嘴,问了麻旦旦一句,“你买的那些乱七八糟的货币基金和期权,提出来了没有?”

麻旦旦差点吓得把嘴里的烤鸭烧饼掉出来。王者撇撇嘴,竖了根中指:熊样。除了他这个警察,天下的警察,麻旦旦都怕。

像老鼠见了猫一样。

“这不头一批冲进去的,就是给我要钱去了。”麻旦旦切换界面,用筷子指了指六个小时以前的视频图片。

镊子、结巴、刘二峰都在,一大群的杀马特把一间店铺围得水泄不通。

这也是第一家被挤兑的门店。按理说,现在线上线下可以实现资金流通,互相补贴。但是这一轮,就把这家门店给轮爆了。

麻旦旦和王者提前切入进到了这家门店的账户网络上。

“在巨额现金面前,能过而不取,可衡量一个黑客的最基本素质。”王者调出实时的资金流向的账户资料,“门店的收入分为这么几个部分,一部分是店长和业务员的提成。三千块钱的保底工资，在几万十几万提成的面前，根本就不够看。不过从现在的账户资料上来看，不少人把钱又存进去买了理财。毕竟这些钱存银行利息太少，买房子又不够。”

麻旦旦问：“咋不能买房了？”

“因为这些业务员和店长都是从外地空运过来的，别说五年的社保，他们连三个月的社保都没有，只能把大部分钱又存到了美善金融的理财里面。”顾非答疑解惑从来不厌其烦，不过他在说完之后，略微沉思了一下。

让这些一穷二白的代理店长和小业务员又把钱存了进去，这野心可是够大的。

要把所有的韭菜，都给割得一干二净吗？

“第二部分，要上交到总部的账户里面。这个是在App上完成运作的，而总部再把钱分散到其他的投资群体上。在这个过程中，钱就被一层一层地消解了，很多渠道我们无从监管。套用一句拿破仑的话，金钱从来没有祖国，银行家都是逐利的。因为没有银行存管，我们无从知道资金池的情况。”

王者现在也成了半个经济学的专家，不光能熟练地从凯恩斯、列维特的观点去看待经济事件，就连最近的尤金·法玛的有效市场假说和罗伯特·席勒的批判假说都能张嘴就来，这些获得了诺贝尔经济学奖的经济学家说得天花乱坠，听起来都对，但是就是让人很分裂。

王者对最新鲜的约翰·凯伊也有涉猎，这位美国的经济专栏作家，靠着调侃上面那两位养活自己。

将理论和技术有机结合起来，一眼就能看到问题所在。

“第三个用途，就是兑换过程中，无条件地就近支持旁边门店的兑换。现在一家发生了挤兑事件，我们可以看到，附近的三家正在往这家的账户上输血，用来满足兑换。所以我们接下来，只需要安排人再去这三家门店进行兑换。”

先集中精力，让其中一个门店的资金池垮掉，再去相邻的另外几家。

由点到面，各个击破。

“之前，美善金融运作良好，账面上的资金充足，所以广告业务的投放量是最大的。但是现在大规模地削减了广告方面的预算，可以判断他们的现金流现在只能维持基本的运营。”

王者已经给前方的金虞发消息了。

顾非的视线，始终看着这些装修得金碧辉煌的门店。据说，这些门店和办公室总共的成本投入超过了八千万。

这么多的钱，足够在四线城市买整整一栋公寓楼。

这个数字,是普通人根本无法想象的。这么多的门店,在上了年纪的人看来,就是靠谱的证明。跑得了和尚跑不了庙,人总不会把窝给端了吧。

但是谁又能想到,这些门店,就是最大的骗局呢?

观众,肯定远远不止这么几个人。所有正在玩手机的人,所有在美善金融App里面有投钱的人,都是本次大戏开幕的最忠实的观众。

“这位先生,请在网上提现进行兑换。”业务员甜美可爱,但是说的话完全没有商量的余地。废话,网上提现,提的是总公司的钱,但是线下提的就是门店的钱。如果门店的备用金还能有结余,代理店长带着他们这些小业务员出去唱K吃火锅嗨皮不好吗?

给人兑换了,才是脑子有毛病。

来门店里兑换那么多钱,在小业务员看来,对方也是脑子有毛病了。双方脸上都是笑眯眯的,心里都在骂街。

互不相让,哪怕霍连胜的背后,就是二十多个流氓和中老年人。他们的手里,也都握着价值不菲的兑换理财。

他们都相信了金虞。

“我可是把全部的身家都赌上了。在门店提现是秒提,但是在网上提现是两个小时之内。你耽误了我的钱怎么办?”霍连胜直接把桌子掀了。有点讽刺,这儿的装修,还是他之前亲自过来敲定,定下材质进行装修的。

这才是真正的,看他起高楼,看他宴宾客,看他楼塌了。

而且,这墙倒众人推里面,也有他的一份。

但是君子不立危墙之下,他能来推这一把,简直是在做好事。不然砖头掉下来,砸死了其他人就不好了。当然,他捡点砖头回去自己用,也无可厚非。

“别磨磨唧唧的,你要是不给兑换,我们就要叫警察了!这儿的派出所过来,就是五分钟。你们这儿起码要停业整顿吧?我看你们这儿的消防就不达标,从业人员的素质也有待提高。你知道我是谁吗?你们这儿所有的软装,都是我做的。我不缺这点钱,但是你不给我这个面子,我今儿就不能忍了。”

霍连胜步步紧逼。

孙简和张大发也跟霍连胜打过交道,两个人面面相觑:咦?这不对呀,他们见到的霍连胜,那一直都是彬彬有礼的,见到个人恨不得快走两步过来握个手,是当代青年老板的典范。

这怎么一掉头,就为难起人家的小业务员来了?

霍连胜从社会角度阐述了自己和官文利老板的关系,其实他只是和官文利碰了个杯,话都没有说一句。资产千万级别的人和资产百亿级别的人,差不是一星半点。

他再从暴力角度阐述了自己分分钟能弄过来一大帮警察,分分钟就能让人家的店变成一个不得不转让的破店,其实他见到派出所的所长,还得赶紧递根烟,除了逢年过节坐一块喝个酒,以前还送点礼物。他这个级别的老板遍地都是,还真使唤不动人家派出所十几二十多个警察。他还担心这些警察没事干,去找他的麻烦呢。

但这么一来二去的,受过专门训练的小业务员哑口无言,就差跪下叫爸爸了。双方实力悬殊,小业务员根本没有战斗的实力。

但是店里,居然只有一个小业务员。

霍连胜气场强大,他没说假话,他是真的把所有的钱都押在里面了,为的就是能给金虞造一个开门红的一往无前的气势。

他不能退,退一步,可能金虞就会被架在火上成了烤鱼。

当霍连胜拿起手机来,一大群流氓和中老年人都在寻找称手的家伙的时候,卫生间里出来一个笑眯眯的中年女人。

"霍老板不要和新来的一般见识。您这四千万,我们现在就给您取出来。合法合规,不用麻烦官总,更不用麻烦咱们的人民警察。好钢用在刀刃上,哪能让我们的执法机构来这里浪费时间呢?"

这中年女人硬生生地把汽油桶一般的大粗腰扭出了水蛇腰的风韵,看得几个小年轻鼻血快流下来了。这笑容,也够有杀伤力的。

霍连胜不吃这一套,他只要钱。

按照一开始大家一起商量好的,赢了会所嫩模,本息加起来,可是个不小的数字;如果输了,可就成了会所里那个嫩模了。

伺候人和被人伺候,绝对是天堂和地狱的区别。

门店的钱也不是放在仓库里,取的时候往秤盘上一放,称一下给客人装麻袋里拎走,也是需要经过银行转账,层层审批。

但是对于这个金额而言,速度已经比网上审核快太多了。

而且,各个门店为了拿到执照,还真的经过了银行。所以这一重的转账,保险是上了的。

霍连胜做了那么多年的生意,当然知道怎么应对转资金时的要鬼,不存在对方反悔这四千万再被截留回去的情况。

境内资金单向流动,也有好处。

操作完这一单之后,这位中年代理店长的脸色就垮了。她软软地坐在了沙发上，再也绷不住了："妈呀，现在我们已经把另外两家的钱都给用了，再有人来取钱怎么办？总部一分钱都不可能给我们的。"

而这段视频，很快就被上传到了网上。

为了保护霍连胜，王者并没有使用太过复杂的设备，用了一次性的快消品，在传完影像一个小时之内，就会自焚销毁。

不得不感叹现代社会的信息传播速度，很快就有人蜂拥而至，要求兑换。

不知道是谁先喊了第一声："App开始维护，登录不上去了。"

这，才是这个夏天最大的惊雷，轰然炸开。

"庞氏骗局，借新还旧，套了一个互联网的壳子，根本没有投资和生产的利润，在玩击鼓传花的游戏。这是对我们广大老百姓资产的收割，这是在薅羊毛，这是犯法的。"一个胖胖的领导一拍桌子，说得义愤填膺。

这些剪辑好的视频上传速度比现场的慢一点，但是制作更精良，重点更突出，能更一目了然地让人看出到底是哪家门店没钱了。

而换来的，是更多的人蜂拥而至。

手机App现在已经登录不上去了，这就意味着，网络上转账已经不现实了。之前一直都是小于五万元的小额转账即时到账，多了的审核时间才会变长。

但是现在，所有人都登录不上去了。

之前也有卡顿的情况，群众都认为是使用这个App的人太多了，毕竟12306网站每年都会崩溃。但是看到网上被顶起来的视频后，谁都坐不住了。

有人穿着睡衣就冲到了门店，有人从写字楼没有请假就跑了下来，还有人从正在和甲方谈判的桌上冲了出来。

大家的目标一致。门店像是一个磁铁，吸引了四面八方的针。

"完全没有一点征兆，怎么会发生这种事情？先约谈，不不不，先规起来。不不不，官文利不是我们的党政干部，先把他拘起来。"另一个年轻的领导以沉稳著称，此时也说得有些颠三倒四。

约谈，是当地政府部门针对企业不合社会常理但是合法时的一种训诫，约谈后企业领导人一般会辞职，企业风向一般会瞬间变化。

规起来，即双规，针对的是被调查的国企干部层。在证据确凿以前，在规定的时间被隔离到一个规定的地方。而查明之后，这些干部大多身败名裂。

拘起来，那针对的是犯罪嫌疑人，已经证据确凿，就差审一遍了。

"这也太不像话了。把长期资产拆分成短期资产来卖，三年的房地产项目的募资给拆成三十六个月的，能按月购买。这不是在瞎胡闹吗？"

另一个经侦出身但是被调到了其他部门的领导说道，胡子都白了一把的老领导显然对这突如其来的新闻不太适应。

他当年当经侦的时候，社会可不是这个样子的。

“我们必须马上采取行动，集中针对本次案件进行调查……”严立本面色沉静如水。唉，最担心的事情，以一种最不体面的方式发生了。

刮骨疗毒。

池清源临危受命，但是并没有当场说太多关于案件的进展情况。当这头大象在成长的时候，所有人都看到了，却没有一个人说。

那么到了危险来临的时候，那个先开口说的人，会被表扬还是会被惩罚？

第一一六章 法网擒飞鸢

江河日下,一日千里。

门店已经被挤破了头。App后台正在维护,发布的公告说程序员正在加班加点地修改漏洞,预计在一个星期内完成。这华丽丽的App还搞了不少花哨的宣传文案出来,尚思思亲自站台,贴出不少彩蛋一样的小花。

这速度,不可谓不迅速。

但是有人相信,有人不相信。

在这种短效投资,随时可以撤回本金的运营模式之下,很多人原本不想把钱取出来,毕竟取出来一天就会损失一天的利息。平均每三千块钱一天就有十块钱的利息,而大家肯定不是存了三千块钱在里面,而是存了大部分的身家,甚至有些人还把首付款和要给未婚妻的彩礼钱也存了进去。

谨慎起见,很多人决定,先把钱取出来,等着App正常了,再把钱存进去。

然后,门店现在已经被挤爆了,被围得水泄不通,比过年之前大爷大妈们挤在超市里抢特价蔬菜的场面还要火爆。业务员、店长这些人根本就不够用,一个个已经从气度卓然的散财童子变成了自身难保愁眉苦脸的泥菩萨。

往日高端大气上档次的门店,现在成了菜市场。一直过了晚上下班的点,都没有人离去,还有人一直在不断地联系着App平台的客服。现在的客服人工台已经联系不到了,一直是满客。大家更容易相信的是,总公司的人现在已经跑路了。

被两头激化的情绪,点燃了所有的人群。

一部分人认为这么大的企业,名下的资产众多,不会因为这点钱就跑路。而另一部分人认为,自己现在成了被收割的韭菜,这镰刀,是从他们的喉咙割过去的。

这一夜,岚梧市真正地成了不夜城。不光是本地人搬个小马扎驻扎在了门店门口，就连外地人也开始飞奔过来。

那些钱，已经不是钱了，是命呀！

能坐飞机的坐飞机过来，能坐火车的坐火车过来，如果这两样交通工具都没有，有人直接自己开车走高速跨越大半国土过来，甚至有些人这几样交通工具都没有，于是绕到了外面，坐船过来。

一时之间，岚梧市迎来了一个人口拥入的小高峰，堪比春运，堪比全国大学生放假开学的时候。原本在这个季节，航空公司的机票都是特价机票，打折到三折都卖不完，但是现在，涨价了，一票难求。修改价格的程序员哥哥都已经无动于衷了，他的钱也被吃了，取不出来，但他现在都没空买张机票飞过去。

当然，这一波因涨价而多赚钱的操作，恐怕没有人会高兴得起来。岚梧市原本就是金融大户，美善金融是其中最大的一家，连带着其他的金融平台现在也开始告急了。

浪头打过来的时候，最先被冲垮的是山脚岸边。但是，最终被影响到的，却是所有人。

“其他省市的P2P平台，已经有不少出问题了。就连做共享经济的，押金都被挪用了三十七个亿。国有资产，不能白白流失。我说池局，你们本来就是做经侦的，怎么没有提前盯着点呀?”刑事侦查处的处长沈越有些不太耐烦。

虽然这些年为了钱财犯的刑事案件的数量在不断上升，但是这种单独拎出来的经济大案，显然还是超出了他的想象。

“我们不一直在查案吗？我不认为我们现在开的是庆功会，而应该是一个短期成果的汇报会议。”池清源和颜悦色，步伐矫健。

在其他所有同事的眼里，这一次池清源是踩到了风暴眼里。这么大的案子，要是不能把损失降下来，恐怕他之前在这个位置上做的所有努力，都会灰飞烟灭。

这个世界就是这么残酷。

大家和池清源说话，更多的是带着同情。

尤其是在散会之后，严立本把池清源叫到了自己的办公室。事关重大，有些决策不是在会议上讨论出来的，而是由省厅直接下文件，或者由领导班子的人直接商量出来的。

“清源哪，差不多我当厅长以后，你就是经侦处处长。全国只有公安部下面有专门的经侦局，然后就是我们省为了集中打击经济犯罪，后来改制也设立了经侦局，你是经侦局第一个局长。”

一般的案子，到了现在，领导都会拼命地给下属打鸡血，恨不得立刻完成全年的KPI。那大饼,画得叫一个销魂。

但是严立本却在劝池清源,一定要看开一些,不要把自己逼得太狠了,升官发财什么的,都是浮云,千万不要大包大揽,把所有的过错揽到自己身上。

不是还有银监局和四大银行吗?他们的违规操作也不少。

不是还有招商引资的那几个国有单位吗?把他们的回扣查一查,都够经侦局把面子找回来。

不是还有当地其他的中小型P2P平台吗?捂住了这几个盘子,就能守好这一岗了。

真不是严立本在消极应对,而是全国的P2P平台基本都在突然间收不抵支之后,就跑路了。大笔的资金早就不知道洗哪儿去了。

隔壁省前年的一个案子,现在还没有眉目,投资者哭瞎的眼睛都已经治好了,但跑路的犯罪分子还没有抓回来。

"只要能把官文利这些人给抓回来,我们警察的使命就完成了。至于资金……"严立本说得已经很含蓄了,他怕自己的下属把这口锅背在了身上。

毕竟,银监、工商、银行和同行业的监管,一系列的部门都有责任。

在立法还没有明确的前提下,这些风口上的行业很多都是在摸着石头过河拆桥,钻着法律的漏洞,来填满一个个不务正业的企业。

"我们不光能把这些设局的人抓回来,还能把资金给追回来。"池清源精神矍铄,完全没有大难来临的怯懦感。

他是个真正的警察,不畏惧社会的暴力事件。他也是个真正的经侦,能在一桩桩大案里找回相等数额的款项。

这才是池清源本人的魅力所在,才是这些年他能稳坐经侦局局长位子的原因。

严立本有些震惊:"按照我参与分析过的P2P平台坍塌的案子,基本上私设的资金池空了,能抓住的也只是一些小喽啰,而大规模的资产早就被转移了。"

所以,作为省厅厅长的严立本才没有给池清源下令,一定要人赃俱获。

但凡是缉毒,目标都是不放过任何一个毒贩。而如果是抓杀人犯,严立本甚至会直接下一个硬性指标,要求二十四小时或者是四十八小时之内必须破案。

但经济案子跨度大,时间久,涉案人员众多,真不是一句豪言壮语和一腔热血就能解决完的。

"美善金融的资金链出问题原本应该在一个月或者更久的时间后,但是现在就出了问题,也就是说在这个时间段内,还没有完成资金的转移,所以我们现在还能人赃并获。"

池清源说得铿锵有力。

“意思是，现在的挤兑和爆雷是有意安排的？”严立本说完，面露喜色，“经侦局真的从一开始就盯着美善金融的情况？”

“您还记得，我最早来这里申请下来的特情吧？”池清源把话题引到了别处。

“记得，我们甚至和其他的省市交换了意见，但兄弟单位都爱莫能助，纷纷表示没有这样的人才可以在这种现代化的金融领域使用。”严立本有些叹惋，现在的卧底特情这一块，还停留在传统的特别能打、特别能适应恶劣环境的人员身上。

但是这种特情对缉毒抓赌很有效，对现代化的金融犯罪和信息犯罪案件，就有些力不从心了。

“我当时招募到了相关的特情，就是我们的特情在一直盯着这一块，也是我们的特情策划了现在的事件。”池清源没有说得更具体。

如果美善金融不能熬过去这一关，那么这个庞大的金融机构就是一个庞大的骗局，但如果美善金融的资产能够应对整个市场的兑换，那么金虞挑起来的这一场风波就会变成一出闹剧，从此美善金融的信誉和实力都会再迈上一个台阶，而金虞，可能会在岚梧市再也没有进大公司的机会，并且因为有了这样的履历，与国企事业单位彻底无缘了。

这一次，所有人都赌上了一切。

池清源把自己的仕途拿了出来，调兵遣将，在没有看到完整证据链的情况下，完全按照金虞的布置去操作了。

“特情呀。”严立本并没有询问特情的相关信息。到了他这个级别，好奇心没有那么重，只要最后的结局写在书面报告上能够让人满意就好了。

“如果这件案子能办好，会给以后P2P平台的操作树立一个标杆。”

金虞并没有出现在地面上挤兑事件中，挤兑发生之后，总公司再次要求所有的高管都去办公室开会。

“我翻到了早期的监控视频资料，兑款的人我居然都认识。从孙简、张大发这种没几万块钱的人，再到霍连胜这样的中小企业小老板，再到拿着郭蘅芜的账户密码的父母，看不出来，不足五千万的款子，居然能把三十家门店给搞垮。”

燕卓尔和金虞并肩而行。时至今夕，这位金牌秘书依然俊雅迷人，带着淡淡的凉薄的笑意，在不懂行的人看来高深莫测，相当具有迷惑性。

“不知道就不要瞎说，我哪儿来的那么大的本事。霍总想要弄点钱多买几套房子，听说他老婆肚子里是个双胞胎。郭总的父母并不擅长投资理财，他们只想赶紧把钱取出来，而且郭总的公司可能会出状况，需要用钱。至于其他的被带过来的餐饮店、超市的老板，那可都是家财万贯身家千万的大老板，我哪儿知道人家是怎么想的，非要把钱取出来。”

金虞手插在兜里，胳膊底下夹着一个超薄笔记本电脑，走起路来带风。

“那你呢？你的钱怎么还都在里面？”燕卓尔问了一句。他用金虞的身份证开户在里面存了一百万，金虞在王的盛宴嘉年华时又中了一个五百万的大奖。而她居然一分钱都没有取出来。

这就让人抓不到把柄了。这起恶意的挤兑事件，和她有没有关系？燕卓尔头一次在两个人并肩走路的时候，落后了那么一两步。

他发现，自己居然从来没有认真地了解过这条金鱼。

“这么多钱，你一分钱都没有取出来。”

“我是美善金融的高管，主管着中小型企业借款回款的事项。其实我到现在都没有搞清楚，美善金融自己名下的企业借自己的钱，这算是投资入股，还是算平台自融，又或者真的算借款？”

金虞反问燕卓尔。

眼看着就到了办公室的门前，燕卓尔微微一笑，没有回答金虞的问题，而是又提了一个问题。

“除了战争，没有哪一项国策可以解决产能过剩的问题。但是社会需要我们的经济继续进步，而我们需要企业的账面数据更好看一些。怎么借，有什么区别吗？”

“这可以成为扰乱整个经济环境的理由吗？这可以成为掏空别人钱包的理由吗？”金虞回过头，平静地看着燕卓尔。

“自从市场经济取代计划经济成为主流，每个人不都在想着把别人口袋里的钱装到自己的口袋里，把自己脑袋里的钱变现装到口袋里吗？”

燕卓尔这说辞，好像没有什么错误。

但是不事生产的人也不依靠资本的原始积累，中间没有任何生产的环节，这不是庞氏骗局吗？靠着泡沫的升腾，把一头猪送到空中。

怎么觉得那么不可理喻呢？

但是在燕卓尔的眼里，金虞才是真的不可理喻。

会议室里的人数让人有些意外，李教授、尚思思、官文利、白坤杰，这些在每次会议上几乎搞成了一言堂的人都没有出现，给人一种游戏的付费玩家没有出现，只出现了高级的NPC的错觉。

金虞落座。这么多的人，都在讨论现在的美善金融到底应该怎么办。金虞觉得一头雾水，这些人有的是主管广告投放的，有的是主管后勤的，还有的是主管各种接待工作的。

唯一有项目在身上的，就是燕卓尔。现在小树林的项目结束了，但是他还挂着美善金融项目负责人总监的职务。

这么一群人，再加上外面的平面设计、程序员和业务员，林林总总七八十个人，已经乱成了一锅粥。有不少提不出钱的投资人已经蜂拥而至，而这些平面设计和业务员也一直在打听老总的去向。

此时此刻，金虞坐在这里，都觉得如坐针毡。

现在距离挤兑大规模爆发，还不到二十四小时。办公室里正在掀起一场腥风血雨，从落地窗可以看到一辆辆警车开进了金融街。

那些白蓝相间的警车从这个高度看下去，像是一艘艘船，开在黑黢黢的海水里。漫天星河落在海里，整个城市都像是在微微荡漾着。这个季节经常开窗户通风，能听到警车鸣笛，像是回响在耳边。

没有一点点预兆，整栋大楼灯火通明，一时之间有人想要走。

虽然没有人说警察要来，但是所有人都明白，这些警察就是冲着他们来的。金虞点了一根烟，在这样的环境下，没有人会在乎她到底是在抽烟还是在吸毒。

此时此刻，有人脸色大变，想赶紧走人，但是到了电梯门口，却怎么都摁不开电梯的门。

当然，警察办案，肯定已经通过物业的电脑控制了整栋大楼的出入。不管是胡子拉碴的小程序员，还是娇娇软软的平面设计，现在都蒙了，惊慌失措。办公室已经从高端大气上档次变成了一片狼藉。

就连官文利的办公室的门锁，都被人撬开进去翻过了。

现在场面上唯一还淡定的，就只有金虞和燕卓尔了。金虞的余光扫过燕卓尔的时候，她发现这个冷冷清清的燕秘书也在看着自己。

两个人的视线交叠，又不动声色地错开。探寻，猜疑，各种情绪沉淀在一起。眼神的对决，哪怕没有一个字，哪怕没有多长时间，那也是很吓人的好不好？

燕卓尔是池清源的线人。

金虞是池清源的卧底警察。

而他们互相之间，又知道对方多少事情？

经侦局的人迅速接管了这栋大楼，全副武装的特警把守住了各个出口。有专门的技侦过来查验电脑设备，他们甚至带了屏蔽网络信号的设备，互相之间用步话机联络。

技侦让小姑娘把手机放下的时候，做平面设计的小姑娘一下子眼睛红红的，手里拿着手机，护着电脑死不放手。他们用的是FD屏幕的苹果电脑，官文利曾经亲口许诺，发下来的东西就是给他们的，可以在离职之后带走，现在都成了要被查封的不良资产。在混乱中，有玻璃杯掉在地上砸碎了，小姑娘终于哇的一声哭了。

所有人都不被允许再碰自己的电子设备，直接被带走。当警察拿着不锈钢盆过来收手机的时候，这些名义上的高管不情不愿悲愤地拿出了自己的手机。

途经燕卓尔和金虞，金虞拿出自己的手机，当着技侦的面关机，然后眼看着自己的手机被装进证物袋里，贴上了相关的封条。

燕卓尔从兜里拿出来三个手机，不同的制式，同样波澜不惊。

特警维持秩序，经侦和技侦戴上白手套，像是勘查命案现场一样，进入官文利的办公室，然后以同样的规格进入尚思思的办公室。

电脑、主机、保险柜，凡是可以存储信息的东西，全部被封存。

金虞舔了舔嘴角，手习惯性地往兜里摸手机，想要看一下时间，摸了个空，才意识到手机被收走了。

她默然。

在场的这么多人，都被移交到了经侦局。

在这一天之前，美善金融还是这整栋大楼里的网红，风头正健。在美善金融上班的小年轻也是其他公司的人没法比的，从福利待遇到置装，都是业界一流。

各家都挂着自己公司的胸牌，关电梯门时如果看到了门外是美善金融的员工，在电梯里还会帮忙摁一下等一等。有人私下里扫了微信，还会问一下有没有好的理财产品可以推荐。

而现在，美善金融的员工是被警察带走的。

这么多的人，这么多的警察、电梯走了好几趟，都没有把人运完。其他公司的人互相打听，议论纷纷，但凡能伸着脖子出来看看的，都离开了自己的工位。

“一群骗子，老子的钱放在里面，现在都取不出来。本来指望着能把房子从小两套换成大三居，然后再生个二胎，现在倒好，差点把我今年的房贷都给吃进去。”

“我呸，一群想钱想疯了的主，就应该早点被带走。我媳妇管着家里的钱，全投进去了，我现在连内裤都没有钱买了。”

“他妈的，要不是抢劫犯法，我现在就想去把他们的桌椅板凳都拿来卖了。听说他们办公室和咱们办公室不一样，那些东西都是正儿八经的奢侈品。”

……

墙倒众人推,没有推一把的人,只恨自己走得慢了。

金虞和燕卓尔作为这里权力最大的两个人,走在了前面,并没有慷慨激昂地互相指责一下或者留下上断头台之前的豪言壮语。

因为要是互相之间说话,会被警察怼死。

这些天天和犯罪嫌疑人打交道的警察的嘴,像刀子一样,早就练出来了,恶心词汇量比一般的犯罪分子还多。所以这些高级知识分子很快就没有人说话了。

燕卓尔的眼里,似乎还带着淡淡的笑意。

金虞在想,是不是燕卓尔觉得所有的老板现在都完蛋了,轮到他的春天到来了?

图灵在机场被拦下了。她这样的大明星识别度还是相当高的,直接走的贵宾VIP的通道,但是在安检的时候被拦下来了。

"对不起,图小姐,请跟我们来一趟。"机场的服务人员彬彬有礼。

"什么?你们知道不知道,这趟飞机马上就要起飞了。我现在不走,误了演出的损失,你们来负责任吗?我不在限制名单上,你们好好查查。"

图灵穿着一身黑白的衣服,没有化妆,素面朝天。她把墨镜从脸上取下来,整个人骂骂咧咧的。机场的人已经见怪不怪。

高级VIP,不是大佬就是明星。在镜头前和报道上都是彬彬有礼的样子,实际上脾气很差的人多了去了。

图灵一直的人设都是邻家美女,别人家的孩子。

有工作人员去拿方盒子,被图灵劈手夺过来:"你们干什么?不能动,谁都不能动!"图灵已经有些癫狂了,整个人扑上去,筷子一样的高跟鞋跟踩不稳,直接摔倒了。

她整个人跪在了安检台的前方,左边的膝盖磕出血来,大号的墨镜掉在了地上,在地上滑了一段才停下。

图灵死死地抱着那个盒子,声音沙哑,眼睛里噙着泪水,抬头看向从四面八方过来的工作人员:"我妹妹是人,是人哪!她怎么能被安检的机器当成危险品查?"

她死死地护着那个盒子,而工作人员一定要打开那个盒子,双方僵持不下。很快有两个女性工作人员过来和她交涉,说现在是正常的检查,而且飞机马上就要起飞了,希望能配合检查。图灵的两个随行人员也希望图灵配合。

"她是人,怎么能被这么翻翻检检?不能!"图灵坚持,不能。她死死地把那个盒子抱在了手里,整个人有些暮气沉沉,眼神尤其涣散。

这也是为什么到后期,美善金融没有再让图灵拍摄新的图片来做App宣传的原因。

她的状态,已经有些不太合适了。

“请您配合我们。”机场的工作人员不管怎么劝,都没有办法说服图灵。哪怕工作人员暗示她,可能再也不可能有出国的机会,图灵都没有放开手中的盒子。

骨灰盒里,装着屠悦的骨灰。

“图姐,你现在如果不走,可能就走不了了。”官文利的秘书拿着手机给图灵看。现在,美善金融的办公室已经被查封了。

官文利他们是快速撤出的,毕竟现在只是配合调查而不是直接逮捕,不在办公室还能稍微躲一下。

事实上,从第一起挤兑开始之后,官文利就没有再在美善金融的总公司的办公室里出现过。尚思思在原本应该开例会的时候,也离开了办公室。

“什么?”图灵溃散的目光重新汇聚起来。她可是美善金融的代言人,两者的利益是完全捆绑在一起的。现在的代言不是拍个广告,而是要负法律责任的。

图灵脑子再不清楚,也明白这个道理。

盒子,在图灵的手里松了开来。再大的悲伤,也不能把自己的后半辈子搭进去。现代人的理性和感情,是分开的。

但她刚刚交出去,又拿了回来。

“这是我妹妹呀!”图灵仰头,两颗泪哗地从眼里滚出来,烧灼得人难受。

“这么短的时间,想要把图灵拦住,根本不现实。”经侦局专案组的会议室,金虞也在里面,她眉头紧皱。

在动手以前,这些手握资产的人都成了被关注的对象。

图灵在出事的第一时间坐飞机去国外,在没有官方确凿的文件下来之前,没有人能拦住她呀。她只是公司的代言人,不是直接的犯罪嫌疑人。

“我有办法。”坐在角落里一言不发的金虞一开口,所有人的目光都转向了她。

她又会有什么样的办法?

金虞的脸色看起来很不好,说话的速度也很慢,但是没有人认为她现在不礼貌。要想拦下图灵,要做的事情很多。她毕竟是一个公众人物,处理不好,就会引发一系列的舆论风波。

很有可能,这一次美善金融的爆雷风波,最后只会变成她本人事业的终点。

“屠悦的骨灰是我领的,当时图灵不在,我把屠悦的戒指放在了里面,这个可以在过安检的时候被查出来。我赌,图灵一定会带着屠悦的骨灰,而且不会让人打开盖子检查。”

金虞说完,所有人都沉默了。

屠悦那一手闪闪发光的戒指,每一个都很贵。在她坠地之后,金虞的手中,鬼使神差地还拿了一个,后来她没有再放回到现场,因为时间和空间上都不允许。而图灵根本不会在这样的小事上在意,并没有检查屠悦戒指的数量。

那个戒指,恰好是最贵的,价值一百多万的品牌钻戒。

金虞在领骨灰盒的时候,把戒指放在了骨灰盒里,原本只是想要还给屠悦,但是没有想到,阴差阳错地成了能拦图灵的利器。

“但是,如果图灵执意要走,现场报了关税呢?”赵倩妮很怀疑,就靠着这么一手,想要拦下来一个人,可能吗?

一边是下半辈子的荣华富贵,一边是可能的牢狱之灾,中间就只隔着一个戒指?

赵倩妮觉得有些不可能。确实,很多人在国外买的奢侈品数量超标,在回国时被海关被拦下,罚单相当高。

但是,图灵完全可以不要那个骨灰盒了。

“我是从要账起步的。要账,其实要的是人心的账目。屠悦能为了她的姐姐揽下所有的罪责,那么她的姐姐,肯定有能让她心甘情愿付出的地方。图灵肯定不会丢下她。”

金虞相当笃定。

前方的经侦已经赶过去了,从发回来的画面上可以看到,图灵还在犹豫。

“是不是不检查,我今天就不能走?”图灵面无表情,眼神空洞地问对面的工作人员。

“对不起,图小姐,这是我们的规定。”任何可疑的物品,都必须通过检查。尤其是他们在这个盒子里看到了没有经过登记的东西,钻戒。

按照规定,超过五千元的自用物品都需要进行登记报备。现钞两万元,也需要进行登记。出入境的管理要比普通的国内直达严格得多。

海关需要对图灵带的东西进行重新估价,要估价,第一步就是检查。

所有人都知道,图灵带着的是屠悦的骨灰。

“不检查,就不能走了……”图灵喃喃自语道。她擦了一把脸上的泪水,哪怕是素面朝天,美女的底子也还在,整个人看起来有几分悲壮的流光溢彩。

“我不能让人翻我妹妹的骨灰，谁都不可以。她是个人哪。既然不能走，那就不走了。”图灵声音沙哑，微微打着战。

她说，她，不走了。

此时此刻，已经过了上飞机的时间。图灵站在巨大的落地窗前，抱着屠悦的骨灰盒，看着窗外巨大的飞机轰隆着腾空而起，闪耀着灯光，一飞冲天，最后成了很远处的一个点。

“你以前老说想要和我坐飞机去玩，但是我总说没有时间。其实我有时间，就是不想和你去。你又胖又丑，我怕粉丝认出来我有这么一个妹妹，我更怕他们去扒我的出身，然后我就会从好不容易撑起来的流量明星，变成‘绿茶’。我一直想的都是我自己，我不能被人泼脏水，不能被人谩骂，不能让清纯可爱的人设掉下来。

“对不起呀，到现在，我都没有和你一起坐一次飞机。可能，以后也没有机会和你坐飞机了。”

一滴滴眼泪滴在漆木的方盒子上，图灵从小声的啜泣变成掩面大哭。

“怎么就会来不及了呢？怎么会这样呢？谁逼着你签了那么多的协议？你怎么会想不开了去跳楼呢？”

图灵到底没有走，那一班飞机已经飞走了。

这一局，明明是赢了。留下图灵，就能知道更多的早期的内幕，但是看到眼前这一幕的人，却没有人觉得有胜利的喜悦。

或许，是图灵的眼泪看起来太过凄楚动人？

或许，是人性的扭曲？或许，是道德的沦丧？

图灵没有走的消息，不仅警察这边知道了，其他躲在暗处的人也知道了。对于警察而言，这是好消息，对于其他人而言，就未必了。

警察早就盯上了，能是什么好消息。

意料之外地，图灵相当配合警方的调查，直接就把官文利供出来了。她在国外有两套别墅，在国内也有两套别墅。这四套别墅的价值就超过了八千万。她还有珠宝和其他公司的股份。这些都是通过另外的身份证件运作的，在警方查的时候不会留下太多的蛛丝马迹。

这些信息，警方还真的不太好查。

全部都是在网上进行电子交易，真人不露面，只有钱在这个过程中被转换。

“不光我多一套身份证件，官文利也多一套身份证件。他的另一个名字叫温金荣，他的身份证号码是……”

这给供词的速度，快极了。

而且这大明星的记忆力还真不错，哗啦啦地像竹筒倒豆子一样，时间地点人物数额，笔笔精细。早期官文利发家的时候，搞了两个煤矿，眼看着产量不行，就要被取缔了，他就找到两个买家给转手套现了。这个人从头到尾就是一个善于包装的骗子。

图灵不光交代了警察想要查的部分，就连警察没想查的部分，也全部交代了。

大概，其他地方的警察会对这部分内容非常感兴趣。

图灵出卖人特别有一套，还把官文利马上要乔装的样子也描述了一遍。这操作，呵！专案组的人像是捡到了宝一样，通宵加班去验证消息了。

对官文利的抓捕，也提上了日程。

“不对。”金虞看着审讯的录像，连连摇头。

“怎么会不对呢？没有比这个更顺利的，和我们调查的也吻合。我做了大数据分析，也看了地方的警方发过来的案情分析，步调都一致。”

王者是个真正的技术帝，抓捕官文利的网现在已经撒下去了，就等着鱼儿上钩呢。

案子已经不温不火地炖了大半年，现在到了起锅的时候，如火如荼。这么大的金融公司，可以说是轰然坍塌，让人不可能不兴奋。

金虞只是摇摇头，觉得事情没有那么简单。

抓捕，雷厉风行。

第一一七章
成王骂败寇

现代化的小区，出入口有七八个。前后左右将近六十栋高层建筑，依山傍水，绿化极好。当专案组控制各个出入口，布置下来之后，才觉得不太对。

金虞和燕卓尔都是作为美善金融的员工被控制的，他们这些人被集中带到了专案组办公室所在的建筑里，又被单独分开。

出入口已经被控制起来，集中轮流审问。而金虞和燕卓尔，再没有见过面。他们目前虽然是自由的，但是他们能见的人，也是指定范围内的人。

所有人养着的韭菜，都到了收割的关键点，只有人会加大赌注，没有人会中途离场。

现在，燕卓尔在办公室里和赵倩妮、司晴看文件，核对他经手过的数据。赵倩妮调侃道："就你提供的这些东西，如果不是提前安排下来的，够判你五年的了。"

燕卓尔风度翩翩："我希望可以构建一个新的经济秩序，可以合规合法地挣到钱。我们这代人物资已经不再匮乏，我们希望可以为这个世界留下有意义的东西。"

这样的回答，还真让人觉得无懈可击。

燕卓尔完美的时候，毫无瑕疵。至于他换女人勤快，这根本就构不成渣的要素，这年头谁还没有几段感情史呢?

在不大的办公室里，燕卓尔核对数据的时候甚至不用计算器。密密麻麻的只有数字的报表上，他能一眼看出来不正确的地方：

"这里，纳税额度和股指不匹配，肯定出了问题。"

协助的小经侦投来赞赏的目光。他只是微微一笑："这家的老总我认识，是官总的同乡，所以子公司和总公司之间在年度的报表上会互相平账，这已经成了共识。"

他的意思是，他并不是个天才，只是凭借着内幕消息来判断。但是他已经指出了三十多家的问题，又精准又高效，让经侦的速度翻了一番。

金虞坐在一辆黑色的单透光的车里，拿着这套小区的图纸，眉头紧锁。她下车之后，穿着一身长风衣，将帽檐压低，墨镜遮住了半张脸。讲真，往她的手里放一根拐杖，现在就能去街上搞盲人算命。

她佝偻着腰猫进来，白子玲还真没有认出来。金虞把墨镜往底下推了推，白子玲张嘴又捂嘴，才把她放进来了。

“六十栋楼的小区，常年进出的人口达到了四万，相当于一个小型县城城区里的常住人口。这么多人，别说物业没有登记齐全，可能连业主的登记也是个问题。这个小区从2003年开始卖现房和期房，到现在物业公司都不止一家。挨家挨户地查，根本是不可能的。蹲点在小区门口查，也是不可能的。现在的外卖和网购太发达了，人家能在家里蹲整整一年不出来。”

从一个小区里抓人，不算太难。

但是从一个小县城里抓人，难度可就大了。监控覆盖的区域是有限的，目击证人可以提供的信息也是有限的。

抓捕，就是在一个足球场上找黄豆。

官文利陆陆续续在图灵的身上花了七个亿，看起来数额不少，而且大部分钱财都可以通过图灵提供的渠道找到，但是整个美善金融铺起来的盘子，足足有四百五十个亿。

白坤杰也利用自己影子银行的龙头效应，在其中扮演了很不光彩的角色。现在只要抓到这两个人，就可以找到绝大部分的款项，可以给投资人和社会一个交代。

“就是因为难度大，才把你调过来呀。我们这些人里面，只有你和官文利这些高管正面打过交道。”王者挤眉弄眼，兴奋得不行，他和麻旦旦已经接管了这个小区的监控，上千个摄像头每秒钟在提供乘以十二帧的画面。

眼花缭乱，各种像素和角度的画面都有。占了足足半面墙的显示屏上人头攒动，切换的速度也很快，像是水波纹一样，按照时间顺序一圈圈地散过去。

现代人就连看电视剧都可以选择快进一倍到四倍的播放速度。看这种几乎没什么乐趣的监控，更是一件苦差事。要想从这么多的监控画面上找到有用的信息，不容易。

之前有人提议，从监控上找人。金虞用行动证明了，监控根本找不到她。一顶帽子再加一个墨镜，低下头，就能应对室内的监控，而在室外只需要一把伞。

这个季节，岚梧市的环境还是不容乐观。风衣口罩遮阳伞，是大多数女孩的标配。

“只有先抓到了白坤杰，才能抓住官文利。”金虞第二次发言，所有人看起来都兴奋又着急。她反而是最冷静的，把风衣脱下来挂在了门上。

“官文利负责在前面敞开口袋捞钱，白坤杰负责把这些钱洗干净。如果没有白坤杰，官文利的那些钱就做不成正常企业的流动结余资金，变成了非法侵占和违规操作。就算是不会构成实质上的犯罪，也会被约谈。而如果没有官文利，那么白坤杰就没有机会接触到这些钱。他的影子银行就像是一个嗷嗷待哺的貔貅，没有人投喂，就不能成长壮大。”

池清源也在现场。

警方投入了足够的力量，但是这些力量还不足以渗透所有的区域。池清源看了看表，现在距挤兑爆雷App兑付通道关闭，查封美善金融的办公室，也就二十四个小时出头。

很多人都不相信，背靠国资的这么一家大金融机构，居然会倒。

中间所有人都是轮流值岗，没有懈怠。

金虞对美善金融这一块的业务最熟悉，她是唯一接触到了完整的交易流程的人。燕卓尔了解到的是完整的数据内幕，而金虞接触到的是美善金融的运营形式。这两者，也是相辅相成。如果没有他们两个人的同时加入，池清源未必能像现在这样气定神闲。

“其实美善金融在运营过程中，兼并了好几家上市公司。和普通人买东西一样，也是要经过讨价还价，一轮一轮地砍。这其中，试探的时候也是出人出力，搞定对方的财务去了解内幕消息。而对方也会搞定自己的财务，只让美善金融了解到对方想给的消息。”

这般互相之间试探来试探去，最后的价格就会被压到一个合理的范围之内。

所以，官文利现在要做的第一步，就是试探。

而警察要做的，就是要把官文利和白坤杰两个人同时控制起来。不然跑掉的那个人会携带着巨额财富外逃，而留下的这个人因为身上资金已经成了负数，会逃避掉大部分的法律制裁。

众所周知，现在的有钱人家大业大，欠下银行的债务额度也相当壮观。

而这种私人企业的自然法人，公司的债务会直接转到个人的头上。拦下白坤杰和官文利其中任何一个人的难度，都要比图灵大得多。

图灵相当在乎屠悦的骨灰，为了不让人翻动屠悦的骨灰，结果没走成。

意料之外，情理之中。她为了心理上的意义，放弃了逃走的机会。

但是白坤杰和官文利就不一样了，这两个以利聚之的老狐狸，互相不讲信用,恨不能把对方掐死。既没有契约精神,也没有情谊,恨不得对方被警方抓住,独吞巨额财产。

在这样的情况下,想同时抓到两个人,难上加难。

“你的意思是,等?”池清源反问。

“我们等得起,但是这两位,肯定是等不起了。”金虞点了点头,“接下来,肯定会有好几次的试探性事件发生。我们要从这些试探性的事件里推断出官文利的行为模式,而官文利也在观察这些试探性事件的结果,总结出一套最适合逃跑的方式。”

金虞说完,王者和麻旦旦深以为然。他们调试程序,也是先构建出框架来,然后在运行的过程中修复漏洞。

图灵就是个试探。图灵在机场被拦截下来,意味着警察早就盯上了这一块。就算机场客流量巨大,但是现在虹膜识别技术发达,数据分析过后,拦下一个人的概率大大提高了。

更何况,爆雷爆得太早了。

那些钱和东西,还没有转入地下银行。但凡是出国,钱财这些东西,都得登记报备呀。

任何一个普通人,带着这么多的钱去报备,和投案自首也差不了多少了。

另外一边,是顾非在盯。

白坤杰这位小额贷款公司老板的速度,比官文利要快得多。他已经乘船走江面跑了。这个消息,是燕卓尔提供的。可以直接通过无线电搜索设备,确定白坤杰坐的那艘船的位置,再通过武装直升机从空中追捕。

白坤杰不显山不露水的,直接把停在美善金融做过几次活动的大酒店背后的快艇开走了。这操作令人没有一点点防备,他只是给了开快艇的人一笔钱。

根据服务员目击,刚开始船员是不乐意的,毕竟这是酒店的船,开出去得报备呀,结果白老板看起来有些落寞:“梁朝伟能不高兴了打个飞的去布拉格广场喂个鸽子,我心情不太好,为什么不能去看看星辰大海?你们老板,肯定会同意的。”

废话,这么大的酒店,光装修一下都得两千万。这么多的钱,银行肯定不会一下子提供贷款,还得从民间资本进行过桥。可以说,他才是这个酒店的半个主人。

几个船员就是这么被忽悠了的。

现在,船已经过了入海口,快要到公海海域了。武装直升机紧随其后,巨大的螺旋桨发出巨大的轰鸣声,朝着快艇追去。

不是警方的效率低下,而是按照燕卓尔供述的白坤杰的习惯,这个老板谁也不相信,只会在离开的过程中亲自背上所有钱。

那么,想要人赃并获,就只能等着他潜逃。

顾非换了一身便于行动的服装,和王子韦都在直升机上。他反反复复在想燕卓尔提供的消息。确实没有错误,现在能从电子地图上看到白坤杰的那艘船正在朝着公海的方向靠近。

电子地图还提示,按照现在的速度,他们会在五分钟之后和对方相遇。

但是顾非面色沉静如水,一脸的肃杀,像是在面对着一场战争——不是一场大战的终结,而像是这一场大战,才刚刚开始。

王子韦问顾非:"我们能抓到白坤杰吗?"

顾非点了点头。

王子韦不是正儿八经的经侦出身,如果是经侦局的人,肯定会额外再加一句:那咱们的钱,能弄回来吗?

那可就未必了。

这赢得,会不会太简单了一些?

距离地图上的红点越来越近了,近到了实时位置与红点几乎要重合的程度。只有不断地放大画面,才能看到两边河道的情况。在经过桥墩下方时,还能传来电子监控的实时图像,能看到一大串洁白的浪花,惊涛拍岸,卷起千堆雪,甚至于,还能看到穿着救生衣的白坤杰依旧运筹帷幄,姿势相当好看。白坤杰站在船头,极目远眺,明显是在憧憬着未来的美好生活。

他的身上,三十年前那个刚入银行的小信贷员的痕迹,消失殆尽了。现在站在船头的,只是一个身负巨额财富的资本家。

白坤杰跺了跺脚,大概是觉得,这片大海里的浪花是他跺出来的吧。

目标,更近了。

白坤杰距离公海的距离越来越近了,而顾非距离白坤杰的距离也越来越近了。

天上地下水里,所有人都在加大马力。

在白坤杰的快艇快要到公海的时候,金虞他们所在小区的一个监控上出现了异样。一个原本在慢慢走着的男人突然间疾速奔跑起来。原本全副武装戒备的特警闻风而动,四个人过去直接把他摁倒了。

画面被放大,仔细一看,就是一出闹剧,甚至都不用审。

这男人是小区里的一个有名的老赖。他看到这么多的特警，以为是来抓自己的，吓得赶紧跑。

王者调出了数据库，开始检索图灵提供的身份证件信息。

“香港地王有十五万套房子，有关机构在统计的过程中，甚至都不知道这些房子到底是属于基金会信托机构，还是属于个人。六十栋楼，折合一万三千五百套房子，还是分了四期才卖完的，这让人怎么查呀？”麻旦旦是靠着倒买倒卖网上拖库的个人信息起步的，但是这么庞大的数据对比，他也犯难。

不少业主为了多买一套房子，假离婚假结婚反反复复地离婚结婚，丈母娘可能都是前妻，农村老大爷的身份证都可能被拿来用过了。

在这样的环境下查业主，几乎无解。

更何况，还有可能人根本就不在房子里。炒房团一次性买下来四五套，没人住呀。还有的可能是群租房，四室两厅的房子里住二三十个人，这些人轮换得比牙刷还勤快，互相之间都叫不出名字来。

想要根据燃气费物业费水电费来判断这户业主和官文利有没有关系，就是白搭。各种传统的现代化的追捕方式，都被一一否决掉了。

等。

守株待兔，成了唯一的办法。但是，这要等到什么时候？

“目前，白坤杰还没有被抓到，官文利也会推测自己是安全的，还没有变成一个通缉犯。我们等白坤杰被抓到再动手，才能万无一失。现在打草惊蛇，可能蛇会躲起来不出来了。”金虞向大家解释。

官文利这个人一贯喜欢滴水不漏溜之大吉的做法。那些违法违规的操作，都能被他包装成合法的大型企业的并轨。从他早年的开煤矿又把煤矿给卖了，可见一斑。后期，他又想不掏一分钱，通过和小树林签对赌协议把它挖过来，那十九个亿的待收金额，是以合法的名义陆陆续续落到了美善金融旗下子公司的。

小树林还没有过完手续，所以不能算是美善金融的公司，不能算是平台自融。

而银行存管这一块，你不存我不存，大家都没有存，就成了法不责众，合法的让利于非法的。

他的这些算盘，一个打得比一个精。

白坤杰被抓到的时候，就是官文利的心态崩溃的时候。白坤杰为了自己脱罪，肯定会拼命地卖官文利。

难熬的等待。监控画面上每一次的风吹草动，都会引起大家草木皆兵的关注。从现在开始，每一个出入的人，都开始被排查。

焦灼。池清源又看了看表。

医院里的病房,此时此刻却是格外安静,和外面像是两个时区。郭蘅芜的眼睛紧闭着,她的母亲正守着她。自从郭蘅芜出事之后,郭母每天都会熬一罐软糯香甜的粥,放在保温盒里带过来。

她一直都记得护士说的话:“病人清醒以后,不能吃刺激的食物,要吃流食,清淡,慢慢加量,不然肠胃受不了。”

她希望,在郭蘅芜醒过来之后,能第一口吃到她做的热粥。

郭父戴着老花镜,正在研究相关的资料。

突然间,郭蘅芜的眼角动了动,嘴微微张了一下,洁白的牙齿反射着一点光辉。郭母语无伦次:“医生! 警察!”

郭蘅芜,要醒了。

她在车祸之前,有很重要的事情,要和金虞说。

事关重大,只能当面告诉金虞,也只能告诉金虞一个人。

当直升机在快艇上方盘旋的时候,白坤杰不太相信地揉了揉眼睛。灿烂的日光在海面上像是着了火一样,红彤彤得令人炫目,舔舐着附近的海水,好像下一刻就能从水里把战火蔓延到船上来。

然而,天空中突然出现的武装直升机,挡住了这一片光亮,像是阴沉沉的炸雷在空中响起。武装直升机不是一架,而是来了三架。那些全副武装的军警,直接从悬挂着的梯子上爬下来,比电视上常看的跑酷还要牛。

白坤杰愣了,看着这些神兵从天而降,他在快艇上,根本无处可藏。而他手里紧紧地捏着一个手机,在看到直升机的时候,直接把手机扔到了海里。

有一个军警在看到白坤杰扔东西之后,没有落在船上,而是直接跳进了海里,一个猛子扎进去,就连水花都没有溅起来多少。另外两个军警闻风而动,也跳了下去。

经济犯罪中,主犯的每一个电子存储设备里,都可能蕴藏着巨大的财务信息。

船上的这些人现在一脸蒙,白坤杰虽然没有公职在身,但是那些国企大佬都对他客客气气的。大家都是把白坤杰当成了财神爷的,怎么突然来这么多人抓他呢?

普通小老百姓并不知道高端大气上档次的金融公司其实和小额信贷公司有着千丝万缕的联系,银行的不少从业者拍拍屁股一辞职,出来就是个放高利贷的。

三架直升机在快艇上方轰隆着,全副武装的军警大声喊着“不许动”,船员全部举起手抱头蹲在了甲板上。整个快艇都在晃动着,有人蹲不稳,直接一屁股坐在了甲板面上。

白坤杰喉头动了动,在现在的环境下,说什么都是听不清的。

他突然间把身上的救生衣一甩,要直接往下跳。这个常年健身的金融企业的话事人,不光是胆子大得惊人,身体素质也是杠杠的。

白坤杰在一片直升机投下来的阴影中复杂地笑了笑,动作麻利得很。

顾非作为参战的经侦,距离白坤杰的距离最近,眼看着其他人来不及拦白坤杰,直接跳了过去抓住了他的一条腿。

显然,白坤杰低估了顾非这个不显山不露水的经侦。

顾非只抓着他的一条腿,就把他拖了回来。两个人滚在了甲板上,厮打起来。顾非借着快艇倾斜的惯性,直接把白坤杰的胳膊反拧过去交叉起来。在歪斜的甲板上,他还能做出腾空而起的动作,把白坤杰压制到单膝跪地头抵在甲板上。

白坤杰不但没有机会跳海,还以一种极不优雅的姿态被人俘获了。

而且,顾非在翻转的过程中,把白坤杰的衣服卷起来盖在了他的脸上。白坤杰两眼一抹黑,整个身体前倾,倒在了甲板上。

甲板雪白,白坤杰一身的休闲服饰雪白,他露出来的没有多少赘肉的肚子也是雪白的。

顾非一身警服,换上了出警的全副武装,大打出手之后,他脸色沉静如水。打架,他是专业的。

“靠,经侦这么能打?”白坤杰被押上直升机的时候,心有不甘。

对于白坤杰这样的小额贷款公司的最大话事人而言,被捕并不单单意味着和经济案件有关的刑罚,还有很多刑罚之外的东西。

比如那些能撬动杠杆的巨额资金的来路,那些把钱投在他这里的人员的名单。

人心似铁,官法如炉,要么他能从里面直接出来,要么拷问起来就没完没了。此时的碧海蓝天,就成了他最后的自由的回忆。

现场的人没有人搭理白坤杰,抓捕这个级别的嫌疑人不需要突审,因为可以判刑的证据已经成了证据链。

美浩小额贷款公司和美善金融联合起来做空资金池,就是明证。警方在正式控制之后,发现资金池里现在就连一万块钱都兑不出来了。

从美善金融减少广告的投入开始,他们就是要跑路了。

把白坤杰押上去后，所有的警察都松了一口气。但是顾非仍死死地盯着白坤杰，眼神犀利，面部表情比之前还要紧绷。

即使在程序上已经没有了临时突审的必要，掌握的证据足够把白坤杰给判了，顾非还是问道："四年前，你的小额贷款公司在当时的政策下快要倒闭了，你是从哪里拿了一笔钱注入进去，挺过了十家倒八家的局面，成了当地最大的小额贷款公司？"

在警方想要的证据都完备的情况下，顾非还是没有遗漏重点。白坤杰脸上冷汗涔涔，儒雅的脸像是整容失败一样微微抽搐着。

发家史，是原始的资本积累史，对于傲视群雄的资本家而言，是不光彩的血腥史。

白坤杰的手机也被捞了上来，相关的信息已经发回到了王者和麻旦旦的电脑上，这两个电子狂魔像是找到了矿山，正在疯狂地挖掘宝藏。

这可是案值四百多个亿的大案子。

"我小时候老听说让一部分人先富起来，再带动另外一部分人富起来。现在这部分先富起来的人，不但没有带动另一部分人富起来，还惦记上了另一部分人的钱包，成天想着怎么割韭菜。这吃相也太难看了，还不如我呢……"

麻旦旦一边干活，一边碎碎念。

这思想，这觉悟，王者忍不住多看了两眼自己的这个大兄弟。

"你自己不也趁着这一把捞了不少？本来不懂年化率、等额本息和先息后本的，现在都会了。你看你韭菜饼吃得这么香，还把自己当成正义的化身了？"

"我那点钱和人家的几百个亿比起来，能叫作钱吗？"麻旦旦萌胖萌胖的脸上眼睛眯成了一条缝，他心情好，不和王者掰扯。

根据从海上传来的信息，可以直接进行定位，确定官文利的大致方向。但是很不幸，这个信息的时间太短，持续的时长不足以完成方位上的计算和重叠。

只能算出在小区北门的一个菜市场。

这么一个定位，真的让人不知道该说什么。官文利这个现代化的都市人，还真会选地方。如果是在大型超市，监控完备，横平竖直，可以直接定位出可疑的人，然后集中疏散人群，定点围堵。

这么大的小区，一开始没有设计专门的菜市场，北门这一片原本是要修人民公园，后来成了烂尾工程，又因为在几个小区和城中村的中心，作为菜市场有着得天独厚的条件。

有关部门只管收费不管管理，乱搭乱建，没有集中的监控，都是店主各自在铁皮铺子前面安一个监控，有的甚至没有监控。死角极多，三轮车和改装出来的货车也有。交通四通八达,像是一个小型的迷宫。一进去,肉铺和水果蔬菜的摊子鳞次栉比,随便从一个口子就能出去。

现在官文利没有出去,就是忌惮外面主干道上的监控。最得力的警察现在都在这里,机动性很强,个人的力量和国家暴力机关比起来,还是微不足道的。

“官文利现在已经知道白坤杰被捕了,他一定调整了自己的动作。”池清源沉思道,“我们接下来,有两个方向。第一个方向是进行排查,这需要一些时间;第二个方向是疏散人群,根据顾非发回来的消息,对方可能持有武器。”

这个点,买菜的多是老头老太太,挤在不怎么宽敞的菜市场通道里。在人群里抓捕,尤其是对方持有武器,就可能伤及无辜。相比于四百多个亿的下落不明,误伤群众更是警方无法承受的。

况且,这些无辜的群众大部分是老人。

专案组的人都聚在一起,讨论怎么抓捕这个巨无霸。王者盯着电脑显示屏,一圈圈的红外线波纹从菜市场周围散开,这是电磁波信号。

如果是热敏信号就好了,能精准地定位出对方的轮廓。

麻旦旦扭了扭身体,给了金虞一个她懂的眼神。麻旦旦在最引以为傲的源代码失窃案中,就是通过招嫖的信息,帮助警方找到了一个对破案至关重要的人物。

可惜,这事干得这么漂亮,居然不能在案卷里浓墨重彩地写上一笔,可让他难过了很长时间。一招鲜吃遍天,他觉得这事还能依样画葫芦重来一遍。

当时的情况也和现在一样,面对一个无法下手的小区,警方很难判断犯罪嫌疑人到底潜入了哪一栋楼哪一个房间。

但是通过排查失足女所在的房间,再从外面观察卧室灯光的情况,警方迅速行动,甚至都没有惊动犯罪嫌疑人的邻居,直接完成了抓捕。

精准,专业,敢于冒险,都是黑客身上的素质。

金虞嘴角微微弯了一下。在座的几位里面,只有她和麻旦旦两个人不是警察。他们两个人的思路,也和警察的思路最偏。

烟火气十足呀。

王者和麻旦旦利利落落地把白坤杰被捕的消息发了出去。

扰乱敌人军心。

“为响应国家号召,现城市管理部门向广大个体经营户征集管理办法,针对菜市场的垃圾集中处理和统一管理征集方案……”要求所有的店铺现在必须出一个人,在十分钟之内到小区北门的临时警卫处集合。

这个消息通过喇叭、微信群、短信等多个形式发了出去。

但凡是在这里开铺子做生意的个体户，都收到了消息。消息要求十分钟之内必须到，提出最优解决方案的可以获得免半年城市管理费的奖励。

“半年的城市管理费也才几千块钱，能行吗？”王者有点怀疑，这算不上是一个完美的办法。这半年的城市管理费，还不是城市管理部门免的，而是算在了经侦局的办案经费里。

几千块和四百多个亿比起来，连九牛一毛都算不上。而如果官文利就因为这几千块钱被抓了，那他这些年可真的是白活了。

“关键是这是城管下的命令呀，小摊贩最怕的就是城管，谁知道自己的那套家什被没收多久才能还回来呀。这些，法律里面可是从来没有规定过。”

金虞叼着一片菜叶子，却是守在了方向完全相反的另一个出口。现在的阵势，就是摆明了向里面躲着的人发信号：我们知道你们在里面了，但是我们就是要守着把你们揪出来。

不明说，找个让人难以拒绝的理由。

这个风格，很金融。

金虞穿上了一身协警的衣服，像模像样地守在路边，王者、麻旦旦、顾非，再加上一群协警，全部跑过来了。这么大的盘子，人手还真的有点不太够用了。

但是大家对于金虞选的这个位置，很有信心。

“那是当然，我小时候就是在菜市场长大的，一猜一个准，见人说人话，见鬼说鬼话。要不是靠着我这一张好嘴，我爸妈哪儿能那么快盖了房子。”金虞胡侃着，把整个队伍的紧张心理给放松了下来。

对方，持枪。

“我可是侦查学毕业的，系统地学过怎么根据人的心理问题抓人。”

“嘁，心理学都是学来算命的，能有多大的用处？我以前倒卖二手手机的时候也学了不少，最后不还是靠着刷脸？整那些没用的。”麻旦旦踮着脚，似乎这样能看得更远一些。

从前，他以为钱只会改变人的衣食住行。而这一次，他是真真切切地看到了，钱能把人的命要了。

“刷脸？你的脸怎么刷？”安庆泽双手插兜，继续抬杠。

“哥长了一张忠厚老实的脸，就算是把个水货翻一下加价当新的卖，那些不识货的也都觉得我的价格比隔壁那个尖嘴猴腮的家伙便宜。”麻旦旦不服气。

吴刚和王亚平坐在警车里，警惕性极高，万一对方是骑着电瓶车或三轮车出来的，那就得赶紧追了。

上帝给人的每一张脸，都有其用处。

眼看着时间一点一点过去，顾非站在金虞附近的区域里，薄唇紧抿，神光充足，看着菜市场的通道方向，并没有参与到任何话题里。

而在经侦局专案组单独的房间里和司晴看文件的燕卓尔，此时此刻从纸堆里抬起头来，有些疑惑，带着殷勤的笑意问："现在抓捕的速度很快呀。"

"对呀。"司晴继续看数据，没有接茬。

这样的风格，似乎有点熟悉。燕卓尔松了松领带，解开了颈扣，揉了揉脖子，不知道是不是最近太累了，总觉得有人掐着他的脖子一样。

往后头看一眼，只有雪白的墙壁。

"司警官，我的那些同事，什么时候能放？他们纯粹做技术的，连美善金融旗下到底有多少种理财产品都不知道。"燕卓尔笑着问，进退得宜。

"查清楚就会放了，不会花太长的时间。"司晴头也不抬，她拿笔的手停顿了一下。

对呀，技术和高管是分开的，就像有些产品经理并不懂代码。

燕卓尔这是在关心谁？

经侦局专案组认为，那些犯罪分子会和摊贩们混在一起，走警务室的方向，毕竟那里可以直接进城中村。四通八达的交通枢纽，可以把他们送到任何地方。

但是金虞选了完全相反的方向，她问顾非为什么要跟着自己蹲在这里，可能会错过直接抓捕身负四百多亿的大佬的机会。

"我记得有一块价值两个亿的宝石，需要分割成两块才能进行深加工。所有人都知道这块宝石的珍贵，没有人拿着锤子下得了手。最终珠宝商找到了久负盛名的加工匠人，而匠人喊了一个年轻人过来。这块宝石被他一下子敲开，然后继续去自己的工作台忙碌了。

"珠宝商带来的人都认为年轻人是一个旷世奇才，只有老匠人说：这是因为他刚刚入行，完全不知道这块宝石的价值。所有面对这块天价宝石的老匠人，没有人能拿着锤子不担心不发抖的。"

拿着四百多个亿的人，怎么敢冒险？

更何况，从白坤杰身上已经搜到了芯片，上面储存着几千个银行卡账户信息，里面有将近十个亿。

一辆农用三轮车驶过来，道旁行人纷纷避让，掩着口鼻，露出嫌恶的神色。因为这是辆拉粪的车。这地方因为烂尾工程太严重了，菜市场中间的厕所至今没有翻修，还是个旱厕。开车的人灰头土脸的，戴着鸭舌帽，突突地冲过来。

“尚思思!”金虞喊了一声,农用车喷出一管浓浓的尾气,没有停下来。吴刚和王亚平立刻踩了油门冲出去,金虞和顾非几个人立刻跨上摩托车追了上去。

在这种可能堵车的环境下,摩托车比汽车好使。乱搭乱建的违章建筑底下,只有摩托车能冲过去。

那辆拉粪车,跑得更快了。

金虞心里要骂街了。这些玩金融的人,个个挥金如土,恨不得视金钱如粪土,临了被抓的时候,居然还开辆拉粪车,而不是法拉利。

追的人闻风而动,一起涌向这个本年度最佳COSPLAY爱好者。谁能想到,现在这个开着三轮车的土不拉几的比农村大爷还大爷的人,是美善金融华东区的总裁尚思思。

这到底是人性的扭曲,还是道德的沦丧?

顾非的动作和金虞基本上同步,都是最先反应过来要追击的。金虞在风里扯着嗓子问顾非:“你怎么发现这个人不对的?”

“谁开这种车还穿着高跟鞋?”顾非挑了一下眉,眼中如同星海翻涌。

他和金虞有着一样的判断。

尚思思明显是在外面穿了一套衣服,里面一套衣服,在逃出生天之后可以直接把衣服换下来变成都市丽人离开。

王者和麻旦旦主要靠监控盯防,现代化的人脸识别技术直接通过骨骼的轮廓来识别,准确率相当高。但是在面对戴着口罩墨镜的情况下,就会抓瞎。

王亚平开车的技术很厉害,不追了,直接从另外一个胡同里冲了进去。

“喂喂喂,方向不对呀,前面没有尚总了! 跑错了!”吴刚嚷嚷道。

“我靠,你是不是和尚思思有一腿,咋不去追呢?”安庆泽杠精杠得让人怀疑他是从敌人的队伍里过来的。

吴刚和王亚平同时给了他一个只可意会不可言传的眼神,安庆泽缩了缩脖子,王亚平一个漂移弯道超车,在这个小胡同里转过来。

安庆泽觉得自己的后脑勺有点疼。

“按照我和她的速度,能在下一个出口的方向对上,而且她只能走那一条路。”王亚平如是说,这个老实人的恶心词汇量一点也不丰富。

殊途同归,只要判断合理,条条大路都可以进行围追堵截。

而顾非和金虞也不在尚思思的方向上,金虞投向顾非的目光多了几分莫名意味。他们同时向王者和麻旦旦打了手势:

我们发现了官文利。

终极BOSS的出现,让所有人都沸腾了。但这个方向警力最薄弱,谁能想到官文利会朝着小区内部逃过去?

按照大家的推断,官文利应该会趁乱逃到一辆车上,然后用另一套身份证件走航空路线携带着社会主义的财富,躲到资本主义国家去。

但是现在,这位官总,居然朝着一个大型的小区内部逃过去。

金虞和顾非的目标是一个身披黄色外卖服装的大妈,这个外卖大妈乌黑的大马尾从头盔里伸出来,身形矫健。

顾非从前方包抄,摩托车直接横在了官文利的前方,一夫当关万夫莫开地守住了这条小胡同的去路。而金虞率先追上了,直接一脚踹了上去。戴着头盔的人很不耐烦,拐了一下,堪堪躲过了金虞的攻击。

路人纷纷侧目,这两个人为什么要对一个送外卖的大妈这么穷追不舍,要不要这么缺德呀,人家一把年纪了还出来送外卖,容易吗?

现在的年轻人哪。

不顾路人的侧目,顾非和金虞两个人直接把这个送外卖的给包夹堵上了。这才是本年度COSPLAY的冠军选手呀!

“我靠!”官文利一张嘴,暴露了他的男人身份。这时候,路上几个拿着公文包的人开始加速,朝着这边冲了过来。

狭小的巷子里,顷刻之间被几个人塞得满满当当,火药味十足。

其中一个人拿起公文包来,对着金虞的方向开了一枪。顾非见多识广,飞起一脚先把金虞的摩托车一脚踢倒了。

子弹,擦着顾非的摩托车飞过去,先穿透了摩托车的轮胎,只听砰的一声再打穿了钢制的横梁,擦出一阵金属碰撞的火花。

顾非的裤子上已经划开了一道口子,黑乎乎的,还冒着烟。

敌人有枪。

金虞双手还握在握把上,不过是摩托车的握把,火光差点撩花了她的眼睛。这些涉嫌重大经济案件的主,可能还是刑事案的大户。

金虞没有丝毫的迟疑,直接从地上抓起半块瓦片,朝着对方飞了过去。

准星不错,但是距离太远,到了对方跟前就已经失去了杀伤力。对方有四个人,都带着枪,正在朝着更靠前的金虞聚拢过来。

而官文利已经把头盔给摘了,愤愤地一扔,往地上吐了一口唾沫:“五百万也喂不饱的白眼狼,老子哪个月给你的工资不够警察的年薪?”

金虞笑道:“你现在不是跑路了吗? 你那工作稳定吗?”

官文利开始跑,金虞撑着摩托车,直接腾空翻过了面前挡着的一个废旧柜台和垃圾桶,跳到了官文利的面前。

这一个动作，做得格外利落飘逸，像是一个武林高手，比跑酷的人还要流畅自然，如行云流水。官文利差点撞了金虞一个满怀。

这一幕，谁都没有料到。

一时之间，对峙变成了金虞一个人挡住了那些带枪的人和官文利。她张开手，扬起头，眼中星河灿烂，还带着笑容看着官文利。

她张开双臂，摆出架势。

此时此刻，她手无寸铁。此时此刻，她是在用自己的血肉之躯，挡住这些凶神恶煞般的流氓以及专门雇来的打手。

这些人的手里，还有枪。

这道墙是小区里面的人专门拆了一半当门的，所以不在规划的图纸上，又因为后期扭七歪八的垃圾遍地，所以这里没有多少人走。警力也安排得最为薄弱。

此时此刻的金虞，身上散发着金光。

顾非和金虞对视，一眼万年，也不过如此吧。他从未在一个人的身上见过这样英姿勃发的帅气，似乎，这一把火能把所有的沉静都焚烧殆尽。

热血，在心头沸腾。

前后不到十秒钟，面对突如其来的阻拦，官文利和他手下的人都还在发蒙中。金虞是什么人，是整个岚梧市地面上最厉害的职业收水人，不管是九出十三归的高利贷，还是大耳窿的街头捏码，但凡是到了她手里的款子，都能宾主尽欢，给双方一个满意的答复。

这样的人，别的不论，肯定有一个优点——特别能打。

刚才撑着摩托车，踩着垃圾桶和烂柜子，施展轻功一样地越过来，就是明证。他们已经打了一枪。打枪也是有讲究的，犯了命案公安局是要不死不休地追的，尤其是杀了警察后逃逸，这让警察的面子往哪儿搁。

第二枪，都很慎重。这些人迅速调整战略，挥舞着拳头朝着金虞招呼了过来。此时此刻小巷子里的日头被阴云挡住了，沉闷的气息席卷而来。

金虞摆开了架势。

顾非摸了一下自己的腰间，毫不犹豫地直接把自己的枪拔了出来，对着金虞喊了一声："接着！"同时，他又从地上捡了一把破椅子，朝着这四个面向金虞的保镖冲了过来。

此时此刻，他成了那个暴露在热兵器火力之下，没有了防御手段的菜鸟。但是，他愿意呀。这二十年来他循规蹈矩，凡事求规整求正确，把自己的枪给了金虞，可能是他这辈子犯的第一个错误。等回去以后，就会有写不完的检查和报告，说不定还要面对警务督察一而再再而三的责难。

但是,那又有什么关系呢?

他觉得,现在把枪给了位置最合适的金虞,可能是这一辈子做得最正确的事情。

金虞看着那把枪在空中直直地飞旋过来。她的反应速度同样很快,一个起身跳起,立刻接到了枪。她和顾非之间,不像是业余警察和专业警王之间的配合,倒像是默契许久,切换流畅自然。

对方的保镖没有反应过来警察现在没有枪了,以极快的速度冲了过来,而面前这个暴露在枪管之下的女人居然持枪单膝跪地,浑身杀气腾腾。她整个人像是一张拉满了弦的弓,似乎下一秒,那离弦的箭就能射出去。

浴血奋战,绝不退缩。

"不许动!"金虞暴喝一声,女人天生的高音刺穿耳膜,这本身就是讨债过程中的一个极富杀伤力的武器。

枪呀!

她毕业整整五年了,再也没有拿过枪。哪怕是在警校,枪也是作为一种象征性的物件,被集中保管在靶场训练场。而射击的课程并不多,只有每年的统考,她才能打几发子弹。

这可是枪呀,除了那一身藏蓝色的警服,没有比枪更能代表警察的正义和威严了。

要不是这里是抓捕犯罪嫌疑人的现场,金虞现在都能抱着这把枪哭得像个即将出嫁的女儿。五年没有摸过枪了,六四式的小手枪又改良了一些,拿在手里凉沁沁的,并不显得冰冷。

这种枪有超强的后坐力,必须双手持握,用力握紧,才能保证在五十米范围内的有效杀伤力。

官文利气结,看着眼前的金虞,嘴角微微抽搐着。金虞眉眼一翻:"你不是有钱吗?用你的钱砸死我呀?用你的钱找几个小鬼把你接出去呀?别看这里现在只有我们几个人,但是外头就是警察的天罗地网。别说坐飞机了,你就算是想要骑着你的小破摩托车从这条街上逃出去,不到一百米,都有监控拍下上千张的照片,还有交警和刑侦的人把你抓起来。

"你说到时候是先让刑侦审你私藏枪支的罪行呢,还是先让经侦审你的非法集资罪呢?"

金虞的嘴利落得很,三言两语就把另外几个流氓给镇住了。金虞的枪口只对着官文利一个人,四个保镖打手不敢动手。金虞挑衅地问道:"你们开枪打我呀,快点打我呀。反正不管你们成不成功,未来十年都不用上班了。我要是失手把官总给崩了,你们就得不到另外一半的保镖费了。我要是一不小心被你们给崩了,你们就能把牢底给坐穿了。”

都以为金虞是靠一手的硬功夫征服人的,其实这妞靠的是嘴炮。

都以为经侦是靠一手算账查账的功夫混下去的,但是顾非偏偏就十分能打。他已经冲了过来,一点都没有花架子,一折叠椅把一个人直接给拍趴下。

这凶悍的打法,和他身上那身经侦的文职制服不太相符,和他动手的流氓现在已经蒙了。

难不成,遇到的是经侦里面的武松大爷?这扮猪吃老虎的套路,玩得也太溜了。

另一个人举起了枪,顾非一个托马斯式大回旋,枪就被踢飞了。这种小型的巷子里回转不开,他一个侧身已经扑到了另一个人的怀里。眼看着四个人被干翻了两个,官文利对另一个保镖使眼色,朝着金虞的方向就冲了过来。

要是能干掉金虞,他们就能冲到小区里。宽大的树荫底下,正停着一辆车,能送他们离开这个是非之地。而地下停车场里,也有一条退路,可以把他们往刚刚买下来的期房里面送。

“那娘们有枪!”这保镖发怵,一身的疙瘩肌肉看起来很硬汉风格,但是这腿可是一直在抖呀,犹犹豫豫地不敢冲过来。

废话,冲过去更近了,人家手里有枪不是瞄得更准吗?

“你他妈的见过警察开枪吗?他们的枪就是装饰!派出所所长手里的枪,早生锈了,当锤子砸核桃都嫌不中用。”

官文利嫌弃地看了一眼旁边的这个保镖,朝着金虞扑了过去。

那个经侦像是不锈钢做的,直接把人都给弹开了,他现在要是不跑,马上就会落在后面这个警察的手里。

前有狼后有虎,这样的场面,他还真有点不太害怕。

这一辈子,不都是这么过来的吗?

“你别过来,我要开枪了!”金虞喊了一声。官文利是个大块头,冲过来就像是个缓慢加速的导弹,要是被撞上,肯定会被弹飞。

“老子是临时工!”眼看着人到了面前,金虞缓缓地扣动了扳机。

这些金融犯罪的天才,胆子都大得无法无天。他们总认为只要能跑过最后的收割,自己就是资本家,极富冒险家精神,觉得自己就是这个金钱赌桌上唯一的赌神,自带主角光环。

“我真的要开枪了!”金虞又喊了一声,但是没有什么作用。经过了短暂的加速之后,官文利像是一头狗熊撞了过来。一般人看到,都会下意识地往旁边躲躲。

“砰!”

一声震耳的枪响,近距离的人耳膜都在微微轰鸣着。现在大家的距离都已经很近了,枪响致使大家的速度都有了瞬间的停滞。

而这一枪是朝天打的,以示警诫。

这么多年,金虞忘记了太多的条例,但是依然记得,在制伏犯罪分子之前要先口头警告,再鸣枪示警,最后才是直接制伏。

金虞没有再拉枪栓,官文利已经到了眼前。金虞飞起来一脚,直接甩在了官文利的脸上。这一下,官文利万万没想到,整个人重心不稳,摔在了地上。

我靠。

此时此刻,顾非也解决掉了最后一个保镖。街巷之上,只剩下他们两个人还站着。远处的警察,身穿藏蓝警服,正在快速地跑过来。

这一场硝烟中的战争,迅速淹没于无形中。

成王骂败寇,所幸,他们是赢了的那一拨。金虞拍了拍自己的胸口,看着手中的枪,心情复杂。她似乎看到了自己穿着一身警服,成为一个真正的警察。

有一天,梦想可以抵达的地方,现实也可以。

“你好,警察。”顾非对着她笑了一下,还敬了一个礼。

金虞嗫嚅了一下,不知道该说什么,低下头的时候,已经是热泪盈眶。原来和自己的梦想那么接近的时候,是这样的感觉。

警察们迅速到位,保镖们和官文利都被抓了起来。

王亚平的面包车在飞出胡同口的时候,横着直接撞上了三轮车。尚思思尖叫着:“救命啊,救命啊!”她没有安全带,直接从座位上滚了下来,那双性感美丽的高跟鞋掉在了地上,和从车上流下来的粪水混合在了一起。

“意外意外,我们只是想抓个犯罪分子,没想到搞出了车祸。”安庆泽喜不自胜,但是表情加动作,整个人看起来都特别欠揍。

这可是传说中的大佬级别的尚思思呀,管理着整个美善金融在华东区的业务。据说,她有点石成金的本事,随随便便指一只股票,就能涨起来。据说,这位尚总的身价已经过了十个亿,跻身女富豪的行列。

然而现在,这个女人正愤怒地趴在一摊粪水里,愤愤不平地看着这几个嬉皮笑脸的协警。

她没有保镖,不然肯定会在被捕之前,让自己的保镖揍这三个欠揍的警察一顿。她只能眼睁睁地看着自己的手被戴上了一副锃亮的银铐子,忍受着屎尿横行的味道,强行被带离了人群。

“这应该是你戴过的最贵的首饰吧？别灰心，以后还会有更贵的。根据你的罪行，来给你量身定做。”安庆泽此时此刻是真的膨胀起来了。

原来，当一个对社会有用的人，抓一个非法集资几百亿的人，这么爽呀？

王亚平和吴刚从旁协助。尚思思的内心已经要崩溃了好不好？这三个没见过世面的协警，是把她看成了金光闪闪的大猪蹄子。

这怎么能忍？

王亚平一脸的老实人发了横财，想摸金币又不敢摸的纠结神态，正在拿着对讲机通知其他警察。他们三个人到底还是太少了。吴刚像是警戒的孙悟空一样，凶狠地看着周围，对着围观的群众没有一点好脸色，凶巴巴地喊：“没见过警察抓犯人哪？看什么看！去去去！”

围观的群众当然没有为尚思思说话的，她的脸上黑一块白一块，都看不出她就是那个风情万种的高冷总裁。她浑身上下沾着湿答答的大粪，还真没有人想要英雄救美。

医院里，郭蘅芜突然张开手，又抓住了床单，整个人的面容扭曲得厉害，因为失血和未进食显得格外苍白。

醒过来之后，映入眼帘的就是守护她的双亲和白衣天使，还有两张陌生的警察的面孔。

郭蘅芜失神的眼睛在人群里反复找，都没有找到金虞的影子。她第一句话虚弱而强硬：“金虞呢？我要见她！”

第一一八章 今宵离人愁

“快点交代，你挖的社会主义墙脚，藏哪儿了？”安庆泽的手指头都快戳到官文利的鼻子上了。

这么一个奶油小生，官文利不屑一顾地别过去半边脸。但是他的脸还没有别过去，就被一巴掌扇了回来。

麻旦旦肥腻的手还在微微颤抖着，脸上嚣张得不行。当然，颤抖得更加厉害的，是官文利的脸。这张上镜很不错的成功人士的脸，现在看起来格外扭曲。

官文利都快委屈得哭了，多少年了，别说打一巴掌，大家都恨不得给他这个财神爷跪下，甚至有的地方招待，还给他招嫖。

“你们！我要告你们这些警察，践踏法律！私设公堂！居然敢打我！”官文利的情绪很激动，目眦欲裂。

“咋了，没看见我们身上的衣裳吗？都是协警，临时工。打你就打了，大不了老子不干了，我巴不得被开除呢。我有房子有铺子，我哪儿想不开了来伺候你这个犯罪嫌疑人。”

安庆泽是个货真价实的杠精，既然这家伙不服，正好他手痒。

为了避免继续受辱，官文利没有再抬杠。那女流氓和她手底下的一群协警，都在撸袖子，这是打算把他往死里揍一遍呢。

官文利用过这个女流氓，她能把脸皮最厚的人逼到愤而还钱，什么事都干得出来。

“警察，救命！”官文利到底还是看到了在前面开车的顾非，觉得这下有救了。顾非年纪轻轻，警衔挺高，应该是这里说话算数的。

“刚才枪声太响了，我聋了。”顾非回过头来，意味深长地说了一句。

这么周正的人说出这么缺德的话。金虞硬绷住了，脸上才毫无波澜。这一次，她自己甩了一个耳光在官文利的脸上。

“让你交代问题就好好交代。快点说！钱怎么来的？还有多少？现在钱都在哪儿？李改平、向国平、贾长云的案子，你都做了什么……”

金虞问问题是专业的。

这些问题，警方并没有直接的证据，哪怕是池清源审问，官文利恐怕都不会说。但是金虞的拳头又举了起来，官文利㞞了，为了一个体面，他张嘴了。

“有人曾经给我算过一卦，说我将来会黄袍加身，顿顿和大鱼大肉相伴。”哪怕是成了阶下囚，面对着警服森严、国徽闪亮的警察，官文利依然能够面不改色，侃侃而谈。

他这样嚣张的态度，让几个小警察嗤之以鼻，什么黄袍加身，大鱼大肉，就是个送外卖的。

这已经是官文利最后的坚强了。他的面色红润泛光，头发在风中被吹乱了。

其实是被打的……但是在面对池清源这位真正的经侦局的大佬时，他像是从野蛮人的时代回到了现代的文明社会。

他觉得，他的聪明才智足以和这个体制内的位高权重的老实人过几个回合。

事实上，他真的是想多了。

经过搜身，他胸前的两个大白馒头给掏了出来。他从大妈变回了大爷。现场的人拼命地忍住没有笑。

池清源第一次和官文利面对面，之前因为证据不足，经侦局并没有直接约谈过这位官总。而作为和经侦部门相互协助的银监局的有关人员，也都是铩羽而归。

“这就巧了，我们的囚服，也都是橘黄色的。据我了解，岚梧市的几个监狱里的生活配置都不错，一星期有两次加餐改善生活，有鱼有肉，让你住个三五十年也没有问题。我觉得算命先生的话，还是挺准的。”

池清源说完，新来的小警白子玲和一个看起来严肃非常的特警，没绷住笑了。

这位不苟言笑的池局很少会说这样调侃的话。官文利怒目圆瞪，想要再说话怼回去，但是池清源挥了挥手，让人把他带走了。

官文利把人想得太简单了，如果不是为了给金虞机会，那辆小面包车至于在不长的路上开二十多分钟吗？现在的交通状况可是一点都不堵。

从官文利的身上，搜出来另外一套身份证件，根据监控一路倒回去，又找到了他之前藏匿的房子。这是个很普通的两室一厅，是以官文利美善金融旗下一个小公司的法人的名义买下来的，根本不会引起任何人的注意。

当房门打开以后，看着屋子里的珠光宝气，这些没有参与过经侦大案的小年轻和刑侦部门的人,都惊呆了。

金块珠砾,鼎铛玉石,也不过如此吧。

真的古董花瓶,当代大师的名画,搁在保险柜里的钻石。这些东西被打开的时候,戴着白手套进行封存记录的经侦都有点手抖。

这里的大部分东西,都有专门的证书,说一千万,就是真的一千万。而这里的东西,一千万,还只是一个起步价。

相关的经侦解释道,现在房地产的政策已经逐渐收紧,不再像从前那样拿着一麻袋钱就能直接买房,存在银行也不大保险,于是很多人洗钱的方式变成了购买天价收藏品。这些藏品从拍卖行拍下来时,资金的往来不会被随便检查。而在再次出手时,换一个相关的故事,就能变成合法收入。

官文利藏了这么多的东西在这里,足以说明他的钱来路不正,急需找一个合法的途径进行封存和变现。当大家惊讶于那些价值连城的东西的价格的时候,金虞只是在屋子里走了一圈,眉头紧锁。

在掉转方向的时候,她和顾非都做了最正确的选择,直接走向那辆拉粪车后面的外卖摩托车。而在检查完之后,他们发现官文利的外卖摩托车上存放外卖的塑料泡沫箱里,装的不是外卖,而是官文利的行李。

他是打算强行跑路。

"你是怎么发现那个送外卖的就是官文利?"此时此刻,顾非的眼底,也有着和金虞同样的疑惑。顾非的身上,有着不符合他年纪的沉稳和肃气。

"你见过哪个送外卖的戴着劳力士手表和祖母绿的大扳指吗?这是土豪下乡体验生活呢,还是中二青年在地摊上搞了点东西当土豪?"

金虞调侃的话,也有点沉重,尤其是在经侦把所有的东西都做了登记之后。

眉头锁紧。

顾非没说话,嘴角微微上扬,他是跟着金虞走的。作为一直在出差的经侦,他收集了大量的皮包公司的信息,但是对于官文利本人,并没有太深的了解。

此时此刻,惊天爆雷的消息已经形成了一浪掀翻的海啸效果。那些外地来的投资人,已经把美善金融的办公室堵住了,往日高贵冷艳华尔街派头的金融街,现在被挤得像是蔬菜打折的超市。主打中低端投资的美善金融的主要客户人群,就是这群刚刚学会了智能手机的大爷大妈。

他们的手里有存下来给子女娶妻生子的钱和不薄的养老金,他们对于物价上涨和房价上涨格外焦虑,要为自己为数不多的财产寻找不贬值的庇护方式。

至于年轻人,那些三十岁以下的年轻人是没有钱的,还鬼精鬼精的,挣点钱全消费光了。

“目前派出所已经开始登记,从今天早上开始忙,到现在都没有消停过。其他案子的人根本就插不进去。不少原本在公休的人,也被调了回去。有的派出所,就连户籍处的人都被临时抽调过去了。我们在体育馆设下的长期驻扎的点,现在人数也不够用了……”

赵倩妮面带忧色,奔波了一天,她没有带U形枕,倒是难得地一身警服穿得一丝不苟,没有老油子推诿的毛病。

她和司晴两个人,一直都是池清源可以委以重任的老经侦。

“那我们之前布置下来的,进行得怎么样了?”池清源又问。

“一切都在计划中,我和司晴两个人一直都按照布置下来的在执行。到现在为止,都没有任何纰漏。”所有人分摊任务之后,司晴和赵倩妮因为职务的便利,多了一项其他的任务。

“那就好。”池清源点了点头。

岚梧市的天空,难得蓝得像是被洗过了一样,雨过天晴云破晓,海天之间凝成了一色,极目望去,像是一座童话中的城市。

如果,从二十八楼往下看,整个城市如梦如幻。

如果从二楼往下看,就到处都是垃圾。

而我们的任务,就是把垃圾清理出去。

根据道路天网监控,交警在高速收费站直接把李晓峰李教授的车给拦了下来。这人也戴了墨镜和口罩,还向别人借了驾照。但是沿途遍布监控没有死角,在锁定车牌号之后,抓捕就只是线路的问题。

更何况,李教授这种被用来分摊皮包公司人头的人,雇不到货真价实的保镖,只能靠着两条腿跑。

同时被搜出来的,还有一鞋盒的银行卡。根据银行方面反馈的消息,这几百张卡里面,每一张都有五万到十万块钱。

这是没有来得及洗干净的钱。

虽然还没有进行统计,但这是我国P2P平台在爆雷之后抓到的相关头目最全的一次行动,其成绩已经远远超过了兄弟省份。

池清源第一次把重要的办案人员都组织起来开会,人数不超过十个人,坐在狭小的会议室里,面前摆着厚厚的卷宗。

接下来,就是针对财产转移问题的审讯,每一个头目身上都有一堆的材料可以挖掘。而在这次会议之后,才到真正的收网环节。

落日的余晖给会议室里陈旧的家具染上了一层灿烂的金色,尘埃披着金甲在跳舞。从这里看到的是整个岚梧市的交通主干道,纸醉金迷似乎就在手中。

“非常感谢你为我们的案子所做的一切,如果没有你的帮助,我们现在也不能把美善金融的财务情况梳理清楚。”池清源握着这个年轻人的手。

燕卓尔展现出一个青年金融天才的素质,一再声明,营造一个公平公正的良好的金融生态,是每一个人应该尽的义务。

而门,在这个时候被敲响。

池清源说“进来”。

阳光下,一道长长的影子缓慢地投射进来。女警的软呢帽和男警的样子不同。燕卓尔揉了揉太阳穴,原本沉静的脸上有了一丝丝的变化。

当他回过头的时候,正好和金虞的视线相对。

笑容,在两个人的脸上化开,如同平静无波的湖面投下了两颗石子,荡漾出一圈圈的波纹。这些波纹在有的地方相遇相消,水面依旧无波;在有的地方相遇相长,荡漾起更高的波纹。

老实说,金虞从未见过燕卓尔笑得这么开心。

他始终是淡淡的,皮笑肉不笑,给合作的客户一种靠得住的上位者的良好印象。

“你好,警察。”燕卓尔从来没有这么认真地看一个女人。她英姿勃发,流光溢彩,整个人像是沐浴着神光,斜睨着他,像是初次相识。

纵使相逢应不识。

纵使长条似旧垂,也应攀折他人手。

谁的手呢?

燕卓尔握着金虞的手,始终没有松开。金虞的脸色变了变,本来还是威严刚正的嘴角抽了抽:你他妈能不能别摸了,老子的便宜让你给占光了!

但是金虞似乎很急切,直接对池清源汇报。

“池局,我发现图灵的财产大部分是不动产,而不动产的相关证件的办理,需几个月乃至半年的时间,尤其是还涉及跨国的合作。而官文利的那些收藏品,最近的一件是香港佳士得拍卖行里出价两千三百万的字画,距离现在大概是四个月。根据我在美善金融的了解,近两个月的营收,在一百二十个亿上下,而这些钱已经不在资金池里……”

这些东西,没有十足的了解,不可能讲得这么详细。

燕卓尔的眼睛,突然有些涣散,握着金虞的手却没有松开,反而紧得像是铁钳一般。他直接摔在了地板上,脸呈现出不正常的病态潮红,手捂着心脏,整个人呈现出不正常的痛苦的神色。而金虞被连带着一个踉跄,也坐到了地上。

病发!

原本在向池清源汇报的金虞顿时停下了,池清源也没有预料到会发生这样的事情。顷刻之间,经侦局专案组办公区来了担架和急救医生。

燕卓尔死死地抓着金虞的手,金虞不得不和燕卓尔上了同一辆救护车。

那些没有说完的话,戛然而止。

燕卓尔的嘴角冷酷地微微勾起。他确实,从来没有像今天这样笑得这么开心。现在距离美善金融P2P平台的爆雷,才三十个小时不到,而距离尚思思和官文利两个人的被抓,不到三个小时。

金虞看着专案组办公室的方向,这是她第一次穿着警服走到那个地方。那么多来来往往的警察,有的是经侦,有的是技侦,有的是刑侦,每一个人的身上都有着刀锋剑气激荡的感觉。

她觉得,自己终于找到了归处。

车上随行的还有两个警察,司晴一直在看账本,另外一个高阶的警察,担负部分的检察职责,事关重大,不允许任何人离开专案组。

燕卓尔的手始终抓得很紧,突然间,金虞只觉得脖子上一麻。

眼前从一片清明到一片重影,然后,她陷入一片黑暗之中。她拼命地想要抓住燕卓尔的手,但是偏偏什么都做不了。

而她整个人,软软地从椅子上滑了下去。

"你醒了?"

当燕卓尔的声音再次响起的时候,金虞喉咙干渴得厉害,从地上爬起来,就用光了她所有的力气。她定了定神,发现这里四面都是海水。

她已经昏过去两个小时了,天都黑了。

千帆竞发,百余艘大船停靠在岸边,从船身上的标记可以看出来,从美洲到东欧的船只都有。不等金虞说话,燕卓尔就继续说道:

"从这里到日本,只需要六个小时,到韩国九个小时,到周边的泰国、老挝、越南、缅甸,只需要两个多小时。在出了公海之后,如果乘坐直升机,时间还能再缩短。"

燕卓尔站着,看了看表。他整个人站在沉沉的被深蓝色的海水包围起来的黑夜里,像是欧洲最古老最血腥的吸血鬼。

"我一直让你选,而你就是不选。我只好替你选了。"燕卓尔笑了笑,冷冷清清。

"为什么?"金虞问,这是她醒过来说的第一句话。

"我想赢你。"燕卓尔不再看金虞，在这片甲板上，他就是真正的王者。

"我有什么好赢的？"金虞反问，"你根本就没有病，而且你常年练瑜伽，可以自己控制心率和血压的变化。你是故意作假，好离开经侦局的办公室。燕卓尔，你能不能要点脸？"

能自己控制心率和血压，这已经达到了心理层面上登峰造极的程度。

钱，在投机者的眼里，只是游戏的筹码。

燕卓尔，是其中心态最好的投机者。和这样的人为敌，太可怕了。一直以来，金虞都只是在猜测，当真正到了验证的这一刻时，心里发寒。

"因为只有你能让我输，而你偏偏比我慢了一步。你早就猜到了，所以才会不断地对我进行试探，一直和我待在一起，就是为了监视我。别忘了，你能够进入这一行，是我给你铺的路。"燕卓尔的眼里，带着笃定的神采。他的手里端着一杯红酒，对着金虞举杯，"我赢了，这就是庆功酒！"

"你处心积虑地一直留在小额贷款公司，为的就是能参与到这种家族控制的洗钱网络里面。传统的高利贷和现代化的P2P相结合，地下银行和高额利润相结合，能把巨大的财富直接卷走。这本来就是一个巨大的骗局。"

长风吹起金虞的头发，她和燕卓尔迎面而立，月光如华似练。

"呵，你有证据吗？金虞，你是和我同时失踪的。我一贯都是警察的朋友，给他们提供最好的金融资讯和高利贷的走向。而你除了一个卧底的身份，还有什么？非法催收，暴力寻租。如果不是我罩着你，你现在只有吃不完的牢饭。在装修的时候，你签了不少的文件吧？其中有几家债务的合同，你肯定没有注意，上面有你的大名和手印。你说卧底警察为了自己的债务问题而携款潜逃，这个罪名怎么样？你一辈子碌碌无为，想在警察这一行里扬名立万，我给你这个让你名垂青史的机会。"

燕卓尔得意得很，就差张开双臂拥抱大海了，似乎这一生都没有比这会儿更畅快的时刻。于闲庭信步处落手，就柳暗花明了。

他是一个真正的胜利者。

至于司晴和另外一个警察，现在已经被打晕扔到了路边。在他们醒过来之后，肯定会向组织汇报，说金虞潜逃了。

但是，预料中的金虞暴跳如雷、神形俱灭，没有发生。这个他一直很欣赏的妞，始终是平静地看着自己，就像是在欣赏一场跌宕起伏的电影。

为什么？

你当心态好就能逃过一劫？

"你有没有觉得，你想得太美了？我可从来没有给人背黑锅的习惯。"金虞笑了笑，光风霁月，她看着天空，“你听，是什么声音？”

燕卓尔的脸色，突然之间变了。他先跑了两步，一把抓住金虞，然后从皮靴里抽出了弹簧刀，抵住金虞的脖子。金虞一挣扎，刀就在脖子上留下了一道浅浅的口子。

又麻又辣，心惊肉跳，鼻尖下腥味弥漫，不知道是大海的腥味还是自己的血腥味。

那一杯酒，被打翻在甲板上，殷红如血。

第一一九章
心有灵犀谋

“你们怎么找来的?”燕卓尔一手卡着金虞的脖子,另一手提刀,把金虞抵在了前面,两个人紧紧相贴,动作可以说相当规范熟练了。前面的警察已经从直升机上跳下来,迅速包围成扇形,手持MP5冲锋枪和92式大口径手枪。

一枪可以洞穿燕卓尔的脑袋,同时也会掀翻金虞的半个脑袋。

顾非全副武装,王者抱着电脑,这位娃娃脸的技侦笑道:“只允许你屏蔽雷达信号,切断无线电波联系,我们就不能另外安排无线电波的发射了? 就是技术上难度有点大,需要靠人体的温度来提供动力。不过这种设备应该已经超出了民用的范围,而军用产品和航空技术层面的东西,你没有资格接触到。”

身披武装的王者不屑地看了燕卓尔一眼,实际上对已经被钳制住的金虞担心得要死。真是的,他能定位到这里,但是定位不了人家手里的弹簧刀呀。

发射信号的定位设备,装到了金虞的身体里。

“傻了吧? 能不能别把警方想得那么弱智? 雷达先在军方使用,再用于民用的微波炉。红外线扫描仪先在航空航天用了,才给你送医院检查身体了。想和国家对抗,你脑子是不是坏了? 就你那点屏蔽技术,我分分钟给你改得源代码都变成病毒。当我们警察是摆设呀,让你拿着那么多的钱大摇大摆地离开公海,投向资本主义的怀抱?”

王者嘴皮子利落起来,分分钟在自己的专业领域把对方秒成一个渣渣。他手中的笔记本电脑,就是他的武器。

燕卓尔的嘴角微微抽搐着,他引以为傲的就是这一系列的布置。而现在,他所有的布置都被有心人看在了眼底,他以为自己是个猎手,没想到他才是被警方盯上的犯罪分子。

苍穹之下,人类并不想被诸神眷顾,而是想要自己变成神。

突袭而来的警察,提醒着他的失败。

“我看过能找到的美善金融上万份财务资料，账目做得很平，如果不是通过大量的详细比对，我都怀疑不到你身上。你的目标不在前期的账面盈利上，而在后期的奔腾发展中，你在等着这驾马车失控，你好带着车上最沉最值钱的包裹离开。”

顾非心平气和。

燕卓尔笑了，眼底流光闪动，他的星辰大海都在警察到来的那一刻灰飞烟灭了。其实再等一等，只要再有半个小时，船就会离开我国的海域，到达公海，而他乘坐直升机就能到达联系好的其他国家的船上。到那时候，哪怕国内警方手眼通天，都再也不能抓到他。

跑路，才是最正确的姿势。

时间，他败给了时间。

“只要她还在我的手上，我就没有输。”燕卓尔终于开口，他的眼睛扫过了对面的每一个警察，气势不减。

这是他作为一个赌徒，最后的狂妄。

金虞，是他手中最后的筹码。

浮光微动，静影沉璧。金虞喉间吞咽口水时，都会感觉到刀锋跟着滑动的凉意，这大概是她这一辈子距离死亡最近的距离。

顾非和王者虽然焦灼，但仍不断地和燕卓尔说话，这是一种在心理上瓦解对方意志的方式。考虑到金虞的安全，他们并没有往前多走一步。这种四面通透只有海水的地方，留给警察发挥的余地并不多。

这也是金虞距离荣耀最近的一次，抓到了燕卓尔这个一直在幕后操刀煽风点火的人，她能够在自己梦想的方向上一步登天了。

原来，梦想可以距离现实，这么近呀。

原来，刀在脖子上，这么冷呀。

“小金鱼，如果我失败了，还有你能给我兜底。”燕卓尔的气息夹带着海风，引起耳边的阵阵战栗。这也是金虞距离最真实的燕卓尔最近的一次。

她想起来那次醉酒之后，她被装在了大号的塑料桶里，里面填充着水泥，灌满泥浆之后沉底。

那一次，其实燕卓尔是真的想把她沉尸江底，真的动了杀心。

“谁想给你陪葬呀？”金虞突然后退了一步，一脚踩在了燕卓尔的鞋子上，头在燕卓尔的下巴上顶了一下，顺带着手也使劲地抬起来，要把燕卓尔的手推开。

顾非、王者和其他警察闻风而动，迅速地冲上来。但是在这个距离里，金虞还是一个人单独面对着心理素质和身体素质极其强悍的燕卓尔。

燕卓尔并没有手软，金虞脖子上的血哗啦啦地流下来，现出来一道长长的印。而另外一刀，直接扎在了金虞的左边肩膀上。

自始至终，他都没有松开金虞的手。在剧烈的疼痛和甲板晃动的情况下，金虞无论如何都挣脱不了燕卓尔，连带着晃到了甲板边上。

金虞再飞起一脚的时候，力道很弱，反而被燕卓尔整个人都拎了起来。燕卓尔身后的保镖和警察打在了一起，生生地隔离出一个暂时平静的区域。

海浪拍击着船身，像是一个嗜血的猛兽正在舔着棒棒糖，声音可怕。燕卓尔向来平静的眼中，也有着同样嗜血的锋芒。金虞一贯很能打，但是从来没有和燕卓尔直接打过。不知道是失血太多，还是力量对比悬殊，悬空的她的挣扎，伤不了燕卓尔分毫。

“再见。”燕卓尔的声音沉静如水。

金虞惊恐地摇了摇头：“不！”她费力地想把肩膀上的匕首拔下来，但是整个人已经被燕卓尔抛了出去。

像是电视上无数次看到的完美的跳水，她在空中像是纸片一样地飘落，画出一道完美的弧线。刀锋和钢铁的船体碰撞时，火花幽蓝刺眼。然后，她整个人以更快的速度坠向海面。

曾经，她在燕卓尔的眼里看到了一场最美好的烟花晚会，燕卓尔一直问她：“你最想去的国家是哪个？”金虞没有说，留在这里，难道不好吗？

现在她和燕卓尔四目相对，短短一秒，她看到那双沉静的眼睛里所有的光亮都熄灭了。燕卓尔背过身去，赤手空拳面对迎面而来的警察。

“金虞！”顾非已经解决掉了两个保镖，直接冲了过来。他身上悬挂着救生设备，一头扎进了水里。两个人一前一后，他能看到金虞像是一发炮弹落入水中，但是他的速度就是比金虞慢了那么几秒钟。

汹涌的海水冰凉刺骨，暗流涌动。

金虞似乎看到有人和她一起落水了，巨大的浪花卷过来，她的意识都被消解了。她在想，这个世界上，真的有人会不顾生死来救自己吗？

她朝着远处抓了一把，好像抓到了，又好像没有抓到。

海水，似乎没有那么冷。这许多年的游离漂泊，都像是被瞬间治愈了。她像是落到了一个温暖的怀抱里，缱绻自在。

那时候，爸妈还没有离婚分家，那时候，他们家在菜市场的档口开在一起。左边猪肉右边鸡鸭鹅，一天到晚乱哄哄臭烘烘的。如果一边扯着嗓门喊她：“小金鱼，快过来帮帮我，没有你我还得多雇两个人。”

另一边就会破口大骂：“嗨，有你这么使唤女儿的吗？”

那时候，她总是乐意的，因为她被需要，她是父母的世界里一直心心念念要争过来的唯一。那时候她的存在感最强，就像是世界上如果没有了她地球就不会转了，如果没有了她，爸妈就不能活了。

晚上，两口子坐在炕上数钱，数完了都会再数出几张毛票子给她。每当这个时候，金虞都是搬个小马扎，像是坐在地上被投喂的狗，眼巴巴地带着满心满脸的笑意看着。

外人总是笑，两毛钱就把女儿给收买了，这小丫头片子从小就是个小财迷。

其实，这是她父母一天里难得不吵架的安静的幸福时光。这两个人，一个膀大腰圆瞪人一眼就能把对方吓得肝胆俱裂，一个缺了一条腿装着一只假眼睛一看就是苦哈哈的，从早到晚都不消停。

钱可真是好东西呀，能买来很多很多的幸福。

能买来，那些记忆里触不可及的幸福时光。

金虞的手拼命地想要握紧，感到手中紧实，觉得安心多了，长长地舒了一口气，好像把梦里的财富都抓到了手里。但是一睁眼，她看到的是顾非温暖的笑容挂在脸上。

干净年轻，一尘不染。

金虞惊出一身冷汗，想要挣扎着坐起来，但是又重重地躺下了。郭蘅芜这个冰山美人，就算是穿着一身病号服，也难掩天香国色，虽然素面朝天，但是精神了不少，凑过来笑眯眯地看着金虞："你醒了呀？"

金虞嘴角弯弯，没说话。

像是做了一个很长的梦，大梦春秋，一枕黄粱，突然间就又醒了。惊梦浮生，突然间不知道真实和梦境之间的差别在哪里了。

就连时间，都忘记了。她闭上眼睛，又睁开眼睛，看到顾非、郭蘅芜、王者、麻旦旦、池清源、白子玲……好多人都在。她终于相信，这不是一场梦。

金虞下意识地摸了摸自己的脖子，呵，厚厚的一层纱布。燕卓尔那家伙下手可真够狠的。麻旦旦先喊了一声："嗨，扭什么扭，脖子断了咋办？"

金虞瞬间不敢动了，左肩伤口上的麻药消退，疼痛的感觉袭来。金虞双眼一闭，眼泪哗啦啦地下来了。

"警方都开始和歹徒谈判了，你还肉搏，你是不是傻呀？"安庆泽杠的声音越来越弱，"我真的服了你了，现在知道疼了吧？"

"你那衣服挺好看呀。"金虞打了个哈欠做弥补，"我这是困的，怎么可能疼哭呢。"

“这衣服有什么好的,以后就被管起来了,要按时上班按时打卡,加班没有加班费,吃食堂还得掏那么多钱,一年到头连打游戏看动漫的时间都没有了……”安庆泽一边抖落着自己身上的警服,一边不断吐槽,完全无视池清源已经冷下来的脸色。

金虞和其他人都笑了,尤其是王者作势就要去扒安庆泽的衣裳:“你不想穿警服脱下来给我穿呀,这么好的衣服别浪费,我今年的置装费可就省下来了。虽然技侦和网警的衣服颜色不一样,但是我色弱,基本上能凑合。”

“我呸,我出生入死才弄到的衣服,你惦记个毛线!”安庆泽急了,和王者打闹成一团,两个人出门去了。

池清源笑着摇了摇头:“现在的年轻人哪。”

郭蘅芜接茬:“池局,现在的年轻人是不能骂的,你骂得狠了,他就辞职了。”一脸的轻松。

其实对尚思思、图灵、官文利、白坤杰、燕卓尔几个人,警方一直在同步跟进,但侧重点并不明确,直到郭蘅芜告诉金虞:所有的股权让渡协议书,都是燕卓尔签的。

他还有另外一个身份:颜燃。

郭蘅芜和燕卓尔有多年的交情,在她发现自己的一档合同有问题的时候,直接去了燕卓尔的家。但是她在书房里看到了没有整理好的合同,上面赫然有金虞的名字。

她急切地要把这些告诉金虞,让金虞别再跟着燕卓尔掉坑里。没想到,她根本没有来得及说,就被人从背后痛下杀手。而在她醒来之后,先一步把这个事情告诉了金虞。

毕竟不是实锤的证据,只是她看到的,不能作为凭证。

于是金虞自己上手,铤而走险了。

“也对,现在的领导和以前的不一样了,一个铁饭碗捧不了一辈子,当领导的,决定不了大家娶妻生子买房子过日子,就没有那么大的话语权了。”池清源倒是时新。

金虞吃着郭蘅芜带来的汤汤水水,郭蘅芜继续道:“你先吃着,不够的话我妈还能给你做。你看我住院这么长时间,都长胖了,真没办法。我这出去和人家谈生意,对方都会怀疑我的时尚品位了。”

“好,我替你吃。”不管是一人一句的毒鸡汤,还是现在嘴里喝下去的甘香甜美的鸡汤,都很美味呀。

金虞觉得,她这辈子都不想再尝大海的味道了,太有心理阴影了。

人来人往，人渐渐地走光了，最后只剩下了池清源。窗外的朝阳正好，金虞懒懒地看着外面花圃里盛开的月季出神。

月季枝繁叶茂，尤其是红粉相间还有光彩夺目的黄色，在这日光下绚烂地盛开，给人以岁月静好现世安稳的安宁感。

这样的病房，一天天的得不少钱吧？金虞都快感动得哭了，这可是组织第一次实际上的关怀呀。

“池局，有什么话您就直说吧。”金虞躺够了，才说了一句。

一老一少，都够沉得住气。

“我们从燕卓尔携带的物品里，又找到了价值两个亿的艺术品，以及部分债权，加起来大概是五个亿，挽回了不少的损失……”

池清源微微一笑，摸了一把头发，开始分析案情。

“三家上市公司，是真金白银买来的，运营成本和购买股权的成本大概在一百一十五个亿。这个实质性的资产没有发生大规模的操纵股价套现的行为，可以说资产还是良性资产，能继续运营下去。皮包公司一共一百多家，参差不齐，这里面暗箱操作的空间就很大了，粗估计有将近两百个亿投进去，而其中有一百多个亿都是运营成本。但是在后期两个月的门店的铺设过程中，资金的流入量是相当巨大的，也有将近两百个亿。”

金虞掰着手指头算账。

这些钱意味着什么呢？我国最大的那家电子金融平台，提供货币基金存管业务，已经超过了五千七百个亿，这个数值远远地甩了四大银行几条大街，银行现金流的存款数额，没有一个能超过它的。

而在短短的大半年时间里趁势崛起的美善金融，能在这个市场里捞到好几百个亿，这是相当疯狂的。

“燕卓尔的意志力和心智承受力都很强，我们的常规审讯只能去印证我们已有的调查结果，而不能深挖出更多的部分。”池清源声音低沉。

深挖出更多的部分，是指最后两个月营收额的去向。美善金融是在一夜之间毫无预兆垮掉的，并没有留足够的时间给这些高级骗子洗钱的机会。洗完了的艺术收藏品也没有藏好，就被查封了。

那么，这些钱的去向呢？

“我？”金虞指了指自己。

“对，你。”池清源点了点头，“燕卓尔直言，要见到你，否则他一个字都不会说。”

“不是吧，燕卓尔呀，理财小金童，当年在少年班仅仅落后了王者、顾非几分而已。他想要见到的人,不应该是王者和顾非吗？见我做什么?”金虞摸了摸自己的良心,扑通扑通的。

“我也很奇怪呀。”池清源如是说。

“那我的庆功会,什么时候开?”金虞跳开话题,这撇嘴的样子,狡黠十分。

“那个,你要理解组织对你的保护。你知道我们办案的流程,这么大的案子,如同闹市持金,怕人惦记。你这砸了多少人的饭碗哪……”

池清源逐字逐句地解释,但是换来的是金虞的咆哮:“我不做无名英雄,我要专题报道,我要当警王,我要天天霸屏！我要让全世界都知道,我是最美的警花!”

池清源觉得人类已经阻止不了这条鱼了,再次扶额感叹:“现在的年轻人哪……”

第一二零章 独上一层楼

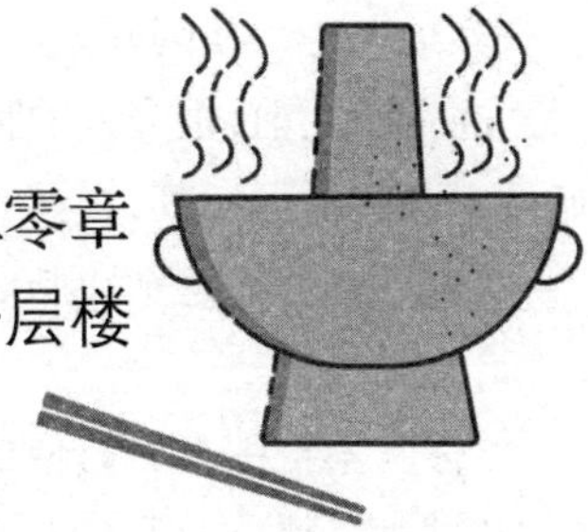

金虞把最后一颗颈扣系好，打好领带，然后把警服披在身上。上次那身衣服不是她的，是借了别人的，为了诈燕卓尔，而这次的这身衣服是量身定做的。

衬衫雪白，警服笔挺，穿在身上帅气得不行。金虞照了半天镜子，对着镜子里的自己敬了一个礼。这可是白衬衫哪，虽然之前的五年不算工龄，但是她进门就能从三级警司做起了。

这是用百亿大案换来的。

她一会儿严肃，一会儿温和，不知道穿上警服应该摆出什么样的表情最合适，又觉得自己怎么穿都漂亮，就差直接用嘴贴着镜子啵地亲一口镜子里的自己了。

也不知道是不是因为肩膀疼，金虞的目光渐渐地凉了下来。她久久地看着镜子里的自己。相传，和深渊里的巨龙搏斗的少年，都会长出恶鳞。

而她，最终还是披上了这一身警服。

她没有披上那身恶鳞。

繁华过眼，烟消云散，只有最后穿在身上的这身警服，才是最真实的。眼神沧桑而温柔，她缓缓地抬起手，对着镜子里的自己敬了一个礼。

“你好，警察。”

她笑了笑，嘴角弯弯，脸上锋芒毕现。这一刻，她终于完成了从毕业生到迷茫的青年再找到自己信仰的最后一步。

在巷子里的枪战结束时，顾非曾对着她敬礼，认真道：“你好，警察。”

在经侦局的小会议室里，燕卓尔曾和她握手，神情复杂道：“你好，警察。”

你好，警察。

到今天，她终于达成所愿，身披荆棘，所向披靡，走到了这一步，有资格对着镜子里的自己说一句：你好，警察。

忘川山海，都已经填平。

金虞把软呢帽子戴好，头顶国徽，出了门。遇到年轻的低阶二毛党，对方会很自然地向她敬礼问好。而在这条通道的另一边，一辆车正在等着。

在落水之前，很多人的脸在脑子里迅速地切换着，猝不及防，来不及整理，而她闭上眼睛的那一刻，看到的却是燕卓尔清清冷冷的笑容。

她以为，那就是她和燕卓尔的最后一面。

“你咋不把那五百万取出来买房子？”燕卓尔戴着铐子，穿着橘黄色的囚服，隔着铁栅栏，整个人看起来已经不是斯文败类的款了，头发被剃了，胡子拉碴。

他微微一笑，依旧冷冷清清，意味莫名，像是在嘲笑金虞，又像是在嘲笑自己。讲真，把他扔到东土大唐，他就是比唐三藏和辩机更招女人喜欢的和尚。

这份华美的落拓，实打实。

“我那五年太穷了，没钱买社保呀。按照咱们岚梧市的政策，我没有买房的资格呀。”金虞摊了摊手，表示很无奈。

“你他妈的大几百万不买房子，就买了身上的这件衣服？”燕卓尔嗤之以鼻，很看不上金虞这小家子气的做派。

“咋了？我喜欢，用钱买个编制，不是很正常吗？”金虞嚣张地问，活似乡下没见过世面的土豪。

“你这衣服，真贵呀！”燕卓尔说完，开始笑。他的眼镜滑落，手不方便地往上推，动作呆笨又滑稽。两个人互相看对方不顺眼，金虞没忍住，把软呢帽子摘了，捂着肚子也开始笑。

不像是警察在审犯人，像是大学里睡上下铺的两个兄弟，互相损得很开心。

肚子都要笑痛了。

这一幕，看得外面的人有些不太舒服，尤其是叶培林和严立本。这么大的案子，省厅也直接过问了。池清源倒是看得津津有味。

“这不太好吧？她是个警察，不是个流氓呀。”叶培林提醒道。

“没关系，她还没有参加过正式的训练，现在只能算临时工。”池清源继续盯着大屏幕上的画面，这种对话，百年不遇。

而失去下落的那笔钱，更重要。

“这件案子涉及的一系列问题，现在都开始陆续爆发了。城隍庙派出所和省体育馆，现在都被堵得严严实实，受害的群众大概超过了九百万，涉及五百亿的金额。P2P平台爆雷现在已经不算新鲜事了，但是如果我们有能力把损失降得小一点，再小一点，将会给全国接下来的案子的推进起到一个良好的示范作用。

不能总是挣了钱就跑,输了钱就闹。"

严立本高瞻远瞩。他的话和这个妞的话,两种画风。老实说,那么多的钱,靠这个妞和犯罪嫌疑人来一场谈话就能搞定,他无论如何都是不相信的。

但是现在,这成了唯一的路子。

谁又能想得到,这么一个毫不起眼的秘书,才是整个风暴的中心。在美浩小额贷款公司的老板白坤杰要跑路的时候,是他找到了当地的国企借低息贷款再倒手出去做过桥,靠着这种肥肉过手留油的手法,挽救了这个企业。

这种违规操作,在他的嘴里还有理了:国企现在缺乏活力,白白地占着银行的低息资源,而小企业有生产的欲望,但是没有资金。我促成了这样的生意,挽救了当地的经济,功不可没。

呵,这种类似于诈骗套现的说法,真是毁三观,还真得找这么一个三观也不太正的人才能和他打交道。

"那你后悔了没?"燕卓尔又问。

"后悔个屁,我从来就没有后悔过。"金虞说完,叹了口气,"还真有点后悔了,那么多钱,我得几辈子才能挣出来呀。"

燕卓尔又笑:"我现在也后悔死了,当初就应该把你沉江,现在我就真的赢了。"

"你下不了手,所以,我赢了。"金虞嚣张挑衅,低眉舔唇,眼神完全是流氓的那一套,看得池清源嘴角抽了抽。这么一个妞,脱了警服是流氓,穿上警服就是警痞。

"你白白忙了一场。你高智商高学历高资本,败在了我这种没品没能力没门路的人手里,很不甘心吧?我也不说邪不胜正那种鸡汤的话,我只想说,赢了你,我真的很开心,这是我活了将近三十年最有成就感的事情。我谢谢你,成全了我的功成名就,在P2P行业里抓捕跑路大佬的案子里打了开门红,能够名垂青史。你还别说,就这么一件案子,就足够我这小半辈子拿出去吹嘘了,就这一件事,就能让那些后头来的都跟在我后面吃灰。

"我可真得谢谢你,把身家几十个亿几百个亿的大佬用了几天的时间就拉下马来,就算是爽文也不敢这么写吧?我觉得我这人生就是在不断地铺垫铺垫,突然之间,就到了高潮。中个几百万的福利彩票大奖算什么,我觉得这才是真正的惊险刺激,无法复制。

"燕先生,我赢了。"

金虞负手而立,斜睨着燕卓尔,春风得意。这完全就是状元在笑话名落孙山的弟子,怎么看怎么欠打。

池清源和几位省厅的领导差点急死，要是把燕卓尔惹毛了，他什么话都不说，这不是白忙活了吗？

这丫头太嚣张了，一点都沉不住气。

但是池清源微微一笑，示意大家少安毋躁，他觉得，现在审问才渐入佳境。对于燕卓尔这样的人而言，冷冷清清温文儒雅才是常态，暴跳如雷漏洞百出的情况少之又少。

得，几轮经侦审讯都没有让燕卓尔有过情绪上的反应，除非是拿出实锤的证据，不能抵赖了，这个心理学经济学的老油子才会不耐烦地点点头，为的也只是清净而已。

而现在，燕卓尔差点暴跳起来，整个人又被锁子扣了回去。挫败的神色在他的脸上一闪而逝，但是无论如何都掩盖不住了。

池清源都有些诧异，敢情他们之前的努力，都不如金虞这几句话呀。

老虎，在不亮出獠牙的时候，很多人会认为这就是一只体形肥硕的猫。

“呵，看把你能耐的，赢个屁！”燕卓尔的情绪有些激动，嘴角抽了抽，不屑地别过头，似乎在甩并不存在的刘海。金虞白了一眼，都来这地方了，还要摆谱。

“李改平是我杀的，我给他的手机里发送了他远房侄子的照片。那其实是他的私生子，他就乖乖地死了，我的启动资金就是通过他获得的，也只有他见过我一文不名亲自去谈高利贷生意的时候。以太猫坊的游戏是我做的，那些钱全部流入了我的账户里。那时候我不得不和几个程序员直接打交道获取信任，然后我帮助他们全部逃到了国外。其中一个不愿意走，被套路贷逼到了天台上。就连官文利都是我一步一步带上路的，要不是我把图灵带出来和他合作，他都没有这么大的胆子铺这么大的盘子。”

自信又回到了燕卓尔的脸上，他似乎在嘲笑金虞的投机取巧。王者经过技术比对，找到李改平的手机里残存的部分数据，但是拼凑不成完整的影像。现在通过燕卓尔供述的时间，以及几张没有来得及销毁的太空卡，他找到了发送照片文件的时间。

“杰西·利弗莫尔曾经说过，投机是一种工作，而妄图在一两次的投机里发财的，那不叫投机者，不配操盘，不配享有股市的红利。这种人，叫作赌徒，不是真正的投机者。而你，只是这一次的投机里侥幸幸存的散户而已。”

“喂，你别交代得这么清楚嘛。我肩膀上扛不起那么多的星星了。”金虞打断了燕卓尔的供述，两个人相视一笑，但是急坏了监控后面的那些人。

“投机，在目前的范围内，投资的是人。我靠着图灵逆风翻盘，而靠着你阴沟翻船。真是看走了眼，居然会和你这种货色混一块。”

燕卓尔懒洋洋的，半眯着眼睛，似乎不想看见金虞，又像是人生寂寞如雪崩，只剩下金虞这么一个能勉强说说话的人。

“十年前，你修改了年龄，参加了科大少年班的招生考试，但还是输给了王者，甚至落后了顾非几分。王者后来被录取，顾非参加了第二年的高考，而你家里砸锅卖铁地送你留学了。你一心想成为最大的赢家，最成功的人。但是这一切，值得吗？”

金虞脸上的笑容渐渐消失，她隔着铁栅栏看着燕卓尔的眼睛。

“我天资一般，要努力到吐血，才能看起来毫不费力。我的父母希望我出类拔萃，我也是这么要求自己的，但是始终距离父母的标准，差了那么一点点。没有人满意我做到的一切，我自己也很不满意。总是差了一点点，就差那么一点点。大家都是人，我不明白，为什么有些人生来就能得到我想要的一切——智商，眼界，地位；而我，拼尽全力，却只能浮动那么一点点。任何时局的变动，都会否定我所有的努力。

“我考少年班的时候，王者在智商上碾压我；我见过的知道的根本不如顾非，顾非在家世上碾压我。

“我留学回来的时候，海龟如白菜，房价如车轮，我甚至要和你坐在一个考场里竞争一个岗位。

“我在四大投行里终于能够谈自己的客户，结果被老总的女儿截和。

“既然这个世界给不了我想要的公平和规则，那么我按照自己的想法，用自己的双手，构建一个新的秩序，又如何呢？

“你看，如果不是我，官文利现在还只是一个卖干辣椒酱的小作坊二代，图灵现在还在外围，为了一晚上三千三百八的酒钱脱了又脱。

“而你，如果没有我领你入局，你现在是在大街上发传单，还是在餐馆里端盘子？会有这么好的衣服穿？”燕卓尔不屑道。

“我记得，社会如果不加杠杆，那么经济的增长就是科技生产力带来的进步和物产的富足。而杠杆加持生产资本，导致产能过剩，商品积压。这些多余的商品和过高的杠杆都会变成社会的隐患，除非战争才可以消耗这些多余的社会资料。

“而你，不事生产，肆意扰乱社会经济秩序，给很多普通人的生活带来了灭顶之灾。你说你在构建新的经济秩序，会不会太过无耻了？”金虞平静地看着燕卓尔，但是字字句句，带着千钧的力量。

“资本的原始积累都是血腥的。黑奴贸易，圈地运动，全球金融危机，哪一次不是金钱的流向主导了社会的发展？你翻翻书，仁义道德底下，谁不是在吃人？”

燕卓尔博古通今,融会贯通。

金虞拍案而起:“所以你就让你的父母利用职务便利给你购买身份证件,现在双双被医院开除身陷囹圄;所以你就要诱骗图灵以身犯险,现在她家破人亡;所以你就和官文利狼狈为奸,让千家万户破产?你知道现在要上天台的人有多少?你知道现在有多少人因为你,一辈子都不能再有安稳生活,房子被收走,骨肉分离,夫妻离异,放高利贷的人整日整夜地暴力催收……”

“那几百万,你不是一毛钱都没有动吗?”燕卓尔懒洋洋地问了一句,狡黠地偷换了概念,他的意思是那些人贪婪又无知。

活该。

轻飘飘的一句话,打发了金虞。呵,和这种反社会人格的人,根本就没有道理可讲。捞钱一时爽,深夜火葬场,对于他们而言,简直是血赚不亏了。

金虞愤而离席,作势要走。

“没有追回来的赃款!”池清源赶紧喊住了金虞,到目前为止,金虞是让燕卓尔开口说话最多的人。

金虞扶了扶耳机,不情愿地又坐下了。

会议室里松了一口气,起码,金虞现在是燕卓尔最想见到的人。

“呵,这种滋味很不好受吧?金虞,你就算是有万般不爽,现在也只能和我这种杀过人,骗过钱,罪不可赦的罪犯聊天。因为,这是你的任务。”

燕卓尔的心情明显不错,看着金虞吃瘪他就开心。

“人渣。从你嘴里说出来的每一个字,都让我觉得无比恶心。”金虞一闭上眼睛,就会想起屠悦,想起那些在天台上的人,想起那些被高利贷逼得家破人亡的人。

“只要你手里有钱,就会是比你更高级的资本家的收割对象。穷人的P2P,中产的房子,土豪的信托基金,这么多的骗局,总有一款适合你吧?你还不是被这身衣服给吃得死死的?”

燕卓尔自说自话,侃侃而谈,像是百家讲坛上的布道者,金虞如坐针毡。

“你到底想说什么?如果想给我洗脑,你就省省吧。”金虞冷冷地说。

“你有没有想过,真正意义上的自由?当贸易不再被国界阻拦,当货币不再存在兑换,当所有人的交易行为都能被记录在册,这个世界会是什么样子?”燕卓尔貌似想要张开双臂,拥抱一下他的宏伟蓝图。

“你可拉倒吧,比特币这种东西就是一个犯罪分子洗钱的骗局。口口声声说一共只有2100万个比特币,永远不会通货膨胀,结果现在都涨疯了,最后一个高位接盘的人,天台上肯定有他的位置。至于你说的自由,你是真的傻还是在装傻,那些比特币正在流入某些人的口袋里,几个大的财团就能控制超过一半的比特币。这种自由,失去了所有的监管,我看不如不要。”

金虞旗帜鲜明,颇有几分不耐。

“如果,这种自由的顶端,是永恒呢?”燕卓尔看着金虞的眼睛,像是穿透了栅栏。金虞从未在燕卓尔的眼里,见过这样的认真。

燕卓尔谋杀,诈骗,盗取信息。按照法律,判死缓的可能都没有。

这大概,是最后一面了。

“我爸妈是做小生意的,但是他们总是吵架,一言不合还会打架。两个人都是菜市场里的屠户,动刀子一个比一个利索。我每天最美好的时光,就是晚上他们坐在床上数钱,比一天的营业额谁多。没有人吵架,难得和和气气一会儿,我那时候觉得,钱真是一个好东西呀,能买来这么幸福的时光。他们还都会给我买糖,真甜哪。

“后来,他们离婚了。我一直觉得,我要赚很多钱,才能让我的爸妈重新在一起。

“但是再后来,他们各自发达了,却没有在一起。而我后来,也再没有吃过糖。也就是从那个时候开始,我知道了钱并不是万能的,买不到许多东西。

“也是在那时候,我知道了世界上并没有永恒。你说不说那些被洗的钱的去向,都没有关系,我来这里,只是因为认识一场,你说要见我一面,我就来了。”

金虞平静地说,抬眼看了看四四方方的审讯室,眼中有些黯淡,意味莫名。

“江畔何时初见月,江月何年初照人。总有些永恒,会超越时空变迁而存在呢,比如比特币的千年之链。”

燕卓尔也平静下来,笑容冷冷清清,眉毛上挑着。哪怕剃成了光头,他也还是个温文尔雅的斯文败类。

“真遗憾,相识一场,我什么都没有送你。我让你帮我收过债,差点顶过雷,要不,这次你再帮我送个终?”

呵,和这种人临了都不能有一次平静的对话,还不能和他计较,真的好气人呢。金虞反而是笑了:“你这人真小气,要是换换位置,我早被你扔到江里喂鱼了。”

“沧浪之水清兮,可以濯吾缨;沧浪之水浊兮,可以濯吾足。你要是觉得能行,把我投到这条圣人投过的江里,也不错。”燕卓尔微微一笑,不再争辩,“水里有鱼呀,我所欲也。”

这种不接地气的话,金虞当然不会接。

燕卓尔没有继续谈下去的意思,金虞也不再问。那些她想问的问题,经侦肯定已经问了无数遍,这么一个重要的犯罪嫌疑人,省厅的几个高官都出面参与过了。

“金虞，你赢不了我的。”意思是，这笔钱，我永远都不会告诉你在哪里。燕卓尔的脸色显得狰狞，咬牙切齿，一字一顿说出来。

听了这句话，金虞脸上毫无波澜。燕卓尔如果能如实说了，那才不符合他的作风。而在会议室的人关了视频之后，对于这样的结果都很不满意。

“荒唐，这哪里是审讯，分明是在安排后事！”副厅长叶培林觉得浪费了时间，他居然看这么两个人骂架骂了这么长时间。

严立本神色复杂：“或许，那笔钱已经作为成本在运营过程中被消耗掉了，并不存在。”

池清源一言不发，倒是和金虞一样平静。

燕卓尔走之前，对着金虞喊了一声，眼里是掩饰不了的疯狂。他被人带走，手上戴着铐子，脚上戴着重刑犯的脚镣。他的面容有些扭曲，喃喃自语道：“杰西·利弗莫尔，口口声声说别人是赌徒，不是好的投机者，投机者的钱都是自己一分分赚来的劳动合法所得收入，是上帝放在头脑聪明敢于冒险的人口袋里的钱，但是他最后怎么饮弹自尽了呢？”

燕卓尔慢慢走，一闭上眼睛，一行泪水流出来。

他说：“我的人生就是一场失败。”

金虞目送燕卓尔的身影渐行渐远，而燕卓尔自始至终，都再也没有回过头。她的眼中，像是过了一场大梦春秋，那些初相见再相识的所有的画面，都一一浮现。

如果，燕卓尔不是犯罪分子，他们之间，应该是很好的朋友吧？

道不同，不相为谋呀！

如果，燕卓尔把她扔到海水中，她没有浮上来，没有活下来，就不会有现在的针锋相对了吧？

最早发现金虞在市井生活里天赋异禀的人，不是池清源，而是燕卓尔。是他先给了金虞去郭蘅芜的公司挡债的机会，才有了她后面的节节攀升，才有了她一步步入局，才有了她现在的警服加身。

“你他妈的就是眼光太毒了！自己挖坑把自己埋了吧。”

金虞觉得这条狭长的楼梯特别漫长，散发着一股子潮湿的霉味，混着一点偶尔射进来的阳光，透着一种香烟的甜味。

像是许多年前戒掉了糖，金虞没有抽烟的欲望。

“你到底是赢了呢，还是输了呢？”

脸上凉意森森，一摸，原来是有水。但是这里是室内，没有下雨呀。大概是燕卓尔把她扔到大海里时，脑子里进的水有点多了。

金虞还没有来得及擦一下脸上的水，就听到整个区域内沸腾了，各种警报器忽然间响了。年轻的小警察像是见鬼了一样鬼哭狼嚎的，其他的老警察也都不淡定了，直接逆着方向往过道冲，没有一点平时当前辈的风度。

这里，可是省厅专案组隔出来的办公室。在大案告破，嫌疑人被抓捕之后，整个办公区域内的警戒级别都被提高了几个档次。有专门的人检查手机和通信设备，拿着探测棒像是过安检一样地来回扫描。

这是金虞见过的安保级别最高的单位。

金虞猛然回头，脸上的水滴落在了地上。她看着这条楼梯的另外一边，燕卓尔狠命地挣扎着，脸上青筋暴起，双目圆瞪，目眦欲裂，戴着铐子的手上勒出一道道的血痕。

"你以为，就只有你会藏？"燕卓尔最后一句话说完，嘴角就已经在抖动着，舌头像是被咬着一样口齿不清，整个人以肉眼可见的速度迅速地枯萎下去。

周围所有的人，都飞奔而来。

他就像一朵开得正鲜艳的食人花，被人兜头灌了一大瓶百草枯，繁枝茂叶在那一瞬间枯槁成了一堆朽木。

阳光下，凋零呀。

金虞从未想过，燕卓尔会以这样的方式结束自己的生命。

那么多的警察，都围在燕卓尔的身边。内着警服、外着白大褂的人在检查他的心跳，早有人在第一时间报警，征调最好的医生过来了。顾非、王者几个人原本也在监控室看视频，现在也冲了出来。严立本和叶培林几个大佬，也从办公室走了出来。每一个领导的脸上，都带着难以掩饰的怒气。

池清源意味深长地看了金虞一眼："我们的规定，你懂的吧？"

燕卓尔身负大案、命案，他的死，意味着那些盘根错节的关系将会成为深藏谷底的秘密。最重要的是，赃款，美善金融在疯狂扩张过程中所得的最后的赃款。

数额巨大。

专案组紧急开会，金虞等人聚集在池清源的办公室。

"初步判定是氰化物中毒。微创伤口位于大腿内侧，与割了双眼皮、小时候的疫苗针口、情侣深吻的痕迹差不太多。在被抓回来入狱检查的时候，没有发现他这个创口能藏下致死的氰化物。他的父母都是医生，他很懂这些。"池清源简单地介绍了一下情况。

"这人死都要阴我们一把，侮辱人的智商很有意思吗？"煮熟的鸭子有毒，这是谁也不能接受的事情。

“我觉得，燕卓尔的话信息量很大。”顾非捋了捋头发，如是说。

“池局，我觉得，我们还能追到一笔赃款。”金虞沉着一张脸，看不出表情的变化，“给我一点时间，我能找到。”

燕卓尔死了，就死在她的面前。她似乎到现在为止，还没有消化掉这个突如其来的爆炸性事件。燕卓尔，竟然是如此冥顽不化。

真有性格。

所有的人都惊讶地看着金虞，燕卓尔和她之间的对话，在场的所有人都是作为监控方看着的。甚至于因为高清摄像头的缘故，看显示屏的人比在对话中的两个人看得更清楚。

他们能猜出来有，但是猜不到到底有多少，在哪里，怎么拿回来。燕卓尔这是在死之前，给所有人布置了一个不可能完成的终极任务。

同样的信息量，所有人都捕获了，但只有金虞说她能找到。

这不是在痴人说梦？

“按照规定，在我们的侦破和抓捕审讯过程中，出现了这样的事情，首先第一件事情就是隔离审查。这个过程会很漫长。”池清源抬起手，看了看表，“你们只有两个小时的时间。两个小时以后，督察就会来这里。我们都会作为本次事故的责任人，被采取特殊措施。”

“足够了。”金虞目下无尘，当即表态。她的视线扫过所有人，坚韧非凡。

但是仅凭借着现在的线索，根本不可能找到。况且，督察马上就要到了，人是在经侦局专案组的手里出事的，所有人都要负责。

而金虞，首当其冲。

这个责任，她担得起吗？

“我加入。”顾非摘下警帽，往前走了一步，眼神平静而决绝。好像每一次，这个年纪轻轻的经侦都愿意走在最前面。

“算我一个。”王者也把自己的警帽重重地扣在了桌子上。

“我也去！”安庆泽怕池清源看不到他，还举手示意。一时之间，众人纷纷响应。

“我现在以经侦局专案组组长的身份命令你们，马上去追缴赃款，限令时间为两个小时。我在这里等你们。”池清源看了看表，继续补充道，“楼底我的那辆车，你们现在能开走。还有，不管是成功还是失败，我都将和你们承担一样的责任。”

这些朝气蓬勃的年轻人，齐刷刷地给池清源敬了一个礼。这是领导在用生命保护他们,共进退。当他们的身影从楼道里滑下去,如离弦的箭一般冲出去的时候,叶培林忧心忡忡。

“老池啊,清源啊,真不是我说你,这么大的事情。就算是这个人罪大恶极,必须判死刑,那也会层层审问,调查取证,没有四五年的光景完不成这样的工作。而金虞,是和燕卓尔在一起时间最长的人,甚至燕卓尔最后一次见到的人也是金虞。你这样放了这个人,万一她私逃呢?这个责任,谁来负?你可是经侦局的领导呀!”

叶培林看着金虞一行人大摇大摆地开着池清源的车离开了。他们这些人,按照规定现在就要被隔离审查。

而池清源居然放他们出去了!

而省厅的厅长严立本,居然同意了!

“燕卓尔不就是在标准化的循规蹈矩下培养出来的吗?”池清源笑了笑,云淡风轻,像是每一次从金虞的手中拿重要的情报一样。

他信任金虞,信任顾非,信任王者,信任这些专案组里所有的经侦。

“杰西·利弗莫尔,美国最伟大的操盘手,被称为华尔街巨熊,早期也被称为投机小子,是一个真正的投机传奇。他患有抑郁症和自闭症,用一把手枪自杀。有传记小说写他因为穷困潦倒而死,最后的遗言是‘我的人生就是一场失败’。事实上在他死后清算财产,他尚有五百万美元的资产,不可能付不起房租。”

顾非一边开车,一边给专案组的人解释燕卓尔提到的一些名词和人物。

“华尔街巨富,那个年代的五百万美元哪!就是在现在,那五百万美元,也是一笔巨款哪。那‘千年之链’是什么?”王者随口问,顾非随口答,似乎这世上没有他不知道的东西。

“千年之链,是比特币推出来的一个活动,可以在区块链的节点上写下重要的信息,能够保证这些信息将会和所有的记账方式一起被永久地保存下来。按照官方的说法,这些东西存在的时间,将会比钻石还要持久,不会随着任何变迁而消亡。”

顾非道:“燕卓尔是一个目的性很强的人,始终把自己藏在人群中间,不可能无的放矢和金虞说那么多的话。像他那样精明的人,不会放过任何一个展示智商的点。”

“咱们出来,不是要让金虞亡命天涯去?”安庆泽看了看前后左右的车辆,又检查了一下车里有没有行车记录仪一类的设备。

讲真,除了王者和顾非,他和王亚平、吴刚三个人都是这么想的。

那是燕卓尔呀，整个大案的幕后推手，那笔钱，能让他们找到吗？

“就是。趁着现在金虞还不是通缉犯，还没有被审，赶紧把她送走。”吴刚还用手比画着，“我可是听说，调查时间可长了，非脱一层皮。”

王者放下笔记本，往后一转身在他们三个人的脑袋上摸过去，一手熬夜加班的油：“靠，你们三个不相信金虞能找回来呀？”

安庆泽三个人小声嘟囔着：“本来就是嘛。那么心思缜密的人，怎么可能让咱们给找着了。现在只剩下一个半小时的时间了。”

金虞抬起手来看了看表，分秒必争。

“燕卓尔所有的话，都是反着说的。看起来他崇拜杰西·利弗莫尔，事实上他讨厌这种靠运气独领风骚的人。但他偏偏说了杰西·利弗莫尔的遗言，‘我的人生就是一场失败’。这句话就更复杂了，失败不失败两说，但是这人在死之前，是真的很有钱，大概还有五百万美元。”

顾非这个两脚书柜解释了半天，还比画了一下，像是在给大家做阅读理解。

“从我见到燕卓尔的第一面开始，燕卓尔就一直在说反话。哪有什么永恒？哪有什么崇拜？哪有什么文艺？”金虞点了一支烟，首次开口，声音清淡，像是在神游物外，“像他这种人，骨子里就是个流氓，所谓的事业和爱情，就是金钱和女人。这傻子就是想死在我的面前吓死我。他以为，他这样就是真的赢了吗？”

警车呼啸，警铃大作，迅速地拐过一个个路口。

王者在笔记本电脑上插了无线网卡，手指翻飞。

“查到了，查到了，千年之链上真的有一个节点，和金虞有关！”王者的眼睛都亮了，像是闪着绿油油的光，兴奋地指给所有人看。

这种按图索骥的智商游戏，最好玩了。

安庆泽先疑惑了：“咋判断有关系呢？比特币的千年之链哪，这么一个东西比钻石更贵吧，一天只有114个节点能拿来记录，限量版的呀。”

“我撞库了，一个个地试过了燕卓尔的信息。”王者的手指头翻飞，眼看着顾非的脸色有点难看。顾非对于规则的恪守达到近乎变态严苛的地步，他才不会为了截取犯罪分子的邮件就去偷人家的账号密码。王者解释道：“我就是记忆力好了点，不小心和外行朋友交流了一下，一不小心就发现了重要的信息。咋了，哥以前是干黑客的，现在是干黑警察的，不行啊？”

“千年之链上写了什么？”其他几个经侦有些迫不及待。

“Fish，I want。”王者念了出来，“鱼，我所欲也？”

顾非与金虞四目相对，眼中干净无瑕。

“他明明知道我听不懂他的名词，也听不懂他的文言文，和我说那么多，不是在对牛弹琴吗？那么多话里面，我只能听懂一个字，鱼。”金虞眼神有些焦急，“那条鱼，燕卓尔送给我了。”

满座哗然。王亚平差点从位置上滑下去，张着嘴没说出话来。吴刚一巴掌狠狠地拍在了后座上：“两个月的营收，有几十个亿吧？”

安庆泽喃喃道：“应该是几百个亿吧？”

那是一个月以前燕卓尔随手送的，金虞自己都没有在意过。那时候她刚刚和官文利的保镖们有过一场狭路相逢的追逐战，像是养蛊一般，官文利选择了她作为暴力催收的代言人。

燕卓尔随手把一缸金鱼放在了她的办公室，没有人在意过。金虞无暇照顾，就把鱼放在了经侦局的办公室。

所以，现在要从专案组办案的地方前往经侦局办公室。

车开往的方向，是经侦局，从一个警务单位到另外一个警务单位。长风呼啸，从窗户灌进来，金虞没有剪的碎发遮盖了视线。

池清源发来消息：“案件特殊，督察全线开了绿灯，会在一个小时之后到。”

只剩下一个小时了！

这辆七座的SUV里气氛骤然一冷，顾非所有的力气都像是用在了开车上，王者在撞库寻找燕卓尔的备用密码。

“Fish，I want。”

金虞在反反复复地想这句话的意思，就算以她的智商想不明白，她的身边还有王者和顾非，学贯中西，能把所有的一切串联起来。

一定还有什么东西，是专门拿来考验她一个人的。

这一场赌局，在燕卓尔死后，浓墨重彩地拉开了序幕。美善金融现在被查获的资产和高管们截留的赃款，根本不足以兑付三分之一的投资者的本金。

如果这笔钱找不到，将会掀起滔天巨浪，天台上会有无数家破人亡的故事。

赢，她将两袖清风。

输，是遍地尸骸。

车速，更快了。

车还未停稳，一群人冲到了经侦局，金虞直奔经侦局大院子里的花坛方向。当时她还觉得，燕卓尔是不是傻了，搞这么大一条鱼，是要闹哪样？

后来，她随手把这条鱼倒在了花坛旁边的池子里，来往的女经侦带的早饭经常是包子和馒头，会顺手投喂一下。

这池子里，有几十条鱼。

金虞手里拿着一张从门卫那里要过来的抄网。

此时此刻，迎着光，锦鲤全身像是笼罩着一层淡淡的光，红得似在滴血，头上一点黑，妖娆而缓慢地移动着，而和她的目光对上后，又缓缓地转过身去，淹没在十几条红色金色不一样的鱼中间。

它慵懒地悬浮在空中，等着人投喂。

金虞一眼在鱼群里找到了这条不起眼的鱼。

鬼使神差地，金虞从来没有扔掉这条鱼，而她也从来没有把这条鱼给养死。Fish，I want。购买这个节点的时间点，和这条锦鲤被送过来的时间点是一样的。

那这里面，是不是又藏着什么秘密？

真正的考验，直到现在才开始。她看着碧莹的天空，突然笑了："燕卓尔说过，搞金融的，资本只是表面，技术只是辅助，而无垢心，才是最重要的。"

只有金虞能找到，到底是哪一条鱼。她的抄网探入水中。

姜太公钓鱼，愿者上钩。

金虞被鱼甩了一脸的水，这条鱼的腹部挂下来一条长长的黏液，猩红猩红，显然是受了伤。

回程的车上，王亚平开车，金虞、顾非和王者围着电脑，正在解锁芯片。这是一种非常简单的芯片，大街小巷都可以买到，但是被做了复杂的程序加密。这种加密方式不能从内部打开黑箱，只能从外面老老实实地输入密码。

而密码，只有三次试错的机会。

三次不能打开，资料就会永久地被销毁。

就连王者，现在都开始紧张起来："我试过了用燕卓尔的其他身份信息进行撞库，试过了他最常用的工号，都没有用。"

"燕卓尔不崇拜杰西·利弗莫尔，而是把他当成了和自己平等的人在对话。他家里电脑的密码和工位上电脑的密码，都一样，是杰西·利弗莫尔的死亡日期。"顾非从这里入手，"也不对。"

到底是什么呢？

金虞愁眉紧锁，一言不发。

现在距离督察到达专案组办公区已经不到十五分钟了。如果不能在督察到达之前赶回，他们所有人都会受罚。大案之下，池清源能不能保住自己的帽子都两说，更何况他们这一车人。

而如果密码输入失败，重大资产流失，这个责任，也没有人负得起。

双重压力。

车剧烈地颠簸着，王亚平贡献了他平生最佳车技。

“妈呀，你闯了多少红灯？还逆行，这得扣多少分呢？哥们，我觉得你以后再也开不了车了。”安庆泽坐在副驾驶座上，一会儿“你慢点慢点”，一会儿又喊着“你快点快点”。

“我以后还能有开车的机会吗？”王亚平苦哈哈地回应。

“你们当年考少年班在什么时候？”金虞突然发问。

“二〇〇四年的四月十二号，怎么啦？”顾非抬眼，但凡是和记忆力相关的东西，都难不倒他。王者讶然地看了他一眼，顾非继续解释道，“当年户口和身份证信息都还没有联网，而后来少年班不再招生，所以网上可能没有这个资料。”

“燕卓尔始终认为，当年少年班的那场考试，改变了他的一生，始终耿耿于怀。他不是一个能轻易放下的人。他所有的情绪和想法，都是从那时候开始的。他一生都没有过去那个坎，觉得那就是命运。

“所以，密码是那个日期。”

金虞的手落在了笔记本键盘上。

如果到了经侦局专案组，恐怕没有更好的机会来验证这个猜测对不对。他们都会被隔离开，接受漫长的审查，走各种各样的程序。

而现在，已经不足五分钟了，运气好的话，督察的车和他们的车能同时到达停车场。

这五分钟，将是决定命运的五分钟。

“如果输错了，怎么办？”安庆泽在前面的座位上问了一声。

“错了大不了就说是我输错的，谁知道里面有多少钱，还能让咱们变出几十个亿来吗？”王者不屑一顾，“我就算被开除了，去当黑客，也养得起你们一票人。”

稚嫩的娃娃脸，轻佻的音调，其实这事他干不出来，他只是想要减小金虞的压力。

“我敢肯定是这个密码。”顾非解释，“我在燕卓尔的书架上见到了唯一一本诗集，只有仓央嘉措的这句被他勾了起来：一个人需要隐藏多少秘密，才能巧妙地度过一生。这佛光闪闪的高原，三步两步便是天堂，却仍有那么多人因心事过重而走不动。”

人在做，天在看。我不光找到了，而且没有私吞。

燕卓尔，我赢了。

你没有输给任何人，你输给了你自己。

金虞不再犹豫，直接在笔记本小键盘上飞速地输入那几个数字。而车在下一个拐口，直接进入了专案组办公室所在的停车场。

督察的车辆和显示屏上欢迎的界面同时映入眼帘，所有人的心头都突然间紧了一下。那一瞬间，像是呼吸突然间凝滞。

这一生，可能再也不会有这么紧张的时刻。

密码，是正确的。

金虞猜中了燕卓尔最后的想法。再抬头，全副武装的督察已经聚拢了过来。

在大办公室里，几个技侦、经侦全部投入紧张的工作中。而外围已经全部戒严，在里面的人的手机都被关机后统一管理，包括池清源和赵倩妮等人的在内。

"比特币不记名，匿名交易，你就算不上交，也不会有人知道。"王者对金虞说，眼中的赞赏，已经达到了前所未有的高度。

"我知道。"金虞说得云淡风轻。

池清源远远地对着金虞点了点头，脸上的菊花褶子里，都有着藏不住的欣赏。

后生可畏。

你看，我赢了。

金虞抬头看向窗外，云去不留影。

鱼腹中取出来一块微小的芯片，经过技术复原和读取，从里面找到了有比特币的电子钱包账户的登录名和密码。

折合人民币，九十八个亿。

这个数额，和扣除了官方统计的运营成本之后的赃款基本吻合。现在，才找到了最后一笔钱。

九十八个亿呀，金虞又念了一遍这个数字。她低下头，看不清脸上的表情。

顾非看着金虞的背影。他同样很沉默。王者揶揄他："赶紧上呀。"顾非只是给他一个白眼，好像现代北京人在看着远古的云南元谋人。

光风霁月，这是他的白月光。

在经过了一系列漫长的隔离审查之后，金虞被放了出来。当她从被隔离审查的地方走出来，一抬眼看到的不只是明晃晃的日光，还有一群明晃晃的人。

顾非的笑容像是在春雨里洗过，潋滟无波，他先走过来，抱了一下金虞。

"欢迎回家，欢迎加入我们。"

池清源，司晴，赵倩妮，顾非，王者，白子玲，安庆泽，吴刚，王亚平，还有好几个经侦局的经侦，都来了。这些没有穿警服的警察站在远处，就像是在步行街见到的旅游团。

司晴和赵倩妮都过来抱了金虞:“你做得很好,很好。”

“金虞,你现在已经具备成为一名警察的素质。为人民服务,创建平安天下,我代表组织,欢迎你。”池清源说话也是铿锵有力,掷地有声。

夏日浓烈,比夏日更浓烈的,是那些走过的峥嵘岁月。

金虞对着池清源,敬了一个礼。

许多年前,她就想象过,自己会成为一个警察,威严而正义地走过这每一寸土地。许多年后,这个梦想终于实现了。

初心不负。

得偿所愿。

“你说我给你烧这么多面额一亿美元的冥币,会不会造成地府通货膨胀呀?真是污染环境,现在不让烧纸钱,好在现在不年不节没人来,我还能贿赂守灵人。你看,我为了你,还搞起了走私。”

金虞蹲在一处墓碑前,絮絮叨叨。

在她隔离审查结束之前,燕卓尔就已经被火化了葬在这里,又隔了许久的时间,金虞才来到这里。她久久地站在墓前,和照片上的人对视。

黑白的照片里,依旧笑得冷冷清清,高深莫测。

道不同,不相为谋。

“这世上的一切是非成败,并不都是以金钱来衡量的,如果你早一点能看透这滚滚红尘,会不会活得轻松一点?”

金虞自嘲地笑了笑,摇了摇头。

一样人,百样道理。

人和人,怎么会一样呢。朗朗乾坤,面朝阳光,背后都会洒满阴影。

你没有输给任何人,你输给了你自己。这一生的存在感,明明可以通过其他的途径来达成。并不是所有屠龙的少年,都会变成恶龙。

“你想不到吧,即使我猜对了你的密码,我也没有独吞那九十八个亿。”

这就是我们之间最大的不同。

黑白之间,从来没有中间地带。我们,也不可能成为真正的朋友。金虞把一瓶酒洒在了墓前。在船上的甲板上,燕卓尔并没有喝到那一杯庆功的红酒。

现在,已然是天人永隔。

金虞坐上出租车,听到广播里在播放对受害者赔付的消息。她检查着自己收到的相关文件,准备去参加新一轮的警务训练。

“现在的警察就是有本事呀，爆这么大雷的P2P的案子，警察都能把那么多的人给抓回来。说老实话，这还是我头一次听到P2P在爆雷之后老板们都被抓了，还能有钱赔给散户的。起码能拿回来三分之二吧，这有多少人不用跳楼了呢？”

出租车司机一边听着广播，一边和金虞聊天。广播切换频道，就成了四大银行联合银监部门筹划下一步监管工作的消息。

“这事，早就应该管管了，谁都能把自己当银行了，这世道还得了？”

金虞微微笑了一下，漫不经心地滑开手机，刚打开社交软件，一个推荐理财的红包广告就红艳艳地弹了出来，她脸色微微一变。

“现在不是规定不允许用红包引流了吗？怎么还有这种广告？”

“野火烧不尽，春风吹又生呀。”

司机非常老到地拐弯，金虞拿着手机有些出神。

下一次的博弈，谁又会是赢家呢？

图书在版编目(CIP)数据

黄金链．下 / 常书欣著．—杭州：浙江文艺出版社，2020.10

ISBN 978-7-5339-6225-8

Ⅰ．①黄…　Ⅱ．①常…　Ⅲ．①长篇小说—中国—当代　Ⅳ．①I247.5

中国版本图书馆CIP数据核字（2020）第176363号

策划统筹　柳明晔
责任编辑　张　可
装帧设计　仙境 WONDERLAND Book design
责任印制　张丽敏

黄金链 下
常书欣　著

出版　浙江文艺出版社
地址　杭州市体育场路347号
邮编　310006
网址　www.zjwycbs.cn
经销　浙江省新华书店集团有限公司
印刷　浙江新华印刷技术有限公司
开本　710毫米×1000毫米　1/16
字数　339千字
印张　19.5
插页　1
版次　2020年10月第1版
印次　2020年10月第1次印刷
书号　ISBN 978-7-5339-6225-8
定价　49.00元

版权所有　违者必究
（如有印、装质量问题，请寄承印单位调换）